鲁　迅 校录
竹马书坊 校注

唐宋传奇集

民主与建设出版社
·北京·

图书在版编目（CIP）数据

唐宋传奇集 / 鲁迅校录；竹马书坊校注 . -- 北京：
民主与建设出版社，2023.11

ISBN 978-7-5139-4379-6

Ⅰ.①唐… Ⅱ.①鲁… ②竹… Ⅲ.①传奇小说－小
说集－中国－唐宋时期 Ⅳ.①I242.1

中国国家版本馆 CIP 数据核字（2023）第 186621 号

唐宋传奇集
TANG SONG CHUANQI JI

校　　录	鲁　迅	
校　　注	竹马书坊	
责任编辑	董　卉　唐　睿	
封面设计	言　成	
出版发行	民主与建设出版社有限责任公司	
电　　话	（010）59417747　59419778	
社　　址	北京市海淀区西三环中路 10 号望海楼 E 座 7 层	
邮　　编	100142	
印　　刷	天宇万达印刷有限公司	
版　　次	2023 年 11 月第 1 版	
印　　次	2023 年 11 月第 1 次印刷	
开　　本	880mm×1230mm　1/32	
印　　张	11.5	
字　　数	268 千字	
书　　号	ISBN 978-7-5139-4379-6	
定　　价	58.00 元	

注：如有印、装质量问题，请与出版社联系。

古镜记

补江总白猿传

柳毅传

南柯太守传

李娃传

长恨传

莺莺传

虬髯客传

游仙窟

聂隐娘

编辑说明

　　"传奇"一词最早出现在中唐时期，譬如，中唐诗人元稹所作《莺莺传》，起初就被称为《传奇》。此外，晚唐时期的裴铏也将自己的小说集命名为《传奇》。这时的"传奇"，远没有形成一种小说体裁，而只是用来指代那些记载奇闻逸事的内容。

　　"传奇"一词开始成为小说体裁的专称，是在宋代。宋人用"传奇"来指代那些文辞华艳、叙述委婉、情节曲折的文体。后来，传奇开始成为一种独立的文体，且颇为流行。但大多数文人士大夫皆将其作为娱玩之文，而不登大雅之堂。

　　历史上，传奇的渊源，自然是承接自魏晋南北朝时期的志怪小说，譬如干宝的《搜神记》。但到了唐代，开始出现了大量描摹世态、塑造性格鲜明人物的唐传奇故事，它变成了文人有意识创作的传记式故事。唐传奇的出现，也标志着中国短篇小说的成熟，是文言小说发展史上最重要、辉煌的时期。

　　到了宋代，传奇故事依然流行，但已不如前代，况且出现了大量脱胎自民间的话本小说。

　　由于传奇文一直不受文人重视，在流传的过程中大量散佚。仅在譬如《太平广记》《文苑英华》《太平御览》等一类书中保留了唐宋传奇的部分内容。

明代以后，传奇开始衰落，以至于到了近代更是无人问津。

有感于此，鲁迅先生大量辑录唐宋传奇，恢复其原貌，汇成了这本《唐宋传奇集》。

《唐宋传奇集》是鲁迅花费十余年心血而辑成的传奇集。鲁迅将其分为8卷，前5卷收唐传奇32篇，后3卷收宋传奇13篇。据《文苑英华》《太平广记》《青琐高议》等著作，选录单篇传奇，编成此集。书末附有《稗边小缀》1卷，对各篇的作者、版本和故事内容作了考证说明。

《唐宋传奇集》的初版分上下两册，由上海北新书局于1927年12月、1928年2月先后出版。1934年5月再版时，合为一册，改由上海联华书局出版，后又再版多次。本书参考了上海北新书局、上海联华书局、人民文学出版社出版的《鲁迅全集》第10卷收录的《唐宋传奇集》、浙江文艺出版社、岳麓书社、三秦出版社等在内的多部不同年份出版的读本编校而成。

此外，编者根据近代名家汪辟疆所校之《唐人小说》，从中摘取数篇精华，作为本书之附录，使读者可以最大限度地欣赏到"传奇之美"。

为了最大限度地保留原作精髓，本次编辑严格遵从原文，部分字词及用法依循了旧作，力求在保留原文原貌的基础上，更方便当今读者的阅读。

序例

　　东越胡应麟在明代，博涉四部，尝云："凡变异之谈，盛于六朝，然多是传录舛讹，未必尽幻设语。至唐人，乃作意好奇，假小说以寄笔端。如《毛颖》《南柯》之类尚可，若《东阳夜怪》称成自虚，《玄怪录》元无有，皆但可付之一笑，其文气亦卑下亡足论。宋人所记，乃多有近实者，而文彩无足观。"其言盖几是也。餍（yàn）于诗赋，旁求新途，藻思横流，小说斯灿。而后贤秉正，视同土沙，仅赖《太平广记》等之所包容，得存什一。顾复缘贾人贸利，撮拾雕镂，如《说海》，如《古今逸史》，如《五朝小说》，如《龙威秘书》，如《唐人说荟》，如《艺苑捃华》，为欲总目烂然，见者眩惑，往往妄制篇目，改题撰人，晋唐稗传，黥劓（qíng yì）几尽。夫蚁子惜鼻，固犹香象，嫫母护面，讵逊毛嫱，则彼虽小说，讵称卑卑不足厕九流之列者乎，而换头削足，仍亦骇心之厄也。昔尝病之，发意匡正。先辑自汉至隋小说，为《钩沉》五部讫；渐复录唐宋传奇之作，将欲汇为一编，较之通行本子，稍足凭信。而屡更颠沛，不遑理董，委诸行箧，分饱蟫蠹（yín dù）而已。今夏失业，幽居南中，偶见郑振铎君所编《中国短篇小说集》，埽荡烟埃，斥伪返本，积年堙（yīn）郁，一旦霍然。惜《夜怪录》尚题王洙，《灵应传》未删于逖，盖于故旧，犹存眷恋。继复读大兴徐松《登科记考》，积微成昭，钩稽渊密，而于李徵及第，乃引李景亮《人虎传》作证。此明人妄署，非景亮文。弥叹虽短书俚说，一遭篡乱，固贻害于谈文，亦飞灾于考史也。顿忆旧稿，发箧谛观，黯澹有加，渝敝则未。乃略依时代次第，循览一周。谅哉，王度《古镜》，犹有六朝志怪余风，而大增华艳。千里《杨娟》，柳珵《上清》，遂极庳弱，与诗运同。宋好劝惩，撷实而泥，飞动之致，眇不可期，传奇命脉，至斯以绝。惟自大历以至大中中，作者云蒸，郁术文苑，沈既济、许尧佐擢秀于前，蒋防、元稹振采于后，而李公佐、白行简、陈鸿、沈亚之辈，则其卓异也。特《夜怪》一录，显托空无，逮今允成陈言，在唐实犹新意，胡君顾贬之至此，窃未能同耳。自审所录，虽无秘文，而曩（nǎng）曾用心，仍自珍惜。复念近数年中，能恳恳顾及唐宋传奇者，当不多有。持此涓滴，注彼说渊，献我同流，比之芹子，或亦将稍减其考索之劳，而得玩绎之乐耶。于是杜门攤书，重加勘定，匝月始就，凡八卷，可校印。结愿知幸，方欣已歇。顾旧乡而不行，弄飞光于有尽，嗟夫，此亦岂所以善吾生，然而不得已也。犹有杂例，并缀左方：

一、本集所取资者，为明刊本《文苑英华》；清黄晟刊本《太平广记》，校以明许自昌刻本；涵芬楼影印宋本《资治通鉴考异》；董康刻士礼居本《青琐高议》，校以明张梦锡刊本及旧钞本；明翻宋本《百川学海》；明钞本原本《说郛》；明顾元庆刊本《文房小说》；清胡珽排印本《琳琅秘室丛书》等。

二、本集所取，专在单篇。若一书中之一篇，则虽事极煊赫，或本书已亡，亦不收采。如袁郊《甘泽谣》之《红线》，李复言《续玄怪录》之《杜子春》，裴铏《传奇》之《昆仑奴》《聂隐娘》等是也。皇甫枚《飞烟传》，虽亦是《三水小牍》逸文，然《太平广记》引则不云出于何书，似曾单行，故仍入录。

三、本集所取，唐文从宽，宋制则颇加决择。凡明清人所辑丛刊，有妄作者，辄加审正，黜其伪欺，非敢刊落，以求信也。日本有《游仙窟》，为唐张文成作，本当置《白猿传》之次，以章矛尘君方图版行，故不编入。

四、本集所取文章，有复见于不同之书，或不同之本，得以互校者，则互校之。字句有异，惟从其是。亦不历举某字某本作某，以省纷烦。倘读者更欲详知，则卷末具记某篇出于何书何卷，自可覆检原书，得其究竟。

五、向来涉猎杂书，遇有关于唐宋传奇足资参证者，时亦写取，以备遗忘。比因奔驰，颇复散失。客中又不易得书，殊无可作。今但会集丛残，稍益以近来所见，并为一卷，缀之末简，聊存旧闻。

六、唐人传奇，大为金元以来曲家所取资，耳目所及，亦举一二。第于词曲之事，素未用心，转贩故书，谅多讹略，精研博考，以俟专家。

七、本集篇卷无多，而成就颇亦匪易。先经许广平君为之选录，最多者《太平广记》中文。惟所据仅黄晟本，甚虑讹误。去年由魏建功君校以北京大学图书馆所藏明长洲许自昌刊本，乃始释然。逮今缀缉杂札，拟置卷末，而旧稿潦草，复多沮疑，蒋径三君为致书籍十余种，俾得检寻，遂以就绪。至陶元庆君所作书衣，则已贻我于年余之前者矣。广赖众力，才成此编，谨藉空言，普铭高谊云尔。

中华民国十有六年九月十日，鲁迅校毕题记。时大夜弥天，璧月澄照，饕蚊遥叹，余在广州。

　　鲁迅作为杂文家、小说家、思想家光芒万丈，而很多人不知道的是——鲁迅也是一位杰出的学者，尤其在中国古代小说研究方面，堪称开创人和奠基人。

　　小说是现当代社会影响最大、最受欢迎的文学体裁。可是在漫长的古代社会里，小说却一直不登大雅之堂。从六朝至唐朝，文言小说巧思渐多、作者日繁，但仅有一些情节确实动人的作品，方有好事者记录下来。这种随意的记录，在后世流传过程中，也没有得到足够的尊重。可以说，直到新文化运动，知识分子们才开始将小说作为学术课题，来认真对待。

　　鲁迅是研究中国古代小说的第一人，他的研究不仅开展得早，成果也具有里程碑意义。

　　从1920年起，鲁迅先后在几所大学讲授中国小说史方面的课程，写成了《中国小说史略》的讲义，同时编录古小说、唐宋传奇、小说史料等。

　　1924年，《中国小说史略》正式出版。这是中国有史以来第一部小说史，体现了鲁迅卓越的史识。而他所编集的《古小说钩沉》《唐宋传奇集》《小说旧闻钞》，或是为了撰写史略而搜集的资料，或是史略写成后未尽之意的延续。《古小说钩沉》主要辑录唐以前的作品，《唐宋传奇集》辑录唐宋作品，《小说旧闻钞》辑录明清俗文小说的相关资料。这三者当中，又以《唐宋传奇集》流传最广。

鲁迅选编古代小说，并不仅仅是配合讲课，他更出于学术研究的目的，为古代小说正本清源。

古代小说本就佚失严重，后人妄改更是雪上加霜。尤其明代出版业发达，书商为了牟利，经常大肆编改古小说，如改头换面增加篇目，以显得花样多；删减各篇内容，使全书总字数减少，降低出版成本；等等。对于这种换头削足一般的编排篡改，鲁迅十分不满，决定自己动手编辑古小说，匡正这种风气。

他在《破〈唐人说荟〉》这篇文章中，说当时人看唐代小说，除了《唐人说荟》实在找不出第二部。该书如果仅用作消闲，不成问题，"假如用作历史的研究的材料，可就误人很不浅"。因为这部书对于唐人集子就是随意删节、乱分种类、胡改句子、乱题作者，甚至还四处抄来造作伪书。至于把宋代作品当作唐代作品，简直不算什么大错了。《唐人说荟》并非始作俑者，在此之前的《古今说海》《五朝小说》等都已开始了这种胡闹。针对这种情况，鲁迅推荐读《太平广记》，一是收得全，从六朝到宋初的小说几乎全在里面；二是分类全，眉目清晰。对选本的精益求精，体现了鲁迅严谨的治学态度。他编选《唐宋传奇集》就体现了去伪存真的学术考证过程。

鲁迅首先编写了《古小说钩沉》，含三十六部隋以前的散佚小说；继而动手编辑唐宋时期的作品。《唐宋传奇集》实属有史以来第一部专门的传奇文选集，是对传奇这种文体的着重强调，从此"唐传奇"成为文学研究领域的一大论题。

《唐宋传奇集》的学术价值非常大，其阅读效果也是精彩的。一是入选的传奇原文很精彩，二是鲁迅的编选思路以及考证辨析很精彩。两方面都体会到，方才算是很好地阅读了这本书。

《唐宋传奇集》这部书突出的特点是只收单篇。被编入专集的文章，即使是佳作，也不予收录。鲁迅并没有解释为何，但是结合前文来看原因是很明显的。他编选的目的是还原古小说的本来面貌。一般来说，起初就被作者编入专集的作品，依托专集流传，后世再版印行，文本不会有太大的改动。故文学史上的经典作品，往往都是在高质量的编集之后，作品才能得到有效的保存和传播。单篇行世的作品，在不同的时期被不同的人编入不同的集子，并被不同的编集体例进行修改，简直像无父母的孤儿，谁想拉走怎么打扮就怎么打扮。再加上单篇的原作者往往佚名，本就不如专集清晰。后世编书者只考虑编选需求，不用考虑原作者，心理上更没有顾忌。鲁迅欲还原古小说本来面貌，自然优先选择被改扮最多的单篇行世者。

需要说明的是，虽然鲁迅只收录单篇，并不等于说只有单篇才算传奇。在《中国小说史略》中，鲁迅将唐传奇分为传奇文和传奇集："此类文字，当时或为丛集，或为单篇，大率篇幅曼长，记叙委曲。"可见，鲁迅认为，无论是单篇行世的作品，还是收录在专集的作品，只要其文体篇幅曼长、描写手法记叙委曲，就是传奇。

《唐宋传奇集》共分八卷，卷一至卷五，共三十二篇，主要是唐传奇；卷六至卷八，共十三篇，主要是宋传奇，或伪托唐人实则后人创作，或佚名。整体的编排顺序按时间先后。

对于唐宋两朝的作品选择，鲁迅说："唐文从宽，宋制则颇加决择。"也就是说唐朝文章的入选标准尽量放宽，不必有条条框框，但是要严格限制宋朝的文章，不能选入太多。这与鲁迅对中国古代小说发展的看法有关。

这格外凸显了鲁迅本人作为杰出小说家的本色，他有非常成功的创作经验，能够以精到的行家眼光选择古代小说。他对唐、宋传奇的不同评价就体现了这一点。

《中国小说史略》指出："小说亦如诗，至唐代而一变，虽尚不离于搜奇记逸，然叙述宛转，文辞华艳，与六朝之粗陈梗概者较，演进之迹甚明，而尤显者乃在是时始有意为小说。"鲁迅认为唐人有意写小说，是小说史上创作意识的一大进步，体现在文体上也是一大进步，因为唐传奇往往篇幅很长，并能描写得曲折动人，与唐前简古的文体大不相同。

这方面的代表作品，如《任氏传》《柳毅传》《霍小玉传》《南柯太守传》《李娃传》《莺莺传》《无双传》等，用鲁迅自己的话来概括这些传奇文的特点，就是："神仙人鬼妖物，都可以随便驱使；文笔是精细，曲折的，至于被崇尚简古者所诟病；所叙的事，也大抵具有首尾和波澜，不止一点断片的谈柄；而且作者往往故意显示着这事迹的虚构，以见他想象的才能了。"（《六朝小说和唐代传奇文有怎样的区别》）唐传奇因其令人惊艳的文采与意想，博得鲁迅的青睐。

有三篇需要特别提到的作品，一是李吉甫《编次郑钦悦辨大同古铭论》，主体内容是对一则古铭文的识读，与前述代表性的唐传奇作品相比，缺乏情节，不塑造人物，似乎不具备传奇文体的特点。鲁迅选入此文，或许是认为其题材神秘而奇特。

二是《古镜记》，此文在《太平广记》中题为《王度》。鲁迅据《文苑英华》所收顾况《戴氏广异记》序，以及《太平御览》引文，考证此文标题应为《古镜记》，作者应是王度。这个考证很有意义，对于传奇这种新文体的发展来说，把相应的作品系于相应的时间，非常重要。王度生活于隋末，则《古镜记》的历史地位自然可以确认，鲁迅称其文体"犹有六朝余风，而大增华艳"，被研究者公认为是六朝志怪向唐传奇的过渡。

三是《游仙窟》，鲁迅本来要收入这篇有趣的骈体传奇，但是他听说章廷谦正校点此文，就转为支持章的工作，从介绍底本、亲自作序、校对书稿等方面做了大量工作。所以，1929年单独出版的《游仙窟》校本，也体现了鲁迅的文献功夫。

鲁迅对唐传奇大加赞扬，以至于他认为传奇小说兴盛于唐代，唐代之后传奇即消亡。宋代所创作的，虽然形似唐传奇，实则没有传奇的那种神韵了。主要是唐代多描写时事，宋代多讲古事；唐人文中少教训，宋代文中多教训。鲁迅说："文艺之所以为文艺，并不贵在教训，若把小说变成修身教科书，还说什么文艺。宋人虽然还作传奇，而我说传奇是绝了，也就是这意思。"（《中国小说的历史的变迁》）

对于开拓出新天地的唐传奇，自然要多多益善地选入；对于几乎泯灭了传奇特性的宋传奇，自然要从严选择。

《隋炀帝海山记》《迷楼记》写隋朝故事，作者无考，这种一般是用前代流传下来的稗官材料加工而成的。同样性质的还有《隋遗录》，作者伪托唐人颜师古；以及《梅妃传》，作者曾伪托唐人曹邺。乐史作为五代入宋的文人，也是编集前代资料，写成《绿珠传》《杨太真外传》，原创成分可能不多。张实《流红记》与乐史的创作方式相似。佚名《王榭传》也是唐人故事。卷六至卷八十三篇作品中，真正宋代人写宋代事的只有《谭意歌传》《王幼玉记》《李师师外传》三篇。与唐传奇的光怪陆离、精彩纷呈相比，难怪鲁迅喟叹宋传奇已绝。

卷末《稗边小缀》，是对所选作品的作者、载录、流传情况——进行考证，极具学术价值。读此书者，万不可轻轻放过。

《唐宋传奇集》序例的结尾写道："中华民国十有六年九月十日，鲁迅校毕题记。时大夜弥天，璧月澄照，饕蚊遥叹，余在广州。""十有六年"即1927年，是《唐宋传奇集》编定的时间。当年的九月十日，正是中秋节，故月圆如璧。可是澄明的月光，也照不彻弥天的黑暗，更兼万籁俱寂，与孤独的夜读人相伴者，只有可厌的哼哼蚊鸣。

　　搁笔之际，鲁迅先生在想什么，莫非叩寂寞而求音，对未来的读者寄予些许希望？

山东大学文学院副教授

《百家讲坛》主讲人

《唐宋传奇选》选注者

吕玉华

2022.9.16

论传奇的正确打开方式

鲁迅先生校录《唐宋传奇集》，前后用了差不多十五年的时间。这部作品不仅是他在古籍研究方面的重要成果，也是如今我们了解唐宋传奇的重要参考书。

鲁迅先生为何要校录《唐宋传奇集》呢？

虽众说纷纭，但余以为大抵有以下几个原因：

一是唐宋传奇在我们文学史上地位极为重要。唐传奇开启了创作者有意识通过艺术创造而从事小说创作的先河，在理念、形式等各方面对后世影响深远。但传奇从诞生时起，便不被文人重视，甚至还受到贬低。明代之后，传奇逐渐式微，近代以来更是蒙尘于书阁之中，少有人问津。作为新文化运动的重要参与者、中国现代文学的奠基人，鲁迅先生十分清楚唐宋传奇的重要意义，着力将唐宋传奇重要作品汇编成册，有助于让世人了解古人在我国文学创作尤其是小说创作上取得的伟大成果，建立文化自信，可以借鉴、学习，汲取营养。

二是随着时代流转，与唐宋传奇相关的书籍，版本众多，其中很多存在谬误混杂、草率粗糙的情况。1922年，鲁迅写了《破〈唐人说荟〉》一文，就指出该书存在的一些问题：删节、硬派、乱分、乱改句子、乱题撰人、妄造书名而且乱题撰人、错了时代。究其原因，鲁迅指出："这胡闹的下手人却不是《唐人说荟》，是明人的《古今说海》和《五朝小说》，还有清初的假《说郛》也跟着，《说荟》只是采取他们的罢了。"基于此，鲁迅先生"发意匡正"，决心对唐宋传奇进行考证研究，呕心沥血，终编校成书。

三是对当时一些指责的回应。鲁迅先生对唐宋传奇一直很感兴趣，1912年在南京临时政府的教育部门任职时，就曾从图书馆借来图书，辑录《湘中怨辞》《异梦录》《秦梦记》三篇唐宋传奇文。他对古代小说的辨伪、辑佚、考证、整理，主要是为了《中国小说史略》做准备。但《中国小说史略》的出版，引起了某些人的责难，后鲁迅先生为了自证，将自己多年来整理的小说资料出版。《小说旧闻钞》《古小说钩沉》相继出版。1927年8—9月间，鲁迅又集中精力编定《唐宋传奇集》，由上海北新书局分两册印行，上册于1927年12月出版，下册于1928年2月出版。

这是关于鲁迅先生编校《唐宋传奇集》的一些情况说明。

那么，让我们再将目光聚焦到这本书、聚焦到唐宋传奇上来。

关于对唐宋传奇在中国文学史上的意义、历史流变、创作理念和特色等的研究，相关论著汗牛充栋，余不一一赘述，有兴趣的读者可以自行查阅。

而从中国妖怪文化、志怪的角度上对唐宋传奇的讨论，相对来说并不多，余尝试从这方面谈谈自己的浅见。

"传奇"这一称呼，发轫于唐代中晚期裴铏所著的《传奇》。这本集子已佚，部分篇目（如著名的《昆仑奴》《聂隐娘》）被收录于《太平广记》中。裴铏《传奇》所代表的文学体裁，在当时是新兴的，没有特定的名目。随着此类文学的日益发展，时人便用裴铏《传奇》的书名指代这种文学体裁，进而形成专门称谓。

任何新型的文学体裁，都不是凭空创造的，传奇亦是如此。

唐代传奇是在魏晋南北朝志怪文学的基础上发展、演变而来的，它的根基是志怪，是中国妖怪文化。

所谓的妖怪，指的是来源于现实生活却又超越人的正常认知的奇异、怪诞的现象或者事物。中国的妖怪文化源远流长，记录着社会变迁、先人对于世界的探索和想象，是自身世界观、价值观和生存状态的综合展现。

提起妖怪，"志怪"一词不可不提。

志怪最早出于《庄子》。《逍遥游》曰："《齐谐》者，志怪者也。"《释文》曰："志怪：志，记也；怪，异也。"尽管经过发展，后世将"志怪"视为一种文体，但在先秦时期，志怪是一个动词性词组，指记载怪异的事物。

妖怪的历史要比"志怪"长，在文字还没有创造的时候，妖怪就已经孕育产生，它是人类幼年时期认识世界的一种特殊方式。因为种种原因，我们研究妖怪，主要依靠"志怪"的记录，所以妖怪文化的巨大价值，往往能从历代志怪典籍中发掘出来。

志怪早期是和历史融为一体的，是历史记录的一部分。这一点，要特别注意。

在文字没有发明之前，中国人对于历史的传承，主要靠口耳相传。从商朝到战国，中国的文化，一定程度上是史官文化。史官不仅记言记事，天文地理、典籍制度、风土人情等也无所不书。其中，帝王行事、奇闻怪录、奇景异事，同样被史官记录于案。

志怪故事经过口耳相传被记载于史书之前，存在一个收集、整理的过程。除了进入正史之外，有些志怪则经过演绎，逐渐发展成志怪小说。

《汉书·艺文志》曰："小说家者流，盖出于稗官。"最早记录这些志怪的人，恰恰是史官。

《新唐书·艺文志序》认为："传记、小说……皆出于史官之流也。"便是此意。

所以，综合来看，中国妖怪、志怪，源头上和历史是融为一体的，后经过发展，出现了志怪和历史的分流，使得志怪成为独特的文体而存在，绵延不绝。

曾经因为撰写《晋纪》而被称为良史的干宝，在《搜神记·序》中认为，史学著作本身就存在"考先志""收遗逸"的传统，异说、杂传、野史等本身就被史学家所采用，所以他撰写《搜神记》的目的之一，便是通过搜罗、记载各种怪异珍奇的民间怪谈，来为真实历史提供佐证。

从这一点上来看，先秦时代、两汉时代、魏晋南北朝时代，中国的妖怪文化、志怪小说虽各有特色，但最本质的特征在于深深扎根于现实土壤、质朴忠实地记录不可思议的事物。

魏晋南北朝是中国妖怪文化的完全成熟期，志怪小说所展现出来的这种忠实记录、质朴刚健的特色，也成为中国妖怪文化、志怪文学的主流价值观。

明代胡应麟在《少室山房笔丛》尝云："凡变异之谈，盛于六朝，然多是传录舛讹，未必尽幻设语。"胡应麟将魏晋南北朝时的志怪称为"传录舛讹"是极其偏颇的，但也反映了这一时期志怪文学的上述特色。

魏晋南北朝时的志怪文学，作者众多，题材广泛，包罗万象，深深扎根于时代、扎根于人民群众的生活之中，现实性和时代感大大增强，从而诞生了中国志怪文学的不朽高峰——干宝的《搜神记》。

魏晋南北朝时的妖怪文化、志怪文学，孕育出了隋唐时期妖怪文化的又一高峰，在此基础上，诞生了唐传奇。

唐代传奇脱胎于魏晋南北朝志怪，相当一部分作品，虽然与志怪有联系，但述怪记异逐渐减少，往往以怪异为引子，寓教于情。不过其与魏晋南北朝志怪依然渊源相承。

比如李公佐的《南柯太守传》，来源于魏晋南北朝时期《灵怪集》中《南柯》一文，李公佐将原文数百字的内容扩充，将故事情节和人物形象重新加工。《枕中记》题材来源于干宝的《搜神记》，《古镜记》《补江总白猿传》也能明显看到"六朝遗风"。

相比于魏晋南北朝志怪，唐代传奇更加融入生活，注重现实感，更加在意表现人事之"奇"，创作意识也开始发生巨大变化。

魏晋南北朝时期，志怪文学的创作者是从"史"的性质来忠实记录，还不具有现代小说的基本特色，而到了唐代，传奇作者改变了魏晋南北朝作者客观叙事的原则，不单记录奇闻逸事，而且开始进行艺术创造，有意识地进行创作。

这在我国文学史上，尤其是小说史上，是一个重大的演变！

而在妖怪文化上的表现，唐代的传奇和以前的志怪大不相同。以前的志怪小说，内容主要是"列异""搜神"，描写不可思议之事物，篇幅简短，情节粗略；但唐代的一些传奇作品，让妖怪彻底走向人间，根植于人民群众的生活之中，妖精鬼怪，血肉丰满，烟火气十足。

唐代传奇"寓意好奇"的特征，使得人与妖怪的距离更近，充满了世俗人情味和浓浓的人间烟火气，也充满了感染力。故而宋人洪迈认为："唐人小说，不可不熟。小小情事，凄婉欲绝，洵有神遇而不自知者，与诗律可称一代之奇。"

除了受魏晋南北朝志怪的孕育和影响，唐传奇的产生也有其社会经济文化基础。

在结束了长期的战乱、分裂后，唐代迎来了繁荣和稳定。社会生产力极大提高，农业、手工业、商业繁荣，催生了长安、洛阳等超大城市，出现了以工商业者为主的市民阶层。随着物质生活日益丰富，他们的文化需求也日益提升，推动了文学向更自由、更有创造力、更结合生活的方向发展，让唐传奇有了诞生的土壤。

此外，唐代"变文""说话（又称市人小说）"，也刺激了唐代传奇的产生和发展。

唐代佛教兴盛，为了更好地服务信众，扩大宗教影响力，流行着一种以散文、韵文相结合用来讲唱佛教经典的"变文"。专门为僧人开设的称为"僧讲"，这比较专业。

"僧讲"之外，还有"俗讲"，主要针对一般信众，内容通俗易懂。内容除了佛经，也广泛取材于民间故事，富有想象力和创造性，对唐传奇产生了深远的影响。

除了变文，唐代城市中还流行着"市人小说"，段成式的《酉阳杂俎》中便有相关的记载，也成为唐传奇的创作来源之一。

唐传奇的产生，和其创作者也有莫大的关系。

唐传奇的创作者，大多数都是传统文人，甚至是文学大家。当时正盛行改良文体、文风的古文运动，使得文人能够利用这种自由、灵动的散文体更好地进行创作。实际上古文运动的重要作家如韩愈、柳宗元，都曾经进行过相关的尝试。

另外，唐代实行科举取士，取士制度中的"行卷""温卷"也推动了唐代传奇的发展。应试的文人，为了获得文坛领袖或者权势者的赏识，会将自己的作品送予对方欣赏，首次送称"行卷"，再次送称"温卷"，而这些作品，很多都是传奇。

唐传奇可以分为三个发展阶段：初唐时期为初期，开元、天宝年间为中期，晚唐时期为末期。

初期的唐传奇，还没有完全脱离魏晋南北朝的志怪影响，客观叙事、立足现实依然为其主要特色，但相对于魏晋南北朝的志怪，篇幅较长，情节曲折。代表作为《古镜记》《补江总白猿传》。

唐传奇的中期，也是其兴盛期。随着社会发展，贫富加剧，各种矛盾逐渐突出，让唐传奇有了丰富的创作素材，各种奇闻逸事得到艺术加工，既反映了创作者的心声，也反映了当时的世态。代表作为《李娃传》《柳毅传》《南柯太守传》《长恨传》等。

晚唐时期，社会战乱四起，动荡不安，权贵多蓄刺客以自卫，游侠之风盛行，百姓生活于水深火热之中，便将希望寄托于鬼神精怪以及身怀绝技、劫富济贫的侠士身上，从而使得豪侠故事成为这一时期的主流。代表作为《聂隐娘》《虬髯客传》《郭元振》等。

有唐一代，传奇出现了大量的优秀作品，取得了丰硕的文化成果，对中国文学尤其是中国小说产生了深远影响。

纵观唐传奇的诞生、发展过程，有几个问题需要特别注意。

一是唐传奇只是唐小说中的一类，不能以此概指、含括唐小说。在唐代，虽然唐传奇取得了很大的发展，影响巨大，但应该清醒地看到，传统志怪依然和传奇并行不悖，而且数量众多、佳作频出。唐志怪延续了先秦、两汉、魏晋南北朝的优良基因和传统，尤其是根植生活、忠实记录的主流志怪观依然作为指导原则。唐传奇脱胎于志怪，鲁迅先生编辑的这本《唐宋传奇集》，有自己的入选标准，删除了那些纯粹志怪的作品。事实上，《太平广记》中收录的唐志怪、传奇数目众多，其中情节生动、文笔优美的远不止鲁迅先生辑录的这几十篇，鲁迅先生看重的是唐小说中的"始则有意为小说"的现象，是有选择性的。很多人研究传奇，以鲁迅先生的这本《唐宋传奇集》为参考，受到鲁迅先生的影响，用"传奇"一词概指唐小说，有的人认为唐传奇就是志怪，或者说唐传奇就是唐小说，这种观点都是偏颇的。

二是唐传奇和志怪既有交叉又有脱离，很多作品并不属于中国妖怪文化的范畴。前文说过，妖怪有一个前提条件就是来源于现实生活，中国传统志怪是以"史"为笔触，真实记录了这些不可思议的事物。而作者没有以现实来源进行构思、演绎创作出来的"妖怪"不属于传统志怪，也不属于中国妖怪文化的研究范畴。唐代志怪，始终遵循延续而来的志怪观，记载妖怪、奇异事物。相比而言，唐传奇的情况就很复杂，有些唐传奇尤其是早期的唐传奇，依然以传统志怪观书写，虽故事曲折、运用了高超的文学手法、文字优美，但根本上依然可以归结到志怪的范畴，如《补江总白猿传》。而相当一部分的唐传奇，特别是后期的许多作品，一方面只记载一些奇人豪侠，另一方面是作者虚构的艺术创作。

传奇在唐代出现、发展，成就斐然，经过五代十国到宋代，开始逐渐式微。

宋传奇对唐传奇进行了继承，但宋代的社会经济文化环境和唐代截然不同，创作者没有像唐代传奇作家那样的环境和社会条件。

唐人开放、自由、浪漫，而宋人更内敛、理性、尚质，中国妖怪文化在宋代，与唐代相比，发生了明显的变化。宋人创造和辑录志怪，出现了"复古"的思潮。复哪里的古？魏晋南北朝！

宋代志怪的代表人物，著有四百二十卷《夷坚志》的洪迈，对于妖怪有着自己的认识和态度："夫齐谐之志怪，庄周之谈天，虚无幻茫，不可致诘。"他认为妖怪的特点就是奇异、怪异，没必要对其内容妄加指责，并指出："逮干宝之《搜神》、奇章公之《玄怪》、谷神子之《博异》《河东》之记、《宣室》之志、《稽神》之录，皆不能无寓言于其间。"

"寓言于其间"，洪迈用五字言简意赅地概括了妖怪的重要意义——

妖怪文化、志怪是一面镜子，是一面反映社会现实、寄托理想信仰、记录历史变迁、包含思考劝解的镜子。这种观点，也是宋代志怪创作者的主流观点。

明人所编《五朝小说》序言中如此说："唯宋则出士大夫手，非公余纂录，即林下闲谭。所述皆生平父兄师友相与谈说，或履历见闻，疑误考证。故一语一笑，想见先辈风流。其事可补正史之亡，裨掌故之阙。"

宋代志怪的确如此，将志怪与历史、现实生活相互补充、见证，接过了魏晋南北朝传统志怪的涉猎大旗。故而，胡应麟说："小说，唐人以前，纪述多虚，而藻绘可观；宋人以后，论次多实，而彩艳殊乏。"

正是在这种思潮下，唐传奇尤其是后期的唐传奇，偏虚构而不重视现实的原则和风格，不被宋代大多数志怪作者接受，忠实记录、尚质黜华成为宋代志怪的主流创造观，故而宋传奇陷入低谷，数量和质量无法与唐代相比。

在宋文人士大夫组成的主流文化界，传奇式微，但一个有趣的现象出现了——传奇像一条河流，从唐代的澎湃呼啸，到宋代变得枯浅干涸，却一头扎入地下，竟然形成了更蔚然大观的地下河。

这条"地下河"就是市井"话本"，民间"说话"艺人的说书艺术。

前文说过，唐传奇的诞生，"变文"是其源头之一，在宋代，则出现了反哺的现象。

宋代市井文化发达，"说话"艺术将纯粹的书面文字变成口头的演绎和讲述，使得欣赏者不局限于文人士大夫，而是扩展到普通的市民百姓，进而大大增加了受众，提升了影响力。据《都城纪胜》记载，宋代"说话"主要有四家，一是小说，二是说铁骑，三是说经，四是讲史书，门类齐全。其中，小说是最有生命力，也是影响最大的。《都城纪胜》云："一者小说，谓之'银字儿'，如烟粉、灵怪、传奇，说公案，皆是朴刀杆棒及发迹变泰之事……"

宋代市井百姓喜欢"说话"。据孟元老所著《东京梦华录》记载，汴梁勾栏瓦肆多达五十余座，"象棚最大，可容数千人"。

唐传奇情节曲折、故事生动、引人入胜的特性，在宋代市井"说话"艺术中得到充分继承和发展，最终影响并推动了宋元杂剧、明神魔小说的产生和发展。

唐宋传奇是中华优秀传统文化的一朵奇葩，也是中国妖怪文化的重要组成部分和研究对象。

唐宋传奇中有刀光剑影，有恩爱情长，有悲欢离合，也有壮怀激烈，翻开这些作品，仔细品味，能够穿越时光，感受到那个时代的众生相，感受到那个时代的绝代风华。

余自幼对志怪感兴趣，《山海经》以及鲁迅先生编校的《唐宋传奇集》是余之启蒙读物。

这些年来，感慨于中国妖怪文化的巨大魅力及当下国人对其认知、研究的不足，余一直兢兢业业开展关于中国妖怪学、中国妖怪文化的研究和写作。

本次，苟敏编辑邀我为《唐宋传奇集》作序，接到任务后，我惶恐不安，仅能从自己的一些体悟谈一些浅见。如有谬误，还请专家和广大读者指正。

中国妖怪文化源远流长，志怪典籍汗牛充栋，唐宋传奇光彩辉映，是老祖宗们留给我们的宝贵遗产，希望我们能更多地了解、继承它并不断发扬光大。

张云

2022年8月4日草就于北京搜神馆

凿空传奇——"异世界"中的奇妙物语

　　将时空罗盘调到汉武帝时期。对于张骞而言，处于匈奴之西的大月氏在空间上委实是一个谜一般的存在，不仅匈奴极其不愿意看到汉朝和大月氏相通联手，即使张骞好不容易逃离了匈奴的监押管控，在浩渺的西域四处打探、寻找因为受到乌孙国持续滋扰而西迁的大月氏，也是困难重重。因此，司马迁将张骞的出使西域之行称为"凿空之旅"。让笔者感兴趣的是，当张骞不幸落入匈奴之手，经年之后终于逃脱，在茫茫西域跋涉四顾，这种场景确实很像现代的电子游戏，经典角色在特定的版图上闪烁移动，一路过关，直至圆满完成任务。

　　当然，在中国的唐宋时期，尚无电子游戏一说，甚至连中国的传统小说也只是初具雏形。传奇这种文体的出现，自然因袭志怪而来，但是其超出志怪的地方，首先便在于空间。笔者窃以为，小说的重要特征是空间的展现，将人物——无论是在历史和现实中实存，还是凭借虚构产生出来——放置在特定场域，人物便有了表演和活动的空间，也就有了不一样的效果和意义。这是因为，时空不仅相伴相生，有时也会阻隔滞涩，从而营造、放大陌生化的效果。从志怪而至传奇，看似轻盈一跃，实则充满了艺术性，因为志怪更像老老实实地记录在案，而传奇增添了作者本人或多或少的演绎成分、情感加持和价值判断，由此也便多了飞扬和灵动。这种艺术化在于作者在主观程度上的理解和消化，而故事一旦经过新编处理，来自人性、社会性的多重投射，会让其光芒闪耀，倍加璀璨。

鲁迅先生在整理中国小说流变一事上厥功甚伟，不仅撰述理论专著《中国小说史略》，又校录《唐宋传奇集》，至此先生似乎还不过瘾，更是亲自操刀创作了《故事新编》。先生曾说，《故事新编》"是神话、传说及史实的演义"。由此也可见《中国小说史略》和《唐宋传奇集》中"演义"之成分，基本涵盖了神话、传说及史实。神话见《柳毅传》《古岳渎经》《灵应传》等篇目，传说见《古镜记》《补江总白猿传》《虬髯客传》《开河记》等篇目，史实见《长恨传》《隋遗录》等篇目。至于《杨太真外传》等涉及帝王后妃等篇目，更是将史实和传说杂糅在一起，渲染出真假依托虚实相生的缥缈逶迤。将先生这三部作品放在一起参详，读者想必会产生不一样的感悟。试举例子如下：

（1）在《中国小说史略》中，先生提及《阳羡鹅笼》，见于《续齐谐记》，为南朝梁人吴均所撰。在笔者看来，志怪诸文中，此为翘楚之作。然而后世的唐宋传奇作者却很少染笔此篇，尤其考虑到唐传奇中描写隋炀帝的篇目，宋传奇作者对五代十国注目涉笔甚少，不免让人觉得奇怪，更何况遭逢乱世，人世艰辛，更会产生很多悱恻离奇之事。该则怪谈，以阳羡许彦之离奇遭遇，写了二女二男之"背叛情歌"。

阳羡许彦于绥安山行，遇一书生，年十七八，卧路侧，云脚痛，求寄鹅笼中。彦以为戏言。书生便入笼，笼亦不更广，书生亦不更小，宛然与双鹅并坐，鹅亦不惊。

彦负笼而去，都不觉重。前行息树下，书生乃出笼，谓彦曰："欲为君薄设。"彦曰："善。"乃口中吐出一铜奁子，奁子中具诸肴馔……酒数行，谓彦曰："向将一妇人自随。今欲暂邀之。"彦曰："善。"又于口中吐一女子，年可十五六，衣服绮丽，容貌殊绝，共坐宴。俄而书生醉卧，此女谓彦曰："虽与书生结妻，而实怀怨。向亦窃得一男子同行，书生既眠，暂唤之，君幸勿言。"彦曰："善。"女子于口中吐出一男子，年可二十三四，亦颖悟可爱，乃与彦叙寒温。书生卧欲觉，女子口吐一锦行障遮书生，书生乃留女子共卧。男子谓彦曰："此女虽有情，心亦不尽，向复窃得一女人同行，今欲暂见之，愿君勿泄。"彦曰："善。"男子又于口中吐一妇人，年可二十许，共酌，戏谈甚久，闻书生动声，男子曰："二人眠已觉。"

因取所吐女人，还纳口中。须臾，书生处女乃出谓彦曰："书生欲起。"乃吞向男子，独对彦坐。然后书生起谓彦曰："暂眠遂久，君独坐，当悒悒耶？日又晚，当与君别。"

遂吞其女子，诸器皿悉纳口中，留大铜盘可二尺广，与彦别曰："无以藉君，与君相忆也。"

若论及男女情事，欢爱一场，浓情蜜意时自然如胶似漆，一日不见如隔三秋；待到情转薄时，难逃"靡不有初""鲜克有终"的固有结局。

在《唐宋传奇集》中，涉及男欢女爱的篇幅不少，究其本质，则难脱"鹅笼"的困境。两个人相爱是一重空间，移情别恋又是一重空间，由爱生恨是更一重空间。痴男怨女们便是在由数重门隔开的异度空间内，饱受情爱带来的折磨，品味着或先苦后甜或先甜后苦的煎熬。倘若没有这苦和甜，没有这分与合，传奇的色彩想必大打折扣。如《离魂记》《任氏传》《霍小玉记》《李娃传》《无双传》《飞烟传》《流红记》《谭意歌传》《王幼玉记》等，莫不如此。自古以来，情路远非坦途，曲折颠沛之下，则人性彰显，褒贬自见。

（2）在《故事新编》中，有《铸剑》，也名《眉间尺》。乃是鲁迅先生托于史实掌故或历史传说，敷衍而出的名篇。笔者以为，《铸剑》虽然用了现代小说的很多技法，但本质上是一篇带有"怪哉"风格的侠客小说。

眉间尺见到黑衣人，求其帮助自己复仇时，黑衣人张口要两样东西——眉间尺的剑和头。以此取得国王信任后，黑衣人设计砍下国王的头，于是两颗头颅在鼎里咬成一团。看到眉间尺没有胜算，黑衣人便也砍下自己的头颅，三颗头颅再度厮杀，终于同归于尽。

在《唐宋传奇集》中，也不乏身怀绝技和异能的侠客义士。他们没有像黑衣人那样舍生取义、杀身成仁，这种行侠仗义的成本太高了，而是通过自己的能掐会算、通天彻地之能力，实现在人世间可能无望实现的公平与平等。像《虬髯客传》《昆仑奴》《聂隐娘》等篇中，"能报不平事"的，只有这些游戏人间的侠客。至于这些神龙见首不见尾的侠客，他们身上无不带有一种"异世界"的标志。

在南宋洪迈所著的《夷坚志》中有一篇《郭伦观灯》，道士对郭伦亮明自己的身份时说："吾乃剑侠，非世人也。"在《红线传》中，薛嵩也对红线发出这样的惊叹："不知汝是异人，我之暗也。"在《昆仑奴》中，磨勒平日里不显山水，只有在崔生需要时才偶露峥嵘，后因一品大员欲以"为民除害"的名义密谋加害，磨勒这才遁走，十多年后复在洛阳以卖药为生。其形象因而显得更加神奇怪异，高深莫测。

这种"异世界"，在涉及神鬼怪妖时尤其明显，如迥异于人世间的仙界幽冥，在《开河记》《灵应传》等篇目中都有传神的描摹刻画。普通世人想要勾连这样的"异世界"，或者通过做梦，或者通过离魂，甚至通过入冥，其所经历的即使在醒来后也会历历在目，难以忘记。像《三梦记》，描述了梦的流动性，既有前后相承，也有互相映现。这与博尔赫斯在《双梦记》里呈现的情节，几乎同样的巧妙。

赵志明

2022年8月17日

目 录

卷
一

古镜记

[唐]王度①

隋汾阴②侯生，天下奇士也。王度常以师礼事之。临终，赠度以古镜，曰："持此，则百邪远人。"度受而宝之。

镜横径八寸，鼻作麒麟蹲伏之象。绕鼻列四方，龟龙凤虎，依方陈布。四方外又设八卦，卦外置十二辰位，而具畜焉。辰畜之外，又置二十四字，周绕轮廓，文体似隶，点画无缺，而非字书所有也。侯生云："二十四气之象形。"承日照之，则背上文画，墨入影内，纤毫无失。举而扣之，清音徐引，竟日方绝。嗟乎！此则非凡镜之所同也。宜其见赏高贤，自称灵物。侯生常云："昔者吾闻黄帝铸十五镜③，其第一横径一尺五寸，法满月之数也。以其相差各校④一寸，此第八镜也。"虽岁祀攸远，图书寂寞，而高人所述，不可诬矣。昔杨氏纳环⑤，累代延庆；张公丧剑⑥，其身亦终。今度遭世扰攘，居常郁怏，王室如毁，生涯何地？宝镜复去，

---

① 王度：隋末唐初人，生卒年不详，绛州龙门（今山西省河津市）人。祖籍太原祁县，属太原王氏。著有《北朝春秋》《隋书》，皆已失传，只有志怪小说《古镜记》传于世。——后文如无特殊情况说明，皆为编者注。

② 汾阴：古县名，在今山西省万荣县荣河镇西南庙前村北古城，因在汾水之南故名。

③ 黄帝铸十五镜：黄帝，古史上所称圣明君主，又作轩辕氏。关于其造镜的数量有不同的说法。《黄帝内传》记载，黄帝见西王母，铸十二面镜，正好每月用一面。

④ 校：同"较"，相差。

⑤ 杨氏纳环：据南朝梁吴均所著《续齐谐记》载，汉代的杨宝幼时曾救一只受伤黄雀，并带回家里将养。多年后，黄雀自行飞去。忽一夜有黄衣童子，自称为西王母使者，带玉环四枚前来相谢。

⑥ 张公丧剑：据《晋书·张华传》记载，晋代有司空张华，得丰城双剑，一名龙泉，一名太阿，俱为剑中之精。后失去了双剑，张华也为赵王司马伦所杀。

哀哉！今具其异迹，列之于后，数千载之下，倘有得者，知其所由耳。

大业①七年五月，度自御史罢归河东②，适遇侯生卒，而得此镜。至其年六月，度归长安，至长乐坡，宿于主人程雄家。雄新受寄一婢，颇甚端丽，名曰鹦鹉。度既税驾③，将整冠履，引镜自照。鹦鹉遥见，即便叩首流血，云："不敢住。"度因召主人问其故。雄云："两月前，有一客携此婢从东来。时婢病甚，客便寄留，云：'还日当取。'比不复来，不知其婢之由也。"度疑精魅，引镜逼之。便云："乞命，即变形。"度即掩镜曰："汝先自叙，然后变形，当舍汝命。"婢再拜自陈云："某是华山府君庙前长松下千岁老狸，大行变惑，罪合至死。遂为府君捕逐，逃于河渭之间，为下邽（guī）陈思恭义女，蒙养甚厚。嫁鹦鹉与同乡人柴华。鹦鹉与华意不相惬，逃而东；出韩城县，为行人李无傲所执。无傲，粗暴丈夫也，遂将鹦鹉游行数岁，昨随至此，忽尔见留。不意遭逢天镜，隐形无路。"度又谓曰："汝本老狐，变形为人，岂不害人也？"婢曰："变形事人，非有害也。但逃匿幻惑，神道所恶，自当至死耳。"度又谓曰："欲舍汝，可乎？"鹦鹉曰："辱公厚赐，岂敢忘德。然天镜一照，不可逃形。但久为人形，羞复故体。愿缄于匣，许尽醉而终。"度又谓曰："缄镜于匣，汝不逃乎？"鹦鹉笑曰："公适有美言，尚许相舍。缄镜而走，岂不终恩？但天镜一临，窜迹无路，惟希数刻之命，以尽一生之欢耳。"度登时为匣镜，又为致酒，悉召雄家邻里，与宴谑。婢顷大醉，奋衣起舞而歌曰：

宝镜宝镜，

---

① 大业：隋炀帝年号，605—618。
② 河东：古县名，今山西省永济市蒲州镇。
③ 税驾：解驾，停息。税，同"脱"。

哀哉予命！

自我离形，

于今几姓？

生虽可乐，

死必不伤。

何为眷恋，

守此一方！

歌讫，再拜，化为老狸而死。一座惊叹。

大业八年四月一日，太阳亏①。度时在台直②，昼卧厅阁，觉日渐昏。诸吏告度以日蚀甚。整衣时，引镜出，自觉镜亦昏昧，无复光色。度以宝镜之作，合于阴阳光景之妙。不然，岂合以太阳失曜而宝镜亦无光乎？叹怪未已，俄而光彩出，日亦渐明。比及日复，镜亦精朗如故。自此之后，每日月薄蚀，镜亦昏昧。

其年八月十五日，友人薛侠者，获一铜剑，长四尺。剑连于靶；靶盘龙凤之状，左文如火焰，右文如水波，光彩灼烁，非常物也。侠持过度，曰："此剑侠常试之，每月十五日，天地清朗，置之暗室，自然有光，傍照数丈。侠持之有日月矣。明公好奇爱古，如饥如渴，愿与君今夕一试。"度喜甚。

其夜，果遇天地清霁。密闭一室，无复脱隙，与侠同宿。度亦出宝镜，置于座侧。俄而镜上吐光，明照一室，相视如昼。剑横其侧，无复光彩。侠大惊，曰："请内③镜于匣。"度从其言，然后剑乃吐光，不过一二

---

① 太阳亏：即日食。

② 台直：御史台当值。直，同"值"。

③ 内：同"纳"。

尺耳。侠抚剑叹曰："天下神物，亦有相伏之理也。"是后每至月望^①，则出镜于暗室，光尝照数丈。若月影入室，则无光也。岂太阳太阴之耀，不可敌也乎？

其年冬，兼著作郎，奉诏撰国史，欲为苏绰^②立传。度家有奴曰豹生，年七十矣。本苏氏部曲，颇涉史传，略解属文，见度传草^③，因悲不自胜。度问其故。谓度曰："豹生常受苏公厚遇，今见苏公言验，是以悲耳。郎君所有宝镜，是苏公友人河南苗季子所遗苏公者。苏公爱之甚。苏公临亡之岁，戚戚不乐，常召苗生谓曰：'自度死日不久，不知此镜当入谁手？今欲以蓍筮^④一卦，先生幸观之也。'便顾豹生取蓍，苏公自揲^⑤布卦。卦讫，苏公曰：'我死十余年，我家当失此镜，不知所在。然天地神物，动静有征。今河汾之间，往往有宝气，与卦兆相合，镜其往彼乎？'季子曰：'亦为人所得乎？'苏公又详其卦，云：'先入侯家，复归王氏。过此以往，莫知所之也。'"豹生言讫涕泣。度问苏氏，果云旧有此镜，苏公薨后，亦失所在，如豹生之言。故度为苏公传，亦具言其事于末篇，论苏公蓍筮绝伦，默而独用，谓此也。

大业九年正月朔旦^⑥，有一胡僧，行乞而至度家。弟勣出见之。觉其神彩不俗，更邀入室，而为具食，坐语良久。胡僧谓勣曰："檀越^⑦家似有绝世宝镜也。可得见耶？"勣曰："法师何以得知之？"僧曰："贫道受明录

---

① 月望：指农历每月十五。
② 苏绰：西魏武功（今陕西省扶风县东南）人，字令绰，博学，尤擅长算术，官至尚书。
③ 见度传草：指王度撰《苏绰传》的草稿。
④ 蓍筮：古代卜卦一种，古人用蓍草的茎占卜。蓍，音shī。
⑤ 揲：音shé，古代用蓍草占卦时，数蓍草的数目，把它分成几份儿。
⑥ 正月朔旦：指农历正月初一，当时也被称为元旦。
⑦ 檀越：佛家对施主的称谓。

秘术，颇识宝气。檀越宅上每日常有碧光连日，绛气属月，此宝镜气也。贫道见之两年矣。今择良日，故欲一观。"勣出之。

僧跪捧欣跃，又谓勣曰："此镜有数种灵相，皆当未见。但以金膏涂之，珠粉拭之，举以照日，必影彻墙壁。"僧又叹息曰："更作法试，应照见腑脏。所恨卒无药耳。但以金烟熏之，玉水洗之，复以金膏、珠粉如法拭之，藏之泥中，亦不晦矣。"遂留金烟、玉水等法，行之无不获验。而胡僧遂不复见。

其年秋，度出兼芮城令。令厅前有一枣树，围可数丈，不知几百年矣。前后令至，皆祠谒此树，否则殃祸立及也。度以为妖由人兴，淫祀宜绝。县吏皆叩头请度。度不得已，为之以祀。然阴念此树当有精魅所托，人不能除，养成其势。乃密悬此镜于树之间。其夜二鼓许，闻其厅前磊落有声，若雷霆者。遂起视之，则风雨晦暝，缠绕此树，电光晃耀，忽上忽下。至明，有一大蛇，紫鳞赤尾，绿头白角，额上有"王"字，身被数创，死于树。度便下收镜。命吏出蛇，焚于县门外。仍掘树，树心有一穴，于地渐大，有巨蛇蟠泊之迹。既而坟之，妖怪遂绝。

其年冬，度以御史带芮城令，持节河北道，开仓粮赈给陕东。时天下大饥，百姓疾病，蒲陕之间，疠疫尤甚。有河北人张龙驹，为度下小吏，其家良贱数十口，一时遇疾。度悯之，赍此入其家，使龙驹持镜夜照。诸病者见镜，皆惊起，云："见龙驹持一月来相照。光阴所及，如冰著体，冷彻腑脏。"即时热定，至晚并愈。以为无害于镜，而所济于众，令密持此镜，遍巡百姓。

其夜，镜于匣中泠然自鸣，声甚彻远，良久乃止。度心独怪。明早，龙驹来谓度曰："龙驹昨忽梦一人，龙头蛇身，朱冠紫服，谓龙驹：'我即镜精也，名曰紫珍。常有德于君家，故来相托。为我谢王公，百姓有罪，天与之疾，奈何使我反天救物！且病至后月，当渐愈，无为我苦。'"度感其灵怪，因此志之。至后月，病果渐愈，如其言也。

大业十年，度弟勣自六合丞弃官归，又将遍游山水，以为长往之策。度止之曰："今天下向乱，盗贼充斥，欲安之乎？且吾与汝同气，未尝远别。此行也，似将高蹈。昔尚子平①游五岳，不知所之。汝若追踵前贤，吾所不堪也。"便涕泣对勣。勣曰："意已决矣，必不可留。兄今之达人，当无所不体。孔子曰：'匹夫不夺其志矣。'人生百年，忽同过隙，得情则乐，失志则悲，安遂其欲，圣人之义也。"度不得已，与之决别。勣曰："此别也，亦有所求。兄所宝镜，非尘俗物也。勣将抗志云路，栖踪烟霞，欲兄以此为赠。"度曰："吾何惜于汝也？"即以与之。勣得镜，遂行，不言所适。

至大业十三年夏六月，始归长安，以镜归，谓度曰："此镜真宝物也！辞兄之后，先游嵩山少室，降石梁，坐玉坛。属日暮，遇一嵌岩，有一石堂，可容三五人，勣栖息止焉。月夜二更后，有两人：一貌胡，须眉皓而瘦，称山公；一面阔，白须，眉长，黑而矮，称毛生。谓勣曰：'何人斯居也？'勣曰：'寻幽探穴访奇者。'二人坐与勣谈久，往往有异义出于言外。勣疑其精怪，引手潜后，开匣取镜。镜光出而二人失声俯伏。矮者化为龟，胡者化为猿。悬镜至晓，二身俱殒。龟身带绿毛，猿身带白毛。

"即入箕山，渡颍水，历太和，视玉井。井傍有池，水湛然绿色。问樵夫，曰：'此灵湫耳。村间每八节祭之，以祈福佑。若一祭有阙，即池水出黑云，大雹浸堤坏阜。'勣引镜照之，池水沸涌，有雷如震。忽尔池水腾出池中，不遗涓滴。可行二百余步，水落于地。有一鱼，可长丈余，

---

① 尚子平：即向子平，名长，东汉人，精通《易》《老子》，家贫不仕，与朋友漫游五岳，后不知所终。

粗细大于臂，首红额白，身作青黄间色，无鳞有涎，龙形蛇角，嘴尖，状如鲟鱼，动而有光，在于泥水，困而不能远去。勋谓鲛也，失水而无能为耳。刃而为炙，甚膏，有味，以充数朝口腹。遂出于宋汴。

"汴主人张珂家有女子患，入夜，哀痛之声，实不堪忍。勋问其故。病来已经年岁，白日即安，夜常如此。勋停一宿，及闻女子声，遂开镜照之。病者曰：'戴冠郎被杀！'其病者床下，有大雄鸡，死矣，乃是主人七八岁老鸡也。

"游江南，将渡广陵扬子江，忽暗云覆水，黑风波涌，舟子失容，虑有覆没。勋携镜上舟，照江中数步，明朗彻底，风云四敛，波涛遂息，须臾之间，达济天堑。

"跻摄山曲芳岭，或攀绝顶，或入深洞，逢其群鸟环人而噪，数熊当路而蹲，以镜挥之，熊鸟奔骇。

"是时利涉浙江，遇潮出海，涛声振吼，数百里而闻。舟人曰：'涛既近，未可渡南。若不回舟，吾辈必葬鱼腹。'勋出镜照江，波不进，屹如云立。四面江水豁开五十余步，水渐清浅，鼋鼍①散走。举帆翩翩，直入南浦。然后却视，涛波洪涌，高数十丈。而至所渡之所也，遂登天台，周览洞壑。夜行佩之山谷，去身百步，四面光彻，纤微皆见，林间宿鸟，惊而乱飞。

"还履会稽，逢异人张始鸾，授勋《周髀》《九章》②及明堂六甲之事。与陈永同归。更游豫章，见道士许藏秘，云是旌阳七代孙，有咒登刀履火之术。说妖怪之次，更言丰城县仓督李敬慎家有三女，遭魅病，人莫能识。藏秘疗之无效。

---

① 鼋鼍：鼋，大鳖；鼍，扬子鳄。音yuán tuó。
② 《周髀》《九章》：《周髀》指《周髀算经》，是我国最古老的天文算学著作。髀，音bì。《九章》指《九章算术》，是我国古代的数学典籍。

"勣故人曰赵丹，有才器，任丰城县尉。勣因过之。丹遽命祗承人指勣停处。勣谓曰：'欲得仓督李敬慎家居止。'丹遽命敬为主，礼勣。因问其故。敬曰：'三女同居堂内阁子，每至日晚，即靓妆炫服。黄昏后，即归所居阁子，灭灯烛。听之，窃与人言笑声。及至晓眠，非唤不觉。日日渐瘦，不能下食。制之不令妆梳，即欲自缢投井。无奈之何。'勣谓敬曰：'引示阁子之处。'其阁东有窗。恐其门闭固而难启，遂昼日先刻断窗棂四条，却以物支柱之，如旧。至日暮，敬报勣曰：'妆梳入阁矣。'至一更，听之，言笑自然。勣拔窗棂子，持镜入阁，照之。三女叫云：'杀我婿也！'初不见一物。悬镜至明，有一鼠狼，首尾长一尺三四寸，身无毛齿；有一老鼠，亦无毛齿，其肥大可重五斤；又有守宫①，大如人手，身披鳞甲，焕烂五色，头上有两角，长可半寸，尾长五寸已上，尾头一寸色白，并于壁孔前死矣。从此疾愈。

　　"其后寻真至庐山，婆娑数月，或栖息长林，或露宿草莽，虎豹接尾，豺狼连迹，举镜视之，莫不窜伏。庐山处士苏宾，奇识之士也，洞明《易》道，藏往知来，谓勣曰：'天下神物，必不久居人间。今宇宙丧乱，他乡未必可止，吾子此镜尚在，足下卫②，幸速归家乡也。'勣然其言，即时北归。便游河北，夜梦镜谓勣曰：'我蒙卿兄厚礼，今当舍人间远去，欲得一别，卿请早归长安也。'勣梦中许之。及晓，独居思之，恍恍发悸，即时西首秦路。今既见兄，勣不负诺矣。终恐此灵物亦非兄所有。"数月，勣还河东。

　　大业十三年七月十五日，匣中悲鸣，其声纤远，俄而渐大，若龙咆虎吼，良久乃定。开匣视之，即失镜矣。

---

① 守宫：壁虎。
② 足下卫：足够保护自己。

补江总白猿传^①

[唐]佚名

　　梁大同^②末，遣平南将军蔺钦南征，至桂林，破李师古、陈彻。别将欧阳纥^③略地至长乐，悉平诸洞，深入阻深。纥妻纤白，甚美。其部人曰："将军何为挈丽人经此？地有神，善窃少女，而美者尤所难免。宜谨护之。"纥甚疑惧，夜勒兵环其庐，匿妇密室中，谨闭甚固，而以女奴十余伺守之。尔夕，阴风晦黑，至五更，寂然无闻。守者怠而假寐，忽若有物惊悟者，即已失妻矣。关扃（jiōng）如故，莫知所出。出门山险，咫尺迷闷，不可寻逐。迫明，绝无其迹。纥大愤痛，誓不徒还。因辞疾，驻其军，日往四遨，即深陵险以索之。既逾月，忽于百里之外丛篠上，得其妻绣履一只，虽侵雨濡，犹可辨识。纥尤凄悼，求之益坚。选壮士三十人，持兵负粮，岩栖野食。

　　又旬余，远所舍约二百里，南望一山，葱秀迥出。至其下，有深溪环之，乃编木以度。绝岩翠竹之间，时见红彩，闻笑语音。扪萝引絚^④，而陟其上，则嘉树列植，间以名花，其下绿芜，丰软如毯。清迥岑寂，杳然殊境。东向石门有妇人数十，帔服鲜泽，嬉游歌笑，出入其中。见人皆慢

---

① 补江总白猿传：作者托名南朝陈江总，宋代陈振孙在《直斋书录解题》中认为这篇传奇是无名氏所作。本篇后被收录在宋李昉等所编的《太平广记》当中，题为《欧阳纥》，注云：出《续江氏传》。
② 大同：南朝梁武帝年号，535—546。
③ 欧阳纥：南朝陈武帝时人，字奉圣，曾任广州刺史、左卫将军，后起兵反叛，兵败后被杀。书法家欧阳询的父亲。
④ 絚：粗绳子，音gēng。

视迟立，至则问曰："何因来此？"纥具以对。相视叹曰："贤妻至此月余矣。今病在床，宜遣视之。"入其门，以木为扉。中宽辟若堂者三。四壁设床，悉施锦荐。其妻卧石榻上，重茵累席，珍食盈前。纥就视之。回眸一睇，即疾挥手令去。诸妇人曰："我等与公之妻，比来久者十年。此神物所居，力能杀人，虽百夫操兵，不能制也。幸其未返，宜速避之。但求美酒两斛，食犬十头，麻数十斤，当相与谋杀之。其来必以正午。后慎勿太早。以十日为期。"因促之去。纥亦遽退。

遂求醇醪与麻犬，如期而往。妇人曰："彼好酒，往往致醉。醉必骋力，俾吾等以彩练缚手足于床，一踊皆断。尝纫三幅，则力尽不解。今麻隐帛中束之，度不能矣。遍体皆如铁，唯脐下数寸，常护蔽之，此必不能御兵刃。"指其旁一岩曰："此其食廪。当隐于是，静而伺之。酒置花下，犬散林中，待吾计成，招之即出。"如其言，屏气以俟。

日晡[1]，有物如匹练，自他山下，透至若飞，径入洞中。少选[2]，有美髯丈夫长六尺余，白衣曳杖，拥诸妇人而出。见犬惊视，腾身执之，披裂吮咀，食之致饱。妇人竞以玉杯进酒，谐笑甚欢。既饮数斗，则扶之而去。又闻嬉笑之音。良久，妇人出招之，乃持兵而入。见大白猿，缚四足于床头，顾人蹙缩，求脱不得，目光如电。竞兵之，如中铁石。刺其脐下，即饮刃，血射如注。乃大叹咤曰："此天杀我，岂尔之能。然尔妇已孕，勿杀其子，将逢圣帝，必大其宗。"言绝乃死。

搜其藏，宝器丰积，珍羞盈品，罗列几案。凡人世所珍，靡不充备，名香数斛，宝剑一双。妇人三十辈，皆绝其色。久者至十年。云：色衰必

---

① 日晡：指申时，即下午三点至五点。也可指天将暮时。

② 少选：一会儿。

被提去，莫知所置。又捕采唯止其身，更无党类。且盥洗，著帽，加白袷，被素罗衣，不知寒暑。遍身白毛，长数寸。所居常读木简，字若符篆，了不可识；已，则置石磴下。晴昼或舞双剑，环身电飞，光圆若月。其饮食无常，喜啖果栗，尤嗜犬，咀而饮其血。日始逾午，即欻然①而逝。半昼往返数千里，及晚必归，此其常也。所须无不立得。夜就诸床嬲戏②，一夕皆周，未尝痳。言语淹详，华旨会利。然其状，即猳玃③类也。今岁木落之初，忽怆然曰："吾为山神所诉，将得死罪。亦求护之于众灵，庶几可免。"前月哉生魄④，石磴生火，焚其简书。怅然自失曰："吾已千岁，而无子。今有子，死期至矣。"因顾诸女，汍澜⑤者久，且曰："此山复绝，未尝有人至。上高而望，绝不见樵者。下多虎狼怪兽。今能至者，非天假之，何耶？"纥即取宝玉珍丽及诸妇人以归，犹有知其家者。纥妻周岁生一子，厥状肖焉。后纥为陈武帝⑥所诛。素与江总善。爱其子聪悟绝人，常留养之，故免于难。及长，果文学善书，知名于时⑦。

---

① 欻然：忽然。

② 嬲戏：狎弄。嬲，音niǎo。

③ 猳玃：猿猴，音jiā jué。

④ 哉生魄：古时称夏历每月初二或初三，取月亮开始发光之意。关于哉生魄，有各种不同的解说，今依语言学家王力所著《古代汉语常识》一书说法。

⑤ 汍澜：泪流如雨的样子。汍，音wán。

⑥ 陈武帝：指陈霸先，南朝陈开国之主。

⑦ 知名于时：欧阳纥的儿子欧阳询为唐初著名文学家和书法家，据传容貌丑陋似猴，此处的用意是在嘲笑欧阳询。

离魂记

[唐]陈玄祐①

  天授②三年，清河③张镒，因官家于衡州④。性简静，寡知友。无子，有女二人。其长早亡，幼女倩娘，端妍绝伦。镒外甥太原王宙，幼聪悟，美容范。镒常器重，每曰："他时当以倩娘妻之。"后各长成，宙与倩娘常私感想于寤寐⑤，家人莫知其状。后有宾寮之选者求之，镒许焉。女闻而郁抑；宙亦深恚（huì）恨，托以当调，请赴京，止之不可，遂厚遣之。宙阴恨悲恸，决别上船。

  日暮，至山郭数里。夜方半，宙不寐，忽闻岸上有一人行声甚速，须臾至船。问之，乃倩娘徒行跣足⑥而至。宙惊喜发狂，执手问其从来。泣曰："君厚意如此，寝梦相感。今将夺我此志，又知君深情不易，思将杀身奉报，是以亡命来奔。"宙非意所望，欣跃特甚。遂匿倩娘于船，连夜遁去。

  倍道兼行，数月至蜀。凡五年，生两子，与镒绝信。其妻常思父母，

① 陈玄祐：唐传奇作家，生卒年不详。著有《离魂记》，后被收入《太平广记》，题为《王宙》，注云：出《离魂记》。为元人郑光祖所作杂剧《倩女离魂》（全名《迷青琐倩女离魂》）之蓝本，《倩女离魂》与《拜月亭》《西厢记》《墙头马上》合称为四大爱情剧。自宋元始，《离魂记》便不断被改编为戏曲类作品，影响颇广。

② 天授：武则天称帝后的第一个年号，690—692。

③ 清河：唐郡名，在今河北省清河县。

④ 衡州：唐州名，在今湖南省衡阳市。

⑤ 寤寐：指醒时与睡时，泛指日夜。

⑥ 跣足：光着脚。

涕泣言曰："吾曩日^①不能相负，弃大义而来奔君。向今五年，恩慈间阻。覆载之下，胡颜独存也？"宙哀之，曰："将归，无苦。"遂俱归衡州。

既至，宙独身先至镒家，首谢其事。镒曰："倩娘病在闺中数年，何其诡说也！"宙曰："见在舟中！"镒大惊，促使人验之。果见倩娘在船中，颜色怡畅，讯使者曰："大人安否？"家人异之，疾走报镒。室中女闻喜而起，饰妆更衣，笑而不语，出与相迎，翕然而合为一体，其衣裳皆重。其家以事不正，秘之。惟亲戚间有潜知之者。

后四十年间，夫妻皆丧。二男并孝廉擢第^②，至丞尉。

玄祐少常闻此说，而多异同，或谓其虚。大历末，遇莱芜县令张仲规，因备述其本末。镒则仲规堂叔，而说极备悉，故记之。

---

① 曩日：往日，以前。曩，音nǎng。
② 孝廉擢第：因品德优秀被地方官推举到京城参加考试而及第。

枕中记

[唐]沈既济①

开元七年，道士有吕翁者，得神仙术，行邯郸道中，息邸舍，摄帽弛带，隐囊而坐。俄见旅中少年，乃卢生也。衣短褐，乘青驹，将适于田，亦止于邸中，与翁共席而坐，言笑殊畅。

久之，卢生顾其衣装敝亵，乃长叹息曰："大丈夫生世不谐，困如是也！"翁曰："观子形体，无苦无恙，谈谐方适，而叹其困者，何也？"生曰："吾此苟生耳。何适之谓？"翁曰："此不谓适，而何谓适？"答曰："士之生世，当建功树名，出将入相，列鼎而食②，选声而听，使族益昌而家益肥，然后可以言适乎。吾尝志于学，富于游艺，自惟当年，青紫可拾③。今已适壮，犹勤畎亩，非困而何？"言讫，而目昏思寐。

时主人方蒸黍。翁乃探囊中枕以授之，曰："子枕吾枕，当令子荣适如志。"其枕青瓷，而窍其两端。生俯首就之，见其窍渐大，明朗。乃举身而入，遂至其家。

数月，娶清河崔氏女。女容甚丽，生资愈厚。生大悦，由是衣装服驭，日益鲜盛。明年，举进士，登第；释褐秘校；应制，转渭南尉；俄迁监察御史；转起居舍人，知制诰。三载，出典同州，迁陕牧。生性好土功，自陕西凿河八十里，以济不通。邦人利之，刻石纪德。移节汴州，领

---

① 沈既济：约750—约797，唐代小说家、史学家。著有《建中实录》十卷，今不存，另有《枕中记》《任氏传》。
② 列鼎而食：排列着许多鼎而食。指公侯之家丰盛的饮食。鼎，炊器，多用青铜制成。
③ 青紫可拾：可以得到高官。青紫，高官所佩用的青、紫色印绶，代指高官厚禄。

河南道采访使，征为京兆尹。

是岁，神武皇帝方事戎狄，恢宏土宇。会吐蕃悉抹逻及烛龙莽布支攻陷瓜沙[1]，而节度使王君㚟（chuò）新被杀，河湟震动。帝思将帅之才，遂除生御史中丞，河西道节度。大破戎虏，斩首七千级，开地九百里，筑三大城以遮要害。边人立石于居延山以颂之。归朝册勋，恩礼极盛。转吏部侍郎，迁户部尚书兼御史大夫。

时望清重，群情翕习[2]。大为时宰所忌，以飞语中之，贬为端州刺史。三年，征为常侍。未几，同中书门下平章事。与萧中令嵩、裴侍中光庭同执大政十余年，嘉谟密命，一日三接，献替启沃[3]，号为贤相。

同列害之，复诬与边将交结，所图不轨。下制狱。府吏引从至其门而急收之。生惶骇不测，谓妻子曰：“吾家山东，有良田五顷，足以御寒馁，何苦求禄？而今及此，思衣短褐，乘青驹，行邯郸道中，不可得也。”引刃自刎。

其妻救之，获免。其罹者皆死，独生为中官保之，减罪死，投驩州[4]。

数年，帝知冤，复追为中书令，封燕国公，恩旨殊异。

生五子，曰俭，曰传，曰位，曰倜，曰倚，皆有才器。俭进士登第，为考功员外；传为侍御史；位为太常丞；倜为万年尉；倚最贤，年二十八，为左襄。其姻媾皆天下望族。有孙十余人。

两窜荒徼，再登台铉，出入中外，徊翔台阁，五十余年，崇盛赫奕。性颇奢荡，甚好佚乐，后庭声色，皆第一绮丽。前后赐良田、甲第、佳

---

① 吐蕃：中国历史上少数民族建立的政权，其政权的大部分地区为今天的西藏自治区。悉抹逻：人名。烛龙：唐时州名，在今俄罗斯贝加尔湖东。莽布支：人名。瓜沙：瓜州与沙州，在今甘肃省西北部。

② 翕习：乐于追随、附顺的样子。翕，音 xī。

③ 献替启沃：对君王规谏过失、忠告布诚。

④ 驩州：唐置，属于交州总管府。驩，音 huān。

人、名马，不可胜数。

后年渐衰迈，屡乞骸骨①，不许。病，中人候问，相踵于道，名医上药，无不至焉。将殁，上疏曰："臣本山东诸生，以田圃为娱。偶逢圣运，得列官叙。过蒙殊奖，特秩鸿私，出拥节旌，入升台辅。周旋中外，绵历岁时。有忝天恩，无裨圣化。负乘贻寇，履薄增忧，日惧一日，不知老至。今年逾八十，位极三事，钟漏并歇②，筋骸俱耄，弥留沉顿，待时益尽。顾无成效，上答休明，空负深恩，永辞圣代。无任感恋之至。谨奉表陈谢。"

诏曰："卿以俊德，作朕元辅。出拥藩翰，入赞雍熙③，升平二纪④，实卿所赖。比婴⑤疾瘵，日谓痊平。岂斯沉痼，良用悯恻。今令骠骑大将军高力士就第候省。其勉加针石，为予自爱。犹冀无妄，期于有瘳⑥。"

是夕，薨。

卢生欠伸而悟，见其身方偃于邸舍，吕翁坐其傍，主人蒸黍未熟，触类如故。生蹶然⑦而兴，曰："岂其梦寐也？"翁谓生曰："人生之适，亦如是矣。"生怃然良久，谢曰："夫宠辱之道，穷达之运，得丧之理，死生之情，尽知之矣。此先生所以窒吾欲也。敢不受教！"稽首再拜而去。

---

① 乞骸骨：请求退休的委婉说法。
② 钟漏并歇：指时间已尽，意谓将要逝世。
③ 雍熙：太平盛世。
④ 纪：古代一纪为十二年。
⑤ 婴：缠绕。
⑥ 瘳：病痊愈。瘳，音chōu。
⑦ 蹶然：急遽的样子。

任氏传

[唐]沈既济

任氏，女妖也。

有韦使君者，名崟，第九，信安王祎之外孙。少落拓①，好饮酒。其从父妹婿曰郑六，不记其名。早习武艺，亦好酒色，贫无家，托身于妻族。与崟相得，游处不间。

天宝②九年夏六月，崟与郑子偕行于长安陌中，将会饮于新昌里。至宣平之南，郑子辞有故，请间去，继至饮所。崟乘白马而东。

郑子乘驴而南，入升平之北门。偶值三妇人行于道中，中有白衣者，容色姝丽。郑子见之惊悦，策其驴，忽先之，忽后之，将挑而未敢。白衣时时盼睐，意有所受。郑子戏之曰："美艳若此，而徒行，何也？"白衣笑曰："有乘不解相假，不徒行何为？"郑子曰："劣乘不足以代佳人之步，今辄以相奉。某得步从，足矣。"相视大笑。同行者更相眩诱，稍已狎昵。

郑子随之东，至乐游园，已昏黑矣。见一宅，土垣车门，室宇甚严。白衣将入，顾曰"愿少踟蹰③"而入。女奴从者一人，留于门屏间，问其姓第。郑子既告，亦问之。对曰："姓任氏，第二十。"少顷，延入。郑絷驴于门，置帽于鞍。始见妇人年三十余，与之承迎，即任氏姊也。

列烛置膳，举酒数觞。任氏更妆而出，酣饮极欢。夜久而寝，其妍姿

---

① 落拓：放荡不羁。
② 天宝：唐玄宗李隆基的年号，742—756。
③ 踟蹰：徘徊不进。此处意作等待。

美质，歌笑态度，举措皆艳，殆非人世所有。将晓，任氏曰："可去矣。某兄弟名系教坊①，职属南衙，晨兴将出，不可淹留。"乃约后期而去。

既行，及里门，门扃未发。门旁有胡人鬻饼之舍，方张灯炽炉。郑子憩其帘下，坐以候鼓，因与主人言。郑子指宿所以问之曰："自此东转，有门者，谁氏之宅？"主人曰："此隤墉弃地②，无第宅也。"郑子："适过之，曷以云无？"与之固争。主人适悟，乃曰："吁！我知之矣。此中有一狐，多诱男子偶宿，尝三见矣。今子亦遇乎？"郑子赧而隐曰："无。"质明，复视其所，见土垣车门如故。窥其中，皆榛荒及废圃③耳。

既归，见崟。崟责以失期。郑子不泄，以他事对。然想其艳冶，愿复一见之，心尝存之不忘。

经十许日，郑子游，入西市衣肆，瞥然见之，曩女奴从。郑子遽呼之。任氏侧身周旋于稠人中以避焉。郑子连呼前迫，方背立，以扇障其后，曰："公知之，何相近焉？"郑子曰："虽知之，何患？"对曰："事可愧耻，难施面目④。"郑子曰："勤想如是，忍相弃乎？"对曰："安敢弃也，惧公之见恶耳。"郑子发誓，词旨益切。任氏乃回眸去扇，光彩艳丽如初，谓郑子曰："人间如某之比者非一，公自不识耳，无独怪也。"郑子请之与叙欢。对曰："凡某之流，为人恶忌者，非他，为其伤人耳。某则不然。若公未见恶，愿终己以奉巾栉⑤。"郑子许与谋栖止⑥。任氏曰："从此而东，大树出于栋间者，门巷幽静，可税以居。前时自宣平之南，乘白马

---

① 教坊：唐代设立的管理乐工、歌伎的机构。
② 隤墉弃地：墙壁坍塌，没有人要之地。
③ 榛荒及废圃：长满野草的荒地及荒废的园地。
④ 难施面目：没脸相见。
⑤ 奉巾栉：做人妻室的谦词。原意为照料人梳洗。
⑥ 栖止：住处。

而东者，非君妻之昆弟①乎？其家多什器，可以假用。"是时崟伯叔从役于四方，三院什器，皆贮藏之。

郑子如言访其舍，而诣崟假什器。问其所用。郑子曰："新获一丽人，已税得其舍，假其以备用。"崟笑曰："观子之貌，必获诡陋。何丽之绝也？"崟乃悉假帷帐榻席之具，使家僮之惠黠者，随以觇②之。俄而奔走返命，气吁汗洽③。崟迎问之："有乎？"又问："容若何？"曰："奇怪也！天下未尝见之矣。"崟姻族广茂，且凤从逸游，多识美丽。乃问曰："孰若某美？"僮曰："非其伦也！"崟遍比其佳者四五人，皆曰"非其伦"。是时吴王之女有第六者，则崟之内妹，秾艳如神仙，中表素推第一。崟问曰："孰与吴王家第六女美？"又曰："非其伦也。"崟抚手大骇曰："天下岂有斯人乎？"遽命汲水澡颈，巾首膏唇而往。

既至，郑子适出。崟入门，见小僮拥篲方扫，有一女奴在其门，他无所见。征于小僮。小僮笑曰："无之。"崟周视室内，见红裳出于户下。迫而察焉，见任氏戢身④匿于扇间。崟引出就明而观之，殆过于所传矣。崟爱之发狂，乃拥而凌之，不服。崟以力制之，方急，则曰："服矣。请少回旋。"既从，则捍御如初，如是者数四。崟乃悉力急持之。任氏力竭，汗若濡雨。自度不免，乃纵体不复拒抗，而神色惨变。崟问曰："何色之不悦？"任氏长叹息曰："郑六之可哀也！"崟曰："何谓？"对曰："郑生有六尺之躯，而不能庇一妇人，岂丈夫哉！且公少豪侈，多获佳丽，遇某之比者众矣。而郑生，穷贱耳。所称惬者，唯某而已。忍以有余之心，而

---

① 昆弟：兄弟。

② 觇：察看，音chān。

③ 汗洽：全身流汗。

④ 戢身：藏身。戢，音jí。

夺人之不足乎？哀其穷馁，不能自立，衣公之衣，食公之食，故为公所系耳。若糠糗①可给，不当至是。"崟豪俊有义烈，闻其言，遽置之。敛衽而谢曰："不敢。"俄而郑子至，与崟相视哈乐②。

自是，凡任氏之薪粒牲饩，皆崟给焉。任氏时有经过，出入或车马舆步，不常所止。崟日与之游，甚欢。每相狎昵，无所不至，唯不及乱而已。是以崟爱之重之，无所吝惜；一食一饮，未尝忘焉。

任氏知其爱己，因言以谢曰："愧公之见爱甚矣。顾以陋质，不足以答厚意。且不能负郑生，故不得遂公欢。某，秦人也，生长秦城；家本伶伦，中表姻族，多为人宠媵，以是长安狭斜③，悉与之通。或有姝丽，悦而不得者，为公致之可矣。愿持此以报德。"崟曰："幸甚！"

鄽中④有鬻衣之妇曰张十五娘者，肌体凝洁，崟常悦之。因问任氏识之乎。对曰："是某表娣妹，致之易耳。"

旬余，果致之。数月厌罢。任氏曰："市人易致，不足以展效。或有幽绝之难谋者，试言之，愿得尽智力焉。"崟曰："昨者寒食，与二三子游于千福寺。见刁将军缅张乐于殿堂。有善吹笙者，年二八，双鬟垂耳，娇姿艳绝。当识之乎？"任氏曰："此宠奴也。其母即妾之内姊也。求之可也。"崟拜于席下。任氏许之。乃出入刁家。

月余，崟促问其计。任氏愿得双缣⑤以为赂。崟依给焉。后二日，任氏与崟方食，而缅使苍头控青骊以迓⑥任氏。任氏闻召，笑谓崟曰：

---

① 糠糗：粗粮。糗，音 qiǔ。

② 哈乐：嬉乐。哈，音 hāi。

③ 狭斜：即妓院。妓院多设于狭隘的小巷，故称。

④ 鄽中：市场。鄽同"廛"，音 chán。

⑤ 缣：细绢。

⑥ 迓：迎接，音 yà。

"谐矣。"

初，任氏加宠奴以病，针饵莫减。其母与缣忧之方甚，将征诸巫。任氏密赂巫者，指其所居，使言从就为吉。及视疾，巫曰："不利在家，宜出居东南某所，以取生气。"缣与其母详其地，则任氏之第在焉。缣遂请居。任氏谬辞以逼狭，勤请而后许。乃辇服玩，并其母偕送于任氏。至，则疾愈。未数日，任氏密引鲨以通之，经月乃孕。其母惧，遽归以就缣，由是遂绝。

他日，任氏谓郑子曰："公能致钱五六千乎？将为谋利。"郑子曰："可。"遂假求于人，获钱六千。任氏曰："鬻马于市者，马之股有疵，可买以居之。"郑子如市，果见一人牵马求售者，青在左股。郑子买以归。其妻昆弟皆嗤之，曰："是弃物也。买将何为？"无何，任氏曰："马可鬻矣。当获三万。"郑子乃卖之。有酬二万，郑子不与。一市尽曰："彼何苦而贵买，此何爱而不鬻？"郑子乘之以归；买者随至其门，累增其估，至二万五千也。不与，曰："非三万不鬻。"其妻昆弟聚而诟之。郑子不获已，遂卖，卒不登三万。既而密伺买者，征其由。乃昭应县之御马疵股者，死三岁矣，斯吏不时除籍。官征其估，计钱六万。设其以半买之，所获尚多矣。若有马以备数，则三年刍粟之估，皆吏得之。且所偿盖寡，是以买耳。

任氏又以衣服故弊，乞衣于鲨。鲨将买全彩与之。任氏不欲，曰："愿得成制者①。"鲨召市人张大为买之，使见任氏，问所欲。张大见之，惊谓鲨曰："此必天人贵戚，为郎所窃。且非人间所宜有者，愿速归之，无及于祸。"其容色之动人也如此。竟买衣之成者而不自纫缝也，不晓其意。

---

① 成制者：做好的衣服。

后岁余，郑子武调，授槐里府果毅尉，在金城县。时郑子方有妻室，虽昼游于外，而夜寝于内，多恨不得专其夕。将之官，邀与任氏俱去。任氏不欲往，曰："旬月同行，不足以为欢。请计给粮饩，端居以迟归。"郑子恳请，任氏愈不可。郑子乃求鋆资助。鋆与更劝勉，且诘其故。任氏良久，曰："有巫者言某是岁不利西行，故不欲耳。"郑子甚惑也，不思其他，与鋆大笑曰："明智若此，而为妖惑，何哉！"固请之。任氏曰："倘巫者言可征，徒为公死，何益？"二子曰："岂有斯理乎？"恳请如初。任氏不得已，遂行。鋆以马借之，出祖于临皋，挥袂别去。

信宿，至马嵬。任氏乘马居其前，郑子乘驴居其后，女奴别乘，又在其后。是时西门围人①教猎狗于洛川，已旬日矣。适值于道，苍犬腾出于草间。郑子见任氏欻然坠于地，复本形而南驰。苍犬逐之。郑子随走叫呼，不能止。里余，为犬所获。郑子衔涕出囊中钱，赎以瘗之②，削木为记。回睹其马，啮草于路隅，衣服悉委于鞍上，履袜犹悬于镫间，若蝉蜕然。唯首饰坠地，余无所见。女奴亦逝矣。

旬余，郑子还城。鋆见之喜，迎问曰："任子无恙乎？"郑子泫然对曰："殁矣。"鋆闻之亦恸，相持于室，尽哀。徐问疾故。答曰："为犬所害。"鋆曰："犬虽猛，安能害人？"答曰："非人。"鋆骇曰："非人，何者？"郑子方述本末。鋆惊讶叹息不能已。明日，命驾与郑子俱适马嵬，发瘗视之，长恸而归。追思前事，唯衣不自制，与人颇异焉。

其后郑子为总监使，家甚富，有枥马十余匹。年六十五，卒。

大历中，沈既济居钟陵，尝与鋆游，屡言其事，故最详悉。后鋆为殿

---

① 围人：官府中管马的小吏。围，音yǔ。

② 瘗之：把她埋葬。瘗，音yì。

中侍御史，兼陇州刺史，遂殁而不返。

嗟乎，异物之情也有人焉！遇暴不失节，徇人以至死，虽今妇人，有不如者矣。惜郑生非精人，徒悦其色而不征其情性。向使渊识之士，必能揉变化之理，察神人之际，著文章之美，传要妙之情，不止于赏玩风态而已。惜哉！

建中二年，既济自左拾遗于金吾①将军裴冀，京兆少尹孙成，户部郎中崔需，右拾遗陆淳，皆适居东南，自秦徂吴，水陆同道。时前拾遗朱放，因旅游而随焉。浮颍涉淮，方舟沿流，昼宴夜话，各征其异说。众君子闻任氏之事，共深叹骇，因请既济传之，以志异云。沈既济撰。

---

① 金吾：指掌管官廷、京都警卫的武官。

卷
二

编次郑钦悦辨大同古铭论

[唐]李吉甫①

天宝中，有商洛隐者任升之，尝贻右补阙郑钦悦书，曰："升之白。顷退居商洛，入阙披陈，山林独往，交亲两绝。意有所问，别日垂访。升之五代祖仕梁为太常。初仕南阳王帐下，于钟山悬岸圮圹之中得古铭，不言姓氏。小篆文云：

> 龟言土，蓍言水，甸服黄钟启灵址。
>
> 瘗在三上庚，堕遇七中巳，
>
> 六千三百浃辰交，二九重三四百圮。

文虽剥落，仍且分明。大雨之后，才堕而获。即梁武大同四年。数日，遇盂兰大会②，从驾同泰寺。录示史官姚晉并诸学官，详议数月，无能知者。筐笥之内，遗文尚在。足下学乃天生而知，计舍运筹而会，前贤所不及，近古所未闻。愿采其旨要，会其归趣，著之遗简，以成先祖之志，深所望焉。乐安任升之白。"

数日，钦悦即复书曰：

"使至，忽辱简翰，用浣襟怀。不遗旧情，俯见推访。又示以大同古铭。前贤未达，仆非远识，安敢轻言，良增怀愧也。

---

① 李吉甫：758—814，字弘宪。方诗铭先生认为："《新唐书·艺文志》总集类有李吉甫《梁大同古铭记》，即本篇原名。"

② 盂兰大会：每年农历七月十五日。佛教称盂兰节，此日举行的法会称盂兰盆会。

"属在途路，无所披求，据鞍运思，颇有所得。发圹者未知谁氏之子，卜宅者实为绝代之贤，藏往知来，有若指掌，契终论始，不差锱铢，隗照[1]之预识龚使，无以过也。不说葬者之岁月，先识圮时之日辰，以圮之日，却求初兆，事可知矣。姚史官亦为当世达识，复与诸儒详之，沉吟月余，竟不知其指趣，岂止于是哉。原卜者之意，隐其事，微其言，当待仆为龚使耳。不然，何忽见顾访也？谨稽诸历术，测以微词，试一探言，庶会微旨。

"当梁武帝大同四年，岁次戊午。言'甸服'者，五百也；'黄钟'者，十一也。五百一十一年而圮。从大同四年，上求五百一十一年，得汉光武帝建武四年戊子岁也。'三上庚'，三月上旬之庚也。其年三月辛巳朔，十日得庚寅，是三月初葬于钟山也。'七中巳'，乃七月戊午朔，十二日得己巳，是初圮堕之日，是日己巳可知矣。'浃辰[2]'，十二也。从建武四年三月至大同四年七月，总六千三百一十二月，每月一交，故云'六千三百浃辰交'也。'二九'为十八，'重三'为六。末言'四百'，则六为千，十八为万可知。从建武四年三月十日庚寅初葬，至大同四年七月十二日己巳初圮，计一十八万六千四百日，故云'二九重三四百圮'也。

"其所言者，但说年月日数耳。据年，则五百一十一，会于甸服黄钟；言月，则六千三百一十二，会于六千三百浃辰交；论日，则一十八万六千四百，会于二九重三四百圮。从三上庚至于七中巳，据历计之，无所差也。所言年则月日，但差一数，则不相照会矣。原卜者之意，

---

① 隗照：晋朝时汝阴郡鸿寿亭的百姓，精通《易经》。

② 浃辰：古代以干支纪日，称自子至亥十二天为"浃辰"。所以借指十二天。

当待仆言之。吾子之问，契使然也。

"从吏已久，艺业荒芜，古人之意，复难远测。足下更询能者，时报焉。使还，不代。郑钦悦白记。"

贞元中，李吉甫任尚书屯田员外郎，兼太常博士。时宗人巽为户部郎中，于南宫暇日，语及近代儒术之士，谓吉甫曰："故右补阙集贤殿直学士郑钦悦，于术数研精，思通玄奥，盖僧一行所不逮。以其天阏，当世名不甚闻。子知之乎？"吉甫对曰："兄何以核诸？"巽曰："天宝中，商洛隐者任升之自言五代祖仕梁为太常。大同四年，于钟山下获古铭。其文隐秘，博求时儒，莫晓其旨。因缄其铭，诫诸子曰：'我代代子孙，以此铭访于通人。倘有知者，吾无所恨。'至升之，颇耽道博雅。闻钦悦之名，即告以先祖之意。钦悦曰：'子当录以示我。我试思之。'升之书遗其铭。会钦悦适奉朝使，方授驾于长乐驿。得铭而绎之，行及滋水，凡二十里，则释然悟矣。故其书曰：'据鞍运思，颇有所得。'不亦异乎？"

辛未岁，吉甫转驾部员外郎，钦悦子克钧自京兆府司录授司门员外郎，吉甫数以巽之说质焉。虽且符其言，然克钧自云亡其草。每想其微言至赜①，而不获见，吉甫甚惜之。

壬申岁，吉甫贬明州长史。海岛之中，有隐者姓张氏，名玄阳，以明《易经》为州将所重，召置阁下。因讲《周易》卜筮之事，即以钦悦之书示吉甫。吉甫喜得其书，抃逾获宝，即编次之。仍为著论，曰：

"夫一丘之土，无情也。遇雨而圮，偶然也。穷象数者，已悬定于十八万六千四百日之前。矧②于理乱之运，穷达之命，圣贤不逢，君臣偶

---

① 赜：精微、深奥，音zé。
② 矧：况且，音shěn。

合。则姜牙得璜而尚父，仲尼无凤而旅人，傅说梦达于岩野，子房神授于圯上，亦必定之符也。然而孔不暇暖其席，墨不俟黔其突，何经营如彼？孟去齐而接淅，贾造湘而投吊，又眷恋如此。岂大圣大贤，犹惑于性命之理欤？将浼①身存教，示人道之不可废欤？余不可得而知也。"钦悦寻自右补阙历殿中侍御史，为时宰李林甫所恶，斥摈于外，不显其身。故余叙其所闻，系于二篇之后，以著著筮之神明，聪哲之悬解，奇偶之有数，贻诸好事，为后学之奇玩焉。

　　时贞元九年十一月二十八日，赵郡李吉甫记。

---

① 浼：古同"浼"，意为污染。浼，音měi。

柳氏传

[唐]许尧佐①

天宝中，昌黎韩翊②有诗名，性颇落托③，羁滞贫甚。有李生者，与翊友善，家累千金，负气爱才。其幸姬曰柳氏，艳绝一时，喜谈谑，善讴咏。李生居之别第，与翊为宴歌之地。而馆翊于其侧。翊素知名，其所候问，皆当时之彦。柳氏自门窥之，谓其侍者曰："韩夫子岂长贫贱者乎！"遂属意焉。

李生素重翊，无所吝惜。后知其意，乃具膳请翊饮，酒酣，李生曰："柳夫人容色非常，韩秀才文章特异。欲以柳荐枕于韩君，可乎？"翊惊栗，避席曰："蒙君之恩，解衣辍食久之。岂宜夺所爱乎？"李坚请之。柳氏知其意诚，乃再拜，引衣接席。李坐翊于客位，引满极欢。李生又以资三十万，佐翊之费。翊仰柳氏之色，柳氏慕翊之才，两情皆获，喜可知也。

明年，礼部侍郎杨度擢翊上第，屏居间岁。柳氏谓翊曰："荣名及亲，昔人所尚。岂宜以濯浣之贱④，稽采兰之美⑤乎？且用器资物，足以待君之来也。"翊于是省家于清池。岁余，乏食，鬻妆具以自给。

---

① 许尧佐：生卒年不详，唐代文学家。《全唐文》收录其文六篇，今所存其传奇小说，仅《柳氏传》一篇。《柳氏传》又名《章台柳传》，亦名《柳氏述》。
② 昌黎韩翊：昌黎，古郡名。韩翊，字君平，唐代诗人，南阳（今河南省南阳市）人，此处冠以郡望，称昌黎韩翊。
③ 落托：与"落拓"同，见前文注释。
④ 濯浣之贱：为你洗衣服的人。此是柳氏谦词。
⑤ 采兰之美：喻以帝王征用贤才的好事。

天宝末，盗覆二京①，士女奔骇。柳氏以艳独异，且惧不免，乃剪发毁形，寄迹法灵寺。是时侯希逸自平卢节度淄青，素藉②翊名，请为书记。洎宣皇帝以神武返正③，翊乃遣使间行求柳氏，以练囊盛麸金，题之曰：

> 章台柳，章台柳！昔日青青今在否？
>
> 纵使长条似旧垂，亦应攀折他人手。

柳氏捧金呜咽，左右凄悯，答之曰：

> 杨柳枝，芳菲节，所恨年年赠离别。
>
> 一叶随风忽报秋，纵使君来岂堪折！

无何，有蕃将沙吒利者，初立功，窃知柳氏之色，劫以归第，宠之专房。及希逸除左仆射，入觐，翊得从行。至京师，已失柳氏所止，叹想不已。

偶于龙首冈见苍头以骏牛驾辎軿④，从两女奴。翊偶随之。自车中问曰："得非韩员外乎？某乃柳氏也。"使女奴窃言失身沙吒利，阻同车者，请诘旦幸相待于道政里门。及期而往，以轻素结玉合，实以香膏，自车中授之，曰："当遂永诀，愿置诚念。"乃回车，以手挥之，轻袖摇摇，香车辚辚，目断意迷，失于惊尘。翊大不胜情。

会淄青诸将合乐酒楼，使人请翊。翊强应之，然意色皆丧，音韵凄

---

① 盗覆二京：指安禄山叛军攻陷长安和洛阳。

② 素藉：久闻、久仰之意。

③ 宣皇帝以神武返正：宣皇帝，即唐肃宗李亨。肃宗于至德二载收复两京。神武，神明英武。

④ 辎軿，古时贵族妇女乘坐的四周有帷幕的车。軿，音píng。

咽。有虞候许俊者，以材力自负，抚剑言曰："必有故。愿一效用。"翊不得已，具以告之。俊曰："请足下数字，当立致之。"乃衣缦胡①，佩双鞬，从一骑，径造沙吒利之第。候其出行里余，乃被衽执辔，犯关排闼，急趋而呼曰："将军中恶，使召夫人！"仆侍辟易，无敢仰视。遂升堂，出翊札示柳氏，挟之跨鞍马，逸尘断鞅，倏忽乃至。引裾而前曰："幸不辱命。"四座惊叹。柳氏与翊执手涕泣，相与罢酒。

是时沙吒利恩宠殊等，翊俊惧祸，乃诣希逸。希逸大惊曰："吾平生所为事，俊乃能尔乎？"遂献状曰："检校尚书金部员外郎兼御史韩翊，久列参佐，累彰勋效，顷从乡赋。有妾柳氏，阻绝凶寇，依止名尼。今文明抚运，遐迩率化。将军沙吒利凶恣挠法，凭恃微功，驱有志之妾，干无为之政。臣部将兼御史中丞许俊，族本幽蓟，雄心勇决，却夺柳氏，归于韩翊。义切中抱，虽昭感激之诚，事不先闻，固乏训齐之令。"寻有诏，柳氏宜还韩翊，沙吒利赐钱二百万。柳氏归翊，翊后累迁至中书舍人。

然即柳氏，志防闲而不克者；许俊，慕感激而不达者也。向使柳氏以色选，则当熊辞辇②之诚可继，许俊以才举，则曹柯渑池之功③可建。夫事由迹彰，功待事立。惜郁堙不偶，义勇徒激，皆不入于正。斯岂变之正乎？盖所遇然也。

---

① 缦胡：武士系帽的绳子。此处指军装。
② 当熊：汉元帝观斗兽，一只熊突然跑出来，宫妃惊惧奔逃，只有冯婕好当熊而立，保护元帝。辞辇：汉成帝刘骜邀班婕好同车游园。班婕好以历史上亡国之君沉迷女色劝谏成帝，辞谢同辇。
③ 曹柯：即曹柯之盟。齐桓公五年，伐鲁，鲁割地求和，两国相会于柯。盟誓时，鲁将曹沫（一说为曹刿）持匕首胁迫齐桓公归还失地，齐桓公被迫答应。后齐桓公想反悔，管仲劝服齐桓公遵守诺言。渑池之功：指战国时赵国蔺相如在渑池会上不畏秦王，为赵国立下功勋。

柳毅传

[唐]李朝威[①]

仪凤[②]中，有儒生柳毅者，应举下第，将还湘滨。念乡人有客于泾阳者，遂往告别。至六七里，鸟起马惊，疾逸道左。又六七里，乃止。见有妇人，牧羊于道畔。毅怪视之，乃殊色也。然而蛾脸不舒[③]，巾袖无光，凝听翔立，若有所伺。

毅诘之曰："子何苦而自辱如是？"妇始楚[④]而谢，终泣而对曰："贱妾不幸，今日见辱问于长者[⑤]。然而恨贯肌骨，亦何能愧避，幸一闻焉。妾，洞庭龙君小女也。父母配嫁泾川次子，而夫婿乐逸，为婢仆所惑，日以厌薄。既而将诉于舅姑，舅姑爱其子，不能御。迨诉频切，又得罪舅姑。舅姑毁黜[⑥]以至此。"言讫，歔欷流涕，悲不自胜。又曰："洞庭于兹，相远不知其几多也？长天茫茫，信耗莫通。心目断尽，无所知哀。闻君将还吴，密通洞庭。或以尺书，寄托侍者，未卜将以为可乎？"

毅曰："吾义夫也。闻子之说，气血俱动，恨无毛羽，不能奋飞。是何可否之谓乎！然而洞庭，深水也。吾行尘间，宁可致意耶？唯恐道途显

---

① 李朝威：约766—约820，陇西（今甘肃省东南部）人。唐代小说家，与李复言、李公佐合称"陇西三李"。他的作品今存《柳毅传》和《柳参军传》两篇，《柳毅传》，亦题《洞庭灵姻传》。

② 仪凤：唐高宗的年号。

③ 蛾脸不舒：蛾，蛾眉，古时用以形容女子的眉毛如蚕蛾；蛾脸，指脸部。不舒，愁容满面的样子。

④ 楚：悲伤、痛苦。

⑤ 见辱问于长者：蒙受您关怀下问。见，被。长者，德重之人，此指柳毅。

⑥ 毁黜：虐待、驱逐。

晦，不相通达，致负诚托，又乖恳愿。子有何术，可导我邪？"女悲泣且谢，曰："负载珍重，不复言矣。脱获回耗，虽死必谢。君不许，何敢言？既许而问，则洞庭之与京邑，不足为异也。"毅请闻之。

女曰："洞庭之阴，有大橘树焉，乡人谓之社橘。君当解去兹带，束以他物。然后叩树三发，当有应者。因而随之，无有碍矣。幸君子书叙之外，悉以心诚之话倚托，千万无渝！"毅曰："敬闻命矣。"女遂于襦间解书，再拜以进，东望愁泣，若不自胜。毅深为之戚。乃置书囊中，因复问曰："吾不知子之牧羊，何所用哉？神祇岂宰杀乎？"女曰："非羊也，雨工也。""何为雨工？"曰："雷霆之类也。"毅顾视之，则皆矫顾怒步，饮龁①甚异。而大小毛角，则无别羊焉。毅又曰："吾为使者，他日归洞庭，幸勿相避。"女曰："宁止不避，当如亲戚耳。"语竟，引别东去。不数十步，回望女与羊，俱亡所见矣。

其夕，至邑而别其友。月余到乡。还家，乃访于洞庭。洞庭之阴果有社橘。遂易带向树，三击而止。俄有武夫出于波间，再拜请曰："贵客将自何所至也？"毅不告其实，曰："走谒大王耳。"武夫揭水指路，引毅以进。谓毅曰："当闭目，数息可达矣。"毅如其言，遂至其宫。

始见台阁相向，门户千万，奇草珍木，无所不有。夫乃止毅，停于大室之隅，曰："客当居此以伺焉。"毅曰："此何所也？"夫曰："此灵虚殿也。"谛视之，则人间珍宝，毕尽于此。柱以白璧，砌以青玉，床以珊瑚，帘以水精，雕琉璃于翠楣，饰琥珀于虹栋。奇秀深杳，不可殚言。然而王久不至。毅谓夫曰："洞庭君安在哉？"曰："吾君方幸玄珠阁，与太阳道士讲《火经》，少选当毕。"毅曰："何谓《火经》？"夫曰："吾

---

① 龁：咬，音hé。

君，龙也。龙以水为神，举一滴可包陵谷。道士，乃人也。人以火为神圣，发一灯可燎阿房。然而灵用不同，玄化各异。太阳道士精于人理，吾君邀以听焉。"

语毕而宫门辟。景从云合①，而见一人，披紫衣，执青玉。夫跃曰："此吾君也！"乃至前以告之。君望毅而问曰："岂非人间之人乎？"毅对曰："然。"毅而设拜，君亦拜，命坐于灵虚之下。谓毅曰："水府幽深，寡人暗昧，夫子不远千里，将有为乎？"毅曰："毅，大王之乡人也。长于楚，游学于秦。昨下第，闲驱泾水之涘，见大王爱女牧羊于野，风环雨鬓，所不忍视。毅因诘之。谓毅曰：'为夫婿所薄，舅姑不念，以至于此。'悲泗淋漓，诚怛人心。遂托书于毅。毅许之，今以至此。"因取书进之。洞庭君览毕，以袖掩面而泣曰："老父之罪，不诊坚听，坐贻聋瞽②，使闺窗孺弱，远罹构害。公，乃陌上人③也，而能急之。幸被齿发④，何敢负德！"词毕，又哀咤良久。左右皆流涕。时有宦人密视君者，君以书授之，令达宫中。

须臾，宫中皆恸哭。君惊谓左右曰："疾告宫中，无使有声。恐钱塘所知。"毅曰："钱塘，何人也？"曰："寡人之爱弟。昔为钱塘长，今则致政矣。"毅曰："何故不使知？"曰："以其勇过人耳。昔尧遭洪水九年者，乃此子一怒也。近与天将失意，塞其五山。上帝以寡人有薄德于古今，遂宽其同气之罪。然犹縻系于此，故钱塘之人，日日候焉。"

语未毕，而大声忽发，天拆地裂，宫殿摆簸，云烟沸涌。俄有赤龙

---

① 景从云合：景，同"影"。如影随形，如云聚合，形容人多。
② 坐贻聋瞽：就像是耳目不聪之人。
③ 陌上人：路人，毫不相干的人。
④ 幸被齿发：承蒙您的恩德。被，加在……之上，施及。齿发，谦称自身。

长千余尺，电目血舌，朱鳞火鬣①，项掣金锁，锁牵玉柱，千雷万霆，激绕其身，霰雪雨雹，一时皆下。乃擘②青天而飞去。毅恐蹶仆地。君亲起持之曰："无惧。固无害。"毅良久稍安，乃获自定。因告辞曰："愿得生归，以避复来。"君曰："必不如此。其去则然，其来则不然。幸为少尽缱绻。"因命酌互举，以款人事。

俄而祥风庆云，融融怡怡，幢节玲珑，箫韶③以随。红妆千万，笑语熙熙，后有一人，自然蛾眉，明珰满身，绡縠④参差。迫而视之，乃前寄辞者。然若喜若悲，零泪如丝。须臾，红烟蔽其左，紫气舒其右，香气环旋，入于宫中。君笑谓毅曰："泾水之囚人至矣。"君乃辞归宫中。须臾，又闻怨苦，久而不已。

有顷，君复出，与毅饮食。又有一人，披紫裳，执青玉，貌耸神溢，立于君左。君谓毅曰："此钱塘也。"毅起，趋拜之。钱塘亦尽礼相接，谓毅曰："女侄不幸，为顽童所辱。赖明君子信义昭彰，致达远冤。不然者，是为泾陵之土矣。飨德怀恩，词不悉心。"毅扆退辞谢，俯仰唯唯。然后回告兄曰："向者辰发灵虚，巳至泾阳，午战于彼，未还于此。中间驰至九天，以告上帝。帝知其冤，而宥其失。前所遣责，因而获免。然而刚肠激发，不遑辞候。惊扰宫中，复忤宾客。愧惕惭惧，不知所失。"因退而再拜。君曰："所杀几何？"曰："六十万。""伤稼乎？"曰："八百里。""无情郎安在？"曰："食之矣。"君忿然曰："顽童之为是心也，诚不可忍。然汝亦太草草。赖上帝显圣，谅其至冤。不然者，吾何辞焉。从

---

① 鬣：某些兽类颈上的长毛，音liè。

② 擘：撑开。此处是"冲破"的意思。擘，音bò。

③ 箫韶：相传为舜时乐曲，此处指乐队。

④ 绡縠：纱绸衣服。縠，音hú。

此已去，勿复如是。"钱塘复再拜。是夕，遂宿毅于凝光殿。

明日，又宴毅于凝碧宫。会友戚，张广乐，具以醴醴，罗以甘洁。初，笳角鼙鼓，旌旗剑戟，舞万夫于其右。中有一夫前曰："此《钱塘破阵乐》。"旌铤杰气，顾骤悍栗[1]，坐客视之，毛发皆竖。复有金石丝竹，罗绮珠翠，舞千女于其左。中有一女前进曰："此《贵主还宫乐》。"清音宛转，如诉如慕，坐客听之，不觉泪下。二舞既毕，龙君大悦，锡以纨绮，颁于舞人。然后密席贯坐，纵酒极娱。酒酣，洞庭君乃击席而歌曰：

> 大天苍苍兮，大地茫茫。
>
> 人各有志兮，何可思量。
>
> 狐神鼠圣兮，薄社[2]依墙。
>
> 雷霆一发兮，其孰敢当。
>
> 荷贞人兮信义长，
>
> 令骨肉兮还故乡。
>
> 齐言惭愧兮何时忘！

洞庭君歌罢，钱塘君再拜而歌曰：

> 上天配合兮，生死有途。
>
> 此不当妇兮，彼不当夫。
>
> 腹心辛苦兮，泾水之隅。
>
> 风霜满鬓兮，雨雪罗襦。

---

① 旌铤杰气，顾骤悍栗：旌旗、兵器飞舞，豪气冲天，舞者的眼神和动作使人看了心惊胆战。

② 薄社：依附土地庙。

赖明公兮引素书，

令骨肉兮家如初。

永言珍重兮无时无。

　　钱塘君歌阕，洞庭君俱起，奉觞于毅。毅踧踖^①而受爵，饮讫，复以二觞奉二君。乃歌曰：

碧云悠悠兮，泾水东流。

伤美人兮，雨泣花愁。

尺书远达兮，以解君忧。

哀冤果雪兮，还处其休。

荷和雅兮感甘羞。

山家寂寞兮难久留。

欲将辞去兮悲绸缪。

　　歌罢，皆呼万岁。洞庭君因出碧玉箱，贮以开水犀^②；钱塘君复出红珀盘，贮以照夜玑，皆起进毅。毅辞谢而受。然后宫中之人，咸以绡彩珠璧，投于毅侧。重叠焕赫，须臾埋没前后。毅笑语四顾，愧揖不暇。洎酒阑欢极，毅辞起，复宿于凝光殿。

　　翌日，又宴毅于清光阁。钱塘因酒，作色，踞谓毅曰："不闻猛石可裂不可卷，义士可杀不可羞邪？愚有衷曲，欲一陈于公。如可，则俱在云霄；如不可，则皆夷粪壤。足下以为何如哉？"毅曰："请闻之。"钱塘曰："泾阳之妻，则洞庭君之爱女也。淑性茂质，为九姻所重。不幸见辱

------

① 踧踖：恭敬而又不安的样子，音cù jí。

② 开水犀：传说中能分开水的宝物。

于匪人。今则绝矣。将欲求托高义，世为亲戚。使受恩者知其所归，怀爱者知其所付，岂不为君子始终之道者？"毅肃然而作，欻然而笑曰："诚不知钱塘君孱困如是！毅始闻跨九州，怀五岳，泄其愤怒；复见断金锁，掣玉柱，赴其急难。毅以为刚决明直，无如君者。盖犯之者不避其死，感之者不爱其生，此真丈夫之志。奈何箫管方洽，亲宾正和，不顾其道，以威加人？岂仆之素望哉！若遇公于洪波之中，玄山之间，鼓以鳞须，被以云雨，将迫毅以死，毅则以禽兽视之，亦何恨哉！今体被衣冠，坐谈礼义，尽五常①之志性，负百行之微旨，虽人世贤杰，有不如者。况江河灵类乎？而欲以蠢然之躯，悍然之性，乘酒假气，将迫于人，岂近直哉！且毅之质，不足以藏王一甲之间。然而敢以不伏之心，胜王不道之气。惟王筹之！"钱塘乃逡巡致谢曰："寡人生长宫房，不闻正论。向者词述疏狂，妄突②高明。退自循顾，戾不容责。幸君子不为此乖间可也。"其夕，复欢宴，其乐如旧。毅与钱塘，遂为知心友。

明日，毅辞归。洞庭君夫人别宴毅于潜景殿。男女仆妾等，悉出预会。夫人泣谓毅曰："骨肉受君子深恩，恨不得展愧戴，遂至睽别。"使前泾阳女当席拜毅以致谢。夫人又曰："此别岂有复相遇之日乎？"毅其始虽不诺钱塘之请，然当此席，殊有叹恨之色。宴罢，辞别，满宫凄然。赠遗珍宝，怪不可述。毅于是复循途出江岸，见从者十余人，担囊以随，至其家而辞去。

毅因适广陵宝肆，鬻其所得。百未发一，财以盈兆。故淮右富族，咸以为莫如。遂娶于张氏，亡，又娶韩氏。数月，韩氏又亡。徙家金陵。常

---

① 五常：指仁、义、礼、智、信。
② 妄突：轻率冒犯。

以鳏旷多感，或谋新匹。有媒氏告之曰："有卢氏女，范阳人也。父名曰浩，尝为清流宰。晚岁好道，独游云泉，今则不知所在矣。母曰郑氏。前年适清河张氏，不幸而张夫早亡。母怜其少，惜其慧美，欲择德以配焉。不识何如？"毅乃卜日就礼。既而男女二姓，俱为豪族，法用礼物，尽其丰盛。金陵之士，莫不健仰。

居月余，毅因晚入户，视其妻，深觉类于龙女，而逸艳丰厚，则又过之。因与话昔事。妻谓毅曰："人世岂有如是之理乎？然君与余有一子。"毅益重之。既产，逾月，乃秾饰换服，召亲戚。相会之间，笑谓毅曰："君不忆余之于昔也？"毅曰："夙为洞庭君女传书，至今为忆。"妻曰："余即洞庭君之女也。泾川之冤，君使得白。衔君之恩，誓心求报。洎钱塘季父论亲不从，遂至睽违，天各一方，不能相问。父母欲配嫁于濯锦小儿某。惟以心誓难移，亲命难背，既为君子弃绝，分无见期。而当初之冤，虽得以告诸父母，而誓报不得其志，复欲驰白于君子。值君子累娶，当娶于张，已而又娶于韩。洎张韩继卒，君卜居于兹，故余之父母乃喜余得遂报君之意。今日获奉君子，咸善终世，死无恨矣。"因呜咽，泣涕交下。对毅曰："始不言者，知君无重色之心。今乃言者，知君有感余之意。妇人匪薄，不足以确厚永心。故因君爱子，以托相生。未知君意如何？愁惧兼心，不能自解。君附书之日，笑谓妾曰：'他日归洞庭，慎无相避。'诚不知当此之际，君岂有意于今日之事乎？其后季父请于君，君固不许。君乃诚将不可邪，抑忿然邪？君其话之！"毅曰："似有命者。仆始见君子，长泾之隅，枉抑憔悴，诚有不平之志。然自约其心者，达君之冤，余无及也。以言慎勿相避者，偶然耳，岂有意哉！洎钱塘逼迫之际，唯理有不可直，乃激人之怒耳。夫始以义行为之志，宁有杀其婿而纳其妻者邪？一不可也。善素以操真为志尚，宁有屈于己而伏于心者乎？二不可也。且以率肆胸臆，酬酢（zuò）纷纶，唯直是图，不遑避害。然而将别之日，见君有依然之容，心甚恨之。终以人事扼束，无由报谢。吁！今日，君，卢氏也，又家于人间。则吾始心未为惑矣。从此以往，永奉欢好，心无纤虑也。"妻因深感娇泣，良久不已。有顷，谓毅曰："勿以他类，遂为无心，固当知报耳。夫龙寿万岁，今与君同之。水陆无往不适。君不以为妄也。"毅嘉之曰："吾不知国客乃复为神仙之饵。"

乃相与觐洞庭。既至，而宾主盛礼，不可具纪。后居南海，仅四十年，其邸第舆马珍鲜服玩，虽侯伯之室，无以加也。毅之族咸遂濡泽。以其春秋积序，容状不衰，南海之人，靡不惊异。

洎开元中，上方属意于神仙之事，精索道术。毅不得安，遂相与归洞庭。凡十余岁，莫知其迹。

至开元末，毅之表弟薛嘏为京畿令，谪官东南。经洞庭，晴昼长望，俄见碧山出于远波。舟人皆侧立，曰："此本无山，恐水怪耳。"指顾之际，山与舟相逼，乃有彩船自山驰来，迎问于嘏。其中有一人呼之曰："柳公来候耳。"嘏省然记之，乃促至山下，摄衣疾上。山有宫阙如人世，见毅立于宫室之中，前列丝竹，后罗珠翠，物玩之盛，殊倍人间。毅词理益玄，容颜益少。初迎嘏于砌，持嘏手曰："别来瞬息，而发毛已黄。"嘏笑曰："兄为神仙，弟为枯骨，命也。"毅因出药五十丸遗嘏，曰："此药一丸可增一岁耳。岁满复来，无久居人世，以自苦也。"欢宴毕，嘏乃辞行。自是已后，遂绝影响。嘏常以是事告于人世。殆四纪，嘏亦不知所在。

陇西李朝威叙而叹曰：五虫之长①，必以灵者，别斯见矣。人，裸也，移信鳞虫。洞庭含纳大直，钱塘迅疾磊落，宜有承焉。嘏咏而不载，独可邻其境。愚义之，为斯文。

---

① 五虫之长：古人把动物分为五大类，每一类都有其为首的"精者"（即长）。

李章武传

[唐]李景亮

李章武，字飞，其先中山人①。生而敏博，遇事便了②。工文学，皆得极至。虽弘道自高，恶为洁饰，而容貌闲美，即之温然。与清河崔信友善。信亦雅士，多聚古物。以章武精敏，每访辨论，皆洞达玄微，研究原本，时人比晋之张华③。

贞元三年，崔信任华州别驾④，章武自长安诣之。数日，出行，于市北街见一妇人，甚美。因绐⑤信云："须州外与亲故知闻。"遂赁舍于美人之家。主人姓王，此则其子妇也。乃悦而私焉。居月余日，所计用直三万余，子妇所供费倍之。既而两心克谐，情好弥切。无何，章武系事，告归长安，殷勤叙别。章武留交颈鸳鸯绮一端，仍赠诗曰：

> 鸳鸯绮，知结几千丝。
>
> 别后寻交颈，应伤未别时。

子妇答白玉指环一，又赠诗曰：

> 捻指环相思，见环重相忆。

---

① 其先中山人：他的祖先是中山人。中山，郡名，今河北省定州市。

② 了：明白。

③ 张华：晋朝人，字茂先，学识渊博，著《博物志》。

④ 别驾：官名，汉时置别驾从事史，为刺史的佐史，刺史巡视辖境时，别驾乘驿车随行，故名。隋唐改为长史，唐代中期以后诸州仍以别驾、长史并置。

⑤ 绐：欺哄，音dài。

愿君永持玩，循环无终极。

章武有仆杨果者，子妇赏钱一千以奖其敬事之勤。

既别，积八九年。章武家长安，亦无从与之相闻。至贞元十一年，因友人张元宗寓居下邽县，章武又自京师与元会。忽思曩好，乃回车涉渭而访之。日暝，达华州，将舍于王氏之室。至其门，则阒无行迹，但外有宾榻而已。章武以为下里或废业即农，暂居郊野，或亲宾邀聚，未始归复。但休止其门，将别适他舍。见东邻之妇，就而访之。乃云："王氏之长老，皆舍业而出游，其子妇已再周矣。"又详与之谈，即云："某姓杨，第六，为东邻妻。"复访郎何姓。章武具语之。又云："曩曾有傔①姓杨名果乎？"曰："有之。"因泣告曰："某为里中妇五年，与王氏相善。尝云：'我夫室犹如传舍，阅人多矣。其于往来见调者，皆殚财穷产，甘辞厚誓，未尝动心。顷岁有李十八郎，曾舍于我家。我初见之，不觉自失。后遂私侍枕席，实蒙欢爱。今与之别累年矣。思慕之心，或竟日不食，终夜无寝。我家人故不可托。复被彼夫东西，不时会遇。脱有至者，愿以物色名氏求之。如不参差，相托祗奉，并语深意。但有仆夫杨果，即是。'不二三年，子妇寝疾。临终，复见托曰：'我本寒微，曾辱君子厚顾，心常感念。久以成疾，自料不治。曩所奉托，万一至此，愿申九泉衔恨，千古睽离之叹。仍乞留止此，冀神会于仿佛之中。'"

章武乃求邻妇为开门，命从者市薪刍食物。方将具绐席，忽有一妇人，持帚，出房扫地。邻妇亦不之识。章武因访所从者，云是舍中人。又逼而诘之，即徐曰："王家亡妇感郎恩情深，将见会。恐生怪怖，故使相

① 傔：仆从，音qiàn。

闻。"章武许诺，云："章武所由来者，正为此也。虽显晦殊途①，人皆忌惮，而思念情至，实所不疑。"言毕，执帚人欣然而去，逡巡映门，即不复见。

乃具饮馔，呼祭。自食饮毕，安寝。至二更许，灯在床之东南，忽尔稍暗，如此再三。章武心知有变，因命移烛背墙，置室东西隅。旋闻室北角窸窣有声；如有人形，冉冉而至。五六步，即可辨其状。视衣服，乃主人子妇也。与昔见不异，但举止浮急，音调轻清耳。章武下床，迎拥携手，款若平生之欢。自云："在冥录以来，都忘亲戚。但思君子之心，如平昔耳。"章武倍与狎昵，亦无他异。但数请令人视明星，若出，当须还，不可久住。每交欢之暇，即恳托在邻妇杨氏，云："非此人，谁达幽恨？"

至五更，有人告可还。子妇泣下床，与章武连臂出门，仰望天汉，遂呜咽悲怨，却入室，自于裙带上解锦囊，囊中取一物以赠之。其色绀碧，质又坚密，似玉而冷，状如小叶。章武不之识也。子妇曰："此所谓'靺鞨宝②'，出昆仑玄圃③中。彼亦不可得。妾近于西岳与玉京夫人④戏，见此物在众宝珰上，爱而访之。夫人遂假以相授，云：'洞天群仙，每得一宝，皆为光荣。'以郎奉玄道，有精识，故以投献，常愿宝之。此非人间之有。"遂赠诗曰：

河汉已倾斜，神魂欲超越。

愿郎更回抱，终天从此诀。

---

① 显晦殊途：阳间与阴间异路。
② 靺鞨宝：靺鞨出产的宝石。靺鞨，古民族名，隋唐时分布于松花江、黑龙江一带。靺鞨，音mò hé。
③ 昆仑玄圃：神话传说中，昆仑山顶峰为玄圃，是神仙居住处。
④ 玉京夫人：神话传说中的女仙。

章武取白玉宝簪一以酬之，并答诗曰：

> 分从幽显隔，岂谓有佳期。
>
> 宁辞重重别，所叹去何之。

因相持泣，良久。子妇又赠诗曰：

> 昔辞怀后会，今别便终天。
>
> 新悲与旧恨，千古闭穷泉。

章武答曰：

> 后期杳无约，前恨已相寻。
>
> 别路无行信，何因得寄心。

款曲叙别讫，遂却赴西北隅。行数步，犹回顾拭泪云："李郎无舍，念此泉下人。"复哽咽伫立，视天欲明，急趋至角，即不复见。但空室窅然[①]，寒灯半灭而已。章武乃促装，却自下邽归长安武定堡。下邽郡官与张元宗携酒宴饮，既酣，章武怀念，因即事赋诗曰：

> 水不西归月暂圆，令人惆怅古城边。
>
> 萧条明早分歧路，知更相逢何岁年。

吟毕，与郡官别。

独行数里，又自讽诵。忽闻空中有叹赏，音调凄恻。更审听之，乃王

---

① 窅然：空寂幽暗的样子。窅，音yǎo。

氏子妇也。自云："冥中各有地分①。今于此别，无日交会。知郎思眷，故冒阴司之责，远来奉送。千万自爱！"章武愈惑之。

及至长安，与道友陇西李助话，亦感其诚而赋曰：

> 石沉辽海阔，剑别楚天长。
>
> 会合知无日，离心满夕阳。

章武既事东平丞相府，因闲，台玉工视所得靺鞨宝，工亦知，不敢雕刻。后奉使大梁，又召玉工，粗能辨，乃因其形，雕作槲叶象②。奉使上京，每以此物贮怀中。至市东街，偶见一胡僧，忽近马叩头云："君有宝玉在怀，乞一见尔。"乃引于静处开视。僧捧玩移时，云："此天上至物，非人间有也。"

章武后往来华州，访遗杨六娘，至今不绝。

———————————

① 地分：界域。
② 槲叶象：槲叶的形状。槲，落叶乔木，叶子略呈倒卵形。

霍小玉传

[唐]蒋防①

　　大历中，陇西李生名益②，年二十，以进士擢第。其明年，拔萃③，俟试于天官。夏六月，至长安，舍于新昌里。生门族清华，少有才思，丽词嘉句，时谓无双。先达丈人④，翕然推伏。每自矜风调，思得佳偶，博求名妓，久而未谐。

　　长安有媒鲍十一娘者，故薛驸马家青衣也，折券⑤从良，十余年矣。性便辟⑥，巧言语，豪家戚里，无不经过，追风挟策，推为渠帅⑦。常受生诚托厚赂，意颇德之。

　　经数月，李方闲居舍之南亭。申未间⑧，忽闻扣门甚急，云是鲍十一娘至。摄衣从之，迎问曰："鲍卿，今日何故忽然而来？"鲍笑曰："苏姑子⑨

---

① 蒋防：生卒年不详，字子徵（一作子微），又字如城，生于义兴（今江苏省宜兴市）。唐代小说家，《全唐文》收录其赋二十篇及杂文六篇，《全唐诗》收录其诗十二首。

② 李生名益：即李益，中唐诗人，字君虞，陇西（今属甘肃省）人，大历四年进士及第，官至礼部尚书。

③ 拔萃：唐制，选人期未满，以试判授官，叫"拔萃"。

④ 丈人：即"老前辈"之意。

⑤ 折券：折毁卖身文书，即赎身的另一种说法。

⑥ 便辟：指善于逢迎谄媚。

⑦ 渠帅：头目、首领。

⑧ 申未间：申，下午三时到五时；未，下午一时到三时。指申时与未时之间，大约下午三四点。

⑨ 苏姑子：疑为当时对风流青年男子的戏称。

作好梦也未？有一仙人，谪在下界，不邀财货，但慕风流。如此色目①，共十郎相当矣。"生闻之惊跃，神飞体轻，引鲍手且拜且谢曰："一生作奴，死亦不惮。"因问其名居。鲍具说曰："故霍王小女，字小玉，王甚爱之。母曰净持。净持即王之宠婢也。王之初薨，诸弟兄以其出自贱庶，不甚收录。因分与资财，遣居于外，易姓为郑氏，人亦不知其王女。姿质秾艳，一生未见，高情逸态，事事过人，音乐诗书，无不通解。昨遣某求一好儿郎，格调相称者。某具说十郎。他小知有李十郎名字，非常欢惬。住在胜业坊古寺曲，甫上车门宅是也。已与他作期约。明日午时，但至曲头②觅桂子，即得矣。"

鲍既去，生便备行计。遂令家僮秋鸿，于从兄京兆参军尚公处假青骊驹，黄金勒。其夕，生浣衣沐浴，修饰容仪，喜跃交并，通夕不寐。迟明，巾帻，引镜自照，惟惧不谐也。徘徊之间，至于亭午③。遂命驾疾驱，直抵胜业。至约之所，果见青衣立候，迎问曰："莫是李十郎否？"即下马，令牵入屋底，急急锁门。见鲍果从内出来，遥笑曰："何等儿郎，造次入此？"生调诮未毕，引入中门。庭间有四樱桃树；西北悬一鹦鹉笼，见生入来，即语曰："有人入来，急下帘者！"生本性雅淡，心犹疑惧，忽见鸟语，愕然不敢进。

逡巡，鲍引净持下阶相迎，延入对坐。年可四十余，绰约多姿，谈笑甚媚。因谓生曰："素闻十郎才调风流，今又见容仪雅秀，名下固无虚士。某有一女子，虽拙教训，颜色不至丑陋，得配君子，颇为相宜。频见鲍

---

① 如此色目：这样的人品、身份。

② 曲头：胡同口。

③ 亭午：正午。

十一娘说意旨，今亦便令承奉箕帚①。"生谢曰："鄙拙庸愚，不意顾盼，倘垂采录，生死为荣。"遂命酒馔，即令小玉自堂东阁子中而出。生即拜迎。但觉一室之中，若琼林玉树，互相照曜，转盼精彩射人。既而遂坐母侧。母谓曰："汝尝爱念'开帘风动竹，疑是故人来'，即此十郎诗也。尔终日吟想，何如一见。"玉乃低鬟微笑，细语曰："见面不如闻名。才子岂能无貌？"生遂连起拜曰："小娘子爱才，鄙夫重色。两好相映，才貌相兼。"母女相顾而笑，遂举酒数巡。生起，请玉唱歌。初不肯，母固强之。发声清亮，曲度精奇。

酒阑，及暝，鲍引生就西院憩息。闲庭邃宇，帘幕甚华。鲍令侍儿桂子、浣沙与生脱靴解带。须臾，玉至，言叙温和，辞气宛媚。解罗衣之际，态有余妍，低帏昵枕，极其欢爱。生自以为巫山洛浦不过也。中宵之夜，玉忽流涕观生曰："妾本倡家，自知非匹。今以色爱，托其仁贤。但虑一旦色衰，恩移情替，使女萝无托②，秋扇见捐③。极欢之际，不觉悲至。"生闻之，不胜感叹，乃引臂替枕，徐谓玉曰："平生志愿，今日获从，粉骨碎身，誓不相舍。夫人何发此言！请以素缣，著之盟约。"玉因收泪，命侍儿樱桃褰④帏执烛，授生笔研。玉管弦之暇，雅好诗书，筐箱笔研，皆王家之旧物。遂取绣囊，出越姬乌丝栏素缣三尺以授生。生素多才思，援笔成章，引谕山河，指诚日月，句句恳切，闻之动人。染毕，命藏于宝箧之内。自尔婉娈⑤相得，若翡翠之在云路也。如此二岁，日夜相从。

---

① 奉箕帚：本指妇人持箕帚做家事，此是为人妻子的谦词。
② 女萝无托：女萝，松萝，丝状的植物，攀附在他树上生长。女萝无托就是说失掉攀附之物，无所依托。
③ 秋扇见捐：扇子到秋天就被人闲搁，比喻妇女遭丈夫遗弃。
④ 褰：揭起，拉起。褰，音qiān。
⑤ 婉娈：亲热的样子。

其后年春，生以书判拔萃登科，授郑县主簿。至四月，将之官，便拜庆于东洛。长安亲戚，多就筵饯。时春物尚余，夏景初丽，酒阑宾散，离思萦怀。玉谓生曰："以君才地名声，人多景慕，愿结婚媾，固亦众矣。况堂有严亲，室无冢妇①，君之此去，必就佳姻。盟约之言，徒虚语耳。然妾有短愿，欲辄指陈。永委君心，复能听否？"生惊怪曰："有何罪过，忽发此辞？试说所言，必当敬奉。"玉曰："妾年始十八，君才二十有二，迨君壮室之秋②，犹有八岁。一生欢爱，愿毕此期。然后妙选高门，以谐秦晋，亦未为晚。妾便舍弃人事，剪发披缁，夙昔之愿，于此足矣。"生且愧且感，不觉涕流。因谓玉曰："皎日之誓，死生以之，与卿偕老，犹恐未惬素志，岂敢辄有二三。固请不疑，但端居相待。至八月，必当却到华州，寻使奉迎，相见非远。"

更数日，生遂诀别东去。到任旬日，求假往东都觐亲。未至家日，太夫人已与商量表妹卢氏，言约已定。太夫人素严毅，生逡巡不敢辞让，遂就礼谢，便有近期。卢亦甲族也，嫁女于他门，聘财必以百万为约，不满此数，义在不行。生家素贫，事须求贷，便托假故，远投亲知，涉历江淮，自秋及夏。生自以孤负盟约，大愆回期。寂不知闻，欲断其望。遥托亲故，不遣漏言。

玉自生逾期，数访音信。虚词诡说，日日不同。博求师巫，遍询卜筮，怀忧抱恨，周岁有余，羸卧空闺，遂成沉疾。虽生之书题竟绝，而玉之想望不移，赂遗亲知，使通消息。寻求既切，资用屡空，往往私令侍婢潜卖箧中服玩之物，多托于西市寄附铺侯景先家货卖。曾令侍婢浣沙将紫

---

① 冢妇：指嫡长子的正妻。

② 壮室之秋：指男子三十岁是娶妻的适当年龄。

玉钗一只，诣景先家货之。路逢内作老玉工，见浣沙所执，前来认之曰："此钗，吾所作也。昔岁霍王小女将欲上鬟，令我作此，酬我万钱。我尝不忘。汝是何人，从何而得？"浣沙曰："我小娘子，即霍王女也。家事破散，失身于人。夫婿昨向东都，更无消息。悒怏成疾，今欲二年。令我卖此，赂遗于人，使求音信。"玉工凄然下泣曰："贵人男女，失机落节，一至于此。我残年向尽，见此盛衰，不胜伤感。"遂引至延先公主宅，具言前事。公主亦为之悲叹良久，给钱十二万焉。

时生所定卢氏女在长安，生既毕于聘财，还归郑县。其年腊月，又请假入城就亲。潜卜静居，不令人知。有明经崔允明者，生之中表弟也。性甚长厚，昔岁常与生同欢于郑氏之室，杯盘笑语，曾不相间。每得生信，必诚告于玉。玉常以薪刍衣服，资给于崔。崔颇感之。生既至，崔具以诚告玉。玉恨叹曰："天下岂有是事乎！"遍请亲朋，多方召致。生自以愆期负约，又知玉疾候沉绵，惭耻忍割，终不肯往。晨出暮归，欲以回避。玉日夜涕泣，都忘寝食，期一相见，竟无因由。冤愤益深，委顿床枕。自是长安中稍有知者。风流之士，共感玉之多情，豪侠之伦，皆怒生之薄行。

时已三月，人多春游。生与同辈五六人诣崇敬寺玩牡丹花，步于西廊，递吟诗句。有京兆韦夏卿者，生之密友，时亦同行。谓生曰："风光甚丽，草木荣华。伤哉郑卿，衔冤空室！足下终能弃置，实是忍人。丈夫之心，不宜如此。足下宜为思之！"

叹让之际，忽有一豪士，衣轻黄纻衫，挟弓弹，丰神隽美，衣服轻华，唯有一剪头胡雏①从后，潜行而听之。俄而前揖生曰："公非李十郎者乎？某族本山东，姻连外戚。虽乏文藻，心尝乐贤。仰公声华，常思觐

---

① 胡雏：胡族小童。

止。今日幸会，得睹清扬。某之敝居，去此不远，亦有声乐，足以娱情。妖姬八九人，骏马十数匹，唯公所欲。但愿一过。"生之侪辈，共聆斯语，更相叹美。因与豪士策马同行，疾转数坊，遂至胜业。生以近郑之所止，意不欲过，便托事故，欲回马首。豪士曰："敝居咫尺，忍相弃乎？"乃挽挟其马，牵引而行。迁延之间，已及郑曲。生神情恍惚，鞭马欲回。豪士遽命奴仆数人，抱持而进。疾走推入车门，便令锁却，报云："李十郎至也！"一家惊喜，声闻于外。

先此一夕，玉梦黄衫丈夫抱生来，至席，使玉脱鞋。惊寤而告母。因自解曰："鞋者，谐也。夫妇再合。脱者，解也。既合而解，亦当永诀。由此征之，必遂相见，相见之后，当死矣。"凌晨，请母妆梳。母以其久病，心意惑乱，不甚信之。俛勉之间，强为妆梳。妆梳才毕，而生果至。玉沉绵日久，转侧须人。忽闻生来，欻然自起，更衣而出，恍若有神。遂与生相见，含怒凝视，不复有言。羸质娇姿，如不胜致，时复掩袂，返顾李生。感物伤人，坐皆欷歔。顷之，有酒肴数十盘，自外而来。一座惊视，遽问其故，悉是豪士之所致也。因遂陈设，相就而坐。玉乃侧身转面，斜视生良久，遂举杯酒，酬地曰："我为女子，薄命如斯。君是丈夫，负心若此。韶颜稚齿，饮恨而终。慈母在堂，不能供养。绮罗弦管，从此永休。征痛黄泉，皆君所致。李君李君，今当永诀！我死之后，必为厉鬼，使君妻妾，终日不安！"乃引左手握其臂，掷杯于地，长恸号哭数声而绝。母乃举尸，置于生怀，令唤之，遂不复苏矣。生为之缟素，旦夕哭泣甚哀。将葬之夕，生忽见玉穗帷之中，容貌妍丽，宛若平生。著石榴裙，紫襠裆，红绿帔子。斜身倚帷，手引绣带，顾谓生曰："愧君相送，尚有余情。幽冥之中，能不感叹。"言毕，遂不复见。明日，葬于长安御宿原。生至墓所，尽哀而返。

后月余，就礼于卢氏。伤情感物，郁郁不乐。夏五月，与卢氏偕行，归于郑县。至县旬日，生方与卢氏寝，忽帐外叱叱作声。生惊视之，则见一男子，年可二十余，姿状温美，藏身映幔，连招卢氏。生惶遽走起，绕幔数匝，倏然不见。生自此心怀疑恶，猜忌万端，夫妻之间，无聊生矣。或有亲情，曲相劝喻。生意稍解。

后旬日，生复自外归，卢氏方鼓琴于床，忽见自门抛一斑犀钿花合子，方圆一寸余，中有轻绢，作同心结，坠于卢氏怀中。生开而视之，见相思子二，叩头虫一，发杀觜一，驴驹媚少许。生当时愤怒叫吼，声如豺虎，引琴撞击其妻，诘令实告。卢氏亦终不自明。尔后往往暴加捶楚，备诸毒虐，竟讼于公庭而遣之。

卢氏既出，生或侍婢媵妾之属，暂同枕席，便加妒忌。或有因而杀之者。生尝游广陵，得名姬曰营十一娘者，容态润媚，生甚悦之。每相对坐，尝谓营曰："我尝于某处得某姬，犯某事，我以某法杀之。"日日陈说，欲令惧己，以肃清闺门。出则以浴斛覆营于床，周回封署，归必详视，然后乃开。又畜一短剑，甚利，顾谓侍婢曰："此信州葛溪铁，唯断作罪过头！"大凡生所见妇人，辄加猜忌，至于三娶，率皆如初焉。

卷

二

古岳渎经

[唐]李公佐①

贞元丁丑岁②，陇西李公佐泛潇湘苍梧③。偶遇征南从事弘农④杨衡，泊舟古岸，淹留佛寺，江空月浮，征异话奇。

杨告公佐云："永泰⑤中，李汤任楚州⑥刺史时，有渔人，夜钓于龟山⑦之下。其钓因物所制，不复出。渔者健水，疾沉于下五十丈。见大铁锁，盘绕山足，寻不知极。遂告汤。汤命渔人及能水者数十，获其锁，力莫能制。加以牛五十余头。锁乃振动，稍稍就岸。时无风涛，惊浪翻涌。观者大骇。锁之末见一兽，状有如猿，白首长鬐，雪牙金爪，闯然上岸，高五丈许。蹲踞之状若猿猴。但两目不能开，兀若昏昧。目鼻水流如泉，涎沫腥秽，人不可近。久，乃引颈伸欠，双目忽开，光彩若电。顾视人焉，欲发狂怒。观者奔走。兽亦徐徐引锁拽牛，入水去，竟不复出。时楚多知名士，与汤相顾愕栗，不知其由尔。乃渔者时知锁所，其兽竟不复见。"

---

① 李公佐：生卒年不详，字颛蒙。陇西（今甘肃东南部）人。唐代小说家，其作品今存《南柯太守传》《谢小娥传》《庐江冯媪传》《古岳渎经》四篇。
② 贞元丁丑岁：即唐德宗贞元十三年（797）。
③ 潇湘苍梧：潇水出湖南省永州市境内九嶷山（又名"苍梧山"），"湘"即湘水，两水汇合入洞庭湖。
④ 弘农：唐县名，治所在今河南省灵宝市。
⑤ 永泰：唐代宗年号，765—766。
⑥ 楚州：也称淮阴郡，治所在今江苏省淮安市。
⑦ 龟山：在今江苏省盱眙县，唐时属楚州所辖。

公佐至元和①八年冬，自常州饯送给事中孟简至朱方②，廉使薛公莘馆待礼备。时扶风马植、范阳卢简能、河东裴蘧，皆同馆之，环炉会语终夕焉。公佐复说前事，如杨所言。

至九年春，公佐访古东吴，从太守元公锡泛洞庭，登包山，宿道者周焦君庐。入灵洞，探仙书。石穴间得古《岳渎经》③第八卷，文字古奇，编次蠹毁，不能解。公佐与焦君共详读之："禹理水，三至桐柏山，惊风走雷，石号木鸣，五伯④拥川，大老肃兵，不能兴。禹怒，召集百灵，搜命夔龙。桐柏千君长稽首请命。禹因囚鸿蒙氏、章商氏、兜卢氏、犁娄氏。乃获淮涡⑤水神，名无支祁，善应对言语，辨江淮之浅深、原隰之远近。形若猿猴，缩鼻高额，青躯白首，金目雪牙。颈伸百尺，力逾九象，搏击腾踔疾奔，轻利倏忽，闻视不可久。禹授之章律，不能制；授之鸟木由，不能制；授之庚辰，能制。鸱脾桓木魅水灵山妖石怪，奔号聚绕，以数千载。庚辰以战逐去。颈锁大索，鼻穿金铃，徙淮阴之龟山之足下。俾淮水永安流注海也。庚辰之后，皆图此形者，免淮涛风雨之难。"即李汤之见，与杨衡之说，与《岳渎经》符矣。

---

① 元和：唐宪宗年号，806—820。
② 朱方：古吴地，在今江苏省镇江市东南。
③ 《岳渎经》：古代记载山川形势的一部地理书，今不存。
④ 五伯：与下文的天老、夔龙、桐柏千君长、鸿蒙氏、章商氏、兜卢氏、犁娄氏、章律、鸟木由、庚辰、鸱脾桓等，都是《集仙录》中出现的神怪名称。《集仙录》称这些神怪有的帮助夏禹治水，有的则进行破坏。
⑤ 涡：音guō，涡河，源出河南省开封市，流经安徽省，于怀远县入淮河。

南柯太守传^①

[唐]李公佐

东平^②淳于棼，吴楚游侠之士。嗜酒使气，不守细行。累巨产，养豪客。曾以武艺补淮南军裨将，因使酒忤帅，斥逐落魄，纵诞饮酒为事。家住广陵郡东十里。所居宅南有大古槐一株，枝干修密，清阴^③数亩。淳于生日与群豪，大饮其下。

贞元七年九月，因沉醉致疾。时二友人于坐扶生归家，卧于堂东庑^④之下。二友谓生曰："子其寝矣！余将秣马濯足，俟子小愈而去。"

生解巾就枕，昏然忽忽，仿佛若梦。见二紫衣使者，跪拜生曰："槐安国王遣小臣致命奉邀。"生不觉下榻整衣，随二使至门。见青油小车，驾以四牡，左右从者七八，扶生上车，出大户，指古槐穴而去。使者即驱入穴中。生意颇甚异之，不敢致问。

忽见山川风候草木道路，与人世甚殊。前行数十里，有郛郭城堞。车舆人物，不绝于路。生左右传车者传呼甚严，行者亦争辟于左右。又入大城，朱门重楼，楼上有金书，题曰"大槐安国"。

执门者趋拜奔走。旋有一骑传呼曰："王以驸马远降，令且息东华

---

① 《南柯太守传》是李公佐的代表作。明代汤显祖曾以它为蓝本，写了"玉茗堂四梦"（又称"临川四梦"）之一《南柯记》，或称《南柯梦记》。而"南柯一梦"的成语也是从《南柯太守传》脱胎而来。《南柯记》诞生后，不仅剧本不断被复刻，而且其中的一些折子戏长期在民间演出。
② 东平：地名，在今山东省东平县。
③ 清阴：指树的绿荫。
④ 庑：正房对面和两侧的小屋子。庑，音wǔ。

馆。"因前导而去。俄见一门洞开，生降车而入。彩槛雕楹；华木珍果，列植于庭下；几案茵褥，帘帏肴膳，陈设于庭上。生心甚自悦。复有呼曰："右相且至。"生降阶祗奉。有一人紫衣象简①前趋，宾主之仪敬尽焉。右相曰："寡君不以弊国远僻，奉迎君子，托以姻亲。"生曰："某以贱劣之躯，岂敢是望。"

右相因请生同诣其所。行可百步，入朱门。矛戟斧钺，布列左右，军吏数百，辟易道侧。生有平生酒徒周弁者，亦趋其中。生私心悦之，不敢前问。右相引生升广殿，御卫严肃，若至尊之所。见一人长大端严，居正位，衣素练服，簪朱华冠。生战栗，不敢仰视。左右侍者令生拜。王曰："前奉贤尊命，不弃小国，许令次女瑶芳，奉事君子。"生但俯伏而已，不敢致词。王曰："且就宾宇，续造仪式。"有旨，右相亦与生偕还馆舍。生思念之，意以为父在边将，因殁虏中，不知存亡。将谓父北蕃交逊②，而致兹事。心甚迷惑，不知其由。

是夕，羔雁币帛③，威容仪度，妓乐丝竹，肴膳灯烛，车骑礼物之用，无不咸备。有群女，或称华阳姑，或称青溪姑，或称上仙子，或称下仙子，若是者数辈。皆侍从数千，冠翠凤冠，衣金霞帔，采碧金钿，目不可视。遨游戏乐，往来其门，争以淳于郎为戏弄。风态妖丽，言词巧艳，生莫能对。

复有一女谓生曰："昨上巳日，吾从灵芝夫人过禅智寺，于天竺院观右延舞《婆罗门》④。吾与诸女坐北牖石榻上，时君少年，亦解骑来看。君

① 象简：象牙的手板。古时大臣朝见皇帝时所执持。
② 北蕃交逊：北蕃，古代对北方少数民族的通称；交逊，交涉、商议退兵之事。
③ 羔雁币帛：指用于婚聘、晋谒、馈赠的礼物。
④ 《婆罗门》：从西域传过来的一种乐舞曲。

独强来亲洽，言调笑谑。吾与穷英妹结绛巾，挂于竹枝上，君独不忆念之乎？又七月十六日，吾于孝感寺悟上真子，听契玄法师讲《观音经》。吾于讲下舍金凤钗两只，上真子舍水犀合子一枚。时君亦讲筵中于师处请钗合视之。赏叹再三，嗟异良久。顾余辈曰：'人之与物，皆非世间所有。'或问吾民，或访吾里。吾亦不答。情意恋恋，瞩盼不舍。君岂不思念之乎？"生曰："中心藏之，何日忘之。"群女曰："不意今日与君为眷属。"

复有三人，冠带甚伟，前拜生曰："奉命为驸马相者。"中一人与生且故。生指曰："子非冯翊①田子华乎？"田曰："然。"生前，执手叙旧久之。生谓曰："子何以居此？"子华曰："吾放游，获受知于右相武成侯段公，因以栖托。"生复问曰："周弁在此，知之乎？"子华曰："周生，贵人也。职为司隶，权势甚盛。吾数蒙庇护。"言笑甚欢。

俄传声曰："驸马可进矣。"三子取剑佩冕服，更衣之。子华曰："不意今日获睹盛礼，无以相忘也。"

有仙姬数十，奏诸异乐，婉转清亮，曲调凄悲，非人间之所闻听。有执烛引导者，亦数十。左右见金翠步障，彩碧玲珑，不断数里。生端坐车中，心意恍惚，甚不自安。田子华数言笑以解之。向者群女姑娣，各乘凤翼辇，亦往来其间。至一门，号"修仪宫"。群仙姑姊亦纷然在侧，令生降车辇拜，揖让升降，一如人间。彻障去扇，见一女子，云号金枝公主。年可十四五，俨若神仙。交欢之礼，颇亦明显。

生自尔情义日洽，荣曜日盛。出入车服，游宴宾御，次于王者。

王命生与群寮备武卫，大猎于国西灵龟山。山阜峻秀，川泽广远，林树丰茂，飞禽走兽，无不蓄之。师徒大获，竟夕而还。

---

① 冯翊：唐郡名，治所在今陕西省大荔县。

生因他日，启王曰："臣顷结好之日，大王云奉臣父之命。臣父顷佐边将，用兵失利，陷没胡中。尔来绝书信十七八岁矣。王既知所在，臣请一往拜观。"王遽谓曰："亲家翁职守北土，信问不绝。卿但具书状知闻，未用便去。"遂命妻致馈贺之礼，一以遣之。

数夕还答。生验书本意，皆父平生之迹。书中忆念教诲，情意委曲，皆如昔年。复问生亲戚存亡，闾里兴废。复言路道乖远，风烟阻绝。词意悲苦，言语哀伤。又不令生来觐，云："岁在丁丑，当与女相见。"生捧书悲咽，情不自堪。

他日，妻谓生曰："子岂不思为政乎？"生曰："我放荡不习政事。"妻曰："卿但为之。余当奉赞。"妻遂白于王。累日，谓生曰："吾南柯政事不理，太守黜废。欲藉卿才，可曲屈之。便与小女同行。"生敦授教命。王遂敕有司备太守行李。因出金玉锦绣，箱奁仆妾车马，列于广衢，以饯公主之行。

生少游侠，曾不敢有望，至是甚悦。因上表曰："臣将门余子，素无艺术，猥当大任，必败朝章。自悲负乘，坐致覆𫗧。今欲广求贤哲，以赞不逮。伏见司隶颍川周弁，忠亮刚直，守法不回，有毗佐之器①。处士冯翊田子华，清慎通变，达政化之源。二人与臣有十年之旧，备知才用，可托政事。周请署南柯司宪，田请署司农。庶使臣政绩有闻，宪章不紊也。"王并依表以遣之。

其夕，王与夫人饯于国南。王谓生曰："南柯国之大郡，土地丰壤，人物豪盛，非惠政不能以治之。况有周田二赞。卿其勉之，以副国念。"夫人戒公主曰："淳于郎性刚好酒，加之少年。为妇之道，贵乎柔顺。尔善事

---

① 毗佐之器：辅助政事的才具。

之，吾无忧矣。南柯虽封境不遥，晨昏有间。今日暌别，宁不沾巾。"

生与妻拜首南去，登车拥骑，言笑甚欢。累夕达郡。郡有官吏、僧道、耆老、音乐、车舆、武卫、銮铃争来迎奉。人物阗咽，钟鼓喧哗，不绝十数里。见雉堞台观，佳气郁郁。入大城门，门亦有大榜，题以金字，曰"南柯郡城"。见朱轩棨①户，森然深邃。生下车省风俗，疗病苦，政事委以周田，郡中大理。自守郡二十载，风化广被，百姓歌谣，建功德碑，立生祠宇。王甚重之。赐食邑，锡爵位，居台辅。周田皆以政治著闻，递迁大位。生有五男二女。男以门荫授官，女亦娉于王族。荣耀显赫，一时之盛，代莫比之。

是岁，有檀萝国者，来伐是郡。王命生练将训师以征之。乃表周弁将兵三万，以拒贼之众于瑶台城。弁刚勇轻敌，师徒败绩。弁单骑裸身潜遁，夜归城。贼亦收辎重铠甲而还。生因囚弁以请罪。王并舍之。是月，司宪周弁疽发背，卒。生妻公主遘疾，旬日又薨。生因请罢郡，护丧赴国。王许之。便以司农田子华行南柯太守事。生哀恸发引，威仪在途，男女叫号，人吏奠馔，攀辕遮道者不可胜数。遂达于国。王与夫人素衣哭于郊，候灵舆之至。谥公主曰"顺仪公主"。备仪仗羽葆鼓吹，葬于国东十里盘龙冈。是月，故司宪子荣信，亦护丧赴国。

生久镇外藩，结好中国，贵门豪族，靡不是洽。自罢郡还国，出入无恒。交游宾从，威福日盛。王意疑惮之。时有国人上表云："玄象谪见，国有大恐。都邑迁徙，宗庙崩坏。衅起他族，事在萧墙。"时议以生侈僭之应也。遂夺生侍卫，禁生游从，处之私第。生自恃守郡多年，曾无败政，流言怨悖，郁郁不乐。王亦知之，因命生曰："姻亲二十余年，不幸小女天

---

① 棨：音qǐ，木制的门戟，只有贵族官员门前才有此仪仗。

枉，不得与君子偕老，良用痛伤。"夫人因留孙自鞠育之。又谓生曰："卿离家多时，可暂归本里，一见亲族。诸孙留此，无以为念。后三年，当令迎生。"生曰："此乃家矣，何更归焉？"王笑曰："卿本人间，家非在此。"生忽若昏睡，瞢然久之，方乃发悟前事，遂流涕请还。王顾左右以送生。生再拜而去，复见前二紫衣使者从焉。至大户外，见所乘车甚劣，左右亲使御仆，遂无一人，心甚叹异。

生上车，行可数里，复出大城。宛是昔年东来之途，山川原野，依然如旧。所送二使者，甚无威势。生逾怏怏。生问使者曰："广陵郡何时可到？"二使讴歌自若，久乃答曰："少顷即至。"俄出一穴，见本里闾巷，不改往日，潸然自悲，不觉流涕。二使者引生下车，入其门，升其阶，己身卧于堂东庑之下。生甚惊畏，不敢前近。二使因大呼生之姓名数声，生遂发寤如初。见家之僮仆拥彗于庭，二客濯足于榻，斜日未隐于西垣，余樽尚湛于东牖。梦中倏忽，若度一世矣。

生感念嗟叹，遂呼二客而语之。惊骇，因与生出外，寻槐下穴。生指曰："此即梦中所惊入处。"二客将谓狐狸木媚之所为祟。遂命仆夫荷斤斧，断拥肿，折查枿，寻穴究源。旁可袤丈。有大穴，根洞然明朗，可容一榻。上有积土壤以为城郭台殿之状。有蚁数斛，隐聚其中。中有小台，其色若丹。二大蚁处之，素翼朱首，长可三寸。左右大蚁数十辅之，诸蚁不敢近。此其王矣。即槐安国都也。

又穷一穴，直上南枝可四丈，宛转方中，亦有土城小楼，群蚁亦处其中，即生所领南柯郡也。

又一穴：西去二丈，磅礴空圬，嵌窞①异状。中有一腐龟壳，大如斗。

---

① 嵌窞：凹陷。窞，深坑，音dàn。

积雨浸润，小草丛生，繁茂翳荟，掩映振壳，即生所猎灵龟山也。

又穷一穴：东去丈余，古根盘屈，若龙虺之状。中有小土壤，高尺余，即生所葬妻盘龙冈之墓也。

追想前事，感叹于怀，披阅穷迹，皆符所梦。不欲二客坏之，遽令掩塞如旧。

是夕，风雨暴发。且视其穴，遂失群蚁，莫知所去。故先言"国有大恐，都邑迁徙"，此其验矣。

复念檀萝征伐之事，又请二客访迹于外。宅东一里有古涸涧，侧有大檀树一株，藤萝拥织，上不见日。旁有小穴，亦有群蚁隐聚其间。檀萝之国，岂非此耶？嗟乎！蚁之灵异，犹不可穷，况山藏木伏之大者所变化乎？

时生酒徒周弁、田子华并居六合县，不与生过从旬日矣。生遽遣家僮疾往候之。周生暴疾已逝，田子华亦寝疾于床。生感南柯之浮虚，悟人世之倏忽，遂栖心道门，绝弃酒色。后三年，岁在丁丑，亦终于家。时年四十七，将符宿契之限矣。

公佐贞元十八年秋八月，自吴之洛，暂泊淮浦，偶觏淳于生梦，询访遗迹，翻覆再三，事皆摭实[1]，辄编录成传，以资好事。虽稽神语怪，事涉非经，而窃位著生，冀将为戒。后之君子，幸以南柯为偶然，无以名位骄于天壤间云。

前华州参军李肇赞曰：

> 贵极禄位，权倾国都，达人视此，蚁聚何殊。

---

[1] 摭实：证实，音zhí。

庐江冯媪传①

[唐]李公佐

　　冯媪者，庐江里中啬夫②之妇，穷寡无子，为乡民贱弃。元和四年，淮楚大歉。媪逐食于舒③，途经牧犊墅。值风雨，止于桑下。忽见路隅一室，灯烛荧荧。媪因诣求宿。见一女子，年二十余，容服美丽，携三岁儿，倚门悲泣。前，又见老叟与媪，据床而坐。神气惨戚，言语咕嗫④，有若征索财物，追逐之状。见冯媪至，叟媪默然舍去。女久乃止泣，入户备饮食，理床榻，邀媪食息焉。媪问其故。女复泣曰："此儿父，我之夫也。明日别娶。"媪曰："向者二老人，何人也？于汝何求，而发怒？"女曰："我舅姑也。今嗣子别娶，征我筐筥刀尺⑤祭祀旧物，以授新人。我不忍与，是有斯责。"媪曰："汝前夫何在？"女曰："我淮阴令梁倩女，适董氏七年。有二男一女。男皆随父，女即此也。今前邑中董江，即其人也。江官为酂丞⑥，家累巨产。"发言不胜呜咽。媪不之异；又久困寒饿，得美食甘寝，不复言。女泣至晓。

　　媪辞去，行二十里，至桐城县⑦。县东有甲第，张帘帷，具羔雁，人

---

① 关于此文，鲁迅在《稗边小缀》中有言："事极简略，与公佐他文不类。然以其可考见作者踪迹，聊复存之。"

② 啬夫：此处指农夫。

③ 舒：舒州，治所在今安徽省怀宁县。

④ 咕嗫：小声说话的样子。音 chè niè。

⑤ 筐筥刀尺：筐筥，盛米的竹器；筥，音 jǔ。刀尺，裁剪用的工具。祭祀的器物及筐筥刀尺都由家庭主妇掌管。

⑥ 酂丞：酂县县丞，酂县，故址在今河南省永城市西酂城镇。酂，音 cuó。

⑦ 桐城县：即今安徽省桐城市。

物纷然，云今夕有官家礼事。媪问其郎，即董江也。媪曰："董有妻，何更娶焉？"邑人曰："董妻及女亡矣。"媪曰："昨宵我遇雨，寄宿董妻梁氏舍，何得言亡？"邑人询其处，即董妻墓也。询其二老容貌，即董江之先父母也。

董江本舒州人，里中之人皆得详之。有告董江者，董以妖妄罪之，令部者①迫逐媪去。媪言于邑人，邑人皆为感叹。是夕，董竟就婚焉。

元和六年夏五月，江淮从事李公佐使至京，回次汉南，与渤海高钺、天水赵儹、河南宇文鼎会于传舍。宵话征异，各尽见闻。钺具道其事，公佐为之传。

---

① 部者：仆人。

谢小娥传①

[唐]李公佐

　　小娥，姓谢氏，豫章②人，估客③女也。生八岁，丧母；嫁历阳④侠士段居贞。居贞负气重义，交游豪俊。小娥父畜巨产，隐名商贾间，常与段婿同舟货，往来江湖。时小娥年十四，始及笄。父与夫俱为盗所杀，尽掠金帛。段之弟兄，谢之生侄，与童仆辈数十，悉沉于江。小娥亦伤胸折足，漂流水中，为他船所获，经夕而活。因流转乞食至上元县，依妙果寺尼净悟之室。初，父之死也，小娥梦父谓曰："杀我者，车（車）中猴，门东（東）草。"又数日，复梦其夫谓曰："杀我者，禾中走，一日夫。"小娥不自解悟，常书此语，广求智者辨之，历年不能得。

　　元和八年春，余罢江西从事，扁舟东下，淹泊建业，登瓦官寺阁。有僧齐物者，重贤好学，与余善。因告余曰："有孀妇⑤名小娥者，每来寺中，示我十二字谜语，某不能辨。"余遂请齐公书于纸，乃凭槛书空，凝思默虑。坐客未倦，予悟其文。令寺童疾召小娥前至，询访其由。小娥呜咽良久，乃曰："我父及夫，皆为贼所杀。迩后尝梦父告曰：'杀我者，车（車）中猴，门东（東）草。'又梦夫告曰：'杀我者，禾中走，一日夫。'岁久无人悟之。"余曰："若然者，吾审详矣。杀汝父是申兰，杀

---

①《新唐书》将其列入《列女传》。明代凌濛初据此改编为《李公佐巧解梦中言，谢小娥智擒船上盗》（《初刻拍案惊奇》卷十九）。

② 豫章：唐郡名，治所在今江西省南昌市。

③ 估客：贩运商人。

④ 历阳：唐郡名，治所在今安徽省和县。

⑤ 孀妇：寡妇。

汝夫是申春。且'车（車）中猴'，車字去上下各一画，是'申'字；又申属猴，故曰'车（車）中猴'。草下有门，门中有東，乃兰（蘭）字也。又，'禾中走'是穿田过，亦是'申'字也。'一日夫'者，'夫'上更一画，下有日，是'春'字也。杀汝父是申兰，杀汝夫是申春，足可明矣。"小娥恸哭再拜，书申兰、申春四字于衣中，誓将访杀二贼，以复其冤。娥因问余姓氏官族，垂涕而去。

尔后小娥便为男子服，佣保于江湖间。岁余，至浔阳郡①，见竹户上有纸榜子，云"召佣者"。小娥乃应召诣门，问其主，乃申兰也。兰引归，娥心愤貌顺，在兰左右，甚见亲爱。金帛出入之数，无不委娥。已二岁余，竟不知娥之女人也。先是谢氏之金宝锦绣、衣物器具，悉掠在兰家，小娥每执旧物，未尝不暗泣移时。兰与春，宗昆弟也。时春一家住大江北独树浦，与兰往来密洽。兰与春同去经月，多获财帛而归。每留娥与兰妻兰氏同守家室，酒肉衣服，给娥甚丰。或一日，春携文鲤兼酒诣兰，娥私叹曰："李君精悟玄鉴，皆符梦言。此乃天启其心，志将就矣。"

是夕，兰与春会群贼，毕至酣饮。暨诸凶既去，春沉醉，卧于内室，兰亦露寝于庭。小娥潜锁春于内，抽佩刀先断兰首，呼号邻人并至，春擒于内，兰死于外，获赃收货，数至千万。初，兰、春有党数十，暗记其名，悉擒就戮。时浔阳太守张公，善其志行，为具其事上旌表②，乃得免死。时元和十二年夏岁也。

复父夫之仇毕，归本里，见亲属。里中豪族争求聘，娥誓心不嫁。遂剪发披褐，访道于牛头山，师事大士尼将律师。娥志坚行苦，霜春雨薪，

---

① 浔阳郡：即今江西省九江市。
② 旌表：古代官府为"忠孝节义"之人立牌坊、挂匾额，以示表彰。

不倦筋力，十三年四月，始受具戒于泗州开元寺，竟以小娥为法号，不忘本也。

其年夏月，余始归长安，途经泗滨，过善义寺谒大德尼令。操戒新见者数十，净发鲜帔，威仪雍容，列侍师之左右。中有一尼问师曰："此官岂非洪州李判官二十三郎者乎？"师曰："然。"曰："使我获报家仇，得雪冤耻，是判官恩德也。"顾余悲泣。余不之识，询访其由。娥对曰："某名小娥，顷乞食孀妇也。判官时为辨申兰、申春二贼名字，岂不忆念乎？"余曰："初不相记，今即悟也。"娥因泣，具写记申兰、申春，复父夫之仇，志愿相毕，经营终始艰苦之状。小娥又谓余曰："报判官恩，当有日矣。"岂徒然哉！嗟乎，余能辨二盗之姓名，小娥又能竟复父夫之仇冤，神道不昧，昭然可知。小娥厚貌深辞，聪敏端特，炼指跛足，誓求真如。爰自入道，衣无絮帛，斋无盐酪，非律仪禅理，口无所言。后数日，告我归牛头山，扁舟泛淮，云游南国，不复再遇。

君子曰："誓志不舍，复父夫之仇，节也。佣保杂处，不知女人，贞也。女子之行，唯贞与节能终始全之而已。如小娥，足以儆天下逆道乱常之心，足以观天下贞夫孝妇之节。"余备详前事，发明隐文，暗与冥会，符于人心。知善不录，非《春秋》之义也。故作传以旌美之。

李娃传

[唐]白行简①

汧国夫人②李娃，长安之倡女也，节行瑰奇③，有足称者，故监察御史白行简为传述。

天宝中，有常州刺史荥阳公④者，略其名氏，不书。时望甚崇，家徒甚殷。知命之年，有一子，始弱冠矣，隽朗有词藻，迥然不群，深为时辈推伏。其父爱而器之，曰："此吾家千里驹也。"应乡赋秀才举，将行，乃盛其服玩车马之饰，计其京师薪储之费，谓之曰："吾观尔之才，当一战而霸⑤。今备二载之用，且丰尔之给，将为其志也。"生亦自负，视上第如指掌。

自毗陵发，月余抵长安，居于布政里。尝游东市还，自平康东门入，将访友于西南。至鸣珂曲，见一宅，门庭不甚广，而室宇严邃。阖一扉，有娃方凭一双鬟青衣立，妖姿要妙，绝代未有。生忽见之，不觉停骖⑥久之，徘徊不能去。乃诈坠鞭于地，候其从者，敕取之。累眄⑦于娃，娃回眸

---

① 白行简：776—826，字知退，下邽（今陕西省渭南北）人，唐代文学家，大诗人白居易之弟。著有《李娃传》《三梦记》。

② 汧国夫人：汧，音qiān，唐代汧阳郡，治所在今陕西省千阳县。汧国夫人是唐代一种封号，并非赐以汧阳郡。

③ 瑰奇：奇特、尊贵。

④ 荥阳公：唐时郑姓为荥阳（今属河南）名门望族，称荥阳公，犹言称郑公。荥，音xíng。

⑤ 一战而霸：指一考就及第。

⑥ 骖：原指一车驾三马，此处指所骑之马。骖，音cān。

⑦ 眄：斜着眼看。

凝睇，情甚相慕。竟不敢措辞而去。

　　生自尔意若有失，乃密征其友游长安之熟者，以讯之。友曰："此狭邪女李氏宅也。"曰："娃可求乎？"对曰："李氏颇赡。前与通之者多贵戚豪族，所得甚广。非累百万，不能动其志也。"生曰："苟患其不谐，虽百万，何惜！"他日，乃洁其衣服，盛宾从，而往扣其门。俄有侍儿启扃。生曰："此谁之第耶？"侍儿不答，驰走大呼曰："前时遗策郎也！"娃大悦曰："尔姑止之。吾当整妆易服而出。"生闻之私喜。乃引至萧墙间，见一姥垂白上偻，即娃母也。生跪拜前致词曰："闻兹地有隙院，愿税以居，信乎？"姥曰："惧其浅陋湫隘①，不足以辱长者所处，安敢言直耶？"延生于迟宾之馆②，馆宇甚丽。与生偶坐，因曰："某有女娇小，技艺薄劣，欣见宾客，愿将见之。"乃命娃出。明眸皓腕，举步艳冶。生遽惊起，莫敢仰视。与之拜毕，叙寒燠，触类妍媚，目所未睹。复坐，烹茶斟酒，器用甚洁。

　　久之，日暮，鼓声四动。姥访其居远近。生绐之曰："在延平门外数里。"冀其远而见留也。姥曰："鼓已发矣。当速归，无犯禁。"生曰："幸接欢笑，不知日之云夕。道里辽阔，城内又无亲戚，将若之何？"娃曰："不见责僻陋，方将居之，宿何害焉。"生数目姥。姥曰："唯唯。"生乃召其家僮，持双缣，请以备一宵之馔。娃笑而止曰："宾主之仪，且不然也。今夕之费，愿以贫窭之家随其粗粝以进之。其余以俟他辰。"固辞，终不许。

　　俄徙坐西堂，帷幕帘榻，焕然夺目；妆奁衾枕，亦皆侈丽。乃张烛

---

① 湫隘：低湿，狭窄。湫，音 jiǎo。
② 迟宾之馆：为客人而准备的房间。

进馔，品味甚盛。彻馔，姥起。生、娃谈话方切，诙谐调笑，无所不至。生曰："前偶过卿门，遇卿适在屏间。厥后心常勤念，虽寝与食，未尝或舍。"娃答曰："我心亦如之。"生曰："今之来，非直求居而已，愿偿平生之志。但未知命也若何？"言未终，姥至，询其故，具以告。姥笑曰："男女之际，大欲存焉。情苟相得，虽父母之命，不能制也。女子固陋，曷足以荐君子之枕席？"生遂下阶，拜而谢之曰："愿以己为厮养。"姥遂目之为郎，饮酺而散。及旦，尽徙其囊橐^①，因家于李之第。

自是生屏迹戢身，不复与亲知相闻。日会倡优侪类，狎戏游宴。囊中尽空，乃鬻骏乘，及其家童。岁余，资财仆马荡然。迩来姥意渐怠，娃情弥笃。

他日，娃谓生曰："与郎相知一年，尚无孕嗣。常闻竹林神者，报应如响，将致荐酹^②求之，可乎？"生不知其计，大喜。乃质衣于肆，以备牢醴^③，与娃同谒祠宇而祷祝焉，信宿而返。策驴而后，至里北门，娃谓生曰："此东转小曲中，某之姨宅也。将憩而觊之，可乎？"生如其言，前行不逾百步，果见一车门。窥其际，甚弘敞。其青衣自车后止之曰："至矣。"生下，适有一人出访曰："谁？"曰："李娃也。"乃入告。

俄有一妪至，年可四十余，与生相迎，曰："吾甥来否？"娃下车，妪迎访之曰："何久疏绝？"相视而笑。娃引生拜之。既见，遂偕入西戟门偏院中。有山亭，竹树葱蒨，池榭幽绝。生谓娃曰："此姨之私第耶？"笑而不答，以他语对。俄献茶果，甚珍奇。食顷，有一人控大宛，汗流驰至，曰："姥遇暴疾颇甚，殆不识人。宜速归。"娃谓姨曰："方寸乱矣。某骑

---

① 囊橐：装东西的口袋，此处指行李。橐，音tuó。
② 荐酹：具酒食以祭鬼神。酹，音lèi。
③ 牢醴：祭祀神明用的猪、牛、羊、酒等。醴，音lǐ。

而前去，当令返乘，便与郎偕来。"生拟随之。其姨与侍儿偶语，以手挥之，令生止于户外，曰："姥且殁矣。当与某议丧事以济其急。奈何遽相随而去？"乃止，共计其凶仪斋祭之用。日晚，乘不至。姨言曰："无复命，何也？郎骤往觇之，某当继至。"

生遂往，至旧宅，门扃钥甚密，以泥缄之。生大骇，诘其邻人。邻人曰："李本税而居，约已周矣。第主自收。姥徙居，而且再宿矣。"征"徙何处"，曰："不详其所。"生将驰赴宣阳，以诘其姨，日已晚矣，计程不能达。乃弛其装服，质馔而食，赁榻而寝。生恚怒方甚，自昏达旦，目不交睫。质明，乃策蹇而去。

既至，连扣其扉，食顷无人应。生大呼数四，有宦者徐出。生遽访之："姨氏在乎？"曰："无之。"生曰："昨暮在此，何故匿之？"访其谁氏之第。曰："此崔尚书宅。昨者有一人税此院，云迟中表之远至者。未暮去矣。"生惶惑发狂，罔知所措，因返访布政旧邸。

邸主哀而进膳。生怨懑，绝食三日，遘疾甚笃，旬余愈甚。邸主惧其不起，徙之于凶肆①之中。绵缀移时，合肆之人共伤叹而互饲之。后稍愈，杖而能起。由是凶肆日假之，令执穗帷，获其直以自给。累月，渐复壮，每听其哀歌，自叹不及逝者，辄呜咽流涕，不能自止。归则效之。生，聪敏者也。无何，曲尽其妙，虽长安无有伦比。初，二肆之佣凶器者，互争胜负。其东肆车舆皆奇丽，殆不敌，唯哀挽劣焉。其东肆长知生妙绝，乃酿钱二万索顾焉。其党者旧，共较其所能者，阴教生新声，而相赞和。累旬，人莫知之。其二肆长相谓曰："我欲各阅所佣之器于天门街，以较优劣。不胜者罚直五万，以备酒馔之用，可乎？"二肆许诺。乃邀立符契，

---

① 凶肆：出售丧葬用品及代办丧事的店铺。

署以保证，然后阅之。士女大和会，聚至数万。于是里胥告于贼曹[1]，贼曹闻于京尹。四方之士，尽赴趋焉，巷无居人。

自旦阅之，及亭午，历举辇舆威仪之具，西肆皆不胜，师有惭色。乃置层榻于南隅，有长髯者拥铎而进，翊卫数人。于是奋髯扬眉，扼腕顿颡而登，乃歌《白马》之词。恃其夙胜，顾眄左右，旁若无人。齐声赞扬之，自以为独步一时，不可得而屈也。有顷，东肆长于北隅上设连榻，有乌巾少年，左右五六人，秉翣而至，即生也。

整衣服，俯仰甚徐，申喉发调，容若不胜。乃歌《薤露》之章[2]，举声清越，响振林木，曲度未终，闻者歔欷掩泣。西肆长为众所诮，益惭耻。密置所输之直于前，乃潜遁焉。四座愕眙[3]，莫之测也。

先是，天子方下诏，俾外方之牧，岁一至阙下，谓之入计。时也适遇生之父在京师，与同列者易服章窃往观焉。有老竖，即生乳母婿也，见生之举措辞气，将认之而未敢，乃泫然流涕。生父惊而诘之。因告曰："歌者之貌，酷似郎之亡子。"父曰："吾子以多财为盗所害，奚至是耶？"言讫，亦泣。及归，竖间驰往，访于同党曰："向歌者谁？若斯之妙欤？"皆曰："某氏之子。"征其名，且易之矣。竖凛然大惊；徐往，迫而察之。生见竖色动，回翔将匿于众中。竖遂持其袂曰："岂非某乎？"相持而泣，遂载以归。

至其室，父责曰："志行若此，污辱吾门。何施面目，复相见也？"乃徒行出，至曲江西杏园东，去其衣服，以马鞭鞭之数百。生不胜其苦而毙。父弃之而去。其师命相狎昵者阴随之，归告同党，共加伤叹。令二人

① 里胥告于贼曹：里胥，古时乡里头领。贼曹，州郡之中掌管治安的官吏。
② 《薤露》之章：古代哀悼死者的丧歌。薤，音xiè。
③ 愕眙：吃惊而发呆。

赍苇席瘗焉。至，则心下微温。举之，良久，气稍通。因共荷而归，以苇筒灌勺饮，经宿乃活。月余，手足不能自举。其楚挞之处皆溃烂，秽甚。同辈患之。一夕，弃于道周。行路咸伤之，往往投其余食，得以充肠。十旬，方杖策而起。被布裘，裘有百结，褴褛如悬鹑。持一破瓯，巡于闾里，以乞食为事。自秋徂冬，夜入于粪壤窟室，昼则周游廛肆。

一旦大雪，生为冻馁所驱，冒雪而出，乞食之声甚苦，闻见者莫不凄恻。时雪方甚，人家外户多不发。至安邑东门，循理垣北转第七八，有一门独启左扉，即娃之第也。生不知之，遂连声疾呼："饥冻之甚！"音响凄切，所不忍听。娃自阁中闻之，谓侍儿曰："此必生也。我辨其音矣。"连步而出。见生枯瘠疥厉①，殆非人状。娃意感焉，乃谓曰："岂非某郎也？"生愤懑绝倒，口不能言，颔颐而已。娃前抱其颈，以绣襦拥而归于西厢。失声长恸曰："令子一朝及此，我之罪也！"绝而复苏。姥大骇，奔至，曰："何也？"娃曰："某郎。"姥遽曰："当逐之。奈何令至此？"娃敛容却睇②曰："不然。此良家子也。当昔驱高车，持金装，至某之室，不逾期而荡尽。且互设诡计，舍而逐之，殆非人。令其失志，不得齿于人伦。父子之道，天性也。使其情绝，杀而弃之。又困踬若此。天下之人尽知为某也。生亲戚满朝，一旦当权者熟察其本末，祸将及矣。况欺天负人，鬼神不佑，无自贻其殃也。某为姥子，迨今有二十岁矣。计其赀，不啻直千金。今姥年六十余，愿计二十年衣食之用以赎身，当与此子别卜

---

① 疥厉：疥疮。
② 敛容却睇：形容人脸色严肃地回头斜看。

所诣①。所诣非遥，晨昏得以温清②。某愿足矣。"姥度其志不可夺，因许之。

给姥之余，有百金。北隅四五家税一隙院。乃与生沐浴，易其衣服；为汤粥，通其肠；次以酥乳润其脏。旬余，方荐水陆之馔。头巾履袜，皆取珍异者衣之。未数月，肌肤稍腴；卒岁，平愈如初。

异时，娃谓生曰："体已康矣，志已壮矣。渊思寂虑，默想曩昔之艺业，可温习乎？"生思之，曰："十得二三耳。"娃命车出游，生骑而从。至旗亭南偏门鬻坟典之肆③，令生拣而市之，计费百金，尽载以归。因令生斥弃百虑以志学，俾夜作昼，孜孜矻矻。娃常偶坐，宵分乃寐。伺其疲倦，即谕之缀诗赋。二岁而业大就，海内文籍，莫不该览。生谓娃曰："可策名试艺矣。"娃曰："未也。且令精熟，以俟百战。"更一年，曰："可行矣。"于是遂一上登甲科，声振礼闱。虽前辈见其文，罔不敛衽敬羡，愿友之而不可得。娃曰："未也。今秀士苟获擢一科第，则自谓可以取中朝之显职，擅天下之美名。子行秽迹鄙，不侔于他士。当砻淬利器，以求再捷。方可以连衡多士，争霸群英。"生由是益自勤苦，声价弥甚。

其年，遇大比，诏征四方之隽，生应直言极谏科，策名第一，授成都府参军。三事以降，皆其友也。

将之官，娃谓生曰："今之复子本躯，某不相负也。愿以残年，归养老姥。君当结媛鼎族，以奉蒸尝。中外婚媾，无自黩也。勉思自爱。某从

---

① 别卜所诣：别处找住所。
② 温清：即"冬温夏清"，古代侍奉父母之礼，冬天温被使暖，夏天扇席使凉。清，音 qìng。
③ 旗亭南偏门鬻坟典之肆：旗亭，酒楼。鬻，卖。坟典，即《三坟》《五典》，泛指古书。

此去矣。"生泣曰："子若弃我，当自到以就死。"娃固辞不从，生勤请弥恳。娃曰："送子涉江，至于剑门，当令我回。"生许诺。

月余，至剑门。未及发而除书至，生父由常州诏入，拜成都尹，兼剑南采访使。浃辰，父到。生因投刺，谒于邮亭。父不敢认，见其祖父官讳，方大惊，命登阶，抚背恸哭移时，曰："吾与尔父子如初。"因诘其由，具陈其本末。大奇之，诘娃安在。曰："送某至此，当令复还。"父曰："不可。"翌日，命驾与生先之成都，留娃于剑门，筑别馆以处之。明日，命媒氏通二姓之好，备六礼以迎之，遂如秦晋之偶。

娃既备礼，岁时伏腊，妇道甚修，治家严整，极为亲所眷。向后数岁，生父母偕殁，持孝甚至。有灵芝产于倚庐，一穗三秀。本道上闻。又有白燕数十，巢其层甍。天子异之，宠锡加等。终制，累迁清显之任。十年间，至数郡。娃封汧国夫人。有四子，皆为大官，其卑者犹为太原尹。弟兄姻媾皆甲门，内外隆盛，莫之与京。

嗟乎，倡荡之姬，节行如是，虽古先烈女，不能逾也。焉得不为之叹息哉！

予伯祖尝牧晋州，转户部，为水陆运使。三任皆与生为代，故谙详其事。贞元中，予与陇西公佐话妇人操烈之品格，因遂述汧国之事。公佐拊掌竦听，命予为传。乃握管濡翰，疏而存之。时乙亥岁秋八月，太原白行简云。

三梦记

[唐]白行简

人之梦，异于常者有之：或彼梦有所往而此遇之者，或此有所为而彼梦之者，或两相通梦者。

天后①时，刘幽求为朝邑丞②。常奉使，夜归。未及家十余里，适有佛堂院，路出其侧，闻寺中歌笑欢洽。寺垣短缺，尽得睹其中。刘俯身窥之，见十数人儿女杂坐，罗列盘馔，环绕之而共食。见其妻在坐中语笑。刘初愕然，不测其故久之。且思其不当至此，复不能舍之。又熟视容止言笑，无异。将就察之，寺门闭不得入。刘掷瓦击之，中其罍洗③，破迸走散，因忽不见。刘逾垣直入，与从者同视，殿庑皆无人，寺扃如故。刘讶益甚，遂驰归。比至其家，妻方寝。闻刘至，乃叙寒暄讫，妻笑曰："向梦中与数十人游一寺，皆不相识，会食于殿庭。有人自外以瓦砾投之，杯盘狼藉，因而遂觉。"刘亦具陈其见。盖所谓彼梦有所往而此遇之也。

元和四年，河南元微之④为监察御史，奉使剑外。去逾旬，予与仲兄乐天⑤、陇西李杓直同游曲江。诣慈恩佛舍，遍历僧院，淹留移时。日已晚，同诣杓直修行里第，命酒对酬，甚欢畅。兄停杯久之，曰："微之当达梁矣。"命题一篇于屋壁。其词曰：

---

① 天后：即武则天。
② 朝邑丞：朝邑，古地名，即今陕西省大荔县。丞，县丞。
③ 罍洗：罍，酒坛，音léi；洗，盥器。泛指酒器杯盘。
④ 元微之：即唐代诗人元稹，微之是他的字。
⑤ 乐天：即白乐天，唐代诗人白居易，是作者的哥哥。

> 春来无计破春愁，醉折花枝作酒筹。
>
> 忽忆故人天际去，计程今日到梁州。

实二十一日也。十许日，会梁州使适至，获微之书一函，后记《纪梦》诗一篇，其词曰：

> 梦君兄弟曲江头，也入慈恩院里游。
>
> 属吏唤人排马去，觉来身在古梁州。

日月与游寺题诗日月率同。盖所谓此有所为而彼梦之者矣。

贞元中，扶风窦质与京兆韦苟同自亳入秦，宿潼关逆旅。窦梦至华岳祠，见一女巫，黑而长，青裙素襦，迎路拜揖，请为之祝神。窦不获已，遂听之。问其姓，自称赵氏。及觉，具告于韦。明日，至祠下，有巫迎客，容质妆服，皆所梦也。顾谓韦曰："梦有征也。"乃命从者视囊中，得钱二镮①，与之。巫抚掌大笑，谓同辈曰："如所梦矣！"韦惊问之。对曰："昨梦二人从东来，一髯而短者祝醑，获钱二镮焉。及旦，乃遍述于同辈。今则验矣。"窦因问巫之姓。同辈曰："赵氏。"自始及末，若合符契。盖所谓两相通梦者矣。

行简曰：《春秋》及子史②，言梦者多，然未有载此三梦者也。世人之梦亦众矣，亦未有此三梦。岂偶然也，抑亦必前定也？予不能知。今备记其事，以存录焉。

---

① 镮：铜钱。这里是币量词。音huá。
② 子史：即诸子著作及历代所修的史书。

长恨传

[唐]陈鸿①

开元②中，泰阶平③，四海无事。玄宗在位岁久，倦于旰食宵衣，政无大小，始委于右丞相，稍深居游宴，以声色自娱。先是，元献皇后、武淑妃④皆有宠，相次即世。宫中虽良家子千数，无可悦目者。上心忽忽不乐。

时每岁十月，驾幸华清宫，内外命妇⑤，熠耀景从，浴日余波，赐以汤沐，春风灵液，澹荡其间。上心油然，若有所遇，顾左右前后，粉色如土。诏高力士潜搜外宫，得弘农杨玄琰女于寿邸，既笄矣。鬓发腻理，纤秾中度，举止闲冶，如汉武帝李夫人⑥。别疏汤泉，诏赐藻莹。既出水，体弱力微，若不任罗绮。光彩焕发，转动照人。上甚悦。进见之日，奏《霓裳羽衣曲》以导之；定情之夕，授金钗钿合⑦以固之。又命戴步摇，垂金珰。明年，册为贵妃，半后服用。由是冶其容，敏其词，婉娈万态，以中上意。上益嬖焉。时省风九州，泥金五岳，骊山雪夜，上阳春朝，与

---

① 陈鸿：生卒年不详，字大亮，唐代小说家，与大诗人白居易熟识。白居易作《长恨歌》，而陈鸿作《长恨传》。

② 开元：唐玄宗李隆基的年号，713—741。

③ 泰阶平：泰阶，星名，即三台星座，分上、中、下三阶，古时认为三阶协谐，天下就太平。

④ 元献皇后、武淑妃：元献皇后，唐玄宗贵嫔杨氏，肃宗李亨生母；武淑妃，应为武惠妃，唐玄宗妃子，寿王李瑁生母。

⑤ 内外命妇：古代受朝廷封号的妇女称命妇。《通典·职官典》注："皇帝妃嫔及太子良娣以下为内命妇；公主及王妃以下为外命妇。"

⑥ 汉武帝李夫人：即李延年的妹妹，汉武帝妃子，貌美而多才艺。

⑦ 钿合：镶嵌有珠玉的盒子。

上行同辇，居同室，宴专席，寝专房。虽有三夫人、九嫔、二十七世妇、八十一御妻，暨后宫才人、乐府妓女，使天子无顾盼意。自是六宫无复进幸者。非徒殊艳尤态致是，盖才智明慧，善巧便佞，先意希旨，有不可形容者。

叔父昆弟皆列位清贵，爵为通侯。姊妹封国夫人，富埒王宫，车服邸第，与大长公主侔矣。而恩泽势力，则又过之，出入禁门不问，京师长吏为之侧目。故当时谣咏有云：

生女勿悲酸，生男勿喜欢。

又曰：

男不封侯女作妃，看女却为门上楣。

其人心羡慕如此。天宝末，兄国忠盗丞相位，愚弄国柄。及安禄山引兵向阙，以讨杨氏为词。潼关不守，翠华南幸①，出咸阳，道次马嵬亭。六军徘徊，持戟不进。从官郎吏伏上马前，请诛晁错以谢天下②。国忠奉牦缨盘水，死于道周。左右之意未快。上问之。当时敢言者，请以贵妃塞天下怨。上知不免，而不忍见其死，反袂掩面，使牵之而去。仓皇展转，竟就死于尺组之下。既而玄宗狩成都，肃宗受禅灵武③。明年，大赦改元，大驾还都。尊玄宗为太上皇，就养南宫。自南宫迁于西内。时移事去，乐尽悲来。每至春之日，冬之

---

① 翠华南幸：安史之乱后，唐玄宗仓皇逃奔四川。翠华，代指皇帝的车驾。
② 诛晁错以谢天下：晁错是汉景帝时御史大夫，力主削藩，吴、楚等七国以"清君侧"为名起兵，后景帝遂杀晁错。此处以晁错代指杨国忠。
③ 受禅灵武：唐玄宗奔蜀，其子李亨于灵武（今宁夏回族自治区灵武市）即位，带领唐王朝军队，抵抗"安史"叛军。

夜，池莲夏开，宫槐秋落，梨园弟子，玉琯发音，闻《霓裳羽衣》一声，则天颜不怡，左右歔欷。三载一意，其念不衰。求之梦魂，杳不能得。

适有道士自蜀来，知上皇心念杨妃如是，自言有李少君之术。玄宗大喜，命致其神。方士乃竭其术以索之，不至。又能游神驭气，出天界、没地府以求之，不见。又旁求四虚上下，东极天海，跨蓬壶①。见最高仙山，上多楼阙，西厢下有洞户，东向，阖其门，署曰"玉妃太真院"。方士抽簪叩扉，有双鬟童女，出应其门。方士造次未及言，而双鬟复入。俄有碧衣侍女又至，诘其所从。方士因称唐天子使者，且致其命。碧衣云："玉妃方寝，请少待之。"

于时云海沉沉，洞天日晓，琼户重阖，悄然无声。方士屏息敛足，拱手门下。久之，而碧衣延入，且曰："玉妃出。"

见一人冠金莲，披紫绡，珮红玉，曳凤舄，左右侍者七八人，揖方士问皇帝安否，次问天宝十四载已还事。言讫悯然，指碧衣取金钗钿合，各折其半，授使者曰："为我谢太上皇，谨献是物，寻旧好也。"方士受辞与信，将行，色有不足。玉妃固征其意。复前跪致词："请当时一事，不为他人闻者，验于太上皇。不然，恐钿合金钗，负新垣平之诈也。"

玉妃茫然退立，若有所思，徐而言曰："昔天宝十载，侍辇避暑于骊山宫。秋七月，牵牛织女相见之夕，秦人风俗，是夜张锦绣，陈饮食，树瓜华，焚香于庭，号为乞巧。宫掖间尤尚之。时夜殆半，休侍卫于东西厢，独侍上。上凭肩而立，因仰天感牛女事，密相誓心，愿世世为夫妇。言毕，执手各呜咽。此独君王知之耳。"因自悲曰："由此一念，又不得居此。复堕下界，且结后缘。或为天，或为人，决再相见，好合如旧。"因言："太上皇亦不久人间，幸惟自安，无自苦耳。"使者还奏太上皇，皇心

---

① 蓬壶：古称东海有三座神山，其一为蓬莱，也称蓬壶。

震悼，日日不豫。其年夏四月，南宫宴驾①。

元和元年冬十二月，太原白乐天自校书郎尉于盩厔②。鸿与琅邪王质夫家于是邑，暇日相携游仙游寺，话及此事，相与感叹。质夫举酒于乐天前曰："夫希代之事，非遇出世之才润色之，则与时消没，不闻于世。乐天，深于诗，多于情者也。试为歌之。如何？"乐天因为《长恨歌》。意者不但感其事，亦欲惩尤物，窒乱阶，垂于将来者也。歌既成，使鸿传焉。世所不闻者，予非开元遗民，不得知。世所知者，有《玄宗本纪》在。今但传《长恨歌》云尔。

汉皇重色思倾国，御宇多年求不得。

杨家有女初长成，养在深闺人未识。

天生丽质难自弃，一朝选在君王侧。

回头一笑百媚生，六宫粉黛无颜色。

春寒赐浴华清池，温泉水滑洗凝脂，

侍儿扶起娇无力，始是新承恩泽时。

云鬓花冠金步摇，芙蓉帐里暖春宵。

春宵苦短日高起，从此君王不早朝。

承欢侍宴无容暇，春从春游夜专夜。

后宫佳丽三千人，三千宠爱在一身，

金屋妆成娇侍夜，玉楼宴罢醉和春。

姊妹弟兄皆列土，可怜光彩生门户，

遂令天下父母心，不重生男重生女。

骊宫高处入青云，仙乐风飘处处闻。

---

① 南宫宴驾：宴驾，称皇帝死亡。宴，通晏。唐玄宗回京以后，居于兴庆宫，也称南宫。
② 盩厔：今陕西省周至县，音zhōu zhì。

缓歌慢舞凝丝竹，尽日君王听不足。

渔阳鼙鼓动地来，惊破《霓裳羽衣》曲。

九重城阙烟尘生，千乘万骑西南行。

翠华摇摇行复止，西出都门百余里，

六军不发无奈何，宛转蛾眉马前死。

花钿委地无人收，翠翘金雀玉搔头，

君王掩面救不得，回看血泪相和流。

黄埃散漫风萧索，云栈萦回登剑阁。

峨眉山上少行人，旌旗无光日色薄。

蜀江水碧蜀山青，圣主朝朝暮暮情，

行宫见月伤心色，夜雨闻铃肠断声。

天旋地转回龙驭，到此踌躇不能去，

马嵬坡下尘土中，不见玉颜空死处。

君臣相顾尽沾衣，东望都门信马归。

归来池苑皆依旧，太液芙蓉未央柳。

芙蓉如面柳如眉，对此如何不泪垂？

春风桃李花开日，秋雨梧桐叶落时。

西宫南内多秋草，落叶满阶红不扫。

梨园弟子白发新，椒房阿监青娥老。

夕殿萤飞思悄然，秋灯挑尽未成眠，

迟迟钟漏初长夜，耿耿星河欲曙天。

鸳鸯瓦冷霜华重，旧枕故衾谁与共？

悠悠生死别经年，魂魄不曾来入梦。

临邛方士鸿都客，能以精神致魂魄。

为感君王展转恩，遂教方士殷勤觅。

排空驭气奔如电，升天入地求之遍，

上穷碧落下黄泉，两处茫茫皆不见。

忽闻海上有仙山，山在虚无缥缈间。

楼殿玲珑五云起，其间绰约多仙子。

中有一人名玉妃，雪肤花貌参差是。

金阙西厢叩玉扃，转教小玉报双成。

闻道汉家天子使，九华帐下梦中惊。

揽衣推枕起徘徊，珠箔银钩迤逦开。

云鬓半偏新睡觉，花冠不整下堂来。

风吹仙袂飘飘举，犹似《霓裳羽衣》舞，

玉容寂寞泪阑干，梨花一枝春带雨。

含情凝睇谢君王，一别音容两渺茫，

昭阳殿里恩爱绝，蓬莱宫中日月长。

回头下问人寰处，不见长安见尘雾。

空持旧物表深情，钿合金钗寄将去。

钗留一股合一扇，钗擘黄金合分钿。

但教心似金钿坚，天上人间会相见。

临别殷勤重寄词，词中有誓两心知，

七月七日长生殿，夜半无人私语时。

在天愿为比翼鸟，在地愿为连理枝。

天长地久有时尽，此恨绵绵无尽期！

东城老父传

[唐]陈鸿①

　　老父②，姓贾名昌，长安宣阳里人。开元元年癸丑生。元和庚寅岁，九十八年矣。视听不衰，言甚安徐，心力不耗，语太平事历历可听。

　　父忠，长九尺，力能倒曳牛，以材官为中宫幕士。景龙③四年，持幕竿④随玄宗入大明宫，诛韦氏，奉睿宗朝群后，遂为景云功臣⑤，以长刀备亲卫。诏徙家东云龙门。

　　昌生七岁，矫捷过人，能抟柱乘梁⑥，善应对，解鸟语音。

　　玄宗在藩邸时，乐民间清明节斗鸡戏。及即位，治鸡坊于两宫间。索长安雄鸡，金毫铁距、高冠昂尾千数，养于鸡坊。选六军小儿五百人，使驯扰教饲。上之好之，民风尤甚。诸王世家、外戚家、贵主家、侯家，倾帑破产市鸡，以偿鸡直。都中男女，以弄鸡为事；贫者弄假鸡。

　　帝出游，见昌弄木鸡于云龙门道旁，召入，为鸡坊小儿，衣食右龙武军。三尺童子，入鸡群，如狎群小，壮者、弱者、勇者、怯者，水谷之时，疾病之候，悉能知之。举二鸡，鸡畏而驯，使令如人。护鸡坊中谒者⑦王承恩言于玄宗，召试殿庭，皆中玄宗意。即日为五百小儿长。加之

---

① 《东城老父传》作于元和年间。《太平广记》和《宋史·艺文志》皆署陈鸿撰，但篇中作者自称"陈鸿祖"。

② 老父：对年老男子的称呼。

③ 景龙：唐中宗李显的年号，707—710。

④ 幕竿：支撑帐幕的竹竿，此处指侍卫所持兵器。

⑤ 景云功臣：唐隆元年，临淄王李隆基率羽林军诛杀韦后，奉自己父亲李旦即位，改元景云。

⑥ 抟柱乘梁：爬柱子上屋梁。抟，音tuán。

⑦ 护鸡坊中谒者：护鸡坊，管理鸡坊。中谒者，皇宫中由宦官担任的官职。

以忠厚谨密，天子甚爱幸之。金帛之赐，日至其家。开元十三年，笼鸡三百，从封东岳。父忠死太山下，得子礼奉尸归葬雍州。县官为葬器丧车，乘传洛阳道。

十四年三月，衣斗鸡服，会玄宗于温泉。当时天下号为"神鸡童"。时人为之语曰：

> 生儿不用识文字，斗鸡走马胜读书。
>
> 贾家小儿年十三，富贵荣华代不如。
>
> 能令金距期胜负，白罗绣衫随软舆。
>
> 父死长安千里外，差夫持道挽丧车。

昭成皇后之在相王府，诞圣于八月五日。中兴之后，制为千秋节。赐天下民牛酒乐三日，命之曰酺，以为常也。大合乐于宫中，岁或酺于洛。元会与清明节，率皆在骊山。每至是日，万乐具举，六宫毕从。昌冠雕翠金华冠，锦袖绣襦裤，执铎拂道。群鸡叙立于广场，顾眄如神，指挥风生。树毛振翼，砺吻磨距，抑怒待胜，进退有期，随鞭指低昂不失。昌度胜负既决，强者前，弱者后，随昌雁行，归于鸡坊。角抵万夫，跳剑寻橦^①，蹴球踏绳，舞于竿颠者，索气沮色，逡巡不敢入。岂教猱扰龙之徒欤？

二十三年，玄宗为娶梨园弟子潘大同女，男服珮玉，女服绣襦，皆出御府。昌男至信、至德。天宝中，妻潘氏以歌舞重幸于杨贵妃。夫妇席宠四十年，恩泽不渝，岂不敏于伎、谨于心乎？

上生于乙酉鸡辰，使人朝服斗鸡，兆乱于太平矣。上心不悟。十四

---

① 跳剑寻橦：杂技表演。跳剑，把几支小剑轮流抛向空中，用手接住，使其不落地。寻橦，爬高竿。

载，胡羯陷洛①，潼关不守。大驾幸成都，奔卫乘舆。夜出便门，马蹐道阱。伤足，不能进，杖入南山②。每进鸡之日，则向西南大哭。禄山往年朝于京师，识昌于横门外。及乱二京，以千金购昌长安、洛阳市。昌变姓名，依于佛舍，除地击钟，施力于佛。

泊太上皇归兴庆宫，肃宗受命于别殿③，昌还旧里。居室为兵掠，家无遗物。布衣憔悴，不复得入禁门矣。

明日，复出长安南门，道见妻儿于招国里，菜色黯焉。儿荷薪，妻负故絮。昌聚哭，诀于道。遂长逝息长安佛寺，学大师佛旨。大历元年，依资圣寺大德僧运平住东市海池，立陁罗尼石幢。书能纪姓名；读释氏经，亦能了其深义至道，以善心化市井人。建僧房佛舍，植美草甘木。昼把土拥根，汲水灌竹，夜正观于禅室。

建中三年，僧运平人寿尽。服礼毕，奉舍利塔于长安东门外镇国寺东偏，手植松柏百株。构小舍，居于塔下，朝夕焚香洒扫，事师如生。顺宗在东宫，舍钱三十万，为昌立大师影堂及斋舍。又立外屋，居游民，取佣给。昌因日食粥一杯，浆水一升，卧草席，絮衣。过是，悉归于佛。妻潘氏后亦不知所往。贞元中，长子至信衣并州甲，随大司徒燧④入觐，省昌于长寿里。昌如己不生，绝之使去。次子至德归，贩缯洛阳市，来往长安间，岁以金帛奉昌，皆绝之。遂俱去，不复来。

元和中，颍川陈鸿祖携友人出春明门，见竹柏森然，香烟闻于道，下马觌昌于塔下。听其言，忘日之暮。宿鸿祖于斋舍，话身之出处，皆有条贯。

---

① 胡羯陷洛：指安禄山叛军攻陷洛阳。
② 南山：即终南山，位于长安城南。
③ 受命于别殿：指唐玄宗于宣政殿把皇位让给肃宗之事。
④ 大司徒燧：即大司徒马燧，为中唐名将。

遂及王制。鸿祖问开元之理乱。昌曰："老人少时，以斗鸡求媚于上。上倡优畜之，家于外宫，安足以知朝廷之事。然有以为吾子言者。老人见黄门侍郎杜暹出为碛西节度，摄御史大夫，始假风宪以威远。见哥舒翰①之镇凉州也，下石堡戍青海城，出白龙，逾葱岭，界铁关②，总管河左道，七命始摄御史大夫。见张说之领幽州也，每岁入关，辄长辕挽辐车辇河间、蓟州佣调缯布，驾辀连轫，坌入关门。输于王府，江淮绮縠，巴蜀锦绣，后宫玩好而已。河州敦煌道岁屯田，实边食，余粟转输灵州，漕下黄河，入太原仓，备关中凶年。关中粟米，藏于百姓。天子幸五岳，从官千乘万骑，不食于民。老人岁时伏腊得归休，行都市间，见有卖白衫白叠布。行邻比廛间③，有人禳病④，法用皂布一匹，持重价不克致，竟以幞头罗代之。近者，老人扶杖出门，阅街衢中，东西南北视之，见白衫者不满百。岂天下之人皆执兵乎？开元十二年，诏三省侍郎有缺，先求曾任刺史者。郎官缺，先求曾任县令者。及老人见四十三省郎吏，有理刑才名，大者出刺郡，小者镇县。自老人居大道旁，往往有郡太守休马于此，皆惨然不乐朝廷沙汰使治郡。开元取士，孝弟理人而已。不闻进士宏词拔萃之为其得人也。大略如此。"因泣下。复言曰："上皇北臣穹卢，东臣鸡林⑤，南臣滇池⑥，西臣昆夷⑦，三岁一来会。朝觐之礼容，临照之恩泽，衣之锦絮，饲之酒食，使展事而去，都中无留外国宾。今北胡与京师杂处，娶妻生子。长安中少年，有胡心矣。吾子视首饰靴服之制，不与向同，得非物妖乎？"鸿祖默不敢应而去。

---

① 哥舒翰：唐玄宗时名将，突厥族人，后降安禄山，被杀。
② 铁关：即铁门关。
③ 邻比廛间：街市。
④ 禳病：祈祀鬼神以消灾治病。禳，音ráng。
⑤ 鸡林：古国名，即新罗，今大部属韩国。
⑥ 滇池：这里指南诏国，在今云南大理一带。
⑦ 昆夷：泛指西域，其大体包含如今的中亚和西亚地区。

开元升平源

[唐]吴兢①

　　姚元崇初拒太平得罪，上颇德之。既诛太平，方任元崇以相，进拜同州刺史。张说素不叶②，命赵彦昭骤弹之，不许。居无何，上将猎于渭滨，密召元崇会于行所。

　　初，元崇闻上讲武于骊山，谓所亲曰："准式，车驾行幸，三百里内刺史合朝觐。元崇必为权臣所挤，若何？"参军李景初进曰："某有儿母者，其父即教坊长，入内。相公傥致厚赂，使其冒法进状，可达。"公然之。辄效燕公说，使姜皎入曰："陛下久卜十河东总管，重难其人。臣有所得，何以见赏？"上曰："谁邪？如惬，有万金之赐。"乃曰："冯翊太守姚元崇，文武全材，即其人也。"上曰："此张说意也。卿罔上，当诛。"皎首服万死。即诏中官追赴行在。

　　上方猎于渭滨。公至，拜首。上言："卿颇知猎乎？"元崇曰："臣少孤，居广成泽，目不知书，唯以射猎为事。四十年，方遇张憬藏③，谓臣当以文学备位将相，无为自弃。尔来折节读书。今虽官位过忝，至于驰射，老而犹能。"于是呼鹰放犬，迟速称旨。上大悦。上曰："朕久不见卿，思有顾问，卿可于宰相行中行！"公行犹后。上纵辔久之，顾曰："卿行

---

① 吴兢：669或670—749，字号不详，汴州浚仪（今河南省开封市）人。唐朝史家、小说家，著有《贞观政要》《开元升平源》。《开元升平源》另有一说系陈鸿所作。
② 叶：同"协"，意为和谐、融洽。
③ 张憬藏：唐代著名相师，与袁天纲齐名。

何后？"公曰："臣官疏贱，不合参宰相行。"上曰："可兵部尚书同平章事！"公不谢，上顾讶焉。

至顿，上命宰臣坐。公跪奏："臣适奉作弼之诏不谢者，欲以十事上献。有不可行，臣不敢奉诏。"上曰："悉数之！朕当量力而行，然后定可否。"

公曰："自垂拱已来，朝廷以刑法理天下。臣请圣政先仁义，可乎？"上曰："朕深心有望于公也。"

又曰："圣朝自丧师青海，未有牵复之悔。臣请三数十年不求边功，可乎？"上曰："可。"

又曰："自太后临朝以来，喉舌之任，或出于阉人之口。臣请中官不预公事，可乎？"上曰："怀之久矣。"

又曰："自武氏诸亲，猥侵清切权要之地，继以韦庶人、安乐、太平用事，班序荒杂。臣请国亲不任台省官。凡有斜封待阙员外等官，悉请停罢，可乎？"上曰："朕素志也。"

又曰："比来近密佞幸之徒，冒犯宪纲者，皆以宠免。臣请行法，可乎？"上曰："朕切齿久矣。"

又曰："比因豪家戚里，贡献求媚，延及公卿方镇，亦为之。臣请除租庸、赋税之外，悉杜塞之，可乎？"上曰："愿行之。"

又曰："太后造福先寺，中宗造圣善寺，上皇造金仙、玉真观，皆费巨百万，耗蠹生灵。凡寺观宫殿，臣请止绝建造，可乎？"上曰："朕每睹之，心即不安，而况敢为者哉！"

又曰："先朝褒狎大臣，或亏君臣之敬。臣请陛下接之以礼，可乎？"上曰："事诚当然。有何不可？"

又曰："自燕钦融、韦月将①献直得罪，由是谏臣沮色。臣请凡在臣子，皆得触龙鳞，犯忌讳，可乎？"上曰："朕非唯能容之，亦能行之。"

又曰："吕氏产、禄②几危西京，马、邓、阎、梁，亦乱东汉，万古寒心，国朝为甚。臣请陛下书之史册，永为殷鉴，作万代法，可乎？"上乃潸然良久曰："此事真可为刻肌刻骨者也！"

公再拜曰："此诚陛下致仁政之初，是臣千年一遇之日，臣敢当弼谐之地。天下幸甚，天下幸甚！"又再拜，蹈舞称万岁者三。从官千万，皆出涕。

上曰："坐！"公坐于燕公之下。燕公让不敢坐。上问。对曰："元崇是先朝旧臣，合首坐。"公曰："张说是紫微宫使，今臣是客宰相，不合首坐。"上曰："可紫微宫使居首坐！"

---

① 燕钦融、韦月将：唐代著名谏官，因直言劝谏，被杀。
② 吕氏产、禄：即吕产和吕禄，均为汉高祖皇后吕雉的侄子。

卷
四

莺莺传

[唐]元稹^①

　　贞元^②中，有张生者，性温茂，美风容，内秉坚孤，非礼不可入。或朋从游宴，扰杂其间，他人皆汹汹拳拳，若将不及，张生容顺而已，终不能乱。以是年二十三未尝近女色。知者诘之。谢而言曰："登徒子^③非好色者，是有凶行。余真好色者，而适不我值。何以言之？大凡物之尤者，未尝不留连于心，是知其非忘情者也。"诘者识之。

　　无几何，张生游于蒲。蒲之东十余里，有僧舍曰普救寺，张生寓焉。适有崔氏孀妇，将归长安，路出于蒲，亦止兹寺。崔氏妇，郑女也。张出于郑，绪其亲，乃异派之从母。

　　是岁，浑瑊^④薨于蒲。有中人^⑤丁文雅，不善于军，军人因丧而扰，大掠蒲人。崔氏之家，财产甚厚，多奴仆。旅寓惶骇，不知所托。先是，张与蒲将之党有善，请吏护之，遂不及于难。十余日，廉使杜确将天子命以总戎节，令于军，军由是戢^⑥。

　　郑厚张之德甚，因饰馔以命张，中堂宴之。复谓张曰："姨之孤嫠未

---

① 元稹：779—831，字微之，别字威明，河南洛阳（今属河南省洛阳市）人。唐代诗人、文学家。与白居易同倡新乐府运动，世称"元白"，著有《元氏长庆集》。
② 贞元：唐德宗李适年号，785—805。
③ 登徒子：战国时期楚国宋玉有《登徒子好色赋》，说楚国的登徒子，其妻貌丑，登徒子却与她生了五个孩子。
④ 浑瑊：唐代著名将领，为绛州节度使。
⑤ 中人：宦官。
⑥ 戢：整肃，音jí。

亡，提携幼稚。不幸属师徒大溃，实不保其身。弱子幼女，犹君之生。岂可比常恩哉！今俾以仁兄礼奉见，冀所以报恩也。"命其子，曰欢郎，可十余岁，容甚温美。次命女："出拜尔兄，尔兄活尔。"久之，辞疾。郑怒曰："张兄保尔之命。不然，尔且掳矣。能复远嫌乎？"久之，乃至。常服睟容①，不加新饰，垂鬟接黛，双脸销红而已。颜色艳异，光辉动人。张惊，为之礼。因坐郑旁，以郑之抑而见也，凝睇怨绝，若不胜其体者。问其年纪。郑曰："今天子甲子岁之七月，终今贞元庚辰，生年十七矣。"张生稍以词导之，不对。终席而罢。

张自是惑之，愿致其情，无由得也。

崔之婢曰红娘。生私为之礼者数四，乘间遂道其衷。婢果惊沮，腆然而奔。张生悔之。翼日，婢复至。张生乃羞而谢之，不复云所求矣。

婢因谓张曰："郎之言，所不敢言，亦不敢泄。然而崔之姻族，君所详也。何不因其德而求娶焉？"

张曰："余始自孩提，性不苟合。或时纨绮间居，曾莫流盼。不为当年，终有所蔽。昨日一席间，几不自持。数日来行忘止，食忘饱，恐不能逾旦暮，若因媒氏而娶，纳采问名，则三数月间，索我于枯鱼之肆②矣。尔其谓我何？"

婢曰："崔之贞慎自保，虽所尊不可以非语犯之。下人之谋，固难入矣。然而善属文，往往沉吟章句，怨慕者久之。君试为喻情诗以乱之。不然，则无由也。"

---

① 睟容：容貌丰润的样子。睟，音suì。
② 索我于枯鱼之肆：典出《庄子·外物》，大意为"我能得到斗升那样多的水就活下来了，而你竟说出这样的话，还不如早点到干鱼店里找我"，比喻无法挽救的绝境。此处指我早就不在人世了。

张大喜，立缀《春词》二首以授之。

是夕，红娘复至，持彩笺以授张，曰："崔所命也。"题其篇曰《明月三五夜》。其词曰：

> 待月西厢下，迎风户半开。
>
> 拂墙花影动，疑是玉人来。

张亦微喻其旨。

是夕，岁二月旬有四日矣。崔之东有杏花一株，攀援可逾。既望之夕，张因梯其树而逾焉。达于西厢，则户半开矣。红娘寝于床。生因惊之。红娘骇曰："郎何以至？"张因绐之曰："崔氏之笺召我也。尔为我告之。"无几，红娘复来，连曰："至矣，至矣！"张生且喜且骇，必谓获济。及崔至，则端服严容，大数张曰："兄之恩，活我之家，厚矣。是以慈母以弱子幼女见托。奈何因不令之婢，致淫逸之词。始以护人之乱为义，而终掠乱以求之。是以乱易乱，其去几何？诚欲寝其词，则保人之奸，不义；明之于母，则背人之惠，不祥。将寄于婢仆，又惧不得发其真诚。是用托短章，愿自陈启。犹惧兄之见难，是用鄙靡之词，以求其必至。非礼之动，能不愧心。特愿以礼自持。无及于乱！"言毕，翻然而逝。

张自失者久之。复逾而出，于是绝望。

数夕，张生临轩独寝，忽有人觉之。惊骇而起，则红娘敛衾携枕而至，抚张曰："至矣，至矣！睡何为哉！"并枕重衾而去。张生拭目危坐久之，犹疑梦寐。然而修谨以俟。俄而红娘捧崔氏而至。至，则娇羞融冶，力不能运支体，曩时端庄，不复同矣。

是夕，旬有八日也。斜月晶莹，幽辉半床。张生飘飘然，且疑神仙之徒，不谓从人间至矣。有顷，寺钟鸣，天将晓。红娘促去。崔氏娇啼宛转，红娘又捧之而去，终夕无一言。

张生辨色而兴[1]，自疑曰："岂其梦邪？"及明，睹妆在臂，香其衣，泪光荧荧然，犹莹于茵席而已。

是后又十余日，杳不复知。张生赋《会真诗》三十韵，未毕，而红娘适至，因授之，以贻崔氏。自是复容之。朝隐而出，暮隐而入，同安于曩所谓西厢者，几一月矣。张生常诘郑氏之情。则曰："我不可奈何矣。"因欲就成之。

无何，张生将之长安，先以情谕之。崔氏宛无难词，然而愁怨之容动人矣。将行之再夕，不可复见，而张生遂西下。

数月，复游于蒲，会于崔氏者又累月。崔氏甚工刀札，善属文。求索再三，终不可见。往往张生自以文挑，亦不甚睹览。大略崔之出人者，艺必穷极，而貌若不知；言则敏辩，而寡于酬对。待张之意甚厚，然未尝以词继之。时愁艳幽邃，恒若不识，喜愠之容，亦罕形见。异时独夜操琴，愁弄凄恻。张窃听之。求之，则终不复鼓矣。以是愈惑之。

张生俄以文调及期，又当西去。当去之夕，不复自言其情，愁叹于崔氏之侧。崔已阴知将诀矣，恭貌怡声，徐谓张曰："始乱之，终弃之，固其宜矣。愚不敢恨。必也君乱之，君终之，君之惠也。则殁身之誓，其有终矣。又何必深感于此行？然而君既不怿，无以奉宁。君常谓我善鼓琴，向时羞颜，所不能及。今且往矣，既君此诚。"因命拂琴，鼓《霓裳羽衣序》，不数声，哀音怨乱，不复知其是曲也。左右皆献欷。崔亦遽止之，投琴，泣下流连，趋归郑所，遂不复至。明旦而张行。

明年，文战不胜，张遂止于京。因贻书于崔，以广其意。崔氏缄报之

---

[1] 辨色而兴：辨色，天色微明，刚能看清事物的时候。兴，起床。

词，粗载于此，曰：

"捧览来问，抚爱过深。儿女之情，悲喜交集。兼惠花胜^①一合，口脂五寸，致耀首膏唇之饰。虽荷殊恩，谁复为容？睹物增怀，但积悲叹耳。伏承便于京中就业，进修之道，固在便安^②。但恨僻陋之人，永以遐弃。命也如此，知复何言！自去秋已来，常忽忽如有所失。于喧哗之下，或勉为语笑，闲宵自处，无不泪零。乃至梦寐之间，亦多感咽。离忧之思，绸缪缱绻，暂若寻常。幽会未终，惊魂已断。虽半衾如暖，而思之甚遥。

"一昨拜辞，倏逾旧岁。长安行乐之地，触绪牵情。何幸不忘幽微，眷念无斁。鄙薄之志，无以奉酬。至于终始之盟，则固不忒。鄙昔中表相因，或同宴处。婢仆见诱，遂致私诚。儿女之心，不能自固。君子有援琴之挑，鄙人无投梭之拒^③。及荐寝席，义盛意深。愚陋之情，永谓终托。岂期既见君子，而不能定情。致有自献之羞，不复明侍巾帻^④。没身永恨，含叹何言！倘仁人用心，俯遂幽眇，虽死之日，犹生之年。如或达士略情，舍小从大，以先配为丑行，以要盟为可欺。则当骨化形销，丹诚不泯，因风委露，犹托清尘。存没之诚，言尽于此。临纸呜咽，情不能申。千万珍重，珍重千万！

"玉环一枚，是儿婴年所弄，寄充君子下体所佩。玉取其坚润不渝，环取其终始不绝。兼乱丝一绚，文竹茶碾子一枚。此数物不足见珍。意者欲君子如玉之真，弊志如环不解。泪痕在竹，愁绪萦丝。因物达情，永以为好耳。心迩身遐，拜会无期。幽愤所钟，千里神合。千万珍重！春风多

---

① 花胜：古代妇女戴在头上状如花朵的装饰物。
② 便安：安稳，安适。
③ 投梭之拒：《晋书·谢鲲传》载，谢鲲调戏邻女，被邻女用梭子打落了两颗牙。
④ 侍巾帻：服侍梳头戴巾。这是与人为妻的婉转说法。

厉，强饭为嘉。慎言自保，无以鄙为深念。"

张生发其书于所知，由是时人多闻之。所善杨巨源①好属词，因为赋《崔娘诗》一绝云：

清润潘郎②玉不如，中庭蕙草雪销初。

风流才子多春思，肠断萧娘③一纸书。

河南元稹亦续生《会真诗》三十韵，诗曰：

微月透帘栊，萤光度碧空。

遥天初缥缈，低树渐葱胧。

龙吹过庭竹，鸾歌拂井桐。

罗绡垂薄雾，环珮响轻风。

绛节随金母，云心捧玉童。

更深人悄悄，晨会雨濛濛。

珠莹光文履，花明隐绣龙。

瑶钗行彩凤，罗帔掩丹虹。

言自瑶华浦，将朝碧玉宫。

因游洛城北，偶向宋家东。

戏调初微拒，柔情已暗通。

低鬟蝉影动，回步玉尘蒙。

---

① 杨巨源：字景山，曾任国子司业，与作者是朋友。

② 潘郎：晋代潘岳。也名潘安，西晋著名文学家，字安仁，以相貌俊美闻名。《世说新语·容止第十四篇·七则》记载："潘岳妙有姿容，好神情。少时挟弹出洛阳道，妇人遇者，莫不连手共萦之。"

③ 萧娘：唐时对女子的泛称。

转面流花雪，登床抱绮丛。

鸳鸯交颈舞，翡翠合欢笼。

眉黛羞偏聚，唇朱暖更融。

气清兰蕊馥，肤润玉肌丰。

无力慵移腕，多娇爱敛躬。

汗流珠点点，发乱绿葱葱。

方喜千年会，俄闻五夜穷。

留连时有恨，缱绻意难终。

慢脸含愁态，芳词誓素衷。

赠环明运合，留结表心同。

啼粉流宵镜，残灯远暗虫。

华光犹苒苒，旭日渐瞳瞳。

乘鹜还归洛，吹箫亦上嵩。

衣香犹染麝，枕腻尚残红。

幂幂临塘草，飘飘思渚蓬。

素琴鸣怨鹤，清汉望归鸿。

海阔诚难渡，天高不易冲。

行云无处所，箫史在楼中。

张之友闻之者莫不耸异之，然而张志亦绝矣。

稹特与张厚，因征其词。张曰："大凡天之所命尤物也，不妖其身，必妖于人。使崔氏子遇合富贵，秉宠娇，不为云，不为雨，为蛟为螭，吾不知其所变化矣。昔殷之辛，周之幽，据百万之国，其势甚厚。然而一女子败之。溃其众，屠其身，至今为天下僇笑。予之德不足以胜妖孽，是用忍情。"于时坐者皆为深叹。

后岁余，崔已委身于人，张亦有所娶。适经所居，乃因其夫言于崔，求以外兄见。夫语之，而崔终不为出。张怨念之诚，动于颜色。崔知之，潜赋一章，词曰：

> 自从消瘦减容光，万转千回懒下床。
>
> 不为旁人羞不起，为郎憔悴却羞郎。

竟不之见。后数日，张生将行，又赋一章以谢绝云：

> 弃置今何道，当时且自亲。
>
> 还将旧时意，怜取眼前人。

自是，绝不复知矣。

时人多许张为善补过者。予常于朋会之中，往往及此意者，夫使知者不为，为之者不惑。贞元岁九月，执事李公垂宿于予靖安里第，语及于是。公垂卓然称异，遂为《莺莺歌》以传之。崔氏小名莺莺，公垂以命篇。

周秦行纪

[唐]牛僧孺①

　　余贞元中举进士落第，归宛叶②间。至伊阙南道鸣皋山③下，将宿大安民舍。会暮，失道，不至。更十余里，行一道，甚易。夜月始出，忽闻有异香气，因趋进行，不知近远。见火明，意谓庄家。更前驱，至一大宅。门庭若富豪家。

　　有黄衣阍人④曰："郎君何至？"余答曰："僧孺，姓牛，应进士落第往家。本往大安民舍，误道来此。直乞宿，无他。"中有小髻青衣出，责黄衣曰："门外谁何？"黄衣曰："有客。"黄衣入告，少时，出曰："请郎君入。"余问谁氏宅。黄衣曰："第进，无须问。"

　　入十余门，至大殿。殿蔽以珠帘，有朱衣紫衣人百数，立阶陛间。左右曰："拜殿下。"帘中语曰："妾汉文帝母薄太后⑤。此是庙，郎不当来。何辱至？"余曰："臣家宛下。将归，失道。恐死豺虎，敢托命乞宿。太后幸听受。"太后遣轴帘，避席曰："妾故汉文君母，君唐朝名士，不相君臣，幸希简敬，便上殿来见。"

---

① 牛僧孺：780—848，字思黯，唐安定鹑觚（今甘肃省灵台县）人。唐代宰相，牛李党争中"牛党"领袖，著有小说《玄怪录》。
② 宛叶：宛县和叶县，秦昭襄王置宛县，治所在今河南省南阳市。叶县，属河南省。
③ 伊阙南道鸣皋山：伊阙，在河南省洛阳市南，即春秋周阙塞。传说大禹治水疏之以通流，两山相对，望之如阙，伊水经其北流，故名。鸣皋山，在河南省嵩山东北，一名九皋山。
④ 阍人：看门人。
⑤ 薄太后：汉高祖刘邦嫔妃，生代王刘恒。诸吕之乱平，立代王帝，尊为太后。

太后着练衣，状貌瑰伟，不甚妆饰。劳余曰："行役无苦乎？"召坐。食顷间，殿内庖厨声。太后曰："今夜风月甚佳，偶有二女伴相寻。况又遇嘉宾，不可不成一会。"呼左右："屈两个娘子出见秀才。"

良久，有女二人从中至，从者数百。前立者一人，狭腰长面，多发不妆，衣青衣，仅可二十余。太后曰："此高祖戚夫人。"余下拜，夫人亦拜。更有一人，圆题①柔脸稳身，貌舒态逸，光彩射远近，时时好矉②，多服花绣，年低薄后。后顾指曰："此元帝王嫱③。"余拜如戚夫人，王嫱复拜。各就坐。

坐定，太后使紫衣中贵人曰："迎杨家、潘家来。"久之，空中见五色云下，闻笑语声浸近。太后曰："杨、潘至矣。"忽车音马迹相杂，罗绮焕耀，旁视不给。有二女子从云中下。余起立于侧。见前一人纤腰身修，睟容，甚闲暇，衣黄衣，冠玉冠，年三十以来。太后顾指曰："此是唐朝太真妃子④。"予即伏谒，肃拜如臣礼。太真曰："妾得罪先帝（先帝谓肃宗也），皇朝不置妾在后妃数中。设此礼，岂不虚乎？不敢受。"却答拜。更一人厚肌敏视，身小，材质洁白，齿极卑，被宽博衣。太后顾而指曰："此齐潘淑妃⑤。"余拜如王昭君，妃复拜。

既而太后命进馔。少时，馔至，芳洁万端，皆不得名字。粗欲之腹，不能足食。已，更具酒。其器尽宝玉。太后语太真曰："何久不来相看？"太真谨容对曰："三郎（天宝中，宫人呼玄宗多曰三郎）数幸华清宫，扈

---

① 题：额头。

② 矉：古同"颦"，皱眉头。

③ 王嫱：即王昭君，汉元帝时宫人，后出嫁匈奴呼韩邪单于。

④ 太真妃子：即唐玄宗妃子杨玉环，道号太真。

⑤ 潘淑妃：南朝齐东昏侯萧宝卷妃子，名玉儿。

从不暇至。"太后又谓潘妃曰："子亦不来，何也？"潘妃匿笑不禁，不成对。太真乃视潘妃而对曰："潘妃向玉奴（太真名也）说，懊恼东昏侯[①]疏狂，终日出猎，故不得时谒耳。"太后问余："今天子为谁？"余对曰："今皇帝名适，代宗皇帝长子。"太真笑曰："沈婆[②]儿作天子也，大奇！"太后曰："何如主？"余对曰："小臣不足以知君德。"太后曰："然无谦，但言之。"余曰："民间传英明圣武。"太后首肯三四。

太后命进酒加乐，乐妓皆年少女子。酒环行数周，乐亦随辍。太后请戚夫人鼓琴。夫人约指以玉环，光照于手，（《西京杂记》云：高祖与夫人百炼金环，照见指骨也。）引琴而鼓，声甚怨。太后曰："牛秀才邂逅逆旅到此，诸娘子又偶相访，今无以尽平生欢。牛秀才固才士。盍各赋诗言志，不亦善乎？"遂各授与笺笔，逡巡诗成。太后诗曰：

> 月寝花宫得奉君，至今犹愧管夫人[③]。
> 汉家旧日笙歌地，烟草几经秋又春。

王嫱诗曰：

> 雪里穹庐不见春，汉衣虽旧泪长新。

---

① 东昏侯：萧宝卷，字智藏，齐明帝次子。即位后荒淫无道，梁武帝萧衍（时任雍州刺史）围建康（今江苏省南京市）时，萧宝卷为其部下张稷所杀。

② 沈婆：指唐代宗皇后沈氏，唐德宗的母亲。

③ 管夫人：汉高祖姬，少时与薄姬及赵子儿相友好，三人相约谁得皇帝宠爱无相忘。后管与赵先为高祖所幸，相与笑薄姬，高祖闻之，遂幸薄姬。

如今犹恨毛延寿①，爱把丹青错画人。

戚夫人诗曰：

自别汉宫休楚舞，不能妆粉恨君王。

无金岂得迎商叟②，吕氏何曾畏木强③。

太真诗曰：

金钗堕地别君王，红泪流珠满御床。

云雨马嵬④分散后，骊宫无复听《霓裳》⑤。

潘妃诗曰：

秋月春风几度归，江山犹是邺宫非。

东昏旧作莲花地⑥，空想曾拖金缕衣。

---

① 毛延寿：汉元帝时画家。元帝后宫人多，使他图形，按图召幸，诸宫人都贿赂他，独王嫱不肯。遂不得见，后匈奴呼韩邪单于求美人为阏氏，王嫱被赐行，元帝始知王嫱貌美，于是把毛延寿腰斩。

② 商叟：即汉初"商山四皓"。四人为当时名隐士，高祖屡召不见。后吕后用张良计策，请他们出来辅助汉惠帝刘盈。

③ 木强：指周勃。周为汉初大臣，从汉高祖起义，以功封绛侯。吕后时为太尉，吕后死后，平诸吕之乱，迎立文帝，为右丞相。汉高祖常说他为人木强，但可托以大事。

④ 马嵬：马嵬坡。安史之乱时，唐玄宗仓皇逃蜀，至马嵬坡时，六军不发，要求诛杀杨国忠兄妹。唐玄宗不得已下令缢杀杨贵妃。

⑤ 《霓裳》：即《霓裳羽衣曲》，本为西域所传乐舞，唐玄宗进行改编，是杨贵妃常在骊宫之中为唐玄宗舞蹈之乐曲。

⑥ 莲花地：东昏侯尝凿地为金莲花，令潘淑妃行其上，说是步步生莲花。

再三趣余作诗。余不得辞，遂应教作诗曰：

香风引到大罗天^①，月地云阶拜洞仙。

共道人间惆怅事，不知今夕是何年。

别有善笛女子，短鬈，衫吴带，貌甚美，多媚，潘妃偕来。太后以接坐居之，时令吹笛，往往亦及酒。太后顾而谓曰："识此否？石家绿珠也。潘妃养作妹，故潘妃与俱来。"太后因曰："绿珠岂能无诗乎？"绿珠拜谢，作诗曰：

此地原非昔日人，笛声空怨赵王伦^②。

红残绿碎花楼下，金谷^③千年更不春。

诗毕，酒既至。太后曰："牛秀才远来，今夕谁人与伴？"戚夫人先起辞曰："如意儿^④长成，固不可。且不宜如此。况实为非乎？"潘妃辞曰："东昏以玉儿（妃名），身死国除，玉儿不拟负他。"绿珠辞曰："石卫尉性严忌，今有死，不可及乱。"太后曰："太真今朝先帝贵妃，不可言其他。"乃顾谓王嫱曰："昭君始嫁呼韩单于，后为复株累若鞮单于妇^⑤，固自用。且苦寒地胡鬼何能为？昭君幸无辞。"昭君不对，低眉羞恨。俄各归休。余为左右送入昭君院。

---

① 大罗天：道教所称神仙居住的天官之一。
② 笛声空怨赵王伦：赵王伦，西晋八王之乱中的赵王司马伦。宠任孙秀，孙秀欲夺绿珠，祸及石崇，绿珠不从，坠楼而死。
③ 金谷：即金谷园，晋石崇所建。
④ 如意儿：赵王刘如意，戚夫人之子，后为吕后所虐杀。
⑤ 复株累若鞮单于妇：呼韩邪单于之子。匈奴习俗，父死子得娶母为妻，所以呼韩邪死后，王嫱又嫁给继任的呼韩邪长子复株累若鞮单于。

会将旦，侍人告起得也。昭君泣以持别。忽闻外有太后命，余遂出见太后。太后曰："此非郎君久留地，宜亟还。便别矣。幸无忘向来欢。"更索酒。酒再行，戚夫人、潘妃、绿珠皆泣下，竟辞去。

太后使朱衣人送往大安，抵西道，旋失使人所在，时始明矣。余就大安里，问其里人。里人云："去此十余里有薄后庙。"余却回，望庙宇，荒毁不可入，非向者所见矣。

余衣上香经十余日不歇，竟不知其如何。

湘中怨辞（并序）

[唐]沈亚之^①

　　《湘中怨》^②者，事本怪媚，为学者未尝有述。然而淫溺之人，往往不寤。今欲概其论，以著诚^③而已。从生韦敖，善撰乐府，故率而广之，以应其咏。

　　垂拱^④年中，驾幸上阳宫。太学进士郑生，晨发铜驼里，乘晓月度洛桥。闻桥下有哭声，甚哀。生下马，循声索之。见有艳女，縶然蒙袖曰："我孤，养于兄。嫂恶，常苦我。今欲赴水，故留哀须臾^⑤。"生曰："能遂我归之乎？"女应曰："婢御无悔！"遂与居，号曰氾人。能诵楚人《九歌》《招魂》《九辩》之书，亦尝拟其调，赋为怨句，其词丽绝，世莫有属者。因撰《光风词》，曰：

　　隆佳秀兮昭盛时。播薰绿兮淑华归。愿室莫与处荂兮，潜重房以饰姿。见雅态之韶羞兮，蒙长霭以为帏。醉融光兮渺弥。
　　迷千里兮涵洇湄。晨陶陶兮暮熙熙。舞婆娜之秋条兮，娉盈盈以披迟。酌游颜兮倡蔓卉，縠流电兮石发髓施。

---

① 沈亚之：约781—约832，字下贤，吴兴（今浙江省湖州市）人，著有《沈下贤集》。著有传奇《湘中怨辞》（又题《湘中怨》《湘中怨解》）《异梦录》《秦梦记》等。
② 《湘中怨》：乐府歌词。
③ 著诚：真实地记录。
④ 垂拱：唐睿宗李旦年号，实为武则天掌权，685—688。
⑤ 留哀须臾：意即暂留世间片刻以抒发哀苦。

生居贫，汜人尝解箧，出轻绡一端，与卖，胡人酬之千金。居数岁，生游长安。是夕，谓生曰："我湘中蛟宫之娣也，谪而从君。今岁满，无以久留君所，欲为诀耳。"即相持啼泣。生留之，不能，竟去。

后十余年，生之兄为岳州刺史。会上巳日，与家徒登岳阳楼，望鄂渚，张宴。乐酣，生愁吟曰：

情无垠兮荡洋洋。怀佳期兮属三湘。

声未终，有画舻浮漾而来。中为彩楼，高百尺余，其上施帏帐，栏笼画饰。帷褰，有弹弦鼓吹者，皆神仙蛾眉，被服烟霓，裾袖皆广长。其中一人起舞，含颦凄怨，形类汜人。舞而歌曰：

溯青山兮江之隅，拖湘波兮袅绿裾。
荷卷卷兮未舒，匪同归兮将焉如！

舞毕，敛袖，翔然凝望。楼中纵观方怡。须臾，风涛崩怒，遂迷所往。

元和十三年，余闻之于朋中，因悉补其词，题之曰《湘中怨》，盖欲使南昭嗣《烟中之志》[1]，为偶倡[2]也。

---

[1] 南昭嗣《烟中之志》：南卓，字昭嗣，唐宣宗拾遗，著有《羯鼓录》等。《烟中之志》，即《烟中怨》，写关于水仙故事。

[2] 偶倡：同调。偶，相伴。倡，同"唱"。

异梦录①

[唐]沈亚之

　　元和十年，亚之以记室从陇西公军泾州。而长安中贤士，皆来客之。五月十八日，陇西公与客期，宴于东池便馆。既坐，陇西公曰："余少从邢凤游，得记其异，请语之。"客曰："愿备听。"陇西公曰："凤帅家子，无他能。后寓居长安平康里南，以钱百万质得故豪家洞门曲房之第，即其寝而昼偃。梦一美人，自西楹来，环步从容，执卷且吟。为古妆，而高鬟长眉，衣方领，绣带修绅，被广袖之襦。凤大说曰：'丽者何自而临我哉？'美人笑曰：'此妾家也。而君容妾宇下，焉有自邪？'凤曰：'愿示其书之目。'美人曰：'妾好诗，而常缀此。'凤曰：'丽人幸少留，得观览。'于是美人授诗，坐西床。凤发卷，示其首篇，题之曰《春阳曲》，才四句。其后他篇，皆累数十句。美人曰：'君必欲传之，无令过一篇。'凤即起，从东庑下几上取彩笺，传《春阳曲》。其词曰：

> 长安少女踏春阳，何处春阳不断肠！
> 舞袖弓弯浑忘却，罗衣空换九秋霜。

　　"凤卒诗，谓曰：'何谓弓弯？'曰：'昔年父母使妾学此舞。'美人乃起，整衣张袖，舞数拍，为弓弯以示凤。既罢，美人泫然良久，即辞去。凤曰：'愿复少留。'须臾间，竟去。凤亦觉，昏然忘有所记。及更

---

① 《异梦录》对后世影响颇深，段成式《酉阳杂俎》中有记录其故事，宋以后又演
　　为话本小说。

110

衣，于襟袖得其词，惊视复省所梦。事在贞元中。后凤为余言如是。"

是日，监军使与宾府郡佐，及宴客陇西独孤铉、范阳卢简辞、常山张又新、武功苏涤，皆叹息曰："可记！"故亚之退而著录。

明日，客有后至者，渤海高允中，京兆韦谅，晋昌唐炎，广汉李瑀，吴兴姚合，泊亚之，复集于明玉泉，因出所著以示之。于是姚合曰："吾友王炎者，元和初，夕梦游吴，侍吴王久。闻宫中出辇，鸣笳箫击鼓，言葬西施。王悼悲不止，立诏词客作挽歌。炎遂应教，诗曰：

西望吴王国，云书凤字牌。

连江起珠帐，择水葬金钗。

满地红心草，三层碧玉阶。

春风无处所，凄恨不胜怀。

"词进，王甚嘉之。及寤，能记其事。炎，本太原人也。"

秦梦记

[唐]沈亚之

太和初，沈亚之将之邠，出长安城，客橐泉邸舍。春时，昼梦入秦，主内史廖①家。内史廖举亚之。秦公②召之殿，膝前席曰："寡人欲强国，愿知其方。先生何以教寡人？"亚之以昆彭、齐桓③对。公悦，遂试补中涓（秦官名），使佐西乞伐河西（晋秦郊也）。

亚之帅将卒前，攻下五城。还报，公大悦，起劳曰："大夫良苦，休矣。"

居久之，公幼女弄玉婿萧史先死。公谓亚之曰："微大夫，晋五城非寡人有。盛德大夫。寡人有爱女，而欲与大夫备洒扫，可乎？"亚之少自立，雅不欲幸臣蓄之。固辞，不得请，拜左庶长，尚公主，赐金二百斤。民间犹谓萧家公主。其日，有黄衣中贵骑疾马来，迎亚之入，宫阙甚严。呼公主出，鬒发，著偏袖衣，装不多饰。其芳姝明媚，笔不可模样。侍女祗承，分立左右者数百人。召见亚之便馆，居亚之于宫。题其门曰"翠微宫"，宫人呼"沈郎院"。虽备位下大夫，由公主故，出入禁卫。公主喜凤箫，每吹箫，必翠微宫高楼上，声调远逸，能悲人，闻者莫不自废。公主七月七日生，亚之尝无贶寿。内史廖曾为秦以女乐遗西戎，戎主与廖水犀小合。

亚之从廖得以献公主。主悦，尝爱重，结裙带之上。穆公遇亚之礼兼

---

① 内史廖：秦国内史，名廖。
② 秦公：即秦穆公。
③ 昆彭、齐桓：夏朝的昆吾、商朝的大彭、春秋时的齐桓公，均有富国强兵之功。

同列，恩赐相望于道。

复一年春，秦公之始平，公主忽无疾卒。公追伤不已。将葬咸阳原，公命亚之作挽歌，应教而作曰：

> 泣葬一枝红，生同死不同。
>
> 金钿坠芳草，香绣满春风。
>
> 旧日闻箫处，高楼当月中。
>
> 梨花寒食夜，深闭翠微宫。

进公，公读词，善之。时宫中有出声若不忍者，公随泣下。又使亚之作墓志铭，独忆其铭，曰：

> 白杨风哭兮石龟髯莎。杂英满地兮春色烟和。
>
> 珠愁粉瘦兮不生绮罗。深深埋玉兮其恨如何！

亚之亦送葬咸阳原，宫中十四人殉之。亚之以悼惘过戚，被病，卧在翠微宫。然处殿外室，不入宫中矣。居月余，病良已。公谓亚之曰："本以小女相托久要，不谓不得周奉君子，而先物故。敝秦区区小国，不足辱大夫。然寡人每见子，即不能不悲悼。大夫盍适大国乎？"亚之对曰："臣无状，肺腑公室，待罪右庶长，不能从死公主。幸免罪戾，使得归骨父母国，臣不忘君恩，如今日。"将去，公追酒高会，声秦声，舞秦舞，舞者击髀拊髆①呜呜，而音有不快，声甚怨。公执酒亚之前曰："予顾此声少善。愿沈郎赓扬歌以塞别。"公命遂进笔砚。亚之受命，立为歌，辞曰：

_____

① 击髀拊髆：敲击牛的肩胛骨和大腿骨。

113

击髀舞，恨满烟光无处所。

泪如雨，欲拟著辞不成语。

金凤衔红旧绣衣，几度宫中同看舞。

人间春日正欢乐，日暮东风何处去？

歌卒，授舞者，杂其声而道之，四座皆泣。既，再拜辞去。公复命至翠微宫，与公主侍人别。重入殿内时，见珠翠遗碎青阶下，窗纱檀点依然。宫人泣对亚之。亚之感咽良久，因题宫门，诗曰：

君王多感放东归，从此秦宫不复期。

春景自伤秦丧主，落花如雨泪胭脂。

竟别去。公命车驾送出函谷关。出关已，送吏曰："公命尽此。且去。"亚之与别，未卒，忽惊觉，卧邸舍。

明日，亚之与友人崔九万具道。九万，博陵人，谙古。谓余曰："《皇览》云：'秦穆公葬雍橐泉祈年宫下。'非其神灵凭乎？"亚之更求得秦时地志，说如九万云。呜呼！弄玉既仙矣，恶又死乎？

无双传

[唐]薛调①

王仙客者，建中中朝臣刘震之甥也。初，仙客父亡，与母同归外氏。震有女曰无双，小仙客数岁，皆幼稚，戏弄相狎。震之妻常戏呼仙客为王郎子。如是者凡数岁，而震奉孀姊及抚仙客尤至。

一旦，王氏姊疾，且重，召震约曰："我一子，念之可知也。恨不见其婚室。无双端丽聪慧，我深念之。异日无令归他族。我以仙客为托。尔诚许我，瞑目无所恨也。"震曰："姊宜安静自颐养，无以他事自挠。"其姊竟不瘳。仙客护丧，归葬襄邓。

服阕，思念："身世孤子如此，宜求婚娶，以广后嗣。无双长成矣。我舅氏岂以位尊官显，而废旧约耶？"于是饰装抵京师。

时震为尚书租庸使，门馆赫奕，冠盖填塞。仙客既觐，置于学舍，弟子为伍。舅甥之分，依然如故，但寂然不闻选取之议。又于窗隙间窥见无双，姿质明艳，若神仙中人。仙客发狂，唯恐姻亲之事不谐也。遂鬻囊橐，得钱数百万。舅氏舅母左右给使，达于厮养，皆厚遗之。又因复设酒馔，中门之内，皆得入之矣。诸表同处，悉敬事之。

遇舅母生日，市新奇以献，雕镂犀玉，以为首饰。舅母大喜。又旬日，仙客遣老妪，以求亲之事闻于舅母。舅母曰："是我所愿也。即当议其事。"又数夕，有青衣告仙客曰："娘子适以亲情事言于阿郎，阿郎云：

---

① 薛调：829—872，河中宝鼎（今山西省万荣县）人。唐传奇作家，著有《无双传》。

'向前亦未许之。'模样云云，恐是参差也。"仙客闻之，心气俱丧，达旦不寐，恐舅氏之见弃也。然奉事不敢懈怠。

一日，震趋朝，至日初出，忽然走马入宅，汗流气促，唯言："锁却大门，锁却大门！"一家惶骇，不测其由。良久，乃言："泾原兵士反，姚令言①领兵入含元殿，天子出苑北门，百官奔赴行在。我以妻女为念，略归部署。疾召仙客与我勾当家事。我嫁与尔无双。"仙客闻命，惊喜拜谢。乃装金银罗锦二十驮，谓仙客曰："汝易衣服，押领此物出开远门，觅一深隙店安下。我与汝舅母及无双出启夏门，绕城续至。"仙客依所教。

至日落，城外店中待久不至。城门自午后扃锁，南望目断。遂乘骢，秉烛绕城至启夏门。门亦锁。守门者不一，持白梃，或立，或坐。仙客下马，徐问曰："城中有何事如此？"又问："今日有何人出此？"门者曰："朱太尉已作天子。午后有一人重戴，领妇人四五辈，欲出此门。街中人皆识，云是租庸使刘尚书。门司不敢放出。近夜，追骑至，一时驱向北去矣。"仙客失声恸哭，却归店。三更向尽，城门忽开，见火炬如昼。兵士皆持兵挺刃，传呼斩斫使出城，搜城外朝官。仙客舍辎骑惊走，归襄阳，村居三年。

后知克复，京师重整，海内无事。乃入京，访舅氏消息。至新昌南街，立马彷徨之际，忽有一人马前拜，熟视之，乃旧使苍头塞鸿也。鸿本王家生，其舅常使得力，遂留之。握手垂涕。仙客谓鸿曰："阿舅舅母安否？"鸿云："并在兴化宅。"仙客喜极云："我便过街去。"鸿曰："某已得从良，客户有一小宅子，贩缯为业。今日已夜，郎君且就客户一宿。来早同去未晚。"遂引至所居，饮馔甚备。至昏黑，乃闻报曰："尚书受伪

---

① 姚令言：生卒年不详，唐后期镇将。

命官，与夫人皆处极刑。无双已入掖庭矣。"仙客哀冤号绝，感动邻里。谓鸿曰："四海至广，举目无亲戚，未知托身之所。"又问曰："旧家人谁在？"鸿曰："唯无双所使婢采蘋者，今在金吾将军王遂中宅。"仙客曰："无双固无见期。得见采蘋，死亦足矣。"由是乃刺谒，以从佷礼见遂中，具道本末，愿纳厚价以赎采蘋。遂中深见相知，感其事而许之。

仙客税屋，与鸿、蘋居。塞鸿每言："郎君年渐长，合求官职。悒悒不乐，何以遣时？"仙客感其言，以情恳告遂中。遂中荐见仙客于京兆尹李齐运。齐运以仙客前衔，为富平县尹，知长乐驿。

累月，忽报有中使押领内家三十人往园陵，以备洒扫，宿长乐驿，毡车子十乘下讫。仙客谓塞鸿曰："我闻宫嫔选在掖庭，多是衣冠子女。我恐无双在焉。汝为我一窥，可乎？"鸿曰："宫嫔数千，岂便及无双。"仙客曰："汝但去，人事亦未可定。"因令塞鸿假为驿吏，烹茗于帘外。仍给钱三千，约曰："坚守茗具，无暂舍去。忽有所睹，即疾报来。"塞鸿唯唯而去。

宫人悉在帘下，不可得见之，但夜语喧哗而已。至夜深，群动皆息。塞鸿涤器构火，不敢辄寐。忽闻帘下语曰："塞鸿，塞鸿，汝争得知我在此耶？郎健否？"言讫，呜咽。塞鸿曰："郎君见知此驿。今日疑娘子在此，令塞鸿问候。"又曰："我不久语。明日我去后，汝于东北舍阁子中紫褥下，取书送郎君。"言讫，便去。忽闻帘下极闹，云："内家中恶。"中使索汤药甚急，乃无双也。塞鸿疾告仙客，仙客惊曰："我何得一见？"塞鸿曰："今方修渭桥。郎君可假作理桥官，车子过桥时，近车子立。无双若认得，必开帘子，当得瞥见耳。"仙客如其言。至第三车子，果开帘子，窥见，真无双也。仙客悲感怨慕，不胜其情。

塞鸿于阁子中褥下得书送仙客。花笺五幅，皆无双真迹，词理哀切，叙述周尽，仙客览之，茹恨涕下。自此永诀矣。其书后云："常见敕使说富平县古押衙人间有心人。今能求之否？"

仙客遂申府，请解驿务，归本官。遂寻访古押衙，则居于村墅。仙客造谒，见古生。生所愿，必力致之，缯彩宝玉之赠，不可胜纪。一年未开口。秩满，闲居于县。

古生忽来，谓仙客曰："洪一武夫，年且老，何所用？郎君于某竭分。察郎君之意，将有求于老夫。老夫乃一片有心人也。感郎君之深恩，愿粉身以答效。"仙客泣拜，以实告古生。古生仰天，以手拍脑数四，曰："此事大不易。然与郎君试求，不可朝夕便望。"仙客拜曰："但生前得见，岂敢以迟晚为限耶？"半岁无消息。

一日，扣门，乃古生送书。书云："茅山使者回。且来此。"仙客奔马去，见古生，生乃无一言。又启使者。复云："杀却也。且吃茶。"夜深，谓仙客曰："宅中有女家人识无双否？"仙客以采蘋对。仙客立取而至。古生端相，且笑且喜云："借留三五日。郎君且归。"

后累日，忽传说曰："有高品过，处置园陵宫人。"仙客心甚异之。令塞鸿探所杀者，乃无双也。仙客号哭，乃叹曰："本望古生，今死矣！为之奈何！"流涕歔欷，不能自已。

是夕更深，闻叩门甚急。及开门，乃古生也。领一筐子入，谓仙客曰："此无双也。今死矣。心头微暖，后日当活，微灌汤药，切须静密。"言讫，仙客抱入阁子中，独守之。至明，遍体有暖气。见仙客，哭一声遂绝。救疗至夜，方愈。古生又曰："暂借塞鸿于舍后掘一坑。"坑稍深，抽刀断塞鸿头于坑中。仙客惊怕。古生曰："郎君莫怕。今日报郎君恩足矣。比闻茅山道士有药术。其药服之者立死，三日却活。某使人专求，得一丸。昨令采蘋假作中使，以无双逆党，赐此药令自尽。至陵下，托以亲故，百缣赎其尸。凡道路邮传，皆厚赂矣，必免漏泄。茅山使者及异篼人①，在野外处置讫②。老夫为郎君，亦自刭。君不得更居此。门外有檐子一十人，马五匹，绢二百匹。五更挈无双便发，变姓名浪迹以避祸。"言讫，举刀。仙客救之，头已落矣。遂并尸盖覆讫。

未明发，历四蜀下峡，寓居于渚宫。悄不闻京兆之耗，乃挈家归襄邓别业，与无双偕老矣。男女成群。

噫！人生之契阔会合多矣，罕有若斯之比。常谓古今所无。无双遭乱世籍没，而仙客之志，死而不夺。卒遇古生之奇法取之，冤死者十余人。艰难走窜后，得归故乡，为夫妇五十年，何其异哉！

---

① 异篼人：即抬轿人。异篼，音yú dōu。
② 处置讫：即处死。

上清传

[唐]柳珵[1]

贞元壬申岁春三月，相国窦公[2]居光福里第，月夜闲步于中庭。有常所宠青衣上清者，乃曰："今欲启事。郎须到堂前，方敢言之。"窦公亟上堂。上清曰："庭树上有人，恐惊郎，请谨避之。"窦公曰："陆贽[3]久欲倾夺吾权位。今有人在庭树上，吾祸将至。且此事将奏与不奏皆受祸，必窜死于道路。汝在辈流中，不可多得。吾身死家破，汝定为宫婢。圣君若顾问，善为我辞焉。"上清泣曰："诚如是，死生以之！"

窦公下阶，大呼曰："树上君子，应是陆贽使来。能全老夫性命，敢不厚报！"树上应声而下，乃衣缞粗[4]者也。曰："家有大丧。贫甚，不办葬礼。伏知相公推心济物，所以卜夜而来。幸相公无怪。"公曰："某罄所有，堂封绢千匹而已。方拟修私庙。次今且辍赠，可乎？"缞者拜谢。窦公答之，如礼。又曰："便辞相公。请左右赍所赐绢，掷于墙外。某先于街中俟之。"窦公依其请。命仆，使侦其绝踪且久，方敢归寝。

翌日，执金吾先奏其事。窦公得次，又奏之。德宗厉声曰："卿交通节将，蓄养侠刺。位崇台鼎，更欲何求？"窦公顿首曰："臣起自刀笔小才，官以至贵。皆陛下奖拔，实不由人。今不幸至此，抑乃仇家所为耳。

---

① 柳珵：生卒年不详，唐河东（今山西芮城、运城一带）人，唐传奇作家。

② 窦公：即窦参。唐朝宰相，字时中，雍州平陵（今陕西省咸阳市秦都区）人。

③ 陆贽：唐朝政论家，字敬舆，苏州嘉兴（今浙江省嘉兴市）人，著有《陆宣公翰苑集》及《陆氏集验方》。

④ 缞粗：即丧服，用粗麻制成。缞，音shuāi。

陛下忽震雷霆之怒，臣便合万死。"中使下殿宣曰："卿且归私第，待候进止。"

越月，贬郴州别驾。会宣武节度刘士宁通好于郴州，廉使条疏上闻。德宗曰："交通节将，信而有征。"流窦于驩州，没入家资。一簪不著身，竟未达流所，诏自尽。

上清果隶名掖庭。后数年，以善应对，能煎茶，数得在帝左右。德宗谓曰："宫掖间人数不少。汝了事，从何得至此？"上清对曰："妾本故宰相窦参家女奴。窦某妻早亡，故妾得陪扫洒。及窦某家破，幸得填宫。既侍龙颜，如在天上。"德宗曰："窦某罪不止养侠刺，亦甚有赃污。前时纳官银器至多。"上清流涕而言曰："窦某自御史中丞，历度支、户部，盐铁三使，至宰相。首尾六年，月入数十万。前后非时赏赐，当亦不知纪极。乃者郴州所送纳官银物，皆是恩赐。当部录日，妾在郴州，亲见州县希陆贽意旨刮去。所进银器，上刻作藩镇官衔姓名，诬为赃物。伏乞下验之。"于是宣素窦某没官银器覆视，其刮字处，皆如上清言。时贞元十二年。

德宗又问蓄养侠刺事。上清曰："本实无。悉是陆贽陷害，使人为之。"德宗怒陆贽曰："这獠奴！我脱却伊绿衫①，便与紫衫②着。又常唤伊作'陆九'。我任使窦参，方称意，次须教我枉杀却他。及至权入伊手，其为软弱，甚于泥团。"乃下诏雪窦参。

时裴延龄探知陆贽恩衰，得恣行媒孽。贽竟受谮不回。后上清特敕丹书度为女道士，终嫁为金忠义妻。世以陆贽门生名位多显达者，世不可传说，故此事绝无人知。

---

① 绿衫：代指唐朝下级官员。
② 紫衫：代指唐朝高级官员。

杨娼传

[唐]房千里①

　　杨娼者，长安里中之殊色也，态度甚都，复以冶容自喜。王公巨人②享客，竞邀致席上。虽不饮者，必为之引满尽欢。长安诸儿，一造其室，殆至亡生破产而不悔。由是娼之名冠诸籍中，大售于时矣。

　　岭南帅甲，贵游子也。妻本戚里女，遇帅甚悍。先约：设有异志者，当取死白刃下。帅幼贵，喜媱③，内苦其妻，莫之措意。乃阴出重赂，削去娼之籍，而挈之南海。馆之他舍，公余而同，夕隐而归。娼有慧性，事帅尤谨。平居以女职自守，非其理不妄发。复厚帅之左右，咸能得其欢心。故帅益嬖之。

　　会间岁，帅得病，且不起。思一见娼，而惮其妻。帅素与监军使厚，密遣导意，使为方略。监军乃绐其妻曰："将军病甚，思得善奉侍煎调者视之，瘳当速矣。某有善婢，久给事贵室，动得人意。请夫人听以婢安将军四体，如何？"妻曰："中贵人，信人也。果然，于吾无苦耳。可促召婢来。"监军即命娼冒为婢以见帅。计未行而事泄。帅之妻乃拥健婢数十，列白梃④，炽膏镬⑤于廷而伺之矣。须其至，当投之沸鼎。帅闻而大恐，促命止娼之至。且曰："此自我意，几累于渠。今幸吾之未死也，必使脱其

————————

① 房千里：生卒年不详，字鹄举，河南（今河南省洛阳市）人。著有《南方异物志》《投荒杂录》，皆不传，另著有《杨娼传》。

② 巨人：德才高超之人。

③ 媱：嬉戏玩乐。

④ 白梃：大木棍。

⑤ 膏镬：指油锅。镬，音huò。

虎喙。不然，且无及矣。"乃大遗其奇宝，命家僮榜轻舸，卫娼北归。自是，帅之愤益深，不逾旬而物故。

娼之行，适及洪矣。问至，娼乃尽返帅之赂，设位而哭，曰："将军由妾而死。将军且死，妾安用生为？妾岂孤将军者耶？"即撤奠而死之。

夫娼，以色事人者也，非其利则不合矣。而杨能报帅以死，义也；却帅之赂，廉也。虽为娼，差足多乎。

飞烟传

[唐]皇甫枚[1]

　　临淮[2]武公业，咸通[3]中任河南府功曹参军。爱妾曰飞烟，姓步氏，容止纤丽，若不胜绮罗。善秦声，好文笔，尤工击瓯，其韵与丝竹合。公业甚嬖之。

　　其比邻，天水[4]赵氏第也，亦衣缨之族，不能斥言。其子曰象，秀端有文，才弱冠矣。时方居丧礼。忽一日，于南垣隙中窥见飞烟，神气俱丧，废食忘寐。乃厚赂公业之阍，以情告之。阍有难色，复为厚利所动。乃令其妻伺飞烟间处，具以象意言焉。飞烟闻之，但含笑凝睇而不答。门媪尽以语象。象发狂心荡，不知所持，乃取薛涛笺[5]，题绝句曰：

> 一睹倾城貌，尘心只自猜。
>
> 不随萧史去，拟学阿兰[6]来。

　　以所题密缄之，祈门媪达飞烟。烟读毕，吁嗟良久，谓媪曰："我亦曾窥见赵郎，大好才貌。此生薄福，不得当之。"盖鄙武生粗悍，非良配耳。乃复酬篇，写于金凤笺，曰：

---

① 皇甫枚：生卒年不详，字遵美，邠州三水（陕西旬邑北）人，代表作有传奇小说集《三水小牍》。《飞烟传》亦作《非烟传》《步飞烟》。

② 临淮：唐郡名，治所在今江苏省盱眙县北。

③ 咸通：唐懿宗李漼年号，860—874。

④ 天水：隋代郡名，治所在今甘肃省天水市。

⑤ 薛涛笺：薛涛，唐代名妓。其所创制的深红色小诗笺，人称薛涛笺。

⑥ 阿兰：即杜兰香，神话传说中的仙女，后降临人间。见《搜神记》。

绿惨双娥不自持，只缘幽恨在新诗。

郎心应似琴心怨，脉脉春情更拟谁？

封付门媪，令遗象。象启缄，吟讽数四，拊掌喜曰："吾事谐矣。"又以剡溪玉叶纸，赋诗以谢，曰：

珍重佳人赠好音，彩笺芳翰两情深。

薄于蝉翼难供恨，密似蝇头未写心。

疑是落花迷碧洞，只思轻雨洒幽襟。

百回消息千回梦，裁作长谣寄绿琴①。

诗去旬日，门媪不复来。象忧恐事泄，或飞烟追悔。春夕，于前庭独坐，赋诗曰：

绿暗红藏起暝烟，独将幽恨小庭前。

沉沉良夜与谁语，星隔银河月半天。

明日，晨起吟际，而门媪来。传飞烟语曰："勿讶旬日无信，盖以微有不安。"因授象以连蝉锦香囊并碧苔笺，诗曰：

强力严妆倚绣栊，暗题蝉锦思难穷。

近来赢得伤春病，柳弱花欹怯晓风。

象结锦香囊于怀，细读小简，又恐飞烟幽思增疾，乃剪乌丝简为回

---

① 长谣寄绿琴：长谣，谦称自己诗作。绿琴，绿绮琴，汉代司马相如的琴名。

械①，曰："春景迟迟，人心悄悄。自因窥觏，长役梦魂。虽羽驾尘襟②，难于会合，而丹诚皎日，誓以周旋。昨日瑶台青鸟③忽来，殷勤寄语。蝉锦香囊之赠，芬馥盈怀，佩服徒增，翘恋弥切。况又闻乘春多感，芳履乖和，耗冰雪之妍姿，郁蕙兰之佳气。忧抑之极，恨不翻飞。企望宽情，无至憔悴。莫孤短愿，宁爽后期。悄恍寸心，书岂能尽？兼持菲什，仰继华篇。伏惟试赐凝睇。"诗曰：

> 应见伤情为九春，想封蝉锦绿蛾颦。
> 叩头为报烟卿道，第一风流最损人。

阍媪既得回报，径赍诣飞烟阁中。武生为府掾属，公务繁伙，或数夜一直，或竟日不归。此时恰值生入府曹。飞烟拆书，得以款曲寻绎。既而长太息曰："丈夫之志，女子之情，心契魂交，视远如近也。"于是阖户垂幌，为书曰："下妾不幸，垂髫而孤。中间为媒妁所欺，遂匹合于琐类。每至清风明月，移玉柱以增怀；秋帐冬釭，泛金徽而寄恨。岂谓公子，忽贻好音。发华缄而思飞，讽丽句而目断。所恨洛川波隔④，贾午墙高⑤。连云不及于秦台，荐梦尚遥于楚岫⑥。犹望天从素恳，神假微机，一拜清光，九殒无恨。兼题短什，用寄幽怀。伏惟特赐吟讽也。"诗曰：

> 画帘春燕须同宿，兰浦双鸳肯独飞？

---

① 械：同"缄"，指书信。
② 羽驾尘襟：天上人间。羽，羽化成仙。尘，尘间，人间。
③ 瑶台青鸟：瑶台，传说中神仙居住的处所。青鸟，神话中西王母的信使。
④ 洛川波隔：指的是不能像曹植那样遇见洛水的女神。
⑤ 贾午墙高：指的是不能像晋贾充的女儿爱上韩寿，韩寿夜间越墙同她相见那样。
⑥ 楚岫：指巫山神女。

长恨桃源诸女伴，等闲花里送郎归。

封讫，召阊媪，令达于象。象览书及诗，以飞烟意稍切，喜不自持，但静室焚香虔祷以俟息。

一日将夕，阊媪促步而至，笑且拜曰："赵郎愿见神仙否？"象惊，连问之。传飞烟语曰："值今夜功曹府直，可谓良时。妾家后庭，即君之前垣也。若不渝惠好，专望来仪。方寸万重，悉候晤语。"既曛黑，象乃乘梯而登，飞烟已令重榻于下。既下，见飞烟靓妆盛服，立于庭前。交拜讫，俱以喜极不能言。乃相携自后门入堂中，皆银鲜绢幌，尽缱绻之意焉。及晓钟初动，复送象于垣下。飞烟执象手曰："今日相遇，乃前生姻缘耳。勿谓妾无玉洁松贞之志，放荡如斯。直以郎之风调，不能自顾。愿深鉴之。"象曰："挹希世之貌，见出人之心。已誓幽庸，永奉欢洽。"言讫，象逾垣而归。

明日，托阊媪赠飞烟诗曰：

十洞三清虽路阻，有心还得傍瑶台。

瑞香风引思深夜，知是蕊宫仙驭来。

飞烟览诗微笑，复赠象诗曰：

相思只怕不相识，相见还愁却别君。

愿得化为松上鹤，一双飞去入行云。

封付阊媪，仍令语象曰："赖值儿家有小小篇咏。不然，君作几许大才面目？"兹不盈旬，常得一期于后庭矣。展幽微之思，罄宿昔之心。以为鬼鸟不知，人神相助。或景物寓目，歌咏寄情，来往便繁，不能悉载。如是者周岁。

无何，飞烟数以细过挞其女奴，奴阴衔之，乘间尽以告公业。公业曰："汝慎勿扬声！我当伺察之。"后至当赴直日，乃密陈状请假。迨夜，如常入直，遂潜于里门。街鼓既作，匍伏而归。循墙至后庭，见飞烟方倚户微吟，象则据垣斜睇。公业不胜其愤，挺前欲擒。象觉，跳去。业搏之，得其半襦。乃入室，呼飞烟诘之。飞烟色动声战，而不以实告。公业愈怒，缚之大柱，鞭楚血流。但云："生得相亲，死亦何恨！"深夜，公业怠而假寐。飞烟呼其所爱女仆曰："与我一杯水。"水至，饮尽而绝。公业起，将复笞之，已死矣。

乃解缚，举置阁中，连呼之，声言飞烟暴疾致殒。数日，窆①之北邙。而里巷间皆知其强死矣。象因变服，易名远，窜江浙间。

洛中才士有著《飞烟传》者，传中崔、李二生，常与武掾游处。崔诗末句云：

恰似传花人饮散，空床抛下最繁枝。

其夕，梦飞烟谢曰："妾貌虽不迫桃李，而零落过之。捧君佳什，愧仰无已。"李生诗末句云：

艳魄香魂如有在，还应羞见坠楼人②。

其夕，梦飞烟戟手而詈曰："士有百行，君得全乎？何至务矜片言，苦相诋斥。当屈君于地下面证之。"数日，李生卒。时人异焉。远后调授汝州鲁山县主簿，陇西李垣代之。咸通末，予复代垣，而与远少相狎，故洛

---

① 窆：埋葬，音biǎn。
② 坠楼人：指晋代石崇的爱妾绿珠。赵王司马伦的门人向石崇索取绿珠，绿珠跳楼自杀。

128

中秘事，亦知之。而垣复为手记，故得以传焉。

　　三水人曰：噫！艳冶之貌，则代有之矣；洁朗之操，则人鲜闻乎。故士矜才则德薄，女炫色则情私。若能如执盈，如临深，则皆为端士淑女矣。飞烟之罪虽不可逭①，察其心，亦可悲矣。

---

① 逭：逃避，逃跑，音huàn。

虬髯客传

[唐]杜光庭[①]

　　隋炀帝之幸江都[②]也，命司空杨素守西京[③]。素骄贵，又以时乱，天下之权重望崇者，莫我若也，奢贵自奉，礼异人臣。每公卿入言，宾客上谒，未尝不踞床而见，令美人捧出。侍婢罗列，颇僭于上。末年愈甚，无复知所负荷，有扶危持颠之心。

　　一日，卫公李靖以布衣上谒，献奇策。素亦踞见。公前揖曰："天下方乱，英雄竞起。公为帝室重臣，须以收罗豪杰为心，不宜踞见宾客。"素敛容而起，谢公，与语，大悦，收其策而退。

　　当公之骋辩也，一妓有殊色，执红拂，立于前，独目公。公既去，而执拂者临轩指吏曰："问去者处士第几？住何处？"公具以对。妓诵而去，公归逆旅。

　　其夜五更初，忽闻叩门而声低者，公起问焉。乃紫衣戴帽人，杖揭一囊[④]。公问谁。曰："妾，杨家之红拂妓也。"公遽延入。脱衣去帽，乃十八九佳丽人也。素面画衣[⑤]而拜。公惊答拜。曰："妾侍杨司空久，阅天下之人多矣，无如公者。丝萝非独生，愿托乔木，故来奔耳。"公曰：

---

① 杜光庭：850—933，字圣宾（一作宾圣），号东瀛子，处州缙云（今属浙江）人。晚唐五代小说家，代表作品有《虬髯客传》《维扬十友》《姚氏三子》等。
② 江都：今扬州。
③ 西京：今西安。
④ 杖揭一囊：拐杖上挑着一个口袋。
⑤ 素面画衣：脸上不搽脂粉，身上穿着彩色衣服。

"杨司空权重京师，如何？"曰："彼尸居余气①，不足畏也。诸妓知其无成，去者众矣。彼亦不甚逐也。计之详矣。幸无疑焉。"问其姓。曰："张。"问其伯仲之次。曰："最长。"观其肌肤、仪状、言词、气性，真天人也。公不自意获之，愈喜愈惧，瞬息万虑不安。而窥户者无停屦。数日，亦闻追讨之声，意亦非峻。乃雄服乘马，排闼而去，将归太原。行次灵石旅舍，既设床，炉中烹肉且熟。张氏以发长委地，立梳床前。公方刷马。忽有一人，中形，赤髯而虬，乘蹇驴②而来。投革囊于炉前，取枕欹卧，看张梳头。公怒甚，未决，犹刷马。张熟视其面，一手握发，一手映身摇示公，令勿怒。急急梳头毕，敛衽前问其姓。卧客答曰："姓张。"对曰："妾亦姓张。合是妹。"遽拜之。问第几。曰："第三。"因问妹第几。曰："最长。"遂喜曰："今多幸逢一妹。"张氏遥呼："李郎且来见三兄！"公骤拜之。遂环坐。曰："煮者何肉？"曰："羊肉，计已熟矣。"客曰："饥。"

公出市胡饼，客抽腰间匕首，切肉共食。食竟，余肉乱切送驴前食之，甚速。客曰："观李郎之行，贫士也。何以致斯异人？"曰："靖虽贫，亦有心者焉。他人见问，故不言。兄之问，则不隐耳。"具言其由。曰："然则将何之？"曰："将避地太原。"曰："然吾故非君所致也。"曰："有酒乎？"曰："主人西，则酒肆也。"公取酒一斗。既巡，客曰："吾有少下酒物，李郎能同之乎？"曰："不敢。"于是开革囊，取一人头并心肝。却头囊中，以匕首切心肝，共食之。曰："此人天下负心者，衔之十年，今始获之。吾憾释矣。"又曰："观李郎仪形器宇，真丈

---

① 尸居余气：比死人多一口气，意谓来日不多。
② 蹇驴：跛足的驴。此处指瘦弱、驽钝的驴子。

131

夫也。亦闻太原有异人乎？”曰：“尝识一人，愚谓之真人也。其余，将帅而已。”曰：“何姓？”曰：“靖之同姓。”曰：“年几？”曰：“仅二十。”曰：“今何为？”曰：“州将之子^①。”曰：“似矣。亦须见之。李郎能致吾一见乎？”曰：“靖之友刘文静^②者，与之狎。因文静见之可也。然兄何为？”曰：“望气者言太原有奇气，使访之。李郎明发，何日到太原？”靖计之日。曰：“达之明日日方曙，候我于汾阳桥。”言讫，乘驴而去，其行若飞，回顾已失。公与张氏且惊且喜，久之，曰：“烈士^③不欺人。固无畏。”促鞭而行。

及期，入太原。果复相见。大喜，偕诣刘氏。诈谓文静曰：“以善相者思见郎君，请迎。”文静素奇其人，一旦闻有客善相，遽致使迎之。使回而至，不衫不履，褐裘而来，神气扬扬，貌与常异。虬髯默居末坐，见之心死，饮数杯，招靖曰：“真天子也！”公以告刘，刘益喜，自负。既出，而虬髯曰：“吾得十八九矣。然须道兄见。李郎宜与一妹复入京，某日午时，访我于马行东酒楼下。下有此驴及瘦驴，即我与道兄俱在其上矣。到即登焉。”又别而去。公与张氏复应之。

及期访焉。宛见二乘。揽衣登楼，虬髯与一道士方对饮，见公惊喜，召坐。围饮十数巡，曰：“楼下柜中有钱十万。择一深隐处驻一妹。某日复会我于汾阳桥。”

如期至，即道士与虬髯已到矣。俱谒文静。时方弈棋，揖而话心焉。文静飞书迎文皇看棋。道士对弈，虬髯与公傍侍焉。俄而文皇到来，精采惊人，长揖而坐。神气清朗，满坐风生，顾盼炜如也。道士一见惨然，下

---

① 州将之子：此处指李世民。李世民之父李渊曾为太原留守，故称州将。
② 刘文静：字肇仁，隋末协助李渊父子反隋。唐立，封鲁国公。
③ 烈士：豪杰之士。

132

棋子曰："此局全输矣！于此失却局哉！救无路矣！复奚言！"罢弈而请去。既出，谓虬髯曰："此世界非公世界。他方可也。勉之，勿以为念。"因共入京。虬髯曰："计李郎之程，某日方到。到之明日，可与一妹同诣某坊曲小宅相访。李郎相从一妹，悬然如磬。欲令新妇祗谒，兼议从容，无前却也。"言毕，吁嗟而去。

　　公策马而归。即到京，遂与张氏同往。乃一小版门子，叩之，有应者，拜曰："三郎令候李郎、一娘子久矣。"延入重门，门愈壮。婢四十人，罗列廷前。奴二十人，引公入东厅。厅之陈设，穷极珍异，箱中妆奁冠镜首饰之盛，非人间之物。巾栉妆饰毕，请更衣，衣又珍异。既毕，传云："三郎来！"乃虬髯纱帽裼裘而来，亦有龙虎之状，欢然相见。催其妻出拜，盖亦天人耳。遂延中堂，陈设盘筵之盛，虽王公家不侔也。四人对馔讫，陈女乐二十人，列奏于前，似从天降，非人间之曲。食毕，行酒。家人自东堂舁出二十床，各以锦绣帕覆之。既陈，尽去其帕，乃文簿钥匙耳。虬髯曰："此尽宝货泉贝之数。吾之所有，悉以充赠。何者？欲于此世界求事，当龙战三二十载，建少功业。今既有主，住亦何为？太原李氏，真英主也。三五年内，即当太平。李郎以奇特之才，辅清平之主，竭心尽善，必极人臣。一妹以天人之姿，蕴不世之艺，从夫之贵，以盛轩裳。非一妹不能识李郎，非李郎不能荣一妹。起陆之贵，际会如期，虎啸风生，龙吟云萃，固非偶然也。持余之赠，以佐真主，赞功业也，勉之哉！此后十年，当东南数千里外有异事，是吾得事之秋也。一妹与李郎可沥酒东南相贺。"因命家童列拜，曰："李郎，一妹，是汝主也！"言讫，与其妻从一奴，乘马而去。数步，遂不复见。公据其宅，乃为豪家，得以助文皇缔构之资①，遂匡天下。

贞观十年，公以左仆射平章事。适南蛮入奏曰："有海船千艘，甲兵十万，入扶余国，杀其主自立。国已定矣。"公心知虬髯得事也。归告张氏，具衣拜贺，沥酒东南祝拜之。

乃知真人之兴也，非英雄所冀。况非英雄乎？人臣之谬思乱者，乃螳臂之拒走轮耳。我皇家垂福万叶，岂虚然哉！或曰："卫公之兵法，半乃虬髯所传耳。"

---

① 缔构之〔资〕：建立政权的费用。

卷
五

冥音录

[唐]佚名

庐江尉李侃者，陇西人，家于洛之河南。太和初，卒于官。有外妇崔氏，本广陵倡家。生二女，既孤且幼，孀母抚之以道，近于成人。因寓家庐江。侃既死，虽侃之宗亲，居显要者，绝不相闻。庐江之人，咸哀其孤藐而能自强。

崔氏性酷嗜音，虽贫苦求活，常以弦歌自娱。有女弟菡奴，风容不下，善鼓筝，为古今绝妙，知名于时。年十七，未嫁而卒。人多伤焉。二女幼传其艺。长女适邑人丁玄夫，性识不甚聪慧。幼时，每教其艺，小有所未至，其母辄加鞭棰，终莫究其妙。每心念其姨，曰："我，姨之甥也。今乃死生殊途，恩爱久绝。姨之生乃聪明，死何蔑然，而不能以力佑助，使我心开目明，粗及流辈哉？"每至节朔，辄举觞酹地，哀咽流涕。如此者八岁。母亦哀而悯焉。

开成五年四月三日，因夜寐，惊起号泣谓其母曰："向者梦姨执手泣曰：'我自辞人世，在阴司簿属教坊，授曲于博士李元凭。元凭屡荐我于宪宗皇帝。帝召居宫。一年，以我更直穆宗皇帝宫中，以筝导诸妃，出入一年。上帝诛郑注，天下大酺。唐氏诸帝宫中互选妓乐，以进神尧①、太宗二宫。我复得侍宪宗。每一月之中，五日一直长秋殿。余日得肆游观，但不得出宫禁耳。汝之情恳，我乃知也。但无由得来。近日襄阳公主以我为女思念颇至，得出入主第，私许我归，成汝之愿。汝早图之！阴中法严，帝

---

① 神尧：此处指唐高祖李渊。

136

或闻之，当获大谴。亦上累于主。'"复与其母相持而泣。

翼日，乃洒扫一室，列虚筵，设酒果，仿佛如有所见。因执筝就坐，闭目弹之，随指有得。初，授人间之曲，十日不得一曲。此一日获十曲。曲之名品，殆非生人之意。声调哀怨，幽幽然鸮啼鬼啸，闻之者莫不歔欷。曲有《迎君乐》（正商调二十八叠）、《槲林叹》（分丝调四十四叠）、《秦王赏金歌》（小石调二十八叠）、《广陵散》（正商调二十八叠）、《行路难》（正商调二十八叠）、《上江虹》（正商调二十八叠）、《晋城仙》（小石调二十八叠）、《丝竹赏金歌》（小石调二十八叠）、《红窗影》（双柱调四十叠）。十曲毕，惨然谓女曰："此皆宫闱中新翻曲，帝尤所爱重。《槲林叹》《红窗影》等，每宴饮，即飞球舞盏，为佐酒长夜之欢。穆宗敕修文舍人元稹撰，其词数十首，甚美。宴酣，令宫人递歌之。帝亲执玉如意，击节而和之。帝秘其调极切，恐为诸国所得，故不敢泄。岁摄提①，地府当有大变，得以流传人世。幽明路异，人鬼道殊，今者人事相接，亦万代一时，非偶然也。会以吾之十曲，献阳地天子，不可使无闻于明代。"

于是县白州，州白府。刺史崔璹亲召试之。则丝桐之音，枪钺可听。其差琴调不类秦声。乃以众乐合之，则宫商调殊不同矣。母令小女再拜求传十曲，亦备得之。至暮，诀去。

数日复来，曰："闻扬州连帅欲取汝。恐有谬误，汝可一一弹之。"又留一曲曰《思归乐》。无何，州府果令送至扬州，一无差错。廉使故相李德裕议表其事。女寻卒。

---

① 摄提：岁星纪年中的年岁名，对应十二地支中的"寅"。

东阳夜怪录

[唐] 佚名

　　前进士王洙，字学源，其先琅琊人。元和十三年春擢第。尝居邹鲁间名山习业。洙自云，前四年时，因随籍入贡，暮次荥阳逆旅。值彭城客秀才成自虚者，以家事不得就举，言旋故里。遇洙，因话辛勤往复之意。自虚字致本，语及人间目睹之异。

　　是岁，自虚十有一月八日东还（乃元和八年也）。翼日，到渭南县，方属阴暗，不知时之早晚。县宰黎谓留饮数巡。自虚恃所乘壮，乃命僮仆辎重，悉令先于赤水店俟宿，聊踟蹰焉。

　　东出县郭门，则阴风刮地，飞雪霶天，行未数里，迫将昏黑。自虚僮仆，既悉令前去，道上又行人已绝，无可问程。至是不知所届矣。路出东阳驿南，寻赤水谷口道。去驿不三四里，有下坞。林月依微，略辨佛庙，自虚启扉，投身突入。雪势愈甚。自虚窃意佛宇之居，有住僧，将求委焉，则策马入。其后才认北横数间空屋，寂无灯烛。久之倾听，微似有人喘息声。遂系马于西面柱，连问："院主和尚，今夜慈悲相救。"徐闻人应："老病僧智高在此。适僮仆已出使村中教化，无从以致火烛。雪若是，复当深夜，客何为者？自何而来？四绝亲邻，何以取济？今夕脱不恶其病秽，且此相就，则免暴露。兼撤所借刍藁分用，委质可矣。"自虚他计既穷，闻此内亦颇喜。乃问："高公生缘何乡？何故栖此？又俗姓云何？既接恩容，当还审其出处。"曰："贫道俗姓安（以本身肉鞍之故也），生在碛①西。本因舍力，随缘来诣中国。到此未几，房院疏芜。秀才卒降，无以供待，不垂见怪为幸。"自虚如此问答，颇忘前倦。乃谓高公曰："方知探宝化成如来，非妄立喻。今高公是我导师矣。高公本宗，固有如是降伏其心之教。"

俄则沓沓然若数人联步而至者。遂闻云："极好雪。师丈在否？"高公未应间，闻一人云："曹长先行。"或曰："朱八丈合先行。"又闻人曰："路甚宽，曹长不合苦让，偕行可也。"自虚窃谓人多，私心益壮。有顷，即似悉造座隅矣。内谓一人曰："师丈，此有宿客乎？"高公对曰："适有客来诣宿耳。"自虚昏昏然，莫审其形质。唯最前一人俯檐映雪，仿佛若见着皂裘者，背及肋有搭白补处。其人先发问自虚云："客何故瑂瑂（丘圭反）然犯雪昏夜至此？"自虚则具以实告。其人因请自虚姓名。对曰："进士成自虚。"自虚亦从而语曰："暗中不可悉揖清扬，他日无以为子孙之旧。请各称其官及名氏。"便闻一人云："前河阴转运巡官试左骁卫胄曹参军卢倚马。"次一人云："桃林客副轻车将军朱中正。"次一人曰："去文，姓敬。"次一人曰："锐金，姓奚。"此时则似周坐矣。

初，因成公应举，倚马旁及论文。倚马曰："某儿童时，即闻人咏师丈《聚雪为山》诗，今犹记得。今夜景象宛在目中。师丈，有之乎？"高公曰："其词谓何？试言之。"倚马曰："所记云：谁家扫雪满庭前，万壑千峰在一拳。吾心不觉侵衣冷，曾向此中居几年。"

自虚茫然如失，口呿眸眙，尤所不测。高公乃曰："雪山是吾家山。往年偶见小儿聚雪，屹有峰峦山状，西望故国，怅然因作是诗。曹长大聪明，如何记得。贫道旧时恶句，不因曹长诚念在口，实亦遗忘。"倚马

---

① 碛：沙漠，音 qì。

曰："师丈骋逸步于遐荒，脱尘机（机当为羁）于维絷，巍巍道德，可谓首出侪流。如小子之徒，望尘奔走，曷（曷当为褐，用毛色而讥之）敢窥其高远哉！倚马今春以公事到城，受性顽钝，阙下桂玉①，煎迫不堪。且夕羁（羁当为饥）旅，虽勤劳夙夜，料入况微，负荷非轻，常惧刑责。近蒙本院转一虚衔（谓空驱作替驴），意在苦求脱免。昨晚出长乐城下宿，自悲尘中劳役，慨然有山鹿野麋之志。因寄同侣，成两篇恶诗。对诸作者，辄欲口占，去就未敢。"自虚曰："今夕何夕，得闻佳句。"倚马又谦曰："不揆荒浅。况师丈文宗在此，敢呈丑拙邪？"自虚苦请曰："愿闻，愿闻！"倚马因朗吟其诗曰：

> 长安城东洛阳道，车轮不息尘浩浩。
>
> 争利贪前竞着鞭，相逢尽是尘中老。
>
> 日晚长川不计程，离群独步不能鸣。
>
> 赖有青青河畔草，春来犹得慰（慰当作喂）羁（羁当作饥）情。

合座咸曰："大高作！"倚马谦曰："拙恶，拙恶！"中正谓高公曰："比闻朔漠之士，吟讽师丈佳句绝多。今此是颍川，况侧聆卢曹长所念，开洗昏鄙，意爽神清。新制的多，满座渴咏。岂不能见示三两首，以沃群瞩。"高公请俟他日。

中正又曰："眷彼名公悉至，何惜兔园。雅论高谈，抑一时之盛事。今去市肆苦远，夜艾兴余，杯觞固不可求，炮炙无由而致。宾主礼阙，惭恧②空多。吾辈方以观心朵颐（谓龁草之性与师丈同），而诸公通宵无以

---

① 桂玉：此处指京城。

② 恧：惭愧，音nǜ。

充腹，赧然何补。"高公曰："吾闻嘉话可以忘乎饥渴。只如八郎，力济生人，动循轨辙，攻城犒士，为己所长。但以十二因缘，皆从觳起，茫茫苦海，烦恼随生。何地而可见菩提（提当为蹄），何门而得离火宅（亦用事讥之）？"中正对曰："以愚所谓：覆辙相寻，轮回恶道，先后报应，事甚分明。引领修行，义归于此。"高公大笑，乃曰："释氏尚其清净，道成则为正觉（觉当为角）。觉则佛也。如八郎向来之谈，深得之矣。"倚马大笑。

自虚又曰："适来朱将军再三有请和尚新制。在小生下情，实愿观宝。和尚岂以自虚远客，非我法中而见鄙之乎？且和尚器识非凡，岸谷深峻，必当格韵才思，贯绝一时，妍妙清新，摆落俗态。岂终秘咳唾之余思，不吟一两篇以开耳目乎？"高公曰："深荷秀才苦请，事则难于固违。况老僧残疾衰羸，习读久废，章句之道，本非所长。却是朱八无端挑抉吾短。然于病中，偶有两篇自述，匠石能听之乎？"曰："愿闻。"其诗曰：

> 拥褐藏名无定踪，流沙千里度衰容。
> 传得南宗心地后，此身应便老双峰。
>
> 为有阎浮珍重因，远离西国越咸秦。
> 自从无力休行道，且作头陀不系身。

又闻满座称好声，移时不定。去文忽于座内云："昔王子猷访戴安道于山阴，雪夜皎然，及门而返。遂传'何必见戴'之论。当时皆重逸兴。今成君可谓以文会友，下视袁安、蒋诩。吾少年时颇负隽气，性好鹰鹯。曾于此时，畋游驰骋。吾故林在长安之巽维，御宿川之东畤（此处地名苟家觜也）。咏雪有献曹州房一篇，不觉诗狂所攻，辄污泥高鉴耳。"因吟

诗曰:

> 爱此飘飘六出公，轻琼洽絮舞长空。
>
> 当时正逐秦丞相，腾踯川原喜北风。

献诗讫，曹州房颇甚赏仆此诗，因难云：'呼雪为公，得无检束乎？'余遂征古人尚有呼竹为君，后贤以为名论，用以证之。曹州房结舌莫知所对。然曹州房素非知诗者。乌大尝谓吾曰：'难得臭味同。'斯言不妄。今涉彼远官，参东州军事（义见《古今注》），相去数千。苗十（以五五之数故第十）气候哑吒，凭恃群亲，索人承事。鲁无君子者，斯焉取诸！"锐金曰："安敢当。不见苗生几日？"曰："涉旬矣。""然则苗子何在？"去文曰："亦应非远。知吾辈会于此，计合解来。"

居无几，苗生遽至。去文伪为喜意，拊背曰："适我愿兮！"去文遂引苗生与自虚相揖。自虚先称名氏。苗生曰："介立姓苗。"宾主相谕之词，颇甚稠沓。锐金居其侧，曰："此时则苦吟之矣。诸公皆由老奚诗病又发，如何如何？"自虚曰："向者承奚生眷与之分非浅，何为尚吝瑰宝，大失所望。"锐金退而逡巡曰："敢不贻广席一噱乎？"辄念三篇近诗云：

> 舞镜争鸾彩，临场定鹘拳。
>
> 正思仙仗日，翘首仰楼前。
>
> 养斗形如木，迎春质似泥。
>
> 信如风雨在，何惮迹卑栖。
>
> 为脱田文难，常怀纪涓恩。
>
> 欲知疏野态，霜晓叫荒村。

锐金吟讫，暗中亦大闻称赏声。

高公曰："诸贤勿以武士，见待朱将军。此公甚精名理，又善属文。而乃犹无所言。皮里臧否吾辈，抑将不可。况成君远客，一夕之聚，空门所谓多生有缘，宿鸟同树者也。得不因此留异时之谈端哉！"中正起曰："师丈此言，乃与中正树荆棘耳。苟众情疑阻，敢不唯命是听。然虑探手作事，自贻伊戚，如何？"高公曰："请诸贤静听。"中正诗曰：

> 乱鲁负虚名，游秦感宁生。
>
> 候惊丞相喘，用识葛卢鸣。
>
> 黍稷兹农兴，轩车乏道情。
>
> 近来筋力退，一志在归耕。

高公叹曰："朱八文华若此，未离散秩，引驾者又何人哉！屈甚，屈甚！"倚马曰："扶风二兄偶有所系（意属自虚所乘），吾家龟兹，苍文毙甚，乐喧厌静，好事挥霍，兴在结束，勇于前驱（谓般轻货首队头驴）。此会不至，恨可知也。"去文谓介立曰："冑家兄弟，居处匪遥，莫往莫来，安用尚志。《诗》云'朋友攸摄'，而使尚有逡心。必须折简见招，鄙意颇成其美。"介立曰："某本欲访冑大去，方以论文兴酬，不觉迟迟耳。敬君命予。今且请诸公不起。介立略到冑家即回。不然，便拉冑氏昆季同至，可乎？"皆曰："诺。"介立乃去。

无何，去文于众前窃是非介立曰："蠢兹为人，有甚爪距，颇闻洁廉，善主仓库。其如蜡姑之丑，难以掩于物论何？"殊不知介立与冑氏相携而来。及门，瞥闻其说。介立攘袂大怒曰："天生苗介立，斗伯比[1]之直下。

---

① 斗伯比：春秋时期楚国令尹。

得姓于楚远祖梦皇茹，分二十族，祀典配享，至于礼经（谓《郊特牲》八蜡迎虎迎猫也）。奈何一敬去文，盘瓠之余，长细无别，非人伦所齿，只合驯狎稚子，狞守酒旗，谄同妖狐，窃脂媚灶，安敢言人之长短。我若不呈薄艺，敬子谓我咸秩无文，使诸人异日藐我。今对师丈念一篇恶诗，且看如何？"诗曰：

为惭食肉主恩深，日晏蟠蜿卧锦衾。

且学志人知白黑，那将好爵动吾心。

自虚颇甚佳叹，去文曰："卿不详本末，厚加矫诬。我实春秋向戌①之后。卿以我为盘瓠裔，如辰阳比房，于吾殊所乖阔。"中正深以两家献酬未绝为病，乃曰："吾愿作宜僚以释二忿，可乎？昔我逢丑父②实与向家梦皇，春秋时屡同盟会。今座上有名客，二子何乃互毁祖宗，语中忽有绽露。是取笑于成公齿冷也。且尽吟咏，固请息喧。"

于是介立即引胃氏昆仲与自虚相见。初襜襜然若自色。二人来前，长曰胃藏瓠，次曰藏立。自虚亦称姓名。藏瓠又巡座云："令兄令弟。"介立乃于广众延誉胃氏昆弟："潜迹草野，行著及于名族；上参列宿，亲密内达肝胆。况秦之八水，实贯天府，故林二十族，多是咸京。闻弟新有《题旧业》诗，时称甚美。如何，得闻乎？"藏瓠对曰："小子谬厕宾筵，作者云集，欲出口吻，先增惭怍。今不得已，尘污诸贤耳目。"诗曰：

乌鼠是家川，周王昔猎贤。

一从离子卯（鼠兔皆变为猬也），应见海桑田。

---

① 向戌：春秋时宋国大夫。

② 逢丑父：春秋时齐国大夫。

144

介立称好："弟他日必负重名，公道若存，斯文不朽。"藏瓠敛躬谢曰："藏瓠幽蛰所宜，幸陪群彦。兄揄扬太过。小子谬当重言，若负芒刺。"座客皆笑。

时自虚方聆诸客嘉什，不暇自念己文。但曰："诸公清才绮靡，皆是目牛游刃。"中正将谓有讥，潜然遁去。高公求之，不得，曰："朱八不告而退，何也？"倚马对曰："朱八世与炮氏①为仇，恶闻发硎之说而去耳。"自虚谢不敏。

此时去文独与自虚论诘，语自虚曰："凡人行藏卷舒，君子尚其达节，摇尾求食，猛虎所以见几。或为知己吠鸣，不可以主人无德而废斯义也。去文不才，亦有两篇言志奉呈。"诗曰：

> 事君同乐义同忧，那校糟糠满志休。
> 不是守株空待兔，终当逐鹿出林邱。
>
> 少年尝负饥鹰用，内愿曾无宠鹤心。
> 秋草殷除思去宇，平原毛血兴从禽。

自虚赏激无限，全忘一夕之苦。方欲自夸旧制，忽闻远寺撞钟，则比膊铿然声尽矣。注目略无所睹，但觉风雪透窗，臊秽扑鼻。唯窣飒如有动者，而厉声呼问，绝无由答。自虚心神恍惚，未敢遽前扪撄。退寻所系之马，宛在屋之西隅。鞍鞯被雪，马则龁柱而立。迟疑间，晓色已将辨物矣。

---

① 炮氏：即庖氏。

乃于屋壁之北，有橐驼①一，贴腹跪足，僛耳龁口。自虚觉夜来之异，得以遍求之。室外北轩下，俄又见一瘁瘠乌驴，连脊有磨破三处，白毛茁然将满。举视屋之北拱，微若振迅有物，乃见一老鸡蹲焉。前及设像佛宇塌座之北，东西有隙地数十步。牖下皆有彩画处，土人曾以麦麸之长者，积于其间。见一大驳猫儿眠于上。咫尺又有盛饲田浆破瓠一，次有牧童所弃破笠一。自虚因蹴之，果获二刺猬，蠕然而动。自虚周求四顾，悄未有人。又不胜一夕之冻乏，乃揽辔振雪，上马而去。

周出村之北道，左经柴栏旧圃，睹一牛踏雪龁草。次此不百余步，合村悉辇粪幸此蕴崇。自虚过其下，群犬喧吠。中有一犬，毛悉齐髉，其状甚异，睥睨自虚。

自虚驱马久之，值一叟，辟荆扉，晨兴开径雪。自虚驻马讯焉。对曰："此故友右军彭特进庄也。郎君昨宵何止？行李间有似迷途者。"自虚语及夜来之见。叟倚彗惊讶曰："极差，极差！昨晚天气风雪，庄家先有一病橐驼，虑其为所毙，遂覆之佛宇之北，念佛社屋下。有数日前，河阴官脚过，有乏驴一头，不任前去。某哀其残命未舍，以粟斛易留之，亦不羁绊。彼栏中瘠牛，皆庄家所畜。适闻此说，不知何缘如此作怪。"自虚曰："昨夜已失鞍驮，今馁冻且甚。事有不可率话者。大略如斯，难于悉述。"遂策马奔去。至赤水店，见僮仆方讶其主之相失，始忙于求访。自虚慨然，如丧魂者数日。

---

① 橐驼：即骆驼。

灵应传

[唐]佚名

　　泾州之东二十里，有故薛举城。城之隅有善女湫，广袤数里，兼葭丛翠，古木萧疏。其水湛然而碧，莫有测其浅深者。水族灵怪，往往见焉。乡人立祠于旁，曰九娘子神。岁之水旱被禳，皆得祈请焉。又州之西二百余里，朝那镇之北有湫神。因地而名，曰朝那神。其肸蚃^①灵应，则居善女之右矣。

　　乾符五年，节度使周宝在镇日，自仲夏之初，数数有云气，状如奇峰者，如美女者，如鼠、如虎者，由二湫而兴。至于激迅风，震雷电，发屋拔树，数刻而止。伤人害稼，其数甚多。宝责躬励己，谓为政之未敷，致阴灵之所谴也。

　　至六月五日，府中视事之暇，昏然思寐，因解巾就枕。寝犹未熟，见一武士，冠鍪被铠，持钺而立于阶下，曰："有女客在门，欲申参谒，故先听命。"宝曰："尔为谁乎？"曰："某即君之阍者，效役有年矣。"宝将诘其由，已见二青衣，历阶而升，长跪于前曰："九娘子自郊墅特来告谒，故先使下执事致命于明公。"宝曰："九娘子非吾通家亲戚，安敢造次相面乎？"言犹未终，而见祥云细雨，异香袭人。俄有一妇人，年可十七八，衣裙素淡，容质窈窕，凭空而下，立庭庑之间。容仪绰约，有绝世之貌。侍者十余辈，皆服饰鲜洁，有如妃主之仪。顾步徊翔，渐及卧所。宝将少避之，以候其意。侍者趋进而言曰："贵主以君之高义，可申诚信之托，故

━━━━━━━━━━

① 肸蚃：散发，此处指香火鼎盛，音xī xiǎng。

将冤抑之怀，诉诸明公。明公忍不救其急难乎？"

宝遂命升阶相见。宾主之礼，颇甚肃恭。登榻而坐，祥烟四合，紫气充庭，敛态低鬟，若有忧戚之貌。宝命酌醴设馔，厚礼以待之。俄而敛袂离席，逡巡而言曰："妾以寓止郊园，绵历多祀，醉酒饱德，蒙惠诚深。虽以孤枕寒床，甘心没齿。茕嫠有托，负荷逾多。但以显晦殊途，行止乖互。今乃迫于情礼，岂暇缄藏。倘鉴幽情，当敢披露。"宝曰："愿闻其说。所冀识其宗系。苟可展分，安敢以幽显为辞。君子杀身以成仁，徇其毅烈，蹈赴汤火，旁雪不平，乃宝之志也。"

对曰："妾家世会稽之郧县，卜筑于东海之潭。桑榆坟陇，百有余代。其后遭世不造，瞰室贻灾。五百人皆遭庾氏焚炙之祸，纂绍几绝。不忍戴天，潜遁幽岩，沉冤莫雪。至梁天监中，武帝好奇，召人通龙宫，入枯桑岛，以烧燕奇味，结好于洞庭君宝藏主第七女，以求异宝。寻闻家仇庾毗罗，自郧县白水郎弃官解印，欲承命请行，阴怀不道，因使得入龙宫，假以求货，覆吾宗嗣。赖杰公敏鉴，知渠挟私请行，欲肆无辜之害。虑其反贻伊戚，辱君之命，言于武帝，武帝遂止。乃令合浦郡落黎县欧越罗子春代行。

"妾之先宗，羞共戴天，虑其后患，乃率其族，韬光灭迹，易姓变名，避仇于新平真宁县安村。披榛凿穴，筑室于兹。先人弊庐，殆成胡越。今三世卜居，先为灵应君，寻受封应圣侯。后以阴灵普济，功德及民，又封普济王。威德临人，为世所重。妾即王之第九女也。笄年配于象郡石龙之少子。良人以世袭猛烈，血气方刚，宪法不拘，严父不禁，残虐视事，礼教蔑闻。未及期年，果贻天谴，覆宗绝嗣，削迹除名，唯妾一身，仅以获免。

"父母抑遣再行，妾终违命。王侯致聘，接轸交辕。诚愿既坚，遂欲自剄。父母怒其刚烈，遂遣屏居于兹十之别邑。音问不通，于今三纪。虽慈颜未复，温靖久违，离群索居，甚为得志。近年为朝那小龙，以季弟未婚，潜行礼聘。甘言厚币，峻阻复来。灭性毁形，殆将不可。朝那遂通好于家君，欲成其事。遂使其季弟权徙于王畿之西，将货于我王，以成姻好。家君知妾之不可夺，乃令朝那纵兵相逼。妾亦率其家僮五十余人，付以兵仗，逆战郊原。众寡不敌，三战三北。师徒倦弊，犄角无怙。将欲收拾余烬，背城借一，而虑晋阳水急，台城火炎，一旦攻下，为顽童所辱。纵没于泉下，无面石氏之子。故《诗》云：'泛彼柏舟，在彼中河。髧彼两髦，实维我仪。之死矢靡他。母也天只，不谅人只。'此卫世子孀妇自誓之词。又云：'谁谓鼠无牙？何以穿我墉。谁谓女无家？何以速我讼。虽速我讼，亦不女从。'此邵伯听讼，衰乱之俗兴，贞信之教微，强暴之男，不能侵凌贞女也。今则公之教可以精通幽显，贻范古今。贞信之教，故不为姬奭①之下者。幸以君之余力，少假兵锋，挫彼凶狂，存其鳏寡。成贱妾终天之誓，彰明公赴难之心。辄具志诚，幸无见阻。"

宝心虽许之，讶其辨博，欲拒以他事，以观其词。乃曰："边徼事繁，烟尘在望。朝廷以西陲陷虏，芜没者三十余州。将议举戈，复其土壤。晓夕恭命，不敢自安。匪夕伊朝，前茅即举。空多愤悱，未暇承命。"对曰："昔者楚昭王以方城为城，汉水为池，尽有荆蛮之地。借父兄之资，强国外连，三良内助。而吴兵一举，鸟迸云奔，不暇婴城，迫于走兔。宝玉迁徙，宗社凌夷，万乘之灵，不能庇先王之朽骨。至申胥乞师于嬴氏，血泪污于秦庭，七日长号，昼夜靡息。秦伯悯其祸败，竟为出师，复楚退吴，仅存亡国。况芈氏为春秋之强国，申胥乃衰楚之大夫，而以矢尽兵

---

① 姬奭：西周宗室，名奭，又称召公、召伯、召康公、召公奭。奭，音shì。

穷，委身折节，肝脑涂地，感动于强秦。矧妾一女子，父母斥其孤贞，狂童凌其寡弱，缀旒①之急，安得不少动仁人之心乎？"

宝曰："九娘子灵宗异派，呼吸风云，蠢尔黎元，固在掌握。又焉得示弱于世俗之人，而自困如是者哉？"对曰："妾家族望，海内咸知。只如彭蠡、洞庭，皆外祖也。陵水、罗水，皆中表也。内外昆季，百有余人。散居吴越之间，各分地土。咸京八水，半是宗亲。若以遣一介之使，飞咫尺之书，告彭蠡、洞庭，召陵水、罗水，率维扬之轻锐，征八水之鹰扬。然后檄冯夷，说巨灵，鼓子胥之波涛，混阳侯之鬼怪，鞭驱列缺，指挥丰隆，扇疾风，翻暴浪，百道俱进，六师鼓行。一战而成功，则朝那一鳞，立为齑粉；泾城千里，坐变污潴。言下可观，安敢谬矣。顷者，泾阳君与洞庭外祖世为姻戚，后以琴瑟不调，弃掷少妇，遭钱塘之一怒，伤生害稼，怀山襄陵。泾水穷鳞，寻毙外祖之牙齿。今泾上车轮马迹犹在，史传具存，固非谬也。妾又以夫族得罪于天，未蒙上帝昭雪，所以销声避影，而自困如是。君若不悉诚款，终以多事为词，则向者之言，不敢避上帝之责也。"宝遂许诺。卒爵撤馔，再拜而去。

宝及晡方寤，耳闻目览，恍然如在。翼日，遂遣兵士一千五百人，戍于湫庙之侧。

是月七日，鸡初鸣，宝将晨兴，疏牖尚暗。忽于帐前有一人，经行于帷幌之间，有若侍巾栉者。呼之命烛，竟无酬对。遂厉而叱之。乃言曰："幽明有隔，幸不以灯烛见迫也。"宝潜知异，乃屏气息音，徐谓之曰："得非九娘子乎？"对曰："某即九娘子之执事者也。昨日蒙君假以师徒，救其危患。但以幽显事别，不能驱策。苟能存其始约，幸再思之。"俄而

① 缀旒：比喻国势垂危，音zhuì liú。

纱窗渐白，注目视之，悄无所见。

宝良久思之，方达其义。遂呼吏，命按兵籍，选亡没者名，得马军五百人，步卒一千五百人；数内选押衙孟远，充行营都虞候，牒送善女湫神。

是月十一日，抽回戍庙之卒。见于厅事之前，转旋之际，有一甲士仆地，口动目瞬，问无所应，亦不似暴卒者。遂置于廊庑之间，天明方悟。遂使人诘之。对曰："某初见一人，衣青袍，自东而来，相见甚有礼。谓某曰：'贵主蒙相公莫大之恩，拯其焚溺。然亦未尽诚款。假尔明敏，再通幽情。幸无辞，勉也。'某急以他词拒之。遂以袂相牵，憷然颠仆。但觉与青衣者继踵偕行，俄至其庙。促呼连步，至于帷薄之前。见贵主谓某云：'昨蒙相公悯念孤危，俾尔戍于弊邑。往返途路，得无劳止？余蒙相公再借兵师，深惬诚愿。观其士马精强，衣甲铦利。然都虞候孟远才轻位下，甚无机略。今月九日，有游军三千余，来掠我近郊。遂令孟远领新到将士，邀击于平原之上。设伏不密，反为彼军所败，甚思一权谋之将。俾尔速归，达我情素。'言讫。拜辞而出，昏然似醉。余无所知矣。"

宝验其说，与梦相符。意欲质前事，遂差制胜关使郑承符以代孟远。是月三日晚，衙于后球场，沥酒焚香，牒请九娘子神收管。至十六日，制胜关申云："今月十三日夜三更已来，关使暴卒。"宝惊叹息，使人驰视之。至则果卒。唯心背不冷，暑月停尸，亦不败坏。其家甚异之。

忽一夜，阴风惨冽，吹砂走石，发屋拔树，禾苗尽偃，及晓而止。云雾四布，连夕不解。至暮，有迅雷一声，划如天裂。承符忽呻吟数息，其家剖棺视之，良久复苏。是夕，亲邻咸聚，悲喜相仍，信宿如故。

家人诘其由。乃曰："余初见一人，衣紫绶，乘骊驹，从者十余人。至门，下马，命吾相见。揖让周旋，手捧一牒授吾云：'贵主得吹尘之梦，知君负命世之才，欲尊南阳故事，思殄邦仇。使下臣持兹礼币，聊展敬于君子，而冀再康国步。幸不以三顾为劳也。'余不暇他辞，唯称不敢。酬酢之际，已见聘币罗于阶下，鞍马器甲锦彩服玩櫜鞬①之属，咸布列于庭。吾辞不获免，遂再拜受之。即相促登车。所乘马异常骏伟，装饰鲜洁，仆御整肃。倏忽行百余里。有甲马三百骑已来，迎候驱殿，有大将军之行李，余亦颇以为得志。

"指顾间，望见一大城，其雉堞穿崇，沟洫深浚。余惚恍不知所自。俄于郊外备帐乐，设享。宴罢入城，观者如堵。传呼小吏，交错其间。所经之门，不记重数。及至一处，有如公署。左右使余下马易衣，趋见贵主。贵主使人传命，请以宾主之礼见。余自谓既受公文器甲临戎之具，即是臣也。遂坚辞，具戎服入见。贵主使人复命，请去櫜鞬，宾主之间，降杀可也。余遂舍器仗而趋入，见贵主坐于厅上。余拜谒，一如君臣之礼。拜讫，连呼登阶。余乃再拜，升自西阶。见红妆翠眉，蟠龙髻凤而侍立者，数十余辈。弹弦握管，秾花异服而执役者，又数十辈。腰金拖紫，曳组攒簪而趋隅者，又非止一人也。轻裘大带，白玉横腰，而森罗于阶下者，其数甚多。次命女客五六人，各有侍者十数辈，差肩接迹，累累而进。余亦低视长揖，不敢施拜。坐定，有大校数人，皆令预坐。举乐进酒。酒至，贵主敛袂举觞，将欲兴词，叙向来征聘之意。俄闻烽燧四起，叫噪喧呼云：'朝那贼步骑数万人，今日平明攻破堡塞，寻已入界。数道齐进，烟火不绝。请发兵救应。'侍坐者相顾失色。诸女不及叙别，狼狈而散。及诸校降阶拜谢，伫立听命。贵主临轩谓余曰：'吾受相公非常之惠，悯其孤茕，继发师徒，拯其患难。然以车甲不利，权略是思。今不弃弊

_____

① 櫜鞬：意为箭囊。

陋，所以命将军者，正为此危急也。幸不以幽僻为辞，少匡不迨。'遂别赐战马二匹，黄金甲一副，旌旗旄钺珍宝器用，充庭溢目，不可胜计。彩女二人，给以兵符，锡赉甚丰。余拜捧而出，传呼诸将，指挥部伍，内外响应。

"是夜出城。相次探报，皆云：'贼势渐雄。'余素谙其山川地里，形势孤虚。遂引军夜出，去城百余里，分布要害。明悬赏罚，号令三军。设三伏以待之。迟明，排布已毕。贼汰其前功，颇甚轻进，犹谓孟远之统众也。余自引轻骑，登高视之，见烟尘四合，行阵整肃。余先使轻兵搦战，示弱以诱之。接以短兵，且战且行。金革之声，天裂地坼。余引兵诈北，彼亦尽锐前趋。鼓噪一声，伏兵尽起。千里转战，四面夹攻。彼军败绩，死者如麻。再战再奔，朝那狡童，漏刃而去。从亡之卒，不过十余人。余选健马三十骑追之，果生置于麾下。由是血肉染草木，脂膏润原野，腥秽荡空，戈甲山积。

"贼帅以轻车驰送于贵主，贵主登平朔楼受之。举国士民，咸来会集，引于楼前，以礼责问。唯称'死罪'，竟绝他词，遂令押赴都市腰斩。临刑，有一使乘传，来自王所，持急诏令，促赦之。曰：'朝那之罪，吾之罪也。汝可赦之，以轻吾过。'贵主以父母再通音问，喜不自胜，谓诸将曰：'朝那妄动，即父之命也。今使赦之，亦父之命也。昔吾违命，乃贞节也。今若又违，是不祥也。'遂命解缚，使单骑送归。未及朝那，包羞而卒于路。余以克敌之功，大被宠锡。寻备礼拜平难大将军，食朔方一万三千户。别赐第宅、舆马、宝器、衣服、婢仆、园林、邸第、旌旟、铠甲。次及诸将，赏赉有差。

"明日，大宴，预坐者不过五六人。前者六七女皆来侍坐，风姿艳态，愈更动人。竟夕酣饮，甚欢。酒至，贵主捧觞而言曰：'妾之不幸，少处空闺。天赋孤贞，不从严父之命。屏居于此三纪矣。蓬首灰心，未得其死。邻童迫胁，几至颠危。若非相公之殊恩，将军之雄武，则息国不言之妇，又为朝那之囚耳。永言斯惠，终天不忘。'遂以七宝钟酌酒，使人持送郑将军。余因避席再拜而饮。余自是颇动归心，词理恳切，遂许给假一月。宴罢，出。

"明日，辞谢讫，拥其麾下三十余人，返于来路。所经之处，但闻鸡犬，颇甚酸辛。俄顷到家，见家人聚泣，灵帐俨然。麾下一人，令余促入棺缝之中。余欲前，而为左右所肁。俄闻震雷一声，醒然而悟。"

承符自此不事家产，唯以后事付妻孥。果经一月，无疾而终。

其初欲暴卒时，告其所亲曰："余本机钤^①入用，效节戎行。虽奇功蔑闻，而薄效粗立。洎遭衅累，谴谪于兹。平生志气，郁而未申。丈夫终当扇长风，摧巨浪，举太山以压卵，决东海以沃萤。奋其鹰犬之心，为人雪不平之事。吾朝夕当有所受。与子分襟，固不久矣。"

其月十三日，有人自薛举城晨发十余里，天初平晓，忽见前有车尘竞起，旌旗焕赤，甲马数百人。中拥一人，气概洋洋然，逼而视之，郑承符也。此人惊讶移时，因亡于路左。见瞥如风云，抵善女湫，俄顷，悄无所见。

---

① 机钤：机智。

卷
六

隋遗录卷上

[唐]颜师古①

大业十二年，炀帝将幸江都，命越王侑留守东都。宫女半不随驾，争泣留帝。言辽东小国，不足以烦大驾，愿择将征之。攀车留惜，指血染鞅。帝意不回，因戏以帛题二十字赐守宫女云：

> 我梦江南好，征辽亦偶然。
>
> 但存颜色在，离别只今年。

车驾既行，师徒百万前驱。大桥未就，别命云屯将军麻叔谋，浚黄河入汴堤，使胜巨舰。叔谋衔命，甚酷，以铁脚木鹅试彼浅深，鹅止，谓浚河之夫不忠，队伍死水下。至今儿啼，闻人言"麻胡来"，即止。其讹言畏人皆若是。

帝离都旬日，幸宋何妥所进牛车。车前只轮高广，疏钉为刃，后只轮庳（皮秘反）下，以柔榆为之，使滑劲不滞，使牛御焉（车名见《何妥传》）。自都抵汴郡，日进御车女。车轞（许偃反）垂鲛绡网，杂缀片玉鸣铃，行摇玲珑，以混车中笑语，冀左右不闻也。

长安贡御车女袁宝儿，年十五，腰肢纤堕，骇冶多态。帝宠爱之特厚。时洛阳进合蒂迎辇花，云得之嵩山坞中，人不知名。采者异而贡之。会帝驾适至，因以迎辇名之。花外殷紫，内素腻菲芬，粉蕊，心深红，跗

---

① 颜师古：581—645，名籀，字师古。经学家、训诂学家、历史学家，著有《汉书注》《匡谬正俗》等。《隋遗录》原名《南部烟花录》，又名《大业拾遗记》。相传为颜师古所作，另一说认为是宋人作。

争两花。枝干烘翠类通草，无刺，叶圆长薄。其香秾芬馥，或惹襟袖，移日不散，嗅之令人多不睡。帝命宝儿持之，号曰司花女。

时诏虞世南草《征辽指挥德音敕》于帝侧，宝儿注视久之。帝谓世南曰："昔传飞燕可掌上舞，朕常谓儒生饰于文字，岂人能若是乎？及今得宝儿，方昭前事。然多憨态。今注目于卿。卿才人，可便嘲之。"世南应诏为绝句曰：

> 学画鸦黄半未成，垂肩亸袖太憨生。
>
> 缘憨却得君王惜，长把花枝傍辇行。

上大悦。

至汴，上御龙舟，萧妃乘凤舸，锦帆彩缆，穷极侈靡。舟前为舞台，台上垂蔽日帘。帝即蒲择国所进，以负山蚊睫绹莲根丝，贯小珠，间睫编成，虽晓日激射，而光不能透。每舟择妍丽长白女子千人，执雕板镂金楫，号为殿脚女。

一日，帝将登凤舸，凭殿脚女吴绛仙肩。喜其柔丽，不与群辈齿，爱之甚，久不移步。绛仙善画长蛾眉。帝色不自禁，回辇召绛仙，将拜婕好。适值绛仙下嫁为玉工万群妻，故不克谐。帝寝兴罢，擢为龙舟首楫，号曰崆峒夫人。由是殿脚女争效为长蛾眉。司宫吏日给螺子黛五斛，号为蛾绿。螺子黛出波斯国，每颗直十金。后征赋不足，杂以铜黛给之，独绛仙得赐螺黛不绝。

帝每倚帘视绛仙，移时不去，顾内谒者云："古人言：'秀色若可餐。'如绛仙，真可疗饥矣。"因吟《持楫篇》赐之，曰：

> 旧曲歌桃叶，新妆艳落梅。
>
> 将身倚轻楫，知是渡江来。

诏殿脚女千辈唱之。

时越溪进耀光绫，绫纹突起，时有光彩。越人乘槎风舟，泛于石帆山下，收野茧缲之。缲丝女夜梦神人告之曰："禹穴三千年一开。汝所得茧，即江淹文集中壁鱼所化也。丝织为裳，必有奇文。"织成果符所梦，故进之。帝独赐司花女泊绛仙，他姬莫预。萧妃恚妒不怿，由是二姬稍稍不得亲幸。

帝常醉游诸宫，偶戏宫婢罗罗者。罗罗畏萧妃，不敢迎帝，且辞以有程妃之疾[1]，不可荐寝。帝乃嘲之曰：

> 个人无赖是横波，黛染隆颅簇小蛾。
> 幸好留侬伴成梦，不留侬住意如何？

帝自达广陵，宫中多效吴言，因有侬语也。

帝昏湎滋深，往往为妖祟所惑，尝游吴公宅鸡台，恍惚间与陈后主相遇，尚唤帝为殿下。后主戴轻纱皂帻，青绰袖，长裾，绿锦纯缘紫纹方平履。舞女数十许，罗侍左右。中一人迥美，帝屡目之。后主云："殿下不识此人耶？即丽华[2]也。每忆桃叶山前乘战舰与此子北渡。尔时丽华最恨方倚临春阁试东郭𪨗紫毫笔，书小砑红绡作答江令'璧月'句。诗词未终，见韩擒虎跃青骢驹，拥万甲直来冲人，都不存去就，便至今日。"俄以绿文测海蠡，酌红梁新醅劝帝。帝饮之甚欢，因请丽华舞《玉树后庭花》。丽华辞以抛掷岁久，自井中出来，腰肢依拒，无复往时姿态。帝再三索之，乃徐起，终一曲。

后主问帝："萧妃何如此人？"帝曰："春兰秋菊，各一时之秀也。"

---

[1] 程妃之疾：即程姬之疾。《史记·五宗世家》："景帝召程姬，程姬有所避，不愿进，而饰侍者唐儿使夜进。"后因讳称妇女经期为"程妃之疾"。

[2] 丽华：即张丽华，陈后主之妃。

后主复诗十数篇，帝不记之，独爱《小窗》诗及《寄侍儿碧玉》诗。《小窗》云：

> 午睡醒来晚，无人梦自惊。
>
> 夕阳如有意，偏傍小窗明。

《寄碧玉》云：

> 离别肠犹断，相思骨合销。
>
> 愁云若飞散，凭仗一相招。

丽华拜帝，求一章。帝辞以不能。丽华笑曰："尝闻'此处不留侬，会有留侬处'，安可言不能？"帝强为之操觚曰：

> 见面无多事，闻名亦许时。
>
> 坐来生百媚，实个好相知。

丽华捧诗，釐然不怿。后主问帝："龙舟之游乐乎？始谓殿下致治在尧舜之上，今日复此逸游。大抵人生各图快乐，曩时何见罪之深耶？三十六封书，至今使人怏怏不悦。"帝忽悟，叱之云："何今日尚目我为殿下，复以往事讯我邪？"随叱声恍然不见。

隋遗录卷下

[唐]颜师古

帝幸月观，烟景清朗。中夜，独与萧妃起临前轩。帘掩不开，左右方寝。帝凭妃肩，说东宫时事。适有小黄门映蔷薇丛调宫婢，衣带为蔷薇胃结，笑声吃吃不止。帝望见腰支纤弱，意为宝儿有私。帝披单衣亟行擒之，乃宫婢雅娘也。回入寝殿，萧妃诮笑不知止。帝因曰："往年私幸妥娘时，情态正如此。此时虽有性命，不复惜矣。后得月宾，被伊作意态不彻。是时侬怜心，不减今日对萧娘情态。曾效刘孝绰为《杂忆》诗，常念与妃。妃记之否？"萧妃承问，即念云：

> 忆睡时，待来刚不来。
>
> 卸妆仍索伴，解珮更相催。
>
> 博山思结梦，沉水未成灰。

又云：

> 忆起时，投签初报晓。
>
> 被惹香黛残，枕隐金钗袅。
>
> 笑动上林中，除却司晨鸟。

帝听之，咨嗟云："日月遄逝，今来已是几年事矣。"妃因言："闻说外方群盗不少，幸帝图之。"帝曰："侬家事，一切已托杨素了。人生能几何？纵有他变，侬终不失作长城公。汝无言外事也！"

帝尝幸昭明文选楼，车驾未至，先命宫娥数千人升楼迎侍。微风东来，宫娥衣被风绰，直拍肩项。帝睹之，色荒愈炽。因此乃建迷楼，择下俚稚女居之，使衣轻罗单裳，倚槛望之，势若飞举。又爇名香于四隅，烟气霏霏，常若朝雾未散，谓为神仙境不我多也。楼上张四宝帐，帐各异名：一名"散春愁"，二曰"醉忘归"，三曰"夜酣香"，四曰"延秋月"。妆奁寝衣，帐各异制。

帝自达广陵，沉湎失度，每睡，须摇顿四体，或歌吹齐鼓，方就一梦。侍儿韩俊娥尤得帝意，每寝必召，命振耸支节，然后成寝，别赐名为"来梦儿"。萧妃尝密讯俊娥曰："帝常不舒，汝能安之，岂有他媚？"俊娥畏威，进言："妾从帝自都城来，见帝常在何妥车。车行高下不等，女态自摇。帝就摇怡悦。妾今幸承皇后恩德，侍寝帐下，私效车中之态以安帝耳，非他媚也。"他日，萧后诬罪去之，帝不能止。暇日登迷楼，忆之，题东南柱二篇云：

> 黯黯愁侵骨，绵绵病欲成。
>
> 须知潘岳鬓，强半为多情。

又云：

> 不信长相忆，丝从鬓里生。
>
> 闲来倚楼立，相望几含情。

殿脚女自至广陵，悉命备月观行宫，由是绛仙等亦不得亲侍寝殿。有郎将自瓜州宣事回，进合欢水果一器。帝命小黄门以一双驰骑赐绛仙，遇马急摇解。绛仙拜赐私恩，附红笺小简上进曰：

> 驿骑传双果，君王宠念深。
>
> 宁知辞帝里，无复合欢心。

帝省章不悦，顾黄门曰："绛仙如何？何来辞怨之深也？"黄门惧，拜而言曰："适走马摇动，及月观，果已离解，不复连理。"帝意不解，因言曰："绛仙不独貌可观，诗意深切，乃女相如也。亦何谢左贵嫔乎？"

帝于宫中尝小会，为拆字令，取左右离合之意。时杳娘侍侧。帝曰："我取'杳'字为十八日。"杳娘复解"罗（羅）"字为四维。帝顾萧妃曰："尔能拆朕字乎？不能当醉一杯。"妃徐曰："移左画居右，岂非'渊'字乎？"时人望多归唐公，帝闻之不怪，乃言："吾不知此事，岂为非圣人耶？"

于是奸蠹起于内，盗贼生于外，值阁裴虔通，虎贲郎将司马德勤等，引左右屯卫将军宇文化及将谋乱，因请放官奴，分直上下。帝可奏，即宣诏云："门下，寒暑迭用，所以成岁功也。日月代明，所以均劳逸也。故士子有游息之谈，农夫有休劳之节。咨尔髡众，服役甚勤，执劳无怠。埃壒溢于爪发，虮虱结于兜鍪。朕甚悯之，俾尔休番从便。噫嘻！无烦方朔滑稽之请，而从卫士递上之文。朕于侍从之间，可谓恩矣。可依前件事！"是有焚草之变[1]。

右《大业拾遗记》者，上元县南朝故都，梁建瓦棺寺阁。阁南隅有双阁，闭之，忘记岁月。会昌中，诏拆浮图，因开之。得荀笔千余头，中藏书一帙，虽皆随手靡溃，而文字可纪者，乃《隋书》遗稿也。中有生白藤纸数幅，题为《南部烟花录》，僧志彻得之。及焚释氏群经，僧人惜其香轴，争取纸尾拆去。视轴，皆有鲁郡文忠颜公名，题云手写。是录即前之荀笔，可不举而知也。志彻得录前事，及取《隋书》校之，多隐文，特有符会，而事颇简脱。岂不以国初将相，争以王道辅政，颜公不欲华靡前迹，因而削乎？今尧风已还，德车斯驾。独惜斯文湮没，不得为辞人才子谈柄，故编云《大业拾遗记》。本文缺落，凡十七八，悉从而补之矣。

---

[1] 焚草之变：据《隋书·宇文化及传》载，宇文化及发动兵变时，同伙司马德戡曾集兵城内举火与城外响应，隋炀帝闻声问是何事，裴虔通伪称："草坊被烧，外人救火，故喧嚣耳。"炀帝信以为真，未加提防，遂被杀。史称此次兵变为"焚草之变"。

隋炀帝海山记上

[唐]佚名

　　余家世好蓄古书器，惟炀帝事详备，皆他书不载之文。乃编以成记，传诸好事者，使闻其所未闻故也。

　　炀帝生于仁寿二年①，有红光竟天，宫中甚惊，是时牛马皆鸣。帝母先是梦龙出身中，飞高十余里，龙坠地，尾辄断。以其事奏于帝，帝沉吟默塞不答。

　　帝名勇②，三岁，戏于文帝前。文帝抱之临轩爱玩，亲之甚久，曰："是儿极贵，恐破吾家。"文帝自兹虽爱而不意于勇。帝十岁，好观书，古今书传，至于药方天文地理伎艺术数，无不通晓。然而性偏忍，阴默疑忌，好用钩赜人情深浅焉。

　　时杨素有战功，方贵用，帝倾意结之。文帝得疾，内外莫有知者。时后亦不安，旬余日不通两宫安否。帝坐便室，召素谋曰："君国之元老。能了吾家事者君也。"乃私执素手曰："使我得志，我亦终身报公。"素曰："待之。当自有谋。"

　　素入问疾，文帝见素，起坐，谓素曰："吾常亲锋刃，冒矢石，出入死生，与子同之，方享今日之贵。吾自惟不免此疾，不能临天下。倘吾不讳，汝立吾儿勇③为帝。汝背吾言，吾去世亦杀汝。此事吾不语人，汝立吾

---

① 此处有误。仁寿二年为603年，北周天和四年（569年），隋炀帝杨广生于大兴（今陕西西安）。

② 此处有误，隋炀帝名广，其兄前废太子名勇。

③ 此处指前废太子杨勇。

族中人，吾之死目不合。"帝因愤懑，乃大呼左右曰："召吾儿勇来！"力气哽塞，回面向内不言。

素乃出语帝曰："事未可，更待之。"有顷，左右出报素曰："帝呼不应，喉中呦呦有不足。"帝拜素："愿以终身累公。"素急入，帝已崩已，乃不发。明日，素袖遗诏立帝。时百官犹未知，素执圭谓百官曰："文帝遗诏立帝。有不从者，戮于此！"左右扶帝上殿，帝足弱，欲倒者数四，不能上。素下，去左右，以手扶接帝。帝执之，乃上。百官莫不嗟叹。素归，谓家人辈曰："小儿子吾已提起，教作大家。即不知了当得否？"

素恃有功，见帝多呼为郎君。侍宴内殿，宫人偶覆酒污素衣，素怒，叱左右引下殿，加挞焉。帝颇恶之，隐忍不发。一日，帝与素钓鱼于池，与素并坐，左右张伞以遮日色。帝起如厕，回见素坐赫伞下，风骨秀异，堂堂然。帝大疑忌。帝多欲，有所不谐，为素请而抑之，由是愈有害素意。会素死，帝曰："使素不死，夷其九族。"

先，素欲入朝，出，见文帝执金钺，逐之曰："此贼！吾不欲立勇，汝竟不从吾言。今必杀汝！"素惊呼入室，召子弟二人而语之曰："吾必死，以见文帝出语也。"不移时，素死。

帝自素死，益无惮，乃辟地，周二百里，为西苑，役民力常百万数。苑内为十六院，聚土石为山，凿池为五湖四海。诏天下境内所有鸟兽草木，驿至京师。

铜台进梨十六种：黄色梨、紫色梨、玉乳梨、脸色梨、甘棠梨、轻消梨、蜜味梨、堕水梨、圆梨、木唐梨、坐国梨、天下梨、水全梨、玉沙梨、沙味梨、火色梨。陈留进十色桃：金色桃、油光桃、银桃、乌蜜桃、饼桃、粉红桃、胭脂桃、迎冬桃、昆仑桃、脱核锦纹桃。青州进十色枣：三心枣、紫纹枣、圆爱枣、三寸枣、金槌枣、牙美枣、凤眼枣、酸味枣、蜜波枣、（缺）。南留进五色樱桃：粉樱桃、蜡樱桃、紫樱桃、朱樱桃、大小木樱桃。蔡州进三种栗：巨栗、紫栗、小栗。酸枣进十色李：玉李、横枝李、蜜甘李、牛心李、绿纹李、半斤李、红垂李、麦熟李、紫色李、不知熟李。扬州进：杨梅、枇杷。江南进：银杏、榧子。湖南进三色梅：红纹梅、弄黄梅、二圆成梅。闽中进五色荔枝：绿荔枝、紫纹荔枝、赭色荔枝、丁香荔枝、浅黄荔枝。广南进八般木：龙眼木、梭木、榕木、橘木、胭脂木、桂木、栊木、柑木。易州进二十四相牡丹：赭红、赭木、鞓红、坏红、浅红、飞来红、袁家红、起州红、醉妃红、起台红、云红、天外黄、一拂黄、软条黄、冠子黄、延安黄、先春红、颤风娇、（缺）。

天下共进花卉草木、鸟兽鱼虫，莫知其数，此不具载。诏起西苑十六院：景明一、迎晖二、栖鸾三、晨光四、明霞五、翠华六、文安七、积珍八、影纹九、仪风十、仁智十一、清修十二、宝林十三、和明十四、绮阴十五、绛阳十六。皆帝自制名。院有二十人，皆择宫中嫔丽谨厚有容色美人实之。每一院，选帝常幸御者为之首。每院有宦者，主出入市易。

又凿五湖，每湖方四十里：南曰迎阳湖，东曰翠光湖，西曰金明湖，北曰洁水湖，中曰广明湖。湖中积土石为山，构亭殿，曲屈盘旋广袤数千间，皆穷极人间华丽。又凿北海，周环四十里。中有三山，效蓬莱、方丈、瀛洲，上皆台榭回廊。水深数丈，开沟通五湖四海。沟尽通行龙凤舸。帝常泛东湖。帝因制《湖上曲·望江南》八阕：

湖上月，偏照列仙家。水浸寒光铺象簟，浪摇晴影走金蛇。偏称泛灵槎。
光景好，轻彩望中斜。清露冷侵银兔影，西风吹落桂枝花。开宴思无涯。

湖上柳，烟里不胜垂。宿露洗开明媚眼，东风摇弄好腰肢。烟雨更相宜。
环曲岸，阴覆画桥低。线拂行人春晚后，絮飞晴雪暖风时。幽意更依依。

湖上雪，风急堕还多。轻片有时敲竹户，素华无韵入澄波。烟水玉相磨。
湖水远，天地色相和。仰面莫思梁苑赋，朝尊且听玉人歌。不醉拟如何？

湖上草，碧翠浪通津。修带不为歌舞绶，浓铺堪作醉人茵。无意衬香衾。
晴霁后，颜色一般新。游子不归生满地，佳人远意寄青春。留咏卒难伸。

湖上花，天水浸灵葩。浸蓓水边匀玉粉，浓苞天外剪明霞。只在列仙家。
开烂熳，插鬟若相遮。水殿春寒微冷艳，玉轩清照暖添华。清赏思何赊。

湖上女，精选正宜身。轻恨昨离金殿侣，相将今是采莲人。清唱满频频。
轩内好，嬉戏下龙津。玉琯朱弦闻昼夜，踏青斗草事青春。玉辇是群真。

湖上酒，终日助清欢。檀板轻声银线暖，醅浮春米玉蛆寒。醉眼暗相看。
春殿晓，仙艳奉杯盘。湖上风烟光可爱，醉乡天地就中宽。帝主正清安。

湖上水，流绕禁园中。斜日暖摇清翠动，落花香缓众纹红。蘋末起清风。
闲纵目，鱼跃小莲东。泛泛轻摇兰棹稳，沉沉寒影上仙宫。远意更重重。

　　帝常游湖上，多令宫中美人歌此曲。

166

隋炀帝海山记下

[唐]佚名

　　大业六年，后苑草木鸟兽繁息茂盛。桃蹊李径，翠荫交合，金猿青鹿，动辄成群。自大内开为御道，通西苑，夹道植长松高柳。帝多幸苑中，无时，宿御多夹道而宿，帝往往中夜即幸焉。

　　一夕，帝泛舟游北海，惟宫人数十辈。帝升海山殿，是时月初朦胧，晚风轻软，浮浪无声，万籁俱息。俄水上有一小舟，只容两人。帝谓十六院中美人。泊至，有一人先登赞道，唱："陈后主谒帝。"帝意恍惚，亦忘其死。帝幼年与后主甚善，乃起迎之。后主再拜，帝亦鞠躬劳谢。既坐，后主曰："忆昔与帝同队戏，情爱甚于同气。今陛下富有四海，令人钦服。始者谓帝将致理于三王①之上，今乃甚取当时乐以快平生，亦甚美事。闻陛下已开隋渠，引洪河之水，东游维扬，因作诗来奏。"乃探怀出诗，上帝。诗曰：

> 隋室开兹水，初心谋太奢。
>
> 一千里力役，百万民吁嗟。
>
> 水殿不复反，龙舟兴已遐。
>
> 鹢流催白浪，触浪喷黄沙。
>
> 两人迎客溯，三月柳飞花。
>
> 日脚沉云外，榆梢噪暝鸦。
>
> 如今投子欲，异日便无家。
>
> 且乐人间景，休寻汉上槎。

---

① 三王：指尧、舜、禹。

东喧舟叙岸，风细锦帆斜。

莫言无后利，千古壮京华。

帝观书，拂然愠曰："死生，命也。兴亡，数也。尔安知吾开河为后人之利？"帝怒叱之。后主曰："子之壮气，能得几日？其终始更不若吾。"帝乃起而逐之。后主走，曰："且去！且去！后一年，吴公台下相见。"乃投于水际。帝方悟其死。帝兀坐不自知，惊悸移时。

一日，明霞院美人杨夫人喜报帝曰："酸枣邑所进玉李，一夕忽长，阴横数亩。"帝沉默甚久，曰："何故而忽茂？"夫人云："是夕，院中闻空中若有千百人，语言切切，云：'李木当茂。'洎晓看之，已茂盛如此。"帝欲伐去。左右或奏曰："木德来助之应也。"又一夕，晨光院周夫人来奏云："杨梅一夕忽尔繁盛。"帝喜，问曰："杨梅之茂，能如玉李乎？"或曰："杨梅虽茂，终不敌玉李之盛。"帝自于两院观之，亦自见玉李至繁茂。后梅李同时结实，院妃来献。帝问二果孰胜，院妃曰："杨梅虽好，味清酸，终不若玉李之甘。苑中人多好玉李。"帝叹曰："恶杨好李，岂人情哉，天意乎！"后帝将崩扬州，一日，院妃报杨梅已枯死。帝果崩于扬州。异乎！

一日，洛水渔者获生鲤一尾，金鳞赤尾，鲜明可爱。帝问渔者之姓。姓解，未有名。帝以朱笔于鱼额书"解生"字以记之，乃放之北海中。后帝幸北海，其鲤已长丈余，浮水见帝，其鱼不没。帝时与萧院妃同看，鱼之额朱字犹存，惟"解"字无半，尚隐隐"角"字存焉。萧后曰："鲤有角，乃龙也。"帝曰："朕为人主，岂不知此意？"遂引弓射之。鱼乃沉。

大业四年，道州贡矮民王义，眉目浓秀，应对甚敏。帝尤爱之。常从帝游，终不得入宫。帝曰："尔非宫中物。"义乃自宫。帝由是愈加怜爱，得出入。帝卧内寝，义多卧榻下；帝游湖海回，义多宿十六院。

一夕，帝中夜潜入栖鸾院。时夏气暄烦，院妃牛庆儿卧于帘下。初月照轩，颇明朗。庆儿睡中惊魇，若不救者。帝使义呼庆儿，帝自扶起，久方清醒。帝曰："汝梦中何苦如此？"庆儿曰："妾梦中如常时。帝握妾臂，游十六院。至第十院，帝入坐殿上。俄而火发，妾乃奔走。回视帝坐烈焰中，妾惊呼人救帝。久方睡觉。"帝性自强，解曰："梦死得生。火有威烈之势，吾居其中，得威者也。"大业十年，隋乃亡。入第十院，帝居火中，此其应也。

龙舟为杨玄感所烧。后敕扬州刺史再造，制度又华丽，仍长广于前舟。舟初来进，帝东幸维扬，后宫十六院皆随行。西苑令马守忠别帝曰："愿陛下早还都辇，臣整顿西苑以待乘舆之来。西苑风景台殿如此，陛下岂不思恋，舍之而远游也？"又泣下。帝亦怆然，谓守忠曰："为吾好看西苑，无令后人笑吾不解装景趣也！"左右亦疑讶。帝御龙舟，中道，夜半，闻歌者甚悲。其歌曰：

> 我兄征辽东，饿死青山下。
>
> 今我挽龙舟，又困隋堤道。
>
> 方今天下饥，路粮无些少。
>
> 前去三十程，此身安可保。
>
> 寒骨惋荒沙，幽魂泣烟草。
>
> 悲损闺内妻，望断吾家老。
>
> 安得义男儿，悯此无主尸。
>
> 引其孤魂回，负其白骨归。

帝闻其歌，遂遣人求其歌者，至晓不得其人。帝颇徊徨，通夕不寝。扬州朝百官，天下朝贡使无一人至。有来者在路，乃兵夺其贡物。帝犹与群臣议，诏十三道起兵，诛不朝贡者。帝知世祚[①]已去，意欲遂幸永嘉，群臣皆不愿从。

---

① 世祚：国运。

帝未遇害前数日，帝亦微识玄象，多夜起观天。乃召太史令袁充，问曰："天象如何？"充伏地泣涕曰："星文太恶，贼星逼帝坐甚急。恐祸起旦夕，愿陛下遽修德灭之。"帝不乐，乃起，入便殿挽膝俯首不语。乃顾王义曰："汝知天下将乱乎？汝何故省言而不告我也？"义泣对曰："臣远方废民，得蒙上恩，自入深宫，久膺圣泽。又常自宫，以近陛下。天下大乱，固非今日，履霜坚冰，其来久矣。臣料大祸，事在不救。"帝曰："子何不早教我也？"义曰："臣不早言。言，即臣死久矣。"帝乃泣下，曰："卿为我陈成败之理。朕贵知也。"

翌日，义上书云："臣本出南楚卑薄之地，逢圣明为治之时。不爱此身，愿从入贡。臣本侏儒，性尤蒙滞。出入金马，积有岁华，浓被圣私，皆逾素望，侍从乘舆，周旋台阁。臣虽至鄙，酷好穷经，颇知善恶之本源，少识兴亡之所自。还往民间，颇知利害。深蒙顾问，方敢敷陈。

"自陛下嗣守元符，体临大器，圣神独断，谏诤莫从，独发睿谋，不容人献。大兴西苑，两至辽东，龙舟逾于万艘，宫阙遍于天下，兵甲常役百万，士民穷乎山谷。征辽者百不存十，没葬者十未有一。帑藏①全虚，谷粟踊贵。乘舆竟往，行幸无时，兵士时从，常逾万人。遂令四方失望，天下为墟。方今百姓之赋，存者可计。子弟死于兵役，老弱困于蓬蒿，兵尸如岳，饿殍盈郊，狗彘厌人之肉，乌鸢食人之余。闻臭千里，骨积高山，膏血野草，狐鼠尽肥，阴风无人之墟，鬼哭寒草之下。目断平野，千里无烟。残民削落，莫保朝昏，父遗幼子，妻号故夫。孤苦何多，饥荒尤甚。乱耀方始，生死孰知。人主爱人，一何如此？

"陛下情性毅然，孰敢上谏。或有鲠言，又令赐死，臣下相顾，钤结

---

① 帑藏：国库。帑，音tǎng。

自全。龙逢①复生，安敢议奏？上位近臣，阿谀顺旨，迎合帝意，造作拒谏。皆出此途，乃逢富贵。陛下过恶，从何得闻？

"方今又败辽师，再幸东土，社稷危于春雪，干戈遍于四方，生民方入涂炭，官吏犹未敢言。陛下自惟，若何为计？陛下欲幸永嘉，坐延岁月。神武威严，一何消烁？陛下欲兴师则兵吏不顺，欲行幸则侍卫莫从。帝当此时，如何自处？陛下虽欲发愤修德，特加爱民。圣慈虽切救时，天下不可复得。大势已去，时不再来。巨厦将颠，一木不能支；洪河已决，掬壤不能救。

"臣本远人，不知忌讳。事忽至此，安敢不言？臣今不死，后必死兵，敢献此书，延颈待尽。"

帝省义奏，曰："自古安有不亡之国，不死之主乎？"义曰："陛下尚犹蔽饰己过。陛下平日，常言：'吾当跨三皇，超五帝，下视商周，使万世不可及。'今日其势如何？能自复回都辇乎？"帝乃泣下，再三加叹。义曰："臣昔不言，诚爱生也；今既具奏，愿以死谢也。天下方乱，陛下自爱。"少选，报云："义已自刎矣。"帝不胜悲伤，特命厚葬焉。

不数日，帝遇害。时中夜，闻外切切有声。帝急起，衣冠御内殿。坐未久，左右伏兵俱起，司马戜携刃向帝。帝叱之曰："吾终年重禄养汝。吾无负汝，汝何负我！"帝常所幸朱贵儿在帝旁，谓戜曰："三日前，帝虑侍卫薄衣小寒，有诏：宫人悉絮袍裤。帝自临视之。数千袍两日毕工。前日赐公。第岂不知也？尔等何敢逼胁乘舆？"乃大骂戜。戜曰："臣实负陛下，但目今二京已为贼据，陛下归亦无路，臣死亦无门。臣已萌逆节，虽欲复已，不可得也。愿得陛下首以谢天下。"乃携剑上殿。帝复叱曰："汝岂不知诸侯之血入地尚大旱，况人主乎？"戜进帛。帝入内阁自绝。贵儿犹大骂不息，为乱兵所杀耳。

① 龙逢：即关龙逢，夏朝宰相，后因进谏被杀。

迷楼记

[唐]佚名

炀帝晚年，尤沉迷女色。他日，顾谓近侍曰："人主享天地之富，亦欲极当年之乐，自快其意。今天下安富无外事，此吾得以遂其乐也。今宫殿虽壮丽显敞，苦无曲房小室，幽轩短槛。若得此，则吾期老于其中也。"近侍高昌奏曰："臣有友项升，浙人也，自言能构宫室。"翌日，召而问之。升曰："臣先乞奏图。"后数日，进图。帝披览，大悦，即日诏有司，供其材木。凡役夫数万，经岁而成。楼阁高下，轩窗掩映。幽房曲室，玉栏朱楯，互相连属，回环四合，曲屋自通。千门万户，上下金碧。金虬伏于栋下，玉兽蹲乎户旁，壁砌生光，琐窗射日。工巧云极，自古无有也。费用金玉，帑库为之一虚。人误入者，虽终日不能出。帝幸之，大喜，顾左右曰："使真仙游其中，亦当自迷也。可目之曰迷楼。"诏以五品官赐升，仍给内库帛千匹赏之。诏选后宫良家女数千，以居楼中。每一幸，有经月不出。

是月，大夫何稠进御童女车。车之制度绝小，只容一人，有机处于其中，以机碍女子手足，纤毫不能动。帝以处女试之，极喜。召何稠语之曰："卿之巧思，一何神妙如此？"以千金赠之，旌其巧也。何稠出，为人言车之机巧。有识者曰："此非盛德之器也。"稠又进转关车，用挽之，可以升楼阁如行平地。车中御女则自摇动，帝尤喜悦。帝语稠曰："此车何名也？"稠曰："臣任意造成，未有名也。愿帝赐佳名。"帝曰："卿任其巧意以成车，朕得之，任其意以自乐，可名任意车也。"何稠再拜而去。

帝令画工绘士女会合之图数十幅，悬于阁中。上官时自江外得替回。

铸乌铜扉八面，其高五尺而阔三尺，磨以成鉴，为屏，可环于寝所，诣阙投进。帝以屏内迷楼，而御女于其中，纤毫皆入于鉴中。帝大喜曰："绘画得其象耳，此得人之真容也，胜绘画万倍矣。"又以千金赐上官时。

帝日夕沉荒于迷楼，罄竭其力，亦多倦怠。顾谓近侍曰："朕忆初登极日，多辛苦无睡，得妇人枕而藉之，方能合目。才似梦，则又觉。今睡则冥冥不知返，近女色则愈，何也？"

他日，矮民王义上奏曰："臣田野废民，作事皆不胜人。生于恩薄绝远之域，幸因入贡，得备后宫扫除之役。陛下特加爱遇，臣尝一自宫以侍陛下。自兹出入卧内，周旋宫室，方今亲信，无如臣者。臣由是窃览殿中简编，反复玩味，微有所得。臣闻精气为人之聪明。陛下当龙潜日，先帝勤俭，陛下鲜亲声色，日近善人。陛下精实于内，神清于外，故日夕无寝。陛下自数年声色无数，盈满后宫，陛下日夕游宴于其中。非元日大辰，陛下何尝御前殿？其余多不受朝。设或引见远人，非时庆贺，亦日宴坐朝，曾未移刻，则圣躬起入后宫。夫以有限之体而投无尽之欲，臣固知其愈也。

"臣闻古者有野叟独歌舞于盘石之上，人询之曰：'子何独乐之多也？'叟曰：'吾有三乐，子知之乎？''何也？'叟曰：'人生难遇太平世。吾今不见兵革，此一乐也。人生难得支体全完。吾今不残疾，此二乐也。人生难得老寿。吾今年八十矣，此三乐也。'其人叹赏而去。陛下享天下之富贵，圣貌轩逸，章龙姿凤，而不自爱重，其思虑固出于野叟之外。臣蕞尔微躯，难图报效，罔知忌讳，上逆天颜。"

因俯伏泣涕。帝乃命引起。翌日，召义语之曰："朕昨夜思汝言，极有深理。汝真爱我者也。"乃命义后宫择一静室，而帝居其中，宫女皆不得入。居二日，帝忿然而出曰："安能悒悒居此乎？若此，虽寿千万岁，将安用也！"乃复入迷楼。

宫女无数，后宫不得进御者亦极众。后宫女侯夫人有美色，一日，自经于栋下。臂悬锦囊，中有文。左右取以进帝，乃诗也。

《自感》三首云：

> 庭绝玉辇迹，芳草渐成科。
> 隐隐闻箫鼓，君恩何处多？
>
> 欲泣不成泪，悲来翻强歌。
> 庭花方烂熳，无计奈春何。
>
> 春阴正无际，独步意如何？
> 不及闲花柳，翻承雨露多。

《看梅》二首云：

> 砌雪无消日，卷帘时自颦。
> 庭梅对我有怜意，先露枝头一点春。
>
> 香清寒艳好，谁识是天真。
> 玉梅谢后阳和至，散与群芳自在春。

《妆成》云：

> 妆成多自惜，梦好却成悲。
> 不及杨花意，春来到处飞。

《遣意》云：

秘洞扃仙卉，雕窗锁玉人。

毛君真可戮，不肯写昭君。

《自伤》云：

初入承明日，深深报未央。

长门七八载，无复见君王。

春寒人骨清，独卧愁空房。

飒履步庭下，幽怀空感伤。

平日新爱惜，自待聊非常。

色美反成弃，命薄何可量？

君恩实疏远，妾意徒彷徨。

家岂无骨肉，偏亲老北堂。

此身无羽翼，何计出高墙？

性命诚所重，弃割良可伤。

悬帛朱栋上，肝肠如沸汤。

引颈又自惜，有若丝牵肠。

毅然就死地，从此归冥乡！

帝见其诗，反复伤感。帝往视其尸，曰："此已死，颜色犹美如桃李。"乃急召中使许廷辅曰："朕向遣汝入后宫择女入迷楼，何故独弃此人也？"乃令廷辅就狱，赐自尽，厚礼葬侯夫人。帝日诵诗，酷好其文，乃令乐府歌之。帝又于后宫亲择女百人入迷楼。

大业八年，方士□^①千进大丹，帝服之，荡思愈不可制，日夕御女数十人。入夏，帝烦躁，日引饮数百杯，而渴不止。医丞莫君锡上奏曰："帝心脉烦盛，真元太虚，多引饮，即大疾生焉。"因进剂治之。仍乞置冰盘于前，俾帝日夕朝望之，亦治烦躁之一术也。自兹诸院美人各市冰以为盘，望行幸。京师冰为之踊贵，藏冰之家，皆获千金。

大业九年，帝将再幸江都。有迷楼宫人静夜抗歌云：

> 河南杨柳谢，河北李花荣。
>
> 杨花飞去去何处？李花结果自然成。

帝闻其歌，披衣起听，召宫女问之云："孰使汝歌也？汝自歌之耶？"宫女曰："臣有弟，民间得此歌，曰：'道途儿童多唱此歌。'"帝默然久之，曰："天启之也，人启之也！"帝因索酒，自歌云：

> 宫木阴浓燕子飞，兴衰自古漫成悲。
>
> 他日迷楼更好景，宫中吐艳变红辉。

歌竟，不胜其悲。近侍奏："无故而悲，又歌，臣皆不晓。"帝曰："休问。他日自知也。"后帝幸江都。唐帝提兵号令入京，见迷楼，大惊曰："此皆民膏血所为也！"乃命焚之。经月火不灭，前谣、前诗皆见矣。方知世代兴亡，非偶然也。

---

① 原文缺。"□"为虚缺号，表示缺漏，1个方框代表1个文字。后文用法同。

176

开河记

[唐]佚名

睢阳有王气出，占天耿纯臣奏后五百年当有天子兴。炀帝已昏淫，不以为信。

时游木兰庭，命袁宝儿歌《柳枝词》。因观殿壁上有《广陵图》，帝瞪目视之，移时不能举步。时萧后在侧，谓帝曰："知他是甚图画，何消皇帝如此挂意？"帝曰："朕不爱此画，只为思旧游之处。"于是帝以左手凭后肩，右手指图上山水及人烟村落寺宇，历历皆如目前。谓后曰："朕为陈王时，守镇广陵，且夕游赏。当此之时，以云烟为美景，视荣贵若深冤。岂期久有临轩，万机在务，使不得豁于怀抱也？"言讫，圣容惨然。后曰："帝意欲在广陵，何如一幸？"帝闻，心中豁然。

翌日与大臣议，欲泛巨舟自洛入河，自河达海入淮，方至广陵。群臣皆言似此程途，不啻万里，又孟津水紧，沧海波深，若泛巨舟，事有不测。时有谏议大夫萧怀静（乃萧后弟）奏曰："臣闻秦始皇时，金陵有王气，始皇使人凿断砥柱，王气遂绝。今睢阳有王气，又陛下意在东南，欲泛孟津，又虑危险。况大梁西北有故河道，乃是秦将王离畎水灌大梁之处。欲乞陛下广集兵夫，于大梁起首开掘，西自河阴，引孟津水入，东至淮口，放孟津水出。此间地不过千里，况于睢阳境内过，一则路达广陵，二则凿穿王气。"帝闻奏大喜，群臣皆默。

帝乃出敕：朝堂如有谏朕不开河者，斩之。诏以征北大总管麻叔谋为开河都护，以荡寇将军李渊为副使。渊称疾不赴，即以左屯卫将军令狐辛达代李渊为开渠副使都督。自大梁起首，于乐台之北建修渠新所署，命之为卞渠（古只有此"卞"字，开封城乃卞邑），因名其府署为卞渠上源传舍也（传舍，驿名。因卞渠此处起首，故号卞渠上源也）。诏发天下丁夫，男年十五已上者至，如有隐匿者斩三族。帝以河水经于卞，乃赐"卞"字加"水"。丁夫计三百六十万人。乃更五家出一人，或老，或少，或妇人等供馈饮食。又令少年骁卒五万人，各执杖为督工夫，如节级队长之类，共五百四十三万余人。叔谋乃令三分中取一分人，自上源而西至河阴，通连古河道（乃王离浸城处），迤逦趋愁思台而至北去。又令二分丁夫，自上源驿而东去。

其年乃隋大业五年，八月上旬建功。畚锸①既集，东西横布数千里。才开断未及丈余，得古堂室，可数间，莹然肃净。漆灯晶煌，照耀如昼。四壁皆有彩画花竹龙鬼之像，中有棺枢，如豪家之葬。其促工吏闻于叔谋。命启棺，一人容貌如生，肌肤洁白如玉而肥。其发自头而出，覆其面，过腹胸下裹其足，倒生而上，及其背下而方止。搜得一石铭，上有字如仓颉鸟迹之篆。乃召夫中有识者免其役。有一下邳民，读曰：

> 我是大金仙，死来一千年。
>
> 数满一千年，背下有流泉。
>
> 得逢麻叔谋，葬我在高原。
>
> 发长至泥丸。更候一千年，方登兜率天。

叔谋乃自备棺椁，葬于城西隅之地（今大佛寺是也）。

次开掘陈留。帝遣使持御署玉祝，并白璧一双，具少牢之奠，祭于留

---

① 畚锸：亦作畚臿、畚插。畚，盛土器；锸，起土器。泛指挖运泥土的用具，亦借指土建之事。畚锸，音běn chā。

侯庙以假道。祭讫，忽有大风，出于殿内窗牖间，吹铄人面。使者退。自陈留果开掘东去，往来负担拖锹者，风驰电激。远近之人，蹂践如蜂屯蚁聚。数日，达雍邱。

时有一夫，乃中牟人，偶患伛偻之疾，不能前进，堕于队后，伶仃而行。是夜月色澄静，闻呵殿声甚严。夫鞠躬俟道左，良久，见清道继至，仪卫莫述。一贵人戴侯冠，衣王者衣，乘白马。命左右呼夫至前，谓曰："与吾言你十二郎，还白璧一双。尔当宾于天（炀帝有天下十二年）。"言毕，取璧以授。夫跪受讫，欲再拜，贵人跃马西去。届雍邱，以献于麻都护，熟视，乃帝献留侯物也。诘其夫，夫具道。叔谋性贪，乃匿璧。又不晓其言，虑夫泄于外，乃斩以灭口。

然后于雍邱起工。至大林，林中有小祠庙。叔谋访问村叟。曰："古老相传，呼为隐士墓，其神甚灵。"叔谋不以为信，将茔域发掘。数尺，忽凿一窍，嵌空，群夫下窥，有灯火荧荧。无人敢入者，乃指使将官武平郎将狄去邪者，请入探之。叔谋喜曰："真荆聂之辈也！"命系去邪腰，下钓，约数十丈，方及地。去邪解其索，行约百步，入一石室。东、北各有四石柱，铁索二条系一兽，大如牛。熟视之，一巨鼠也。须臾，石室之西有一石门洞开。一童子出，曰："子非狄去邪乎？"曰："然也。"童子曰："皇甫君坐来已久。"乃引入。见一人朱衣，顶云冠，居高堂之上。去邪再拜。其人不言，亦不答拜。绿衣吏引去邪立于堂之西阶下。良久，堂上人呼力士牵取阿麼（阿麼，炀帝小字）。武夫数人，形貌丑异魁奇，控所见大鼠至。去邪本乃廷臣，知帝小字，莫究其事，但屏气而立。堂上人责鼠曰："吾遣尔暂脱毛皮，为国中主。何虐民害物，不遵天道？"鼠但点头摇尾而已。堂上人益怒，令武士以大棒挝其脑。一击，捽然有声如墙崩，其鼠大叫若雷吼。方欲举杖再击，俄一童子捧天符而下。堂上惊跃，

179

降阶俯伏听命。童子乃宣言曰："阿麽数本一纪，今已七年。更候五年，当以练巾系颈死。"童子去，堂上人复令系鼠于旧室中。堂上人谓去邪曰："与吾语麻叔谋：'谢你不伐吾域，来岁奉尔二金刀，勿谓轻酬也。'"言讫，绿衣吏引去邪于他门出。

约行十数里，入一林，蹑石攀藤而行。回顾，已失使者。又行三里余，见草舍，一老父坐土榻上。去邪访其处。老父曰："此乃嵩阳少室山下也。"老父问去邪所至之处。去邪一一具言。老父遂细解去邪。去邪知炀帝不永之事。且曰："子能免官，即脱身于虎口也。"去邪东行，回视茅屋，已失所在。时麻都护已至宁阳县。去邪见叔谋，具言其事。元来去邪入墓后，其墓自崩。将谓去邪已死，今日却来。叔谋不信，将谓狂人。去邪乃托狂疾，隐终南山。时炀帝以患脑痛，月余不视朝。访其因，皆言帝梦中为人挝其脑，遂发痛数日。乃是去邪见鼠之日也。

叔谋既至宁陵县，患风痒，起坐不得。帝令太医令巢元方往治之。曰："风入腠理，病在胸臆。须用嫩羊肥者蒸熟，糁药食之，则瘥①。"叔谋取半年羊羔，杀而取腔，以和药，药未尽而病已瘥。自后每令杀羊羔，日数枚。同杏酪五味蒸之，置其腔盘中，自以手擒擘而食之，谓曰含酥脔。乡村献羊羔者日数千人，皆厚酬其直。

宁陵下马村民陶郎儿，家中巨富，兄弟皆凶狠。以祖父茔域傍河道二丈余，虑其发掘。乃盗他人孩儿年三四岁者，杀之，去头足，蒸熟，献叔谋。咀嚼香美，迥异于羊羔，爱慕不已。召诘郎儿，郎儿乘醉泄其事。及醒，叔谋乃以金十两与郎儿，又令役夫置一河曲以护其茔域。郎儿兄弟自后每盗以献，所获甚厚。

---

① 瘥：病愈，音chài。

贫民有知者，竞窃人家子以献，求赐。襄邑、宁陵、睢阳所失孩儿数百，冤痛哀声，且夕不辍。虎贲郎将段达为中门使，掌四方表奏事，叔谋令家奴黄金窟将金一埒赠与。凡有上表及讼食子者，不讯其词理，并令笞背四十，押出洛阳。道中死者，十有七八。时令狐辛达知之，潜令人收孩骨，未及数日，已盈车。于是城市村坊之民有孩儿者，家做木柜，铁裹其缝。每夜，置母子于柜中，锁之，全家秉烛围守。至天明，开柜见子，即长幼皆贺。

既达睢阳界，有濠寨使陈伯恭言此河道若取直路，径穿透睢阳城，如要回护，即取令旨。叔谋怒其言回护，令推出腰斩。令狐辛达救之。时睢阳坊市豪民一百八十户，皆恐掘穿其宅并茔域，乃以酿金三千两，将献叔谋，未有梯媒可达。忽穿至一大林，中有墓，故老相传云宋司马华元墓。掘透一石室，室中漆灯、棺柩、帐幕之类，遇风皆化为灰烬。得一石铭，曰：

睢阳土地高，汴水可为濠。

若也不回避，奉赠二金刀。

叔谋曰："此乃诈也。不足信。"是日，叔谋梦使者召至一宫殿上，一人衣绛绡，戴进贤冠。叔谋再拜，王亦答拜。拜毕，曰："寡人宋襄公也。上帝明镇此方，二千年矣。倘将军借其方便，回护此城，即一城老幼皆荷恩德也。"叔谋不允。又曰："适来护城之事，盖非寡人之意。况奉上帝之命，言此地候五百年间，当有王者建万世之基。岂可偶为逸游，致使掘穿王气。"叔谋亦不允。良久，有使者入奏云："大司马华元至矣。"左右引一人，紫衣，戴进贤冠，拜觐于王前。王乃叙护城之事。其人勃然大怒曰："上帝有命，臣等无心。叔谋愚昧之夫，不晓天命。"大呼左右，令置拷讯之物。王曰："拷讯之事，何法最苦？"紫衣人曰："铜汁灌之口，烂其肠胃，此为第一。”王许之。乃有数武夫拽叔谋，脱去其衣，惟留犊鼻，缚铁柱上，欲以铜汁灌之。叔谋魂胆俱丧。殿上人连止之曰：“护城之事如何？”叔谋连声言：“谨依上命。”遂令解缚，与本衣冠。王令引去，将行，紫衣人曰：“上帝赐叔谋金三千两，取于民间。”叔谋性贪，谓使者曰：“上帝赐金，此何言也？”使者曰：“有睢阳百姓献与将军，此阴注阳受也。”忽如梦觉，但觉神不住体。睢阳民果赂黄金窟而献金三千两。叔谋思梦中事，乃收之。立召陈伯恭，令自睢阳西穿渠，南北回屈，东行过刘赵村，连延而去。令狐辛达知之，累上表，亦为段达抑而不献。

至彭城，路经大林中，有偃王墓。掘数尺，不可掘，乃铜铁也。四面掘去其土，唯见铁。墓旁安石门，扃锁甚严。用酂阳民计，撞开墓门。叔谋自入墓中，行百余步，二童子当前云：“偃王颙候久矣。”乃随而入。见宫殿，一人戴通天冠，衣绛绡衣，坐殿上。叔谋拜，王亦拜，曰：“寡人茔域，当于河道。今奉与将军玉宝，遣君当有天下，倘然护之，丘山之幸也。”叔谋许之。王乃令使者持一玉印与叔谋。又视之，印文乃“百代帝王受命玉印”也。叔谋大喜。王又曰：“再三保惜，乃刀刀之兆也。”（刀刀者，隐语，亦二金刀之意也。）叔谋出，令兵夫日护其墓。时炀帝在洛阳，忽失国宝，搜访宫闱，莫知所在，隐而不宣。

帝督功甚急。叔谋乃自徐州，朝夕无暇，所役之夫已少一百五十余万，下寨之处，死尸满野。

帝在观文殿读书，因览《史记》，见秦始皇筑长城之事，谓宰相宇文述曰：“始皇时至此已及千年，料长城已应摧毁。”宇文述顺帝意，奏曰：“陛下偶然续秦皇之事，建万世之业，莫若修其城，坚其壁。”帝大喜。乃诏以舒国公贺若弼为修城都护，以谏议大夫高颎为副使，以江、淮、吴、楚、襄、邓、陈、蔡、并开拓诸州丁夫一百二十万修长城。诏下，弼谏曰：

"臣闻始皇筑长城于绝塞，连延一万里，男死女旷，妇寡子孤，其城未就，父子俱死。陛下欲听狂夫之言，学亡秦之事，但恐社稷崩离，有同秦世。"帝大怒，未发其言。宇文述在侧，乃掇曰："尔武夫狂卒，有何知，而乱其大谋？"弼怒，以象简击宇文述。帝怒，令囚若弼于家，是夜饮鸩死。高颎亦不行。宇文述乃举司农卿宇文弼为修城都护，以民部侍郎宇文恺为副使。时叔谋开卞渠，盈灌口，点检丁夫，约折二百五十万人。其部役兵士旧五万人，折二万三千人。工既毕，上言于帝。遣决汴口，注水入汴渠。

帝自洛阳迁驾大渠。诏江淮诸州造大船五百只。使命至，急如星火。民间有配盖造船一只者，家产破用皆尽，犹有不足，枷项笞背，然后鬻货男女，以供官用。龙舟既成，泛江沿淮而下。至大梁，又别加修饰，砌以七宝金玉之类。于吴越间取民间女年十五六岁者五百人，谓之殿脚女。至于龙舟御艬，即每船用彩缆十条，每条用殿脚女十人，嫩羊十口，令殿脚女与羊相间而行，牵之。时恐盛暑，翰林学士虞世基献计，请用垂柳栽于汴渠两堤上。一则树根四散，鞠护河堤；二乃牵船之人，护其阴凉；三则牵舟之羊食其叶。上大喜，诏民间有柳一株，赏一缣。百姓竞献之。又令亲种，帝自种一株，群臣次第种，方及百姓。时有谣言曰："天子先栽，然后万姓栽。"栽毕，帝御笔写赐垂杨柳姓杨，曰杨柳也。

时舳舻相继，连接千里，自大梁至淮口，连绵不绝。锦帆过处，香闻千里。既过雍邱，渐达宁陵界。水势渐紧，龙舟阻碍，牵驾之人，费力转甚。时有虎贲郎将鲜于俱罗为护缆使，上言水浅河窄，行舟甚难。上以问虞世基。曰："请为铁脚木鹅，长一丈二尺，上流放下，如木鹅住，即是浅。"帝依其言，乃令右翊将军刘岑验其水浅之处。自雍邱至灌口，得一百二十九处。帝大怒，令根究本处人吏姓名。应是木鹅住处，两岸地分之人皆缚之，倒埋于岸下，曰："令教生为开河夫，死作抱沙鬼。"又埋却五万余人。

既达睢阳，帝问叔谋曰："坊市人烟，所掘几何？"叔谋曰："睢阳地灵，不可干犯。若掘之，必有不祥。臣已回护其城。"帝怒，令刘岑乘小舟根访屈曲之处，比直路较二十里。帝益怒，乃令擒出叔谋，囚于后狱。急使宣令狐辛达询问其由，辛达奏："自宁陵便为不法，初食羊羹，后啖婴儿；养贼陶郎儿，盗人之子；受金三千两，于睢阳擅易河道。"乃取小儿骨进呈。帝曰："何不达奏？"辛达曰："表章数上，为段达扼而不进。"

帝令人搜叔谋囊橐间，得睢阳民所献金，又得留侯所还白璧及受命宝玉印。上惊异，谓宇文述曰："金与璧皆微物。寡人之宝，何自而得乎？"宇文述曰："必是遣贼窃取之矣。"帝瞪目而言曰："叔谋今日窃吾宝，明日盗吾首矣。"辛达在侧，奏曰："叔谋常遣陶郎儿盗人之子，恐国宝郎儿所盗也。"上益怒，遣荣国公来护儿、内使李百药、太仆卿杨义臣推鞫叔谋，置台署于睢阳。并收陶郎儿全家，令郎儿具招入内盗宝事。郎儿不胜其苦，乃具事招款。又责段达所收令狐辛达奏章即不奏之罪。案成进上，帝问丞相宇文述。述曰："叔谋有大罪四条：食人之子，受人之金，遣贼盗宝，擅移开河道。请用峻法诛之。其子孙取圣旨。"帝曰："叔谋有大罪。为开河有功，免其子孙。"只令腰斩叔谋于河侧。

时来护儿受敕未至间，叔谋梦一童子自天而降，谓曰："宋襄公与大司马华元遣我来，感将军护城之惠意，往年所许二金刀，今日奉还。"叔谋觉，曰："据此先兆，不祥。我腰领难存矣。"言未毕，护儿至，驱于河之北岸，斩为三段。郎儿兄弟五人，并家奴黄金窟并鞭死。中门使段达免死，降官为洛阳监门令。

卷七

绿珠传

[北宋]史官乐史①

　　绿珠者，姓梁，白州博白县人也。州则南昌郡，古越地，秦象郡，汉合浦县地。唐武德初，削平萧铣，于此置南州；寻改为白州，取白江为名。州境有博白山、博白江、盘龙洞、房山、双角山、大荒山。山上有池，池中有婢妾鱼。绿珠生双角山下，美而艳。越俗以珠为上宝，生女为珠娘，生男为珠儿。绿珠之字，由此而称。

　　晋石崇为交趾②采访使，以真珠三斛致之。崇有别庐在河南金谷涧。涧中有金水，自太白源来。崇即川阜，置园馆。绿珠能吹笛，又善舞《明君》（明君，昭君也。避晋文帝讳，改昭为明）。明君者，汉妃也。汉元帝时，匈奴单于入朝，诏王嫱配之，即昭君也。及将去，入辞，光彩射人，天子悔焉，重难改更，汉人怜其远嫁，为作此歌。崇以此曲教之，而自制新歌曰：

　　　　　　我本良家子，将适单于庭。

　　　　　　辞别未及终，前驱已抗旌。

　　　　　　仆御流涕别，辕马悲且鸣。

　　　　　　哀郁伤五内，涕泣沾珠缨。

　　　　　　行行日已远，遂造匈奴城。

---

① 史官乐史：即乐史，930—1007，字子正，宜黄霍源村（今江西省礼陂镇）人。文学家、地理学家、史学家，著有传奇《杨太真外传》《绿珠传》。

② 交趾：今越南北部。

延伫于穹庐，加我阏氏名。

殊类非所安，虽贵非所荣。

父子见陵辱，对之惭且惊。

杀身良不易，默默以苟生。

苟生亦何聊，积思常愤盈。

愿假飞鸿翼，乘之以遐征。

飞鸿不我顾，伫立以屏营。

昔为匣中玉，今为粪上英。

朝华不足欢，甘与秋草并。

传语后世人，远嫁难为情。

崇又制《懊恼曲》以赠绿珠。崇之美艳者千余人，择数十人，妆饰一等，使忽视之，不相分别。刻玉为倒龙佩，萦金为凤凰钗，结袖绕楹而舞。欲有所召者，不呼姓名，悉听佩声，视钗色。佩声轻者居前，钗色艳者居后，以为行次而进。

赵王伦乱常，贼类孙秀①使人求绿珠。崇方登凉观，临清水，妇人侍侧。使者以告，崇出侍婢数百人以示之，皆蕴兰麝而披罗縠。曰："任所择。"使者曰："君侯服御，丽矣。然受命指索绿珠。不知孰是？"崇勃然曰："吾所爱，不可得也。"秀因是谮伦族之。收兵忽至，崇谓绿珠曰："我今为尔获罪。"绿珠泣曰："愿效死于君前。"崇因止之，于是坠楼而死。崇弃东市。

时人名其楼曰绿珠楼。楼在步庚里，近狄泉。狄泉在正城之东。绿珠有弟子宋祎，有国色，善吹笛，后入晋明帝宫中。

———

① 孙秀：西晋大臣，跟随赵王司马伦。

今白州有一派水，自双角山出，合容州江，呼为绿珠江。亦犹归州有昭君滩、昭君村、昭君场；吴有西施谷、脂粉塘，盖取美人出处为名。又有绿珠井，在双角山下。耆老传云："汲此井饮者，诞女必多美丽。里闾有识者以美色无益于时，因以巨石镇之。尔后虽有产女端妍者，而七窍四肢多不完具。"异哉！山水之使然。昭君村生女皆炙破其面，故白居易诗曰：

> 不取往者戒，恐贻来者冤。
>
> 至今村女面，烧灼成瘢痕。

又以不完具而惜焉。牛僧孺《周秦行纪》云："夜宿薄太后庙，见戚夫人、王嫱、太真妃、潘淑妃，各赋诗言志。别有善笛女子，短鬓窄衫具带，貌甚美，与潘氏偕来。太后以接坐居之，令吹笛，往往亦及酒。太后顾而谓曰：'识此否？石家绿珠也。潘妃养作妹。'太后曰：'绿珠岂能无诗乎？'绿珠拜谢，作曰：

> 此日人非昔日人，笛声空怨赵王伦。
>
> 红残钿碎花楼下，金谷千年更不春。

太后曰：'牛秀才远来，今日谁人与伴？'绿珠曰：'石卫尉性严忌。今有死，不可及乱。'"然事虽诡怪，聊以解颐。

噫！石崇之败，虽自绿珠始，亦其来有渐矣。崇常刺荆州，劫夺远使，沉杀客商，以致巨富。又遗王恺鸩鸟，共为鸩毒之事。有此阴谋，加以每邀客宴集，令美人行酒，客饮不尽者，使黄门斩美人。王丞相与大将军尝共访崇，丞相素不能饮，辄自勉强，至于沉醉。至大将军，故不饮以观其变，已斩三人。君子曰："祸福无门，惟人所召。"崇心不义，举动杀人，乌得无报也。非绿珠无以速石崇之诛，非石崇无以显绿珠之名。

绿珠之坠楼，侍儿之有贞节者也。比之于古，则有曰六出。六出者，王进贤侍儿也。进贤，晋愍太子妃。洛阳乱，石勒掠进贤渡孟津，欲妻之。进贤骂曰："我皇太子妇，司徒公女。胡羌小子，敢干我乎！"言毕投河。六出曰："大既有之，小亦宜然。"复投河中。又有窈娘者，武周时乔知之宠婢也。盛有姿色，特善歌舞。知之教读书，善属文，深所爱幸。时武承嗣骄贵，内宴酒酣，迫知之将金玉赌窈娘。知之不胜，便使人就家强载以归。知之怨悔，作《绿珠篇》以叙其怨。词曰：

> 石家金谷重新声，明珠十斛买娉婷。
>
> 此日可怜无复比，此时可爱得人情。
>
> 君家闺阁未曾难，尝持歌舞使人看。
>
> 富贵雄豪非分理，骄矜势力横相干。
>
> 辞君去君终不忍，徒劳掩面伤红粉。
>
> 百年离别在高楼，一旦红颜为君尽。

知之私属承嗣家阉奴传诗于窈娘。窈娘得诗悲泣，投井而死。承嗣令汲出，于衣中得诗，鞭杀阉奴。讽吏罗织知之，以至杀焉。悲夫，二子以爱姬示人，掇丧身之祸。所谓倒持太阿，授人以柄。《易》曰："慢藏诲盗，冶容诲淫。"其此之谓乎。

其后诗人题歌舞妓者，皆以绿珠为名。庾肩吾曰：

> 兰堂上客至，绮席清弦抚。
>
> 自作《明君辞》，还教绿珠舞。

李元操云：

> 绛树摇歌扇，金谷舞筵开。
>
> 罗袖拂归客，留欢醉玉杯。

江总云：

> 绿珠含泪舞，孙秀强相邀。

　　绿珠之没已数百年矣，诗人尚咏之不已，其故何哉？盖一婢子，不知书，而能感主恩，愤不顾身，其志烈懔懔，诚足使后人仰慕歌咏也。至有享厚禄，盗高位，亡仁义之性，怀反覆之情，暮四朝三，惟利是务，节操反不若一妇人，岂不愧哉！今为此传，非徒述美丽，窒祸源，且欲惩戒辜恩背义之类也。

　　季伦死后十日，赵王伦败。左卫将军赵泉斩孙秀于中书，军士赵骏剖秀心食之。伦囚金墉城，赐金屑酒。伦惭，以巾覆面曰："孙秀误我也！"饮金屑而卒。皆夷家族。南阳生曰："此乃假天之报怨。不然，何枭夷之立见乎！"

杨太真外传卷上

[北宋]史官乐史

　　杨贵妃小字玉环，弘农华阴人也。后徙居蒲州永乐之独头村。高祖令本，金州刺史；父玄琰，蜀司户。贵妃生于蜀。尝误坠池中，后人呼为落妃池。池在导江县前。（亦如王昭君生于峡州，今有昭君村；绿珠生于白州，今有绿珠江。）妃早孤，养于叔父河南府士曹玄璬家。开元二十二年十一月，归于寿邸。二十八年十月，玄宗幸温泉宫（自天宝六载十月，复改为华清宫），使高力士取杨氏女于寿邸，度为女道士，号太真，住内太真宫。

　　天宝四载七月，册左卫中郎将韦昭训女配寿邸。是月，于凤凰园册太真宫女道士杨氏为贵妃，半后服用。进见之日，奏《霓裳羽衣曲》。（《霓裳羽衣曲》者，是玄宗登三乡驿，望女几山所作也。故刘禹锡诗有云："伏睹玄宗皇帝《望女几山诗》，小臣斐然有感：

　　　　开元天子万事足，惟惜当时光景促。

　　　　三乡驿上望仙山，归作《霓裳羽衣曲》。

　　　　仙心从此在瑶池，三清八景相追随。

　　　　天上忽乘白云去，世间空有《秋风词》。

　　又《逸史》①云："罗公远天宝初侍玄宗，八月十五日夜，宫中玩月，曰：'陛下能从臣月中游乎？'乃取一枝桂，向空掷之，化为一桥，其色如银。请上同登，约行数十里，遂至大城阙。公远曰：'此月宫也。'有

———————————

① 《逸史》：中国古代文言轶事小说集，卢肇撰。

仙女数百，素练宽衣，舞于广庭。上前问曰：'此何曲也？'曰：'《霓裳羽衣》也。'上密记其声调，遂回桥，却顾，随步而灭。且谕伶官，象其声调，作《霓裳羽衣曲》。"以二说不同，乃备录于此。）是夕，授金钗钿合。上又自执丽水镇库紫磨金琢成步摇，至妆阁，亲与插鬓。上喜甚，谓后宫人曰："朕得杨贵妃，如得至宝也。"乃制曲子曰《得宝子》，又曰《得鞼（方孔反）子》。

先是，开元初，玄宗有武惠妃、王皇后。后无子。妃生子，又美丽，宠倾后宫。至十三年，皇后废，妃嫔无得与惠妃比。二十一年十一月，惠妃即世。后庭虽有良家子，无悦上目者，上心凄然。至是得贵妃，又宠甚于惠妃。

有姊三人，皆丰硕修整，工于谲浪，巧会旨趣，每入宫中，移晷方出。宫中呼贵妃为娘子，礼数同于皇后。册妃日，赠其父玄琰济阴太守，母李氏陇西郡夫人。又赠玄琰兵部尚书，李氏凉国夫人。叔玄珪为光禄卿银青光禄大夫。再从兄钊拜为侍郎，兼数使。兄铦又居朝列。堂弟锜尚太华公主。是武惠妃生，以母，见遇过于诸女，赐第连于宫禁。自此杨氏权倾天下，每有嘱请，台省府县，若奉诏敕。四方奇货、僮仆、驼马，日输其门。

时安禄山为范阳节度，恩遇最深，上呼之为儿。尝于便殿与贵妃同宴乐，禄山每就坐，不拜上而拜贵妃。上顾而问之："胡不拜我而拜妃子，意者何也？"禄山奏云："胡家不知其父，只知其母。"上笑而赦之。又命杨铦以下，约禄山为兄弟姊妹，往来必相宴饯，初虽结义颇深，后亦权敌，不叶。

五载七月，妃子以妒悍忤旨。乘单车，令高力士送还杨铦宅。及亭午，上思之不食，举动发怒。力士探旨，奏请载还，送院中宫人衣物及司

192

农米面酒馔百余车。诸姊及铦初则惧祸聚哭，及恩赐浸广，御馔兼至，乃稍宽慰。妃初出，上无聊，中官趋过者，或笞挞之。至有惊怖而亡者。力士因请就召，既夜，遂开安兴坊，从太华宅以入。及晓，玄宗见之内殿，大悦。贵妃拜泣谢过。因召两市杂戏以娱贵妃。贵妃诸姊进食作乐。自兹恩遇日深，后宫无得进幸矣。

七载，加钊御史大夫，权京兆尹，赐名国忠。封大姨为韩国夫人，三姨为虢国夫人，八姨为秦国夫人。同日拜命，皆月给钱十万，为脂粉之资。然虢国不施妆粉，自炫美艳，常素面朝天。当时杜甫有诗云：

> 虢国夫人承主恩，平明上马入宫门。
>
> 却嫌脂粉涴颜色，淡扫蛾眉朝至尊。

又赐虢国照夜玑，秦国七叶冠，国忠锁子帐，盖希代之珍，其恩宠如此。铦授银青光禄大夫鸿胪卿，列棨戟，特授上柱国，一日三诏。与国忠五家于宣阳里，甲第洞开，僭拟宫掖，车马仆从，照耀京邑。递相夸尚，每造一堂，费逾千万计，见制度宏壮于己者，则毁之复造，土木之工，不舍昼夜。上赐御食，及外方进献，皆颁赐五宅。开元已来，豪贵荣盛，未之比也。

上起动必与贵妃同行，将乘马，则力士执辔授鞭。宫中掌贵妃刺绣织锦七百人，雕镂器物又数百人，供生日及时节庆。续命杨益往岭南，长吏日求新奇以进奉。岭南节度张九章，广陵长史王翼，以端午进贵妃珍玩衣服，异于他郡，九章加银青光禄大夫，翼擢为户部侍郎。

九载二月，上旧置五王帐，长枕大被，与兄弟共处其间。妃子无何窃宁王紫玉笛吹。故诗人张祜诗云：

> 梨花静院无人见，闲把宁王玉笛吹。

因此又忤旨，放出。时吉温多与中贵人善，国忠惧，请计于温。遂入奏曰："妃，妇人，无智识。有忤圣颜，罪当死。既尝蒙恩宠，只合死于宫中。陛下何惜一席之地，使其就戮？安忍取辱于外乎？"上曰："朕用卿，盖不缘妃也。"初，令中使张韬光送妃至宅，妃泣谓韬光曰："请奏：妾罪合万死。衣服之外，皆圣恩所赐。唯发肤是父母所生。今当即死，无以谢上。"乃引刀剪其发一缭，附韬光以献。妃既出，上怃然。至是，韬光以发搭于肩上以奏。上大惊惋，遽使力士就召以归，自后益嬖焉。又加国忠遥领剑南节度使。

十载上元节，杨氏五宅夜游，遂与广宁公主骑从争西市门。杨氏奴挥鞭误及公主衣，公主堕马。驸马程昌裔扶公主，因及数挝。公主泣奏之，上令决杀杨家奴一人，昌裔停官，不许朝谒。于是杨家转横，出入禁门不问，京师长吏，为之侧目。故当时谣曰：

> 生女勿悲酸，生男勿喜欢。

又曰：

> 男不封侯女作妃，君看女却是门楣。

其天下人心羡慕如此。

上一旦御勤政楼，大张声乐。时教坊有王大娘，善戴百尺竿，上施木山，状瀛州方丈，令小儿持绛节，出入其间，而舞不辍。时刘晏以神童为秘书省正字，十岁，惠悟过人。上召于楼中，贵妃坐于膝上，为施粉黛，与之巾栉。贵妃令咏王大娘戴竿，晏应声曰：

楼前百戏竞争新，唯有长竿妙入神。

谁谓绮罗翻有力，犹自嫌轻更著人。

上与妃及嫔御皆欢笑移时，声闻于外，因命牙笏黄纹袍赐之。

上又宴诸王于木兰殿，时木兰花发，皇情不悦。妃醉中舞《霓裳羽衣》一曲，天颜大悦，方知回雪流风，可以回天转地。上尝梦十仙子，乃制《紫云回》；（玄宗尝梦仙子十余辈，御卿云而下，各执乐器，悬奏之。曲度清越，真仙府之音。有一仙人曰："此神仙《紫云回》。今传授陛下，为正始之音。"上喜而传受。寤后，余响犹在。旦，命玉笛习之，尽得其节奏也。）并梦龙女，又制《凌波曲》。（玄宗在东都，梦一女，容貌艳异，梳交心髻，大袖宽衣，拜于床前。上问："汝何人？"曰："妾是陛下凌波池中龙女。卫宫护驾，妾实有功，今陛下洞晓钧天之音，乞赐一曲以光族类。"上于梦中为鼓胡琴，拾新旧之曲声，为《凌波曲》。龙女再拜而去。及觉，尽记之。会禁乐，自御琵琶，习而翻之。与文武臣僚，于凌波宫临池奏新曲，池中波涛涌起，复有神女出池心，乃所梦之女也。上大悦，语于宰相，因于池上置庙，每岁命祀之。）二曲既成，遂赐宜春院及梨园弟子并诸王。

时新丰初进女伶谢阿蛮，善舞。上与妃子钟念，因而受焉。就按于清元小殿，宁王吹玉笛，上羯鼓，妃琵琶，马仙期方响，李龟年觱篥[①]，张野狐箜篌，贺怀智拍。自旦至午，欢洽异常。时唯妃女弟秦国夫人端坐观之。曲罢，上戏曰："阿瞒（上在禁中，多自称也）乐籍，今日幸得供养夫人。请一缠头！"秦国曰："岂有大唐天子阿姨，无钱用耶？"遂出三百万

---

① 觱篥：古代的一种乐器，音 bì lì。

为一局焉。乐器皆非世有者，才奏而清风习习，声出天表。妃子琵琶逻逤檀，寺人白季贞使蜀还献。其木温润如玉，光耀可鉴，有金镂红文，蹙成双凤。弦乃末诃弥罗国永泰元年所贡者，渌水蚕丝也，光莹如贯珠瑟瑟。紫玉笛乃姮娥所得也。禄山进三百事管色，俱用媚玉为之。诸王、郡主、妃之姊妹，皆师妃，为琵琶弟子。每一曲彻，广有献遗。妃子是日问阿蛮曰："尔贫，无可献师长，待我与尔为。"命侍儿红桃娘取红粟玉臂支赐阿蛮。妃善击磬，拊搏之音泠泠然，多新声，虽太常梨园之妓，莫能及之。上命采蓝田绿玉，琢成磬；上方造簨，流苏之属，以金钿珠翠饰之，铸金为二狮子，以为趺，彩缋缛丽，一时无比。

先，开元中，禁中重木芍药，即今牡丹。（《开元天宝花木记》云："禁中呼木芍药为牡丹"也。）得数本红紫、浅红、通白者，上因移植于兴庆池东沉香亭前。会花方繁开，上乘照夜白，妃以步辇从。诏选梨园弟子中尤者，得乐十六色。李龟年以歌擅一时之名，手捧檀板，押众乐前，将欲歌之。上曰："赏名花，对妃子，焉用旧乐词为。"遽命龟年持金花笺，宣赐翰林学士李白立进《清平乐词》三篇。承旨，犹苦宿醒，因援笔赋之。第一首：

> 云想衣裳花想容，春风拂槛露华浓。
> 若非群玉山头见，会向瑶台月下逢。

第二首：

> 一枝红艳露凝香，云雨巫山枉断肠。
> 借问汉宫谁得似？可怜飞燕倚新妆。

第三首：

名花倾国两相欢，长得君王带笑看。

解释春风无限恨，沉香亭北倚栏干。

龟年捧词进，上命梨园弟子略约词调，抚丝竹，遂促龟年以歌。妃持玻璃七宝杯，酌西凉州葡萄酒，笑领歌，意甚厚。上因调玉笛以倚曲。每曲遍将换，则迟其声以媚之。妃饮罢，敛绣巾再拜。上自是顾李翰林尤异于他学士。

会力士终以脱靴为耻，异日，妃重吟前词，力士戏曰："始为妃子怨李白深入骨髓，何翻拳拳如是耶！"妃子惊曰："何学士能辱人如斯？"力士曰："以飞燕指妃子，贱之甚矣。"妃深然之。上尝三欲命李白官，卒为宫中所捍而止。

上在百花院便殿，因览《汉成帝内传》，时妃子后至，以手整上衣领，曰："看何文书？"上笑曰："莫问。知则又殢人。"觅去，乃是"汉成帝获飞燕，身轻欲不胜风。恐其飘翥，帝为造水晶盘，令宫人掌之而歌舞。又制七宝避风台，间以诸香，安于上，恐其四肢不禁"也。上又曰："尔则任吹多少？"盖妃微有肌也，故上有此语戏妃。妃曰："《霓裳羽衣》一曲，可掩前古。"上曰："我才弄，尔便欲嗔乎？忆有一屏风，合在，待访得，以赐尔。"屏风乃"虹霓"为名，雕刻前代美人之形，可长三寸许。其间服玩之器、衣服，皆用众宝杂厕而成。水精为地，外以玳瑁水犀为押，络以珍珠瑟瑟。间缀精妙，迨非人力所制。此乃隋文帝所造，赐义成公主，随在北胡。贞观初，灭胡，与萧后同归中国，因而赐焉。

（妃归卫公家，遂持去。安于高楼上，未及将归。国忠日午偃息楼上，至床，睹屏风在焉。才就枕，而屏风诸女悉皆下床前，各通所号，曰："裂缯人也。""定陶人也。""穿庐人也。""当垆人也。""亡吴人也。""步莲人也。""桃源人也。""班竹人也。""奉五官人也。""温肌人也。""曹氏投波人也。""吴宫无双返香人也。""拾翠人也。""窃香人也。""金屋人也。""解佩人也。""为云人也。""董双成也。""为烟人也。""画眉人也。""吹箫人也。""笑躄人也。""垓中人也。""许飞琼也。""赵飞燕也。""金谷人也。""小鬟人也。""光发人也。""薛夜来也。""结绮人也。""临春阁人也。""扶风女也。"国忠虽开目,历历见之,而身体不能动,口不能发声。诸女各以物列坐。俄有纤腰姬人近十余辈,曰:"楚章华踏谣娘也。"乃连臂而歌之,曰:"三朵芙蓉是我流,大杨造得小杨收。"复有二三妓,又曰:"楚宫弓腰也。何不见《楚辞别序》云'绰约花态,弓身玉肌'?"俄而递为本艺。将呈讫,一一复归屏上。国忠方醒,惶惧甚,遽走下楼,急令封锁之。贵妃知之,亦不欲见焉。禄山乱后,其物犹存。在宰相元载家,自后不知所在。)

杨太真外传卷下

初，开元末，江陵进乳柑橘，上以十枚种于蓬莱宫。至天宝十载九月秋，结实。宣赐宰臣，曰："朕近于宫内种柑子树数株，今秋结实一百五十余颗，乃与江南及蜀道所进无别，亦可谓稍异者。"宰臣表贺曰："伏以自天所育者不能改有常之性，旷古所无者乃可谓非常之感。是知圣人御物，以元气布和，大道乘时，则殊方叶致。且橘柚所植，南北异名，实造化之有初，匪阴阳之有革。陛下玄风真纪，六合一家，雨露所均，混天区而齐被，草木有性，凭地气以潜通。故兹江外之珍果，为禁中之佳实。绿蒂含霜，芳流绮殿；金衣烂日，色丽彤庭。云云。"乃颁赐大臣。外有一合欢实，上与妃子互相持玩。上曰："此果似知人意，朕与卿固同一体，所以合欢。"于是促坐，同食焉。因令画图，传之于后。

妃子既生于蜀，嗜荔枝。南海荔枝，胜于蜀者，故每岁驰驿以进。然方暑热而熟，经宿则无味。后人不能知也。

上与妃采戏，将北，唯重四转败为胜。连叱之，骰子宛转而成重四，遂命高力士赐绯，风俗因而不易。

广南进白鹦鹉，洞晓言词，呼为雪衣女。一朝飞上妃镜台上，自语："雪衣女昨夜梦为鸷鸟所搏。"上令妃授以《多心经》，记诵精熟。后上与妃游别殿，置雪衣女于步辇竿上同去。瞥有鹰至，搏之而毙。上与妃叹息久之，遂瘗于苑中，呼为鹦鹉冢。

交趾贡龙脑香，有蝉蚕之状，五十枚。波斯言老龙脑树节方有。禁中呼为瑞龙脑，上赐妃十枚。妃私发明驼使（明驼使腹下有毛，夜能明，日驰五百里），持三枚遗禄山。妃又常遗禄山金平脱装具，玉合，金平脱铁面碗。

十一载，李林甫死。又以国忠为相，带四十余使。十二载，加国忠司空。长男暄，先尚延和郡主，又拜银青光禄大夫、太常卿，兼户部侍郎。小男朏，尚万春公主。贵妃堂弟秘书少监鉴，尚承荣郡主。一门一贵妃，二公主，三郡主，三夫人。十三载，重赠玄琰太尉、齐国公。母重封梁国夫人。官为造庙；御制碑，及书。叔玄珪又拜工部尚书。韩国婿秘书少监崔峋女为代宗妃；虢国男裴徽尚代宗女延光公主，女为让帝男妻；秦国婿柳澄男钧尚长清县主，澄弟潭尚肃宗女和政公主。

上每年冬十月，幸华清宫，常经冬还宫阙，去即与妃同辇。华清宫有端正楼，即贵妃梳洗之所；有莲花汤，即贵妃澡沐之室。国忠赐第在宫东门之南，虢国相对。韩国、秦国，甍栋相接。天子幸其第，必过五家，赏赐燕乐。扈从之时，每家为一队，队著一色衣。

五家合队相映，如百花之焕发。遗钿，坠舄，瑟瑟，珠翠，灿于路岐，可掬。曾有人俯身一窥其车，香气数日不绝。驼马千余头匹，以剑南旌节器仗前驱。出有饯饮，还有软脚。远近饷遗珍玩狗马，阉侍歌儿，相望于道。及秦国先死，独虢国、韩国、国忠转盛。虢国又与国忠乱焉。略无仪检，每入朝谒，国忠与韩、虢连辔，挥鞭骤马，以为谐谑。从官嬷姬百余骑。秉烛如昼，鲜装袨服而行，亦无蒙蔽。衢路观者如堵，无不骇叹。十宅诸王，男女婚嫁，皆资韩、虢绍介；每一人纳一千贯，上乃许之。

十四载六月一日，上幸华清宫，乃贵妃生日。上命小部音声（小部者，梨园法部所置，凡三十人，皆十五以下），于长生殿奏新曲，未有名，会南海进荔枝，因以曲名《荔枝香》。左右欢呼，声动山谷。

其年十一月，禄山反幽陵，（禄山本名轧荦山，杂种胡人也。母本巫师。禄山晚年益肥，垂肚过膝，自秤得三百五十斤。于上前胡旋舞，疾如风焉。上尝于勤政楼东间设大金鸡障，施一大榻，卷去帘，令禄山坐。其下设百戏，与禄山看焉。肃宗谏曰："历观今古，未闻臣下与君上同坐阅戏。"上私曰："渠有异相，我禳之故耳。"又尝与夜燕，禄山醉卧，化为一猪而龙首。左右遽告帝。帝曰："此猪龙，无能为。"终不杀。卒乱中国。）以诛国忠为名。咸言国忠、虢国、贵妃三罪，莫敢上闻。上欲以皇太子监国，盖欲传位，自亲征。谋于国忠。国忠大惧，归谓姊妹曰："我等死在旦夕。今东宫监国，当与娘子等并命矣。"姊妹哭诉于贵妃。妃衔土请命，事乃寝。

十五载六月，潼关失守。上幸巴蜀，贵妃从。至马嵬，右龙武将军陈玄礼惧兵乱，乃谓军士曰："今天下崩离，万乘震荡。岂不由杨国忠割剥盯庶[1]，以至于此。若不诛之，何以谢天下？"众曰："念之久矣。"会吐蕃和好使在驿门遮国忠诉事。军士呼曰："杨国忠与蕃人谋叛！"诸军乃围驿四合，杀国忠，并男暄等。（国忠旧名钊，本张易之子也。天授中，易之恩幸莫比。每归私第，诏令居楼，仍去其梯，围以束棘，无复女奴侍

---

[1] 割剥盯庶：割剥，侵夺，残害。盯庶，百姓。

立。母恐张氏绝嗣，乃置女奴嫔妹于楼复壁中。遂有娠，而生国忠。后嫁于杨氏。）

上乃出驿门劳六军。六军不解围，上顾左右责其故。高力士对曰："国忠负罪，诸将讨之。贵妃即国忠之妹，犹在陛下左右，群臣能无忧怖？伏乞圣虑裁断。"（一本云："贼根犹在，何敢散乎？"盖斥贵妃也。）上回入驿，驿门内傍有小巷，上不忍归行宫，于巷中倚杖欹首而立。圣情昏默，久而不进。京兆司录韦锷（见素男也）进曰："乞陛下割恩忍断，以宁国家。"逡巡，上入行宫。抚妃子出于厅门，至马道北墙口而别之，使力士赐死。妃泣涕呜咽，语不胜情，乃曰："愿大家好住。妾诚负国恩，死无恨矣。乞容礼佛。"

帝曰："愿妃子善地受生。"力士遂缢于佛堂前之梨树下。

才绝，而南方进荔枝至。上睹之，长号数息，使力士曰："与我祭之。"祭后，六军尚未解围。以绣衾覆床，置驿庭中，敕玄礼等入驿视之。玄礼抬其首，知其死，曰："是矣。"而围解。

瘗于西郭之外一里许道北坎下。妃时年三十八。上持荔枝于马上谓张野狐曰："此去剑门，鸟啼花落，水绿山青，无非助朕悲悼妃子之由也。"

初，上在华清宫日，乘马出宫门，欲幸虢国夫人之宅。玄礼曰："未宣敕报臣，天子不可轻去就。"上为之回辔。他年，在华清宫，逼上元，欲夜游。玄礼奏曰："宫外即是旷野，须有预备。若欲夜游，愿归城阙。"上又不能违谏。及此马嵬之诛，皆是敢言之有便也。

先是，术士李遐周有诗曰：

燕市人皆去，函关马不归。

若逢山下鬼，环上系罗衣。

"燕市人皆去"，禄山即蓟门之士而来；"函关马不归"，哥舒翰之败潼关也；"若逢山下鬼"，"鬼"字，即马嵬驿也；"环上系罗衣"，贵妃小字玉环，及其死也，力士以罗巾缢焉。又妃常以假髻为首饰，而好服黄裙。天宝末，京师童谣曰："义髻抛河里，黄裙逐水流。"至此应矣。

初，禄山尝于上前应对，杂以谐谑。妃常在座，禄山心动。及闻马嵬之死，数日叹惋。虽林甫养育之，国忠激怒之，然其有所自也。

是时虢国夫人先至陈仓之官店。国忠诛问至，县令薛景仙率吏人追之。走入竹林下，以为贼军至，虢国先杀其男徽，次杀其女。国忠妻裴柔曰："娘子何不借我方便乎？"遂并其女杀之。已而自刭，不死。载于狱中，犹问人曰："国家乎？贼乎？"狱吏曰："互有之。"血凝其喉而死。遂并坎于东郭十余步道北杨树下。

上发马嵬，行至扶风道。道傍有花，寺畔见石楠树团圆，爱玩之，因呼为端正树，盖有所思也。又至斜谷口，属霖雨涉旬，于栈道雨中闻铃声隔山相应。上既悼念贵妃，因采其声为《雨霖铃曲》，以寄恨焉。

至德二年，既收复西京。十一月，上自成都还，使祭之。后欲改葬，李辅国等不从。时礼部侍郎李揆奏曰："龙武将士以杨国忠反，故诛之。今改葬故妃，恐龙武将士疑惧。"肃宗遂止之。上皇密令中官潜移葬之于他所。妃之初瘗，以紫褥裹之。及移葬，肌肤已消释矣。胸前犹有锦香囊在焉。中官葬毕以献，上皇置之怀袖。又令画工写妃形于别殿，朝夕视之而歔欷焉。

上皇既居南内，夜阑登勤政楼，凭栏南望，烟月满目。上因自歌曰：

庭前琪树已堪攀，塞外征人殊未还。

203

歌歇，闻里中隐隐如有歌声者。顾力士曰："得非梨园旧人乎？迟明，为我访来。"翌日，力士潜求于里中，因召与同去，果梨园弟子也。其后，上复与妃侍者红桃在焉。歌《凉州》之词，贵妃所制也。上亲御玉笛，为之倚曲。曲罢相视，无不掩泣。上因广其曲。今《凉州》留传者益加焉。

至德中，复幸华清宫。从官嫔御，多非旧人。上于望京楼下命张野狐奏《雨霖铃曲》。曲半，上四顾凄凉，不觉流涕。左右亦为感伤。新丰有女伶谢阿蛮，善舞《凌波曲》，旧出入宫禁，贵妃厚焉。是日，诏令舞。舞罢，阿蛮因进金粟装臂环，曰："此贵妃所赐。"上持之，凄然垂涕曰："此我祖大帝破高丽，获二宝：一紫金带，一红玉支。朕以岐王所进《龙池篇》，赐之金带。红玉支赐妃子。后高丽知此宝归我，乃上言：'本国因失此宝，风雨愆时，民离兵弱。'朕寻以为得此不足为贵，乃命还其紫金带。唯此不还。汝既得之于妃子，朕今再睹之，但兴悲念矣。"言讫，又涕零。

至乾元元年，贺怀智又上言，曰："昔上夏日与亲王棋，令臣独弹琵琶（其琵琶以石为槽，鹍鸡筋为弦，用铁拨弹之），贵妃立于局前观之。上数枰子将输，贵妃放康国猧子上局乱之，上大悦。时风吹贵妃领巾于臣巾上，良久，回身方落。及归，觉满身香气。乃卸头帻，贮于锦囊中。今辄进所贮帻头。"上皇发囊，且曰："此瑞龙脑香也。吾曾施于暖池玉莲朵，再幸尚有香气宛然。况乎丝缕润腻之物哉。"遂凄怆不已。自是圣怀耿耿，但吟：

> 刻木牵丝作老翁，鸡皮鹤发与真同。
>
> 须臾舞罢寂无事，还似人生一世中。

有道士杨通幽自蜀来，知上皇念杨贵妃，自云："有李少君之术。"上皇大喜，命致其神。方士乃竭其术以索之，不至。又能游神驭气，出天界，入地府求之，竟不见。又旁求四虚上下，东极，绝大海，跨蓬壶。忽见最高山，上多楼阁。洎至，西厢下有洞户，东向，阖其门，额署曰"玉妃太真院"。

方士抽簪叩扉，有双鬟童女出应门。方士造次未及言，双鬟复入。俄有碧衣侍女至，诘其所从来。方士因称天子使者，且致其命。碧衣云："玉妃方寝，请少待之。"逾时，碧衣延入，且引曰："玉妃出。"冠金莲，帔紫绡，佩红玉，拽凤舄。左右侍女七八人，揖方士，问皇帝安否，次问天宝十四载以还。言讫悯然，指碧衣女取金钗钿合，折其半授使者曰："为我谢太上皇，谨献是物，寻旧好也。"方士将行，色有不足，玉妃因征其意，乃复前跪致词："请当时一事，不闻于他人者，验于太上皇。不然，恐金钗钿合，负新垣平之诈也。"玉妃茫然退立，若有所思，徐而言曰："昔天宝十载，侍辇避暑骊山宫。秋七月，牵牛织女相见之夕，上凭肩而望。因仰天感牛女事，密相誓心：'愿世世为夫妇。'言毕，执手各呜咽。此独君王知之耳。"因悲曰："由此一念，又不得居此，复堕下界，且结后缘。或为天，或为人，决再相见，好合如旧。"因言："太上皇亦不久人间，幸唯自爱，无自苦耳。"

使者还，具奏太上皇。皇心震悼。及至移入大内甘露殿，悲悼妃子，无日无之。遂辟谷服气，张皇后进樱桃蔗浆，圣皇并不食。常玩一紫玉笛，因吹数声，有双鹤下于庭，徘徊而去。圣皇语侍儿宫爱曰："吾奉上帝所命，为元始孔升真人。此期可再会妃子耳。笛非尔所宝，可送大收（大收，代宗小字）。"即令具汤沐。"我若就枕，慎勿惊我。"宫爱闻睡中有声，骇而视之，已崩矣。

妃子死日，马嵬媪得锦祢袜一只。相传过客一玩百钱，前后获钱无数。

悲夫！玄宗在位久，倦于万机，常以大臣接对拘检，难徇私欲。自得李林甫，一以委成。故绝逆耳之言，恣行燕乐。衽席无别，不以为耻，由林甫之赞成矣。乘舆迁播，朝廷陷没，百僚系颈，妃王被戮，兵满天下，毒流四海，皆国忠之召祸也。

史臣曰：夫礼者，定尊卑，理家国。君不君，何以享国？父不父，何以正家？有一于此，未或不亡。唐明皇之一误，贻天下之羞。所以禄山叛乱，指罪三人。今为外传，非徒拾杨妃之故事，且惩祸阶而已。

卷
八

流红记

[宋]魏陵张实子京①

　　唐僖宗②时，有儒士于祐，晚步禁衢③间。于时万物摇落，悲风素秋，颓阳西倾，羁怀增感。视御沟，浮叶续续而下。祐临流浣手。久之，有一脱叶，差大于他叶，远视之，若有墨迹载于其上。浮红泛泛，远意绵绵。祐取而视之，果有四句题于其上。其诗曰：

> 流水何太急，深宫尽日闲。
>
> 殷勤谢红叶，好去到人间。

　　祐得之，蓄于书笥，终日咏味，喜其句意新美，然莫知何人作而书于叶也。因念御沟水出禁掖，此必宫中美人所作也。祐但宝之，以为念耳，亦时时对好事者说之。

　　祐自此思念，精神俱耗。一日，友人见之，曰："子何清削如此？必有故，为吾言之。"祐曰："吾数月来，眠食俱废。"因以红叶句言之。友人大笑曰："子何愚如是也。彼书之者，无意于子。子偶得之，何置念如此？子虽思爱之勤，帝禁深宫，子虽有羽翼，莫敢往也。子之愚，又可笑也。"祐曰："天虽高而听卑④，人苟有志，天必从人愿耳。吾闻牛仙客遇

---

① 魏陵张实子京：即张实。生卒年不详，字子京。

② 唐僖宗：指李儇，873—888在位。

③ 禁衢：皇宫旁边的街道。

④ 天虽高而听卑：上天虽然居高在上，却能洞察下界一切。"天高听卑"语出《史记·宋微子世家》宋国司星子韦所言。

无双之事，卒得古生之奇计。但患无志耳，事固未可知也。"祐终不废思虑，复题二句，书于红叶上云：

曾闻叶上题红怨，叶上题诗寄阿谁？

置御沟上流水中，俾其流入宫中。人为笑之，亦为好事者称道。有赠之诗者，曰：

君恩不禁东流水，流出宫情是此沟。

祐后累举不捷，迹颇羁倦，乃依河中贵人韩泳门馆，得钱帛稍稍自给，亦无意进取。久之，韩泳召祐谓之曰："帝禁宫人三千余得罪，使各适人。有韩夫人者，吾同姓，久在宫。今出禁庭，来居吾舍。子今未娶，年又逾壮，困苦一身，无所成就，孤生独处，吾甚怜汝。今韩夫人箧中不下千缗，本良家女，年才三十，姿色甚丽。吾言之，使聘子，何如？"祐避席伏地曰："穷困书生，寄食门下，昼饱夜温，受赐甚久。恨无一长，不能图报，早暮愧惧，莫知所为。安敢复望如此？"泳令人通媒妁，助祐进羔雁，尽六礼之数，交二姓之欢。

祐就吉之夕，乐甚。明日，见韩氏装橐甚厚，姿色绝艳。祐本不敢有此望，自以为误入仙源，神魂飞越。既而韩氏于祐书笥中见红叶，大惊曰："此吾所作之句，君何故得之？"祐以实告。韩氏复曰："吾于水中亦得红叶，不知何人作也。"乃开笥取之，乃祐所题之诗。相对惊叹感泣久之。曰："事岂偶然哉？莫非前定也。"韩氏曰："吾得叶之初，尝有诗，今尚藏箧中。"取以示祐。诗云：

独步天沟岸，临流得叶时。

> 此情谁会得，肠断一联诗。

闻者莫不叹异惊骇。

一日，韩泳开宴召祐泊韩氏。泳曰："子二人今日可谢媒人也。"韩氏笑答曰："吾为祐之合，乃天也，非媒氏之力也。"泳曰："何以言之？"韩氏索笔为诗，曰：

> 一联佳句题流水，十载幽思满素怀。
>
> 今日却成鸾凤友^①，方知红叶是良媒。

泳曰："吾今知天下事无偶然者也。"

僖宗之幸蜀^②，韩泳令祐将家僮百人前导。韩以宫人得见帝，具言适祐事。帝曰："吾亦微闻之。"召祐，笑曰："卿乃朕门下旧客也。"祐伏地拜，谢罪。帝还西都，以从驾得官，为神策军虞候。韩氏生五子三女。子以力学俱有官，女配名家。韩氏治家有法度，终身为命妇。宰相张濬作诗曰：

> 长安百万户，御水日东注。
>
> 水上有红叶，子独得佳句。
>
> 子复题脱叶，流入宫中去。
>
> 深宫千万人，叶归韩氏处。
>
> 出宫三千人，韩氏籍中数。
>
> 回首谢君恩，泪洒胭脂雨。

---

① 鸾凤友：比喻夫妻关系。

② 僖宗之幸蜀：公元880年，黄巢起义军攻入长安，唐僖宗仓皇出逃入蜀。

寓居贵人家，方与子相遇。

通媒六礼具，百岁为夫妇。

儿女满眼前，青紫盈门户。

兹事自古无，可以传千古。

议曰：流水，无情也。红叶，无情也。以无情寓无情而求有情，终为有情者得之，复与有情者合，信前世所未闻也。夫在天理可合，虽胡越之远，亦可合也；天理不可，则虽比屋邻居，不可得也。悦于得，好于求者，观此，可以为诫也。

赵飞燕别传

[宋]谯川秦醇子复①

　　余里有李生，世业儒术。一日，家事零替。余往见之。墙角破筐中有古文数册，其间有《赵后别传》，虽编次脱落，尚可观览。余就李生乞其文以归，补正编次以成传，传诸好事者。

　　赵后腰骨尤纤细，善踽步行。若人手执花枝，颤颤然，他人莫可学也。生在主家时，号为飞燕。入宫复引援其妹，得幸，为昭仪。昭仪尤善笑语，肌骨秀滑。二人皆天下第一，色倾后宫。

　　自昭仪入宫，帝亦希幸东宫。昭仪居西宫，太后居中宫。后日夜欲求子，为自固久远计，多用小犊车载年少子与通。帝一日惟从三四人往后宫。后方与人乱，不知。左右急报，后遽惊出迎帝。后冠发散乱，言语失度，帝固亦疑焉。帝坐未久，复闻壁衣中有人嗽声，帝乃出。由是帝有害后意，以昭仪隐忍未发。

　　一日，帝与昭仪方饮，帝忽攘袖瞋目，直视昭仪，怒气怫然不可犯。昭仪遽起，避席伏地，谢曰："臣妾族孤寒下，无强近之爱。一旦得备后庭驱使之列，不意独承幸御，浓被圣私，立于众人之上。恃宠邀爱，众谤来集。加以不识忌讳，冒触威怒。臣妾愿赐速死以宽圣抱。"因泪交下。

---

① 谯川秦醇子复：即秦醇，生卒年不详，字子复，亳州谯川（今安徽省亳州市）人，主要作品有《赵飞燕别传》《谭意歌传》。《赵飞燕别传》现存两个版本。一本收在北宋刘斧编撰的《青琐高议》前集卷七，署名谯川秦醇子复撰；一本收在元末陶宗仪所编《说郛》卷三二，传名相同，题宋秦醇。关于其作者，明代文学家胡应麟认为"盖六朝人作，而宋秦醇复补缀以传者也"。

帝自引昭仪曰："汝复坐，吾语汝。"帝曰："汝无罪。汝之姊，吾欲枭其首，断其手足，置于溷中，乃快吾意。"昭仪曰："何缘而得罪？"帝言壁衣中事。昭仪曰："臣妾缘后得备后宫。后死，则妾安能独生？陛下无故而杀一后，天下有以窥陛下也。愿得身实鼎镬，体膏斧钺。"因大恸，以身投地。帝惊，遽起持昭仪曰："吾以汝之故，固不害后，第言之耳。汝何自恨若是？"久之，昭仪方就坐。问壁衣中人，帝阴穷其迹，乃宿卫①陈崇子也。帝使人就其家杀之，而废陈崇。

　　昭仪往见后，言帝所言，且曰："姊曾忆家贫饥寒无聊，姊使我与邻家女为草履，入市货履市米。一日得米归，遇风雨无火可炊。饥寒甚，不能寐，使我拥姊背，同泣。此事姊岂不忆也？今日幸富贵，无他人次我，而自毁如此。脱或再有过，帝复怒，事不可救，身首异地，为天下笑。今日，妾能拯救也。存没无定。或尔。妾死，姊尚谁攀乎？"乃涕泣不已，后亦泣焉。自是帝不复往后宫，承幸御者，昭仪一人而已。

　　昭仪方浴，帝私视。侍者报昭仪，昭仪急趋烛后避。帝瞥见之，心愈眩惑。他日昭仪浴，帝默赐侍者，特令不言。帝自屏罅觇，兰汤渫渫，昭仪坐其中，若三尺寒泉浸明玉。帝意思飞荡，若无所主。帝语近侍曰："自古人主无二后，若有，则吾立昭仪为后矣。"赵后知帝见昭仪浴，益加宠幸，乃具汤浴，请帝以观。既往，后入浴。后裸体，以水沃帝，愈亲近而帝愈不乐，不终幸而去。后泣曰："爱在一身，无可奈何。"

　　后生日，昭仪为贺，帝亦同往。酒半酣，后欲感动帝意，乃泣数行。帝曰："他人对酒而乐，子独悲，岂不足耶？"后曰："妾昔在后宫时，帝幸其第。妾立主后，帝时视妾不移目，甚久。主知帝意，遣妾侍帝，竟承

---

① 宿卫：在宫中任禁卫军的官员。

更衣之幸。下体尝污御服，妾欲为帝浣去。帝曰：'留以为忆。'不数日，备后宫。时帝齿痕犹在妾颈。今日思之，不觉感泣。"帝恻然怀旧，有爱后意，顾视嗟叹。昭仪知帝欲留，昭仪先辞去。帝逼暮方离后宫。

后因帝幸，心为奸利，上器主受，经三月，乃诈托有孕，上笺奏云："臣妾久备掖庭，先承幸御，遣赐大号，积有岁时。近因始生之日，复加善祝之私，特屈乘舆，俯临东掖，久侍宴私，再承幸御。臣妾数月来，内宫盈实，月脉不流，饮食甘美，不异常日。知圣躬之在体，辨天日之入怀。虹初贯日，应是珍符；龙据妾胸，兹为佳瑞。更期蕃育神嗣，抱日趋庭，瞻望圣明，踊跃临贺。谨此以闻。"帝时在西宫，得奏喜动颜色，答云："因阅来奏，喜庆交集。夫妇之私，义均一体，社稷之重，嗣续其先。妊体方初，保绥宜厚。药有性者勿举，食无毒者可亲。有恳来上，无烦笺奏，口授宫使可矣。"两宫候问，宫使交至。后虑帝幸，见其诈，乃与宫使王盛谋自为之计。盛谓后曰："莫若辞以有妊者不可近人，近人则有所触焉，触则孕或败。"后乃遣王盛奏帝。帝不复见后，第遣使问安否。

而甫及诞月，帝具浴子之仪。后召王盛及宫中人曰："汝自黄衣郎出入禁掖，吾引汝父子俱富贵。吾欲为自利长久计，托孕乃吾之私意，实非也。言已及期。子能为我谋焉？若事成，子万世有后利。"盛曰："臣为后取民间才生子，携入宫为后子。但事密不泄，亦无害。"后曰："可。"

盛于都城外有生子者，才数日，以百金售之。以物囊之，入宫见后。既发器，则子死。后惊曰："子死，安用也？"盛曰："臣今知矣。载子之器气不泄，此子所以死也。臣今求子，载之器，穴其上，使气可出入，则子不死。"盛得子，趋宫门欲入，则子惊啼尤甚，盛不敢入。少选，复携之趋门，子复如此，盛终不敢入宫。后宫守门吏严密。因向壁衣事，故帝令加严之甚。盛来见后，具言惊啼事。后泣曰："为之奈何？"时已逾十二

214

月矣。帝颇疑讶。或奏帝曰："尧之母十四月而生尧。后所妊当是圣人。"后终无计，乃遣人奏帝云："臣妾昨梦龙卧，不幸圣嗣不育。"帝但叹惋而已。

昭仪知其诈，乃遣人谢后曰："圣嗣不育，岂日月不满也？三尺童子尚不可欺，况人主乎？一日手足俱见，妾不知姊之死所也！"

时后庭掌茶宫女朱氏生子。宦者李守光奏帝。帝方与昭仪共食，昭仪怒，言于帝口："前者帝言自中宫来。今朱氏生子，从何而得也？"乃以身投地，大恸。帝自持昭仪起坐。昭仪呼宫吏祭规曰："急为取子来！"规取子上。昭仪语规曰："为我杀之。"规疑虑。昭仪怒骂曰："吾重禄养汝，将安用也？不然，吾并录汝！"规以子击殿础死，投之后宫。宫人孕子者尽杀之。后帝行步迟涩，颇气惫，不能御昭仪。有方士献大丹。其丹养于火百日，乃成。先以瓮贮水，满，即置丹于水中，即沸；又易去，复以新水。如是十日，不沸，方可服。帝日服一粒，颇能幸昭仪。一夕，在大庆殿，昭仪醉进十粒。初夜，绛帐中拥昭仪，帝笑声吃吃不止。及中夜，帝昏昏，知不可，将起坐，夜或仆卧。昭仪急起，秉烛自视帝，精出如泉溢。有顷，帝崩。太后遣人理昭仪且急，穷帝得疾之端。昭仪乃自绝。

后居东宫，久失御。一夕，后寝，惊啼甚久，侍者呼问，方觉。乃言曰："适吾梦中见帝，帝自云中赐吾坐。帝命进茶。左右奏帝：'后向日侍帝不谨，不合啜此茶。'吾意既不足。吾又问：'昭仪安在？'帝曰：'以数杀吾子，今罚为巨鼋，居北海之阴水穴间，受千岁冰寒之苦。'"乃大恸。

后北鄙大月王猎于海，见一巨鼋出于穴上，首犹贯玉钗，颙望波上，倦倦有恋人之意。大月王遣使问梁武帝，武帝以昭仪事答之。

谭意歌传①

[宋]谯郡秦醇子复

  谭意歌小字英奴，随亲生于英州②。丧亲，流落长沙，今潭州也。年八岁，母又死，寄养小工张文家。文造竹器自给。

  一日，官妓丁婉卿过之，私念苟得之，必丰吾屋。乃召文饮，不言而去。异日复以财帛赆文，遗颇稠叠。文告婉卿曰："文廛市贱工，深荷厚意。家贫，无以为报。不识子欲何图也？子必有告，幸请言之。愿尽愚图报，少答厚意。"婉卿曰："吾久不言，诚恐激君子之怒。今君恳言，吾方敢发。窃知意歌非君之子。我爱其容色。子能以此售我，不惟今日重酬子，异日亦获厚利。无使其居子家，徒受寒饥。子意若何？"文曰："文揣知君意久矣，方欲先白。如是，敢不从命！"

  是时方十岁，知文与婉卿之意，怒诘文曰："我非君之子，安忍弃于娼家乎？子能嫁我，虽贫穷家，所愿也。"文竟以意归婉卿。过门，意歌大号泣曰："我孤苦一身，流落万里，势力微弱，年龄幼小。无人怜救，不得从良人。"闻者莫不嗟恻。

  婉卿日以百计诱之。以珠翠饰其首，轻暖披其体，甘鲜足其口，既久益勤，若慈母之待婴儿。辰夕浸没，则心自爱夺，情由利迁。意歌忘其初

---

① 《谭意歌传》是秦醇的另一部宋传奇小说，一题《谭意哥记》，小说真实描写了一位生活在社会下层、被侮辱和压迫的娼妓谭意歌的生活经历。

② 英州：治所在今广东省英德市。

志，未及笄，为择佳配。肌清骨秀，发绀眸长，黄手纤纤，宫腰搦搦，独步于一时。车马骈溢，门馆如市。加之性明敏慧，解音律，尤工诗笔。年少千金买笑，春风惟恐居后，郡官宴聚，控骑迎之。

时运使周公权府会客，意先至府，医博士及有故至府，升厅拜公。及美髯可爱，公因笑曰："有句，子能对乎？"及曰："愿闻之。"公曰："医士拜时须拂地。"及未暇对答，意从旁曰："愿代博士对。"公曰："可。"意曰："郡侯宴处幕侵天。"公大喜。意疾既愈，庭见府官，多自称诗酒于刺①。蒋田见其言，颇笑之。因令其对句，指其面曰："冬瓜霜后频添粉。"意乃执其公裳袂，对曰："木枣秋来也著绯。"公且惭且喜，众口嚣然称赏。

魏谏议之镇长沙，游岳麓时，意随轩。公知意能诗，呼意曰："子可对吾句否？"公曰："朱衣吏，引登青障②。"意对曰："红袖人，扶下白云。"公喜，因为之立名文婉，字才姬。意再拜曰："某，微品也。而公为之名字，荣逾万金之赐。"

刘相之镇长沙，云一日登碧湘门纳凉，幕官从焉。公呼意对。意曰："某，贱品也，安敢敌公之才？公有命，不敢拒。"尔时迤逦望江外湘渚间，竹屋茅舍，有渔者携双鱼入修巷。公相曰："双鱼入深巷。"意对曰："尺素寄谁家。"公喜，赞美久之。他日，又从公轩游岳麓，历抱黄洞望山亭吟诗，坐客毕和。意为诗以献曰：

---

① 多自称诗酒于刺：往往把自己能写诗、能喝酒的本事写在名帖上。
② 青障：青色的步障。贵族官员外出时于路上设的屏风。

真仙去后已千载，此构危亭四望赊。

灵迹几迷三岛路，凭高空想五云车。

清猿啸月千岩晓，古木吟风一径斜。

鹤驾何时还古里，江城应少旧人家。

公见诗愈惊叹，坐客传观，莫不心服。公曰："此诗之妖也。"公问所从来，意歌以实对。公怆然悯之。意乃告曰："意入籍驱使迎候之列有年矣，不敢告劳。今幸遇公，倘得脱籍为良人箕帚之役，虽死必谢。"公许其脱。异日，诣投牒①，公诺其请。意乃求良匹，久而未遇。

会汝州民张正字为潭茶官，意一见谓人曰："吾得婿矣。"人询之，意曰："彼风调才学，皆中吾意。"张闻之，亦有意。

一日，张约意会于江亭。于时亭高风怪，江空月明。陡帐垂丝，清风射牖，疏帘透月，银鸭②喷香。玉枕相连，绣衾低覆，密语调簧，春心飞絮。如仙葩之并蒂，若双鱼之同泉，相得之欢，虽死未已。翌日，意尽挈其装囊归张。有情者赠之以诗曰：

才识相逢方得意，风流相遇事尤佳。

牡丹移入仙都去，从此湘东无好花。

后二年，张调官，复来见。意乃治行，饯之郊外。张登途，意把臂嘱曰："子本名家，我乃娼类，以贱偶贵，诚非佳婚。况室无主祭之妇，堂

_____

① 诣投牒：到官府里递送公文。
② 银鸭：香炉的别称。

有垂白之亲。今之分袂，决无后期。"张曰："盟誓之言，皎如日月，苟或背此，神明非欺。"意曰："我腹有君之息数月矣。此君之体也，君宜念之。"相与极恸，乃舍去。

意闭户不出，虽比屋莫见意面。既久，意为书与张云：

"阴老春回，坐移岁月。羽伏鳞潜，音问两绝。首春气候寒热，切宜保爱。逆旅都辇，所见甚多。但幽远之人，摇心左右，企望回辕，度日如岁。因成小诗，裁寄所思。兹外千万珍重。"

其诗曰：

> 潇湘江上探春回，消尽寒冰落尽梅。
>
> 愿得儿夫似春色，一年一度一归来。

逾岁，张尚未回，亦不闻张娶妻。意复有书曰：

"相别入此新岁，湘东地暖，得春尤多。溪梅堕玉，槛杏吐红，旧燕初归，暖莺已啭。对物如旧，感事自伤。或勉为笑语，不觉泪泠。数月来颇不喜食，似病非病，不能自愈。孺子无恙（意子年二岁），无烦流念。向尝面告，固匪自欺。君不能违亲之言，又不能废己之好，仰结高援，其无口焉。或俯就微下，曲为始终，百岁之恩，没齿何报！虽亡若存，摩顶至足，犹不足答君意。反覆其心，虽秃十兔毫，罄三江楮，亦不能口兹稠叠，上浼君听。执笔不觉堕泪几砚中。郁郁之意，不能自已。千万对时善育，无或以此为至念也。短唱二阕，固非君子齿牙间可吟，盖欲摅情耳。"

曲名《极相思令》一首：

湘东最是得春先，和气暖如绵。清明过了，残花巷陌，犹见秋千。

对景感时情绪乱，这密意，翠羽空传。风前月下，花时永昼，洒泪何言。

又作《长相思令》一首：

旧燕初归，梨花满院，迤逦天气融和。新晴巷陌，是处轻车轿马，禊饮①笙歌。旧赏人非，对佳时，一向乐少愁多。远意沉沉，幽闺独自颦蛾。

正消黯无言，自感凭高远意，空寄烟波。从来美事，因甚天教两处多磨？开怀强笑，向新来宽却衣罗。似恁地人怀憔悴，甘心总为伊呵。

张得意书辞，情惊久不快，亦私以意书示其所亲，有情者莫不嗟叹。张内逼慈亲之教，外为物议之非，更期月，亲已约孙贲殿丞女为姻。定问已行，媒妁素定，促其吉期，不日佳赴。张回肠危结，感泪自零。好天美景，对乐成悲，凭高怅望，默然自已。终不敢为记报意。

逾岁，意方知，为书云：

妾之鄙陋，自知甚明。事由君子，安敢深扣？一入闺帏，克勤妇道，晨昏恭顺，岂敢告劳？自执箕帚，三改岁口。苟有未至，固当垂诲。遽此见弃，致我失图。求之人情，似伤薄恶；揆之天理，亦所不容。业已许君，不可贻咎。有义则企，常风服于前书；无故见离，深自伤于微弱。盟顾可欺，则不复道。稚子今已三岁，方能移步。期于成人，此犹可待。妾

---

① 禊饮：古代习俗于农历三月上巳节到水边嬉游、饮酒，以禳除不祥。禊，音xì。

囊中尚有数百缗，当售附郭之田亩，日与老农耕耨别穰①，卧漏复甍，凿井灌园。教其子知诗书之训，礼义之重。愿其有成，终身休庇妾之此身，如此而已。其他清风馆宇，明月亭轩，赏心乐事，不致如心久矣。今有此言，君固未信，俟在他日，乃知所怀。燕尔方初，宜君子之多喜；拔葵在地，徒向日之有心②。自兹弃废，莫敢凭高。思入白云，魂游天末。幽怀蕴积，不能穷极。得官何地，因风寄声。固无他意，贵知动止。饮泣为书，意绪无极。千万自爱。

张得意书，日夕叹怅。后三年，张之妻孙氏谢世，湖外莫通信耗。会有客自长沙替归，遇于南省书理间。张询客意歌行没。客抚掌大骂曰："张生乃木人石心也。使有情者见之，罪不容诛！"张曰："何以言之？"客曰："意自张之去，则掩户不出，虽比屋莫见其面。闻张已别娶，意之心愈坚，方买郭外田百亩以自给。治家清肃，异议纤毫不可入。亲教其子。吾谓古之李住满女，不能远过此。吾或见张，当唾其面而非之。"张惭怩久之，召客饮于肆，云："吾乃张生。子责我皆是。但子不知吾家有亲，势不得已。"客曰："吾不知子乃张君也。"久乃散。

张生乃如长沙。数日，既至，则微服游于肆，询意之所为。言意之美者不容刺口。默询其邻，莫有见者。门户潇洒，庭宇清肃。张固已恻然。意见张，急闭户不出。张曰："吾无故涉重河，跨大岭，行数千里之地，心固在子。子何见拒之深也，岂昔相待之薄欤？"意云："子已有室，我方端洁以全其素志。君宜去，无浼我。"张云："吾妻已亡矣。曩者之事，君勿复为念，以理推之可也。吾不得子，誓死于此矣。"意云："我向慕君，忽

---

① 耕耨别穰：意为耕田。耨，音nòu。穰，音ráng。
② 拔葵在地，徒向日之有心：自己像被拔倒在地的葵花一样被抛弃，空有一片向日（丈夫）之心。

遽入君之门，则弃之也容易。君若不弃焉，君当通媒妁，为行吉礼，然后妾敢闻命。不然，无相见之期。"竟不出。

张乃如其请，纳彩问名，一如秦晋之礼焉。事已，乃挈意归京师。意治闺门，深有礼法，处亲族皆有恩意，内外和睦，家道已成。意后又生一子，以进士登科，终身为命妇。夫妇偕老，子孙繁茂。呜呼，贤哉！

王幼玉记

[宋]淇上柳师尹[①]

王生名真姬，小字幼玉，一字仙才，本京师人。随父流落于湖外，与衡州女弟女兄三人皆为名娼，而其颜色歌舞，甲于伦辈之上。群妓亦不敢与之争高下。幼玉更出于二人之上，所与往还皆衣冠士大夫。舍此，虽巨商富贾，不能动其意。

夏公酉（夏贤良，名噩，字公酉）游衡阳，郡侯开宴召之。公酉曰："闻衡阳有歌妓名王幼玉，妙歌舞，美颜色，孰是也？"郡侯张郎中公起乃命幼玉出拜。公酉见之，嗟吁曰："使汝居东西二京，未必在名妓之下。今居于此，其名不得闻于天下。"顾左右取笺，为诗赠幼玉。其诗曰：

> 真宰无私心，万物逞殊形。
>
> 嗟尔兰蕙质，远离幽谷青。
>
> 清风暗助秀，雨露濡其泠。
>
> 一朝居上苑，桃李让芳馨。

由是益有光。但幼玉暇日常幽艳愁寂，寒芳未吐。人或询之，则曰："此道非吾志也。"又询其故，曰："今之或工或商，或农或贾，或道或僧，皆足以自养。惟我侪涂脂抹粉，巧言令色，以取其财。我思之愧赧无限。逼于父母姊弟，莫得脱此。倘从良人，留事舅姑，主祭祀，俾人回指曰：'彼人妇也。'死有埋骨之地。"

---

① 淇上柳师尹：即柳师尹，生卒年、字号均不详。

会东都人柳富字润卿，豪俊之士。幼玉一见曰："兹吾夫也。"富亦有意室之。富方倦游，凡于风前月下，执手恋恋，两不相舍。既久，其妹窃知之。一日，诟富以语曰："子若复为向时事，吾不舍子，即讼子于官府。"富从是不复往。

　　一日，遇幼玉于江上。幼玉泣曰："过非我造也，君宜以理推之。异时幸有终身之约，无为今日之恨。"相与饮于江上，幼玉云："吾之骨，异日当附子之先陇。"又谓富曰："我平生所知，离而复合者甚众。虽言爱勤勤，不过取其财帛，未尝以身许之也。我发委地，宝之若金玉，他人无敢窥觊，于子无所惜。"乃自解鬟，剪一缕以遗富。富感悦深至，去又羁思不得会为恨，因而伏枕。幼玉日夜怀思，遣人侍病。既愈，富为长歌赠之云：

> 紫府①楼阁高相倚，金碧户牖红晖起。
>
> 其间燕息皆仙子，绝世妖姿妙难比。
>
> 偶然思念起尘心，几年谪向衡阳市。
>
> 阳娇飞下九天来，长在娼家偶然耳。
>
> 天姿才色拟绝伦，压倒花衢众罗绮。
>
> 绀发浓堆巫峡云，翠眸横剪秋江水。
>
> 素手纤长细细圆，春笋脱向青云里。
>
> 纹履鲜花窄窄弓，凤头翘起红裙底。
>
> 有时笑倚小栏杆，桃花无言乱红委。
>
> 王孙逆目似劳魂，东邻一见还羞死。
>
> 自此城中豪富儿，呼僮控马相追随。

---

① 紫府：神仙居住之处，也称"紫官"。

千金买得歌一曲，暮雨朝云镇相续。

皇都年少是柳君，体段风流万事足。

幼玉一见苦留心，殷勤厚遣行人祝。

青羽飞来洞户前，惟郎苦恨多拘束。

偷身不使父母知，江亭暗共才郎宿。

犹恐恩情未甚坚，解开鬟髻对郎前。

一缕云随金剪断，两心浓更密如绵。

自古美事多磨隔，无时两意空悬悬。

清宵长叹明月下，花时洒泪东风前。

怨入朱弦危更断，泪如珠颗自相连。

危楼独倚无人会，新书写恨托谁传。

奈何幼玉家有母，知此端倪蓄嗔怒。

千金买醉嘱佣人，密约幽欢镇相误。

将刃欲加连理枝，引弓欲弹鹈鹕羽。

仙山只在海中心，风逆波紧无船渡。

桃源去路隔烟霞，咫尺尘埃无觅处。

郎心玉意共殷勤，同指松筠情愈固。

愿郎誓死莫改移，人事有时自相遇。

他日得郎归来时，携手同上烟霞路。

　　富因久游，亲促其归。幼玉潜往别，共饮野店中。玉曰："子有清才，我有丽质。才色相得，誓不相舍，自然之理。我之心，子之意，质诸神明，结之松筠久矣。子必异日有潇湘之游，我亦待君之来。"于是二人共盟，焚香，致其灰于酒中，共饮之。是夕同宿江上。

翌日，富作词别幼玉，名《醉高楼》，词曰：

> 人间最苦，最苦是分离。
>
> 伊爱我，我怜伊。
>
> 青草岸头人独立，画船东去橹声迟。
>
> 楚天低，回望处，两依依。
>
> 后会也知俱有愿，未知何日是佳期。
>
> 心下事，乱如丝。
>
> 好天良夜还虚过，辜负我，两心知。
>
> 愿伊家，衷肠在，一双飞。

富唱其曲以沽酒，音调辞意悲惋，不能终曲。乃饮酒，相与大恸。富乃登舟。

富至荦下，以亲年老，家又多故，不得如约，但对镜洒涕。会有客自衡阳来，出幼玉书，但言幼玉近多病卧。富遽开其书疾读，尾有二句云：

> 春蚕到死丝方尽，蜡烛成灰泪始干。

富大伤感，遗书以见其意，云：

"忆昔潇湘之逢，令人怆然。尝欲拿舟，泛江一往。复其前盟，叙其旧契。以副子念切之心，适我生平之乐。奈因亲老族重，心为事夺，倾风结想，徒自潇然。风月佳时，文酒胜处，他人怡怡，我独惚惚如有所失。凭酒自释，酒醒，情思愈彷徨，几无生理。古之两有情者，或一如意，一不如意，则求合也易。今子与吾，两不如意，则求偶也难。君更待焉，事不易知，当如所愿。不然，天理人事，果不谐，则天外神姬，海中仙客，犹能相遇，吾二人独不得遂，岂非命也？子宜勉强饮食，无使真元耗散，自残其体，则子不吾见，吾何望焉？子书尾有二句，吾为子终其篇。

云：

> 临流对月暗悲酸，瘦立东风自怯寒。
>
> 湘水佳人方告疾，帝都才子亦非安。
>
> 春蚕到死丝方尽，蜡烛成灰泪始干。
>
> 万里云山无路去，虚劳魂梦过湘滩。

一日，残阳沉西，疏帘不卷。富独立庭帏，见有半面出于屏间。富视之，乃幼玉也。玉曰："吾以思君得疾，今已化去。欲得一见，故有是行。我以平生无恶，不陷幽狱。后日当生兖州西门张遂家，复为女子。彼家卖饼。君子不忘昔日之旧，可过见我焉。我虽不省前世事，然君之情当如是。我有遗物在侍儿处，君求之以为验。千万珍重！"忽不见。富惊愕，但终叹惋。

异日有过客自衡阳来，言幼玉已死，闻未死前嘱侍儿曰："我不得见郎，死为恨。郎平日爱我手发眉眼。他皆不可寄附，吾今剪发一缕，手指甲数个，郎来访我，子与之。"后数日，幼玉果死。

议曰：今之娼，去就徇利，其他不能动其心。求潇女霍生事，未尝闻也。今幼玉爱柳郎，一何厚耶？有情者观之，莫不怆然。善谐音律者广以为曲，俾行于世，使系于牙齿之间，则幼玉虽死不死也。吾故叙述之。

王樨传

[宋]佚名

唐王樨，金陵人，家巨富，祖以航海为业。

一日，樨具大舶，欲之大食国。行逾月，海风大作，惊涛际天，阴云如墨，巨浪走山。鲸鳌出没，鱼龙隐现，吹波鼓浪，莫知其数。然风势益壮。巨浪一来，身若上于九天；大浪既回，舟如堕于海底。举舟之人，兴而复颠，颠而又仆。不久，舟破。独樨一板之附，又为风涛飘荡。开目则鱼怪出其左，海兽浮其右，张目呀口，欲相吞噬。樨闭目待死而已。

三日，抵一洲。舍板登岸。行及百步，见一翁媪，皆皂衣服，年七十余，喜曰："此吾主人郎也。何由至此？"樨以实对，乃引到其家。坐未久，曰："主人远来，必甚馁。"进食，□肴皆水族。

月余，樨方平复，饮食如故。翁曰："□吾国者，必先见君。向以郎□倦，未可往。今可矣。"樨诺。翁乃引行三里，过阛阓民居，亦甚烦会。又过一长桥，方见宫室，台榭，连延相接，若王公大人之居。至大殿门，阍者入报。不久，一妇人出，服颇美丽，传言曰："王召君入见。"王坐大殿，左右皆女人立。王衣皂袍，乌冠。樨即殿阶。王曰："君北渡人也，礼无统制，无拜也。"樨曰："既至其国，岂有不拜乎？"王亦折躬劳谢。王喜，召樨上殿，赐坐，曰："卑远之国，贤者何由及此？"樨以风涛破舟，不意及此，惟祈王见矜。曰："君舍何处？"樨曰："见居翁家。"王令急召来。翁至，□曰："此本乡主人也，凡百无令其不如意。"王曰："有所须，但论。"乃引去，复寓翁家。

翁有一女，甚美色。或进茶饵，帘牖间偷视私顾，亦无避忌。翁一日

228

召榭饮。半酣，白翁曰："某身居异地，赖翁母存活，旅况如不失家，为德甚厚。然万里一身，怜悯孤苦，寝不成寐，食不成甘，使人郁郁。但恐成疾伏枕，以累翁也。"翁曰："方欲发言，又恐轻冒。家有小女，年十七，此主人家所生也。欲以结好，少适旅怀，如何？"榭答："甚善。"翁乃择日备礼。王亦遗酒肴采礼，助结姻好。成亲，榭细视女，俊目狭腰，杏脸绀鬓，体轻欲飞，妖姿多态。榭询其国名。曰："乌衣国也。"榭曰："翁常目我为主人郎。我亦不识者，所不役使，何主人云也？"女曰："君久即自知也。"后常饮燕，衽席之间，女多泪眼畏人，愁眉蹙黛。榭曰："何故？"女曰："恐不久暌别。"榭曰："吾虽萍寄，得子亦忘归。子何言离意？"女曰："事由阴数，不由人也。"

王召榭宴于宝墨殿，器皿陈设俱黑，亭下之乐亦然。杯行乐作，亦甚清婉，但不晓其曲耳。王命玄玉杯劝酒，曰："至吾国者，古今止两人，汉有梅成，今有足下。愿得一篇，为异日佳话。"给笺。榭为诗曰：

基业祖来兴大舶，万里梯航惯为客。

今年岁运顿衰零，中道偶然罹此厄。

巨风迅急若追兵，千叠云阴如墨色。

鱼龙吹浪洒面腥，全身尽葬鱼龙宅。

阴火连空紫焰飞，直疑浪与天相拍。

鲸目光连半海红，鳌头波涌掀天白。

桅樯倒折海底开，声若雷霆以分别。

随我神助不沉沦，一板漂来此岸侧。

君恩虽重赐宴频，无奈旅人自凄恻。

引领乡原涕泪零，恨不此身生羽翼。

王览诗欣然，曰："君诗甚好！无苦怀家，不久令归。虽不能羽翼，亦令君跨烟雾。"宴回，各人作口诗。女曰："末句何相讥也？"榭亦不晓。不久，海上风和日暖，女泣曰："君归有日矣！"王遣人谓曰："君某日当回，宜与家人叙别。"女置酒，但悲泣不能发言，雨洗娇花，露沾弱柳，绿惨红愁，香消腻瘦。榭亦悲感。女作别诗曰：

> 从来欢会惟忧少，自古恩情到底稀。
>
> 此夕孤帏千载恨，梦魂应逐北风飞。

又曰："我自此不复北渡矣。使君见我非今形容，且将憎恶之，何暇怜爱。我见君亦有疾妒之情。今不复北渡，愿老死于故乡。此中所有之物，郎俱不可持去，非所惜也。"令侍中取丸灵丹来，曰："此丹可以召人之神魂，死未逾月者，皆可使之更生。其法用一明镜致死者胸上，以丹安于项，以东南艾枝作柱灸之，立活。此丹海神秘惜，若不以昆仑玉盒盛之，即不可逾海。"适有玉盒，并付以系榭左臂。大恸而别。王曰："吾国无以为赠。"取笺，诗曰：

> 昔向南溟浮大舶，漂流偶作吾乡客。
>
> 从兹相见不复期，万里风烟云水隔。

榭辞拜。王命取"飞云轩"来。既至，乃一乌毡兜子耳。命榭入其中，复命取化羽池水，洒之其毡乘。又召翁姬，扶持榭回。王戒榭曰："当闭目，少息即至君家。不尔，即堕大海矣。"榭合目，但闻风声怒涛。既久，开目，已至其家，坐堂上。四顾无人，惟梁上有双燕呢喃。榭仰视，乃知所止之国，燕子国也。须臾，家人出相劳问，俱曰："闻为风涛破舟，死矣！何故遽归？"

榭曰："独我附板而生。"亦不告所居之国。榭惟一子，去时方三岁。不见，乃问家人。曰："死已半月矣！"榭感泣，因思灵丹之言，命开棺取尸，如法灸之，果生。至秋，二燕将去，悲鸣庭户之间。榭招之，飞集于臂，乃取纸细书一绝，系于尾，云：

> 误到华胥国里来，玉人终日重怜才。
>
> 云轩飘去无消息，泪洒临风几百回。

来春，燕来，径泊榭臂，尾一小柬。取视，乃诗也。□有一绝，云：

> 昔日相逢真数合，而今睽隔是生离。
>
> 来春纵有相思字，三月天南无燕飞。

榭深自恨。明年，亦不来。其事流传众人口，因目榭所居处为乌衣巷。刘禹锡《金陵五咏》《有乌衣巷》诗云：

> 朱雀桥边野草花，乌衣巷口夕阳斜。
>
> 旧时王榭堂前燕，飞入寻常百姓家。

即知王榭之事非虚矣。

梅妃传

[宋]佚名

梅妃，姓江氏，莆田人。父仲逊，世为医。妃年九岁，能诵二《南》[1]，语父曰："我虽女子，期以此为志。"父奇之，名曰之采蘋。

开元中，高力士使闽粤，妃笄矣。见其少丽，选归，侍明皇，大见宠幸。长安大内、大明、兴庆三宫，东都大内、上阳两宫，几四万人，自得妃，视如尘土。宫中亦自以为不及。

妃善属文，自比谢女[2]。淡妆雅服，而姿态明秀，笔不可描画。性喜梅，所居阑槛，悉植数株，上榜曰"梅亭"。梅开赋赏，至夜分尚顾恋花下不能去。上以其所好，戏名曰梅妃。妃有《萧兰》《梨园》《梅花》《凤笛》《玻杯》《剪刀》《绮窗》七赋。

是时承平岁久，海内无事，上于兄弟间极友爱，日从燕间，必妃侍侧。上命破橙往赐诸王，至汉邸，潜以足蹴妃履，妃登时退阁。上命连宣，报言："适履珠脱缀，缀竟当来。"久之，上亲往命妃。妃拽衣迓上，言胸腹疾作，不果前也。卒不至，其恃宠如此。

后上与妃斗茶，顾诸王戏曰："此梅精也。吹白玉笛，作惊鸿舞，一座光辉。斗茶今又胜我矣。"妃应声曰："草木之戏，误胜陛下。设使调和四海，烹饪鼎鼐，万乘自有宪法，贱妾何能较胜负也！"上大喜。

会太真杨氏入侍，宠爱日夺，上无疏意。而二人相嫉，避路而行。上

---

① 二《南》：《诗经》中的《周南》《召南》二篇。

② 谢女：指谢道韫，东晋女诗人。陈郡阳夏（今河南省太康县）人。她是安西将军谢奕之女，东晋政治家谢安的侄女，王凝之的妻子，王羲之的儿媳。

方之英皇，议者谓广狭不类，窃笑之。太真忌而智，妃性柔缓，亡以胜。后竟为杨氏迁于上阳东宫。

后上忆妃，夜遣小黄门灭烛，密以戏马召妃至翠华西阁，叙旧爱，悲不自胜。继而上失寤，侍御惊报曰："妃子已届阁前，当奈何？"上披衣，抱妃藏夹幕间。

太真既至，问："梅精安在？"上曰："在东宫。"太真曰："乞宣至，今日同浴温泉。"上曰："此女已放屏，无并往也。"太真语益坚，上顾左右不答。太真大怒曰："看核狼藉，御榻下有妇人遗舄，夜来何人侍陛下寝，欢醉至于日出不视朝？陛下可出见群臣。妾止此阁以俟驾回。"上愧甚，拽衾向屏假寐曰："今日有疾，不可临朝。"太真怒甚，径归私第。上顷觅妃所在，已为小黄门①送令步归东宫。上怒斩之。遗舄并翠钿命封赐妃。妃谓使者曰："上弃我之深乎？"使曰："上非弃妃，诚恐太真恶情耳。"妃笑曰："恐怜我则动肥婢情，岂非弃也？"

妃以千金寿高力士，求词人拟司马相如为《长门赋》，欲邀上意。力士方奉太真，且畏其势，报曰："无人解赋。"妃乃自作《楼东赋》，略曰：

"玉鉴尘生，凤奁香殄，懒蝉鬓之巧梳，闲缕衣之轻练。苦寂寞于蕙宫，但凝思乎兰殿。信摽落之梅花，隔长门而不见。况乃花心扬恨，柳眼弄愁，暖风习习，春鸟啾啾。楼上黄昏兮听凤吹而回首，碧云日暮兮对素月而凝眸。温泉不到，忆拾翠之旧游；长门深闭，嗟青鸾之信修。忆昔太液清波，水光荡浮，笙歌赏燕，陪从宸旒。奏舞鸾之妙曲，乘画鹢之仙舟。君情缱绻，深叙绸缪。誓山海而常在，似日月而无休。奈何嫉色庸

---

① 小黄门：指宦官。

庸，妒气冲冲，夺我之爱幸，斥我乎幽宫。思旧欢之莫得，想梦著乎朦胧。度花朝与月夕，羞懒对乎春风。欲相如之奏赋，奈世才之不工。属愁吟之未尽，已响动乎疏钟。空长叹而掩袂，踌躇步于楼东。"

太真闻之，谓明皇曰："江妃庸贱，以廋词宣言怨望，愿赐死。"上默然。

会岭表使归，妃问左右："何处驿使来，非梅使耶？"对曰："庶邦贡杨妃荔实使来。"妃悲咽泣下。上在花萼楼，会夷使至，命封珍珠一斛密赐妃。妃不受，以诗付使者，曰："为我进御前也。"曰：

> 柳叶双眉久不描，残妆和泪湿红绡。
>
> 长门自是无梳洗，何必珍珠慰寂寥。

上览诗，怅然不乐。令乐府以新声度之，号《一斛珠》，曲名始此也。

后禄山犯阙，上西幸，太真死，及东归，寻妃所在，不可得。上悲谓兵火之后，流落他处。诏有得之，官二秩，钱百万。搜访不知所在。上又命方士飞神御气，潜经天地，亦不可得。有宦者进其画真，上言似甚，但不活耳。诗题于上，曰：

> 忆昔娇妃在紫宸，铅华不御得天真。
>
> 霜绡虽似当时态，争奈娇波不顾人。

读之泣下，命模像刊石。

后上暑月昼寝，仿佛见妃隔竹间泣，含涕障袂，如花朦雾露状。妃曰："昔陛下蒙尘，妾死乱兵之手，哀妾者埋骨池东梅株傍。"上骇然流汗而寤。登时令往太液池发视之，不获。上益不乐，忽悟温泉池侧有梅十余株，岂在是乎？上自命驾，令发视。才数株，得尸，裹以锦裀，盛以酒槽，附土三尺许。上大恸，左右莫能仰视。视其所伤，胁下有刀痕。上自制文诔之，以妃礼易葬焉。

赞曰："明皇自为潞州别驾，以豪伟闻。驰骋犬马鄠杜之间，与侠少游。用此起支庶，践尊位，五十余年，享天下之奉，穷极奢侈，子孙百数，其阅万方美色众矣。晚得杨氏，变易三纲，浊乱四海，身废国辱，思之不少悔。是固有以中其心，满其欲矣。江妃者，后先其间，以色为所深嫉，则其当人主者，又可知矣。议者谓或覆宗，或非命，均其娼忌自取。殊不知明皇耄而忮忍，至一日杀三子，如轻断蝼蚁之命。奔窜而归，受制昏逆，四顾嫔嫱，斩亡俱尽，穷独苟活，天下哀之。《传》曰：'以其所不爱及其所爱。'盖天所以酬之也。报复之理，毫发不差，是岂特两女子之罪哉？"

汉兴，尊《春秋》，诸儒持《公》《谷》角胜负，《左传》独隐而不宣，最后乃出。盖古书历久始传者极众。今世图画美人把梅者，号"梅妃"，泛言唐明皇时人，而莫详所自也。盖明皇失邦，咎归杨氏，故词人喜传之。梅妃特嫔御擅美，显晦不同，理应尔也。此传得自万卷朱遵度家，大中二年七月所书，字亦媚好。其言时有涉俗者。惜乎史逸其说。略加修润而曲循旧语，惧没其实也。惟叶少蕴与余得之，后世之传，或在此本。又记其所从来如此。

李师师[①]外传

[宋]佚名

  李师师者，汴京东二厢永庆坊染局匠王寅之女也。寅妻既产女而卒，寅以菽浆代乳乳之，得不死，在襁褓未尝啼。汴俗，凡男女生，父母爱之，必为舍身佛寺。寅怜其女，乃为舍身宝光寺。女时方知孩笑。一老僧目之曰："此何地，尔乃来耶？"女至是忽啼。僧为摩其顶，啼乃止。寅窃喜，曰："是女真佛弟子。"为佛弟子者，俗呼为师，故名之曰师师。

  师师方四岁，寅犯罪系狱死。师师无所归，有倡籍李姥者收养之。比长，色艺绝伦，遂名冠诸坊曲。

  徽宗帝即位，好事奢华，而蔡京、章惇、王黼之徒，遂假绍述为名，劝帝复行青苗诸法。长安中粉饰为饶乐气象。市肆酒税，日计万缗；金玉缯帛，充溢府库。于是童贯、朱勔辈复导以声色狗马、宫室苑囿之乐。凡海内奇花异石，搜采殆遍。筑离宫于汴城之北，名曰艮岳。帝般乐其中，久而厌之，更思微行，为狎邪游。

  内押班张迪者，帝所亲幸之寺人也。未宫时为长安狎客，往来诸坊曲，故与李姥善。为帝言陇西氏色艺双绝，帝艳心焉。翼日，命迪出内府紫茸二匹，霞氍二端，瑟瑟珠二颗，白金廿镒，诡云大贾赵乙，愿过庐一顾。姥利金币，喜诺。

  暮夜，帝易服杂内寺四十余人中，出东华门，二里许，至镇安坊。镇

---

① 李师师：生卒年不详，北宋末年著名歌妓，东京开封府（今河南省开封市）人。其事迹多见于野史、笔记小说。

安坊者，李姥所居之里也。帝麾止余人，独与迪翔步而入。堂户卑庳。姥出迎，分庭抗礼，慰问周至。进以时果数种，中有香雪藕、水晶蘋婆，而鲜枣大如卵，皆大官所未供者。帝为各尝一枚。姥复款洽良久，独未见师师出拜，帝延伫以待。时迪已辞退，姥乃引帝至一小轩。棐几临窗，缥缃数帙，窗外新篁，参差弄影。帝憪然兀坐，意兴闲适，独未见师师出侍。少顷，姥引帝到后堂。陈列鹿炙、鸡酢、鱼脍、羊签等肴，饭以香子稻米，帝为进一餐。姥侍旁，款语移时，而师师终未出见。帝方疑异，而姥忽复请浴，帝辞之。姥至帝前，耳语曰："儿性好洁，勿忤。"帝不得已，随姥至一小楼下湢室中浴竟。姥复引帝坐后堂，肴核水陆，杯盏新洁，劝帝欢饮，而师师终未一见。

良久，姥才执烛引帝至房。帝搴帷而入，一灯荧然，亦绝无师师在。帝益异之，为倚徙几榻间。又良久，见姥拥一姬姗姗而来。淡妆不施脂粉，衣绢素，无艳服。新浴方罢，娇艳如出水芙蓉。见帝，意似不屑，貌殊倨，不为礼。姥与帝耳语曰："儿性颇愎，勿怪。"帝于灯下凝睇物色之，幽姿逸韵，闪烁惊眸。问其年，不答。复强之，乃迁坐于他所。姥复附帝耳曰："儿性好静坐，唐突勿罪。"遂为下帷而出。师师乃起，解玄绢褐袄，衣轻绨，卷右袂，援壁间琴，隐几端坐而鼓《平沙落雁》之曲。轻拢慢捻，流韵淡远。帝不觉为之倾耳，遂忘倦。比曲三终，鸡唱矣。帝亟披帷出。姥闻，亦起，为进杏酥饮、枣糕、怀饦诸点品。帝饮杏酥杯许，旋起去。内侍从行者皆潜候于外，即拥卫还宫。时大观三年八月十七日事也。

姥私语师师曰："赵人礼意不薄，汝何落落乃尔？"师师怒曰："彼贾奴耳。我何为者？"姥笑曰："儿强项，可令御史里行也。"而长安人言籍籍，皆知驾幸陇西氏。姥闻大恐，日夕惟涕泣。泣语师师曰："洵是，夷吾族矣。"师师曰:"无恐,上肯顾我,岂忍杀我?且畴昔之夜,幸不见逼,上意必怜我。惟是我所窃自悼者,实命不犹,流落下贱,使不洁之名,上累至尊,此则死有余辜耳。若夫天威震怒,横被诛戮,事起佚游,上所深讳,必不至此,可无虑也。"

次年正月,帝遣迪赐师师蛇跗琴。蛇跗琴者,琴古而漆黦,则有纹如蛇之跗,盖大内珍藏宝器也。又赐白金五十两。

三月,帝复微行如陇西氏。师师仍淡妆素服,俯伏门阶迎驾。帝喜,为执其手令起。帝见其堂户忽华敞,前所御处,皆以蟠龙锦绣覆其上。又小轩改造杰阁,画栋朱阑,都无幽趣。而李姥见帝至,亦匿避,宣至,则体颤不能起,无复向时调寒送暖情态。帝意不悦,为霁颜,以老娘呼之,谕以一家子无拘畏。

姥拜谢,乃引帝至大楼。楼初成,师师伏地叩帝赐额。时楼前杏花盛放,帝为书"醉杏楼"三字赐之。少顷置酒,师师侍侧,姥匍匐传樽为帝寿。帝赐师师隅坐,命鼓所赐蛇跗琴,为弄《梅花三叠》。帝衔杯饮听,称善者再。然帝见所供肴馔皆龙凤形,或镂或绘,悉如宫中式。因问之,知出自尚食房厨夫手,姥出金钱倩制者。帝亦不怪,谕姥今后悉如前,无矜张显著。遂不终席,驾返。

帝尝御画院,出诗句试诸画工,中式者岁间得一二。是年九月,以"金勒马嘶芳草地,玉楼人醉杏花天"名画一幅赐陇西氏。又赐藕丝灯、暖雪灯、芳苡灯、火凤衔珠灯各十盏;鸬鹚杯、琥珀杯、琉璃盏、镂金偏提各十事;月团、凤团、蒙顶等茶百斤,怀饦、寒具、银餤饼数盒。又赐黄白金各千两。时宫中已盛传其事,郑后闻而谏曰:"妓流下贱,不宜上接圣躬。且暮夜微行,亦恐事生叵测。愿陛下自爱。"帝颔之。阅岁者再,不复出。然通问赏赐,未尝绝也。

宣和二年，帝复幸陇西氏。见悬所赐画于醉杏楼，观玩久之。忽回顾见师师，戏语曰："画中人乃呼之竟出耶？"即日赐师师辟寒金钿、映月珠环、舞鸾青镜、金虬香鼎。次日，又赐师师端溪凤味砚、李廷珪墨、玉管宣毫笔、剡溪绫纹纸。又赐李姥钱百千缗。

迪私言于上曰："帝幸陇西，必易服夜行，故不能常继。今艮岳离宫东偏有官地袤延二三里，直接镇安坊。若于此处为潜道，帝驾往还殊便。"帝曰："汝图之。"于是迪等疏言："离宫宿卫人向多露处。臣等愿捐赀若干，于官地营室数百楹，广筑围墙，以便宿卫。"帝可其奏。于是羽林巡军等，布列至镇安坊止，而行人为之屏迹矣。

四年三月，帝始从潜道幸陇西，赐藏阄双陆等具。又赐片玉棋盘、碧白二色玉棋子、画院宫扇、九折五花之簟、鳞文蓐叶之席、湘竹绮帘、五彩珊瑚钩。是日，帝与师师双陆不胜，围棋又不胜，赐白金二千两。嗣后师师生辰，又赐珠钿、金条脱各二事，玑琲一箧，毳锦数端，鹭毛缯翠羽缎百匹，白金千两。后又以灭辽庆贺，大赉州郡，加恩宫府。乃赐师师紫绡绢幕、五彩流苏、冰蚕神锦被、却尘锦褥、麸金千两，良酝则有桂露流霞香蜜等名。又赐李姥大府钱万缗。计前后赐金银钱、缯帛、器用、食物等，不下十万。

帝尝于宫中集宫眷等宴坐，韦妃私问曰："何物李家儿，陛下悦之如此？"帝曰："无他，但令尔等百人，改艳妆，服玄素，令此娃杂处其中，迥然自别。其一种幽姿逸韵，要在色容之外耳。"

无何，帝禅位，自号为道君教主，退处太乙宫。佚游之兴，于是衰矣。师师语姥曰："吾母子嬉嬉，不知祸之将及。"姥曰："然则奈何？"师师曰："汝第勿与知，唯我所欲。"

时金人方启衅，河北告急。师师乃集前后所赐金钱，呈牒开封尹，愿入官，助河北饷。复赂迪等代请于上皇，愿弃家为女冠。上皇许之，赐北郭慈云观居之。

未几，金人破汴。主帅闼懒索师师，云："金主知其名，必欲生得之。"乃索之累日不得。张邦昌①等为踪迹之，以献金营。师师骂曰："吾以贱妓，蒙皇帝眷，宁一死无他志。若辈高爵厚禄，朝廷何负于汝，乃事事为斩灭宗社计？今又北面事丑虏，冀得一当，为呈身之地。吾岂作若辈羔雁贽耶？"乃脱金簪自刺其喉，不死；折而吞之，乃死。道君帝在五国城，知师师死状，犹不自禁其涕泣之汍澜也。

论曰：李师师以娼妓下流，猥蒙异数，所谓处非其据矣。然观其晚节，烈烈有侠士风，不可谓非庸中佼佼者也。道君奢侈无度，卒召北辕之祸，宜哉。

---

① 张邦昌：字子能，永静军东光县(今河北省东光县)人。北宋末年宰相，是主和派代表人物。靖康之难后，受到金国逼迫，建立伪楚政权，历时一月。金国撤兵后，还政于宋高宗赵构，后被赐死。

卷末 稗边小缀①

鲁迅纂

《古镜记》见《太平广记》卷二百三十，改题《王度》，注云：出《异闻集》。《太平御览》（九百十二）引其程雄家婢一事，作隋王度《古镜记》，盖缘所记皆隋时事而误。《文苑英华》（七百三十七）顾况《戴氏广异记》序云："国朝燕公《梁四公记》，唐临《冥报记》，王度《古镜记》，孔慎言《神怪志》，赵自勤《定命录》，至如李庾成、张孝举之徒，互相传说。"则度实已入唐，故当为唐人。惟《唐书》及《新唐书》皆无度名。其事迹之可藉本文考见者，如下：

大业七年五月，自御史罢归河东；六月，归长安。八年四月，在台；冬，兼著作郎，奉诏撰国史。九年秋，出兼芮城令；冬，以御史带芮城令，持节河北道，开仓赈给陕东。十年，弟绩自六合丞弃官归，复出游。十三年六月，绩归长安。

由隋入唐者有王绩，绛州龙门人，《新唐书》（一九六）《隐逸传》云："大业中，举孝悌廉洁，不乐在朝，求为六合丞。以嗜酒不任事，时天下亦乱，因劾，遂解去。叹曰：'罗网在天下，吾且安之！'乃还乡里。……初，兄凝为隋著作郎，撰《隋书》，未成，死。绩续余功，亦不能成。"则《新唐书》之绩及凝，即此文之绩及度，或度一名凝，或《新唐书》字误，未能详也。《唐书》（一九二）亦有绩传，云："贞观十八年卒。"时度已先殁，然不知在何年。宋晁公武《郡斋读书志》（十四）类书类有《古镜记》一卷，云："右未详撰人，纂古镜故事。"或即此。《御览》所引一节，文字小有不同。如"为下邽陈思恭义女"下有"思恭妻郑氏"五字，"遂将鹦鹉"之"将"作"劫"，皆较《广记》为胜。

《补江总白猿传》据明长州顾氏《文房小说》覆刊宋本录，校以《太平广记》四百四十四所引，改正数字。《广记》题曰《欧阳纥》，注云："出《续江氏传》。"是亦据宋初单行本也。此传在唐宋时盖颇流行，故史志屡见著录：

《新唐书·艺文志》子部小说家类：《补江总白猿传》一卷。

《郡斋读书志》史部传记类：《补江总白猿传》一卷。右不详何人撰。述梁大同末欧阳纥妻为猿所窃，后生子询。《崇文目》以为唐人恶询者为之。

《直斋书录解题》子部小说家类：《补江总白猿传》一卷。无名氏。欧阳纥者，询之父也。询貌猕猿，盖常与长孙无忌互相嘲谑矣。此传遂因其嘲广之，以实其事。托言江总，必无名子所为也。

《宋史·艺文志》子部小说类：《集补江总白猿传》一卷。

长孙无忌嘲欧阳询事，见刘𫗧《隋唐嘉话》（中）。其诗云："耸髆成山字，埋肩不出头。谁家麟阁上，画此一猕猴！"盖询耸肩缩项，状类猕猴。而老玃窃人妇生子，本旧来传说。汉焦延寿《易林》（坤之剥）已云："南山大玃，盗我媚妾。"晋张华作《博物志》，说之甚详（见卷三《异兽》）。唐人或妒询名重，遂牵合以成此传。其曰"补江总"者，谓总为欧阳纥之友，又尝留养询，具知其本末，而未为作传，因补之也。

《离魂记》见《广记》三百五十八，原题《王宙》，注云："出《离魂记》。"即据以改题。"二男并孝廉擢第，至丞尉"句下，原有"事出陈玄祐《离魂记》云"九字，当是羡文，今删。玄祐，大历时人，余未知其审。

《枕中记》今所传有两本，一在《广记》八十二，题作《吕翁》，注云："出《异闻集》。"一见于《文苑英华》八百八十三，篇名、撰人名毕具。而《唐人说荟》竟改称李泌作，莫喻其故也。沈既济，苏州吴人（《元和姓纂》云吴兴武康人），经学该博，以杨炎荐，召拜左拾遗、史馆修撰。贞元时，炎得罪，既济亦贬处州司户参军。后入朝，位吏部员外郎，卒。撰《建中实录》十卷，人称其能。《新唐书》(百三十二)有传。
既济为史家，笔殊简质，又多规诲，故当时虽薄传奇文者，仍极推许。如
李肇，即拟以庄生寓言，与韩愈之《毛颖传》并举(《国史补》下)。
《文苑英华》不收传奇文，而独录此篇及陈鸿《长恨传》，殆亦以意主箴
规，足为世戒矣。

在梦寐中忽历一世，亦本旧传。晋干宝《搜神记》中即有相类之事。
云："焦湖庙有一玉枕，枕有小坼。时单父县人杨林为贾客，至庙祈求。庙
巫谓曰：'君欲好婚否？'林曰：'幸甚。'巫即遣林近枕边，因入坼中。
遂见朱楼琼室，有赵太尉在其中。即嫁女与林，生六子，皆为秘书郎。历
数十年，并无思归之志。忽如梦觉，犹在枕旁，林怆然久之。"(见宋乐
史《太平寰宇记》百二十六引。现行本《搜神记》乃后人钞合，失收此
条。)盖即《枕中记》所本。明汤显祖又本《枕中记》以作《邯郸记》传
奇，其事遂大显于世。原文吕翁无名，《邯郸记》实以吕洞宾，殊误。洞宾
以开成年下第入山，在开元后，不应先已得神仙术，且称翁也。然宋时固
已溷为一谈，吴曾《能改斋漫录》、赵与时《宾退录》皆尝辨之。明胡应
麟亦有考正，见《少室山房笔丛》中之《玉壶遐览》。

《太平广记》所收唐人传奇文，多本《异闻集》。其书十卷，唐末屯
田员外郎陈翰撰，见《新唐书·艺文志》，今已不传。据《郡斋读书志》
(十三)云："以传记所载唐朝奇怪事，类为一书。"及见收于《广记》者
察之，则为撰集前人旧文而成。然照以他书所引，乃同是一文，而字句又
颇有违异。或所据乃别本，或翰所改定，未能详也。此集之《枕中记》，
即据《文苑英华》录，与《广记》之采自《异闻集》者多不同。尤甚者如
首七句《广记》作"开元十九年，道者吕翁经邯郸道上，邸舍中设榻施
席，担囊而坐"。"主人方蒸黍"作"主人蒸黄粱为馔"。后来凡言"黄粱

梦"者，皆本《广记》也。此外尚多，今不悉举。

《任氏传》见《广记》四百五十二，题曰《任氏》，不著所出，盖尝单行。"天宝九年"上原有"唐"字。案《广记》取前代书，凡年号上著国号者，大抵编录时所加，非本有，今删。他篇皆仿此。

——右第一分

李吉甫《编次郑钦悦辨大同古铭论》，清赵钺及劳格撰之《唐御史台精舍题名考》（三）云："见于《文苑英华》。"先未写出，适又无《文苑英华》可借，因据《广记》三百九十一录其文，本题《郑钦悦》，则复依赵钺、劳格说改也。文亦原非传奇；而《广记》注云："出《异闻记》。"盖其事奥异，唐宋人固已以小说视之，因编于集。李吉甫字弘宪，赵人，贞元初，为太常博士，累仕至翰林学士中书舍人。元和二年，以中书侍郎同中书门下平章事，出为淮南节度使，旋复入相。九年十月，暴疾卒，年五十七。赠司空，谥忠懿。两《唐书》（旧一四八，新一四六）皆有传。郑钦悦则《新唐书》（二百）附见《儒学赵冬曦传》中。云开元初繇新津丞请试五经擢第，授巩县尉、集贤院校理、右补阙、内供奉。雅为李林甫所恶。韦坚死，钦悦时位殿中侍御史，尝为坚判官，贬夜郎尉，卒。

《柳氏传》出《广记》四百八十五，题下注云："许尧佐撰。"《新唐书》（二百）《儒学·许康佐传》云："贞元中，举进士宏辞，连中之。……其诸弟皆擢进士第，而尧佐最先进；又举宏辞，为太子校书郎。八年，康佐继之。尧佐位谏议大夫。"柳氏事亦见于孟棨《本事诗》（《情感第一》），自云开成中在梧州闻之大梁凤将赵唯，乃其目击。所记与尧佐传并同，盖事实也。而述翊复得柳氏后事较详审，录之：

后罢府闲居，将十年。李相勉镇夷门，又署为幕吏。时韩已迟暮，同列皆新进后生，不能知韩，举目为"恶诗"。韩邑邑不得意，多辞疾在家。唯末职韦巡官者，亦知名士，与韩独善。一日，夜将半，韦叩门急。韩出见之，贺曰："员外除驾部郎中，知制诰。"韩大愕然曰："必无此事，定误矣。"韦就座曰："留邸状报制诰阙人。中书两进名，御笔不点出。又请之，且求圣旨所与。德宗批曰：'与韩翃。'时有与翃同姓名者，为江淮刺史，又具二人同进。御笔复批曰：'春城无处不飞花，寒食东风御柳斜。日暮汉宫传蜡烛，轻烟散入五侯家。'又批曰：'与此韩翃。'"韦又贺曰："此非员外诗耶？"韩曰："是也。是知不误矣。"质明，而李与僚属皆至。时建中初也。

后来取其事以作剧曲者，明有吴长儒《练囊记》，清有张国寿《章台柳》。

《柳毅传》见《广记》四百十九卷，注云："出《异闻集》。"原题无"传"字，今增。据本文，知为陇西李朝威作，然作者之生平不可考。柳毅事则颇为后人采用，金人已撷以作杂剧（语见董解元《弦索西厢》）；元尚仲贤有《柳毅传书》，翻案而为《张生煮海》；李好古亦有《张生煮海》；明黄说仲有《龙箫记》。用于诗篇，亦复时有。而胡应麟深恶之，曾云："唐人小说如柳毅传书洞庭事，极鄙诞不根，文士亟当唾去，而诗人往往好用之。夫诗中用事，本不论虚实，然此事特诞而不情。造言者至此，亦横议可诛者也。何仲默每戒人用唐宋事，而有'旧井潮深柳毅祠'之句，亦大卤莽。今特拈出，为学诗之鉴。"（《笔丛》三十六）申绎此意，则为凡汉晋人语，倘或近情，虽诞可用。古人欺以其方，即明知而乐受，亦未得为笃论也。

《李章武传》出《广记》卷三百四十。原题无"传"字，篇末注云："出李景亮为作传。"今据以加。景亮，贞元十年详明政术可以理人科擢第，见《唐会要》，余未详。

《霍小玉传》出《广记》四百八十七，题下注云："蒋防撰。"防字子徵（《全唐文》作"微"），义兴人，澄之后。年十八，父诫令作《秋河赋》，援笔即成。于简遂妻以子。李绅即席命赋《鞴上鹰》诗。绅荐之。后历翰林学士中书舍人（明凌迪知《古今万姓统谱》八十六）。长庆中，绅得罪，防亦自尚书司封员外郎知制诰贬汀州刺史（《唐书·敬宗纪》），寻改连州。李益者，字君虞，系出陇西，累官右散骑常侍。太和中，以礼部尚书致仕。时又有一李益，官太子庶子，世因称君虞为"文章李益"以别之，见《新唐书》（二百三）《李益传》。益当时大有诗名，而今遗集苓落，清张澍曾衰集为一卷，刻《二酉堂丛书》中，前有事辑，收罗李事甚备。《霍小玉传》虽小说，而所记盖殊有因，杜甫《少年行》有句云："黄衫年少宜来数，不见堂前东逝波。"即指此事。时甫在蜀，殆亦从传闻得之。益之友韦夏卿，字云客，京兆万年人，亦两《唐书》（旧一六五，新一六二）皆有传。李肇（《国史补》中）云："散骑常侍李益少有疑病。"而传谓小玉死后，李益乃大猜忌，则或出于附会，以成异闻者也。明汤海若尝取其事作《紫箫记》。

——右第二分

李公佐所作小说，今有四篇在《太平广记》中，其影响于后来者甚巨，而作者之生平顾不易详。从文中所自述，得以考见者如次：

贞元十三年，泛潇湘、苍梧。（《古岳渎经》）十八年秋，自吴之洛，暂泊淮浦。（《南柯太守传》）

元和六年五月，以江淮从事受使至京，回次汉南。（《冯媪传》）八年春，罢江西从事，扁舟东下，淹泊建业。（《谢小娥传》）冬，在常州。

（《经》）九年春，访古东吴，泛洞庭，登包山。（《经》）十三年夏月，始归长安，经泗滨。（《谢传》）

《全唐诗》末卷有李公佐仆诗。其本事略谓公佐举进士后，为钟陵从事。有仆夫执役勤瘁，迨三十年。一旦，留诗一章，距跃凌空而去。诗有"颛蒙事可亲"之语，注云："公佐字颛蒙。"疑即此公佐也。然未知《全唐诗》采自何书，度必出唐人杂说，而寻检未获。《新唐书》（七十）《宗室世系表》有千牛备身公佐，为河东节度使说子，灵盐朔方节度使公度弟，则别一人也。《唐书·宣宗纪》载有李公佐，会昌初，为杨府录事，大中二年，坐累削两任官，却似颛蒙。然则此李公佐盖生于代宗时，至宣宗初犹在，年几八十矣。惟所见仅孤证单文，亦未可遽定。

《古岳渎经》出《广记》四百六十七，题为《李汤》，注云："出《戎幕闲谈》。"《戎幕闲谈》乃韦绚作，而此篇是公佐之笔甚明。元陶宗仪《辍耕录》（三十）云："东坡《濠州涂山》诗'川锁支祁水尚浑'注：'程演曰：《异闻集》载《古岳渎经》，禹治水，至桐柏山，获淮涡水神，名曰巫支祁。'"其出处及篇名皆具，今即据以改题，且正《广记》所注之误。《经》盖公佐拟作，而当时已被其淆惑。李肇《国史补》（上）即云："楚州有渔人，忽于淮中钓得古铁锁，挽之不绝。以告官。刺史李汤大集人力，引之。锁穷，有青猕猴跃出水，复没而逝。后有验《山海经》云：'水兽，好为害，禹锁于军山之下，其名曰无支祁。'"验今本《山海经》无此语，亦不似逸文。肇殆为公佐此作所误，又误记书名耳。且亦非公佐据《山海经》逸文，以造《岳渎经》也。至明，遂有人径收之《古逸书》中。胡应麟（《笔丛》三十二）亦有说，以为："盖即六朝人踵《山海经》体而赝作者。或唐人滑稽玩世之文，命名《岳渎》可见。以其说颇诡异，故后世或喜道之。宋太史景濂亦稍隐括集中，总之以文为戏耳。罗泌

《路史》辩有'无之祁';世又讹禹事为泗州大圣,皆可笑。"所引文亦与《广记》殊有异同:"禹理水"作"禹治淮水";"走雷"作"迅雷";"石号"作"水号";"五伯"作"土伯";"搜命"作"授命";"千"作"等山";"白首"作"白面";"奔轻"二字无;"闻"字无;"章律"作"童律",下重有"童律"二字;"鸟木由"作"乌木由",下亦重有三字;"庚辰"下亦重有"庚辰"字;"桓"下有"胡"字;"聚"作"丛";"以数千载"作"以十数";"大索"作"大械";末四字无。颇较顺利可诵识。然未审元瑞所据者为善本,抑但以意更定也,故不据改。

朱熹《楚辞辩证》(下)云:"《天问》,鲧窃帝之息壤以湮洪水,特战国时俚俗相传之语,如今世俗僧伽降无之祁,许逊斩蛟蜃精之类。本无依据,而好事者遂假托撰造以实之。"是宋时先讹禹为僧伽。王象之《舆地纪胜》(四十四淮南东路盱眙军)云:"水母洞在龟山寺,俗传泗州僧伽降水母于此。"则复讹巫支祁为水母。褚人获《坚瓠续集》二云:"《水经》载禹治水至淮,淮神出见。形一猕猴,爪地成水。禹命庚辰执之。遂锁于龟山之下,淮水乃平。至明,高皇帝过龟山,令力士起而视之。因拽铁索盈两舟,而千人拔之起。仅一老猿,毛长盖体,大吼一声,突入水底。高皇帝急令羊豕祭之,亦无他患。"是又讹此文为《水经》,且坚嫁李汤事于明太祖矣。

《南柯太守传》出《广记》四百七十五,题《淳于棼》,注云:"出《异闻录》。"传是贞元十八年作,李肇为之赞,即缀篇末。而元和中肇作《国史补》,乃云:"近代有造谤而著者,《鸡眼》《苗登》二文;有传蚁穴而称者,李公佐《南柯太守》;有乐伎而工篇什者,成都薛涛;有家僮而善章句者,郭氏奴(不记名)。皆文之妖也。"(卷下)约越十年,遂诋之至此,亦可异矣。棼事亦颇流传,宋时,扬州已有南柯太守墓,见

《舆地纪胜》（三十七淮南东路）引《广陵行录》。明汤显祖据以作《南柯记》，遂益广传至今。

《庐江冯媪传》出《广记》三百四十三，注云："出《异闻录》。"事极简略，与公佐他文不类。然以其可考见作者踪迹，聊复存之。《广记》旧题无"传"字，今加。

《谢小娥传》出《广记》四百九十一，题李公佐撰。不著所从出，或尝单行欤？然史志皆不载。唐李复言作《续玄怪录》，亦详载此事，盖当时已为人所艳称。至宋，遂稍讹异，《舆地纪胜》（三十四江南西路）记临江军人物，有谢小娥，云："父自广州部金银纲，携家入京，舟过萧滩，遇盗，全家遇害。小娥溺水，不死，行乞于市。后佣于盐商李氏家，见其所用酒器，皆其父物，始悟向盗乃李也。心衔之，乃置刀藏之。一夕，李生置酒，举室酣醉。娥尽杀其家人，而闻于官。事闻诸朝，特命以官。娥不愿，曰：'已报父仇，他无所事，求小庵修道。'朝廷乃建尼寺，使居之，今金地坊尼寺是也。"事迹与此传似是而非，且列之李邈与傅霂之间，殆已以小娥为北宋末人矣。明凌濛初作通俗小说（《拍案惊奇》十九），则据《广记》。

贞元十一年，太原白行简作《李娃传》，亦应李公佐之命也。是公佐不特自制传奇，且亦促侪辈作之矣。《传》今在《广记》卷四百八十四，注云："出《异闻集》。"元石君宝作《李亚仙花酒曲江池》，明薛近兖作《绣襦记》，皆本此。胡应麟（《笔丛》四十一）论之曰："娃晚收李子，仅足赎其弃背之罪，传者亟称其贤，大可哂也。"以《春秋》决传奇狱，失之。

行简，字知退（《新唐书·宰相世系表》云，字退之），居易弟也。贞元末，登进士第。元和十五年，授左拾遗，累迁司门员外郎主客郎中。宝历二年冬，病卒。两《唐书》皆附见居易传（旧一六六，新一一九）。

有集二十卷，今不存。传奇则尚有《三梦记》一篇，见原本《说郛》卷四。其刘幽求一事尤广传，胡应麟（《笔丛》三十六）又云："《太平广记》梦类数事皆类此。此盖实录，余悉祖此假托也。"案清蒲松龄《聊斋志异》中之《凤阳士人》，盖亦本此。

《说郛》于《三梦记》后，尚缀《纪梦》一篇，亦称行简作。而所记年月为会昌二年六月，时行简卒已十七年矣。疑伪造，或题名误也。附存以备检：

行简云：长安西市帛肆有贩粥求利而为之平者，姓张，不得名。家富于财，居光德里。其女，国色也。尝因昼寝，梦至一处，朱门大户，榮戟森然。由门而入，望其中堂，若设燕张乐之为，左右廊皆施帏幄。有紫衣吏引张氏于西廊幕次，见少女如张等辈十许人，花容绰约，花钿照耀。既至，吏促张妆饰，诸女迭助之理泽傅粉。有顷，自外传呼："侍郎来！"自隙间窥之，见一紫绶大官。张氏之兄尝为其小吏，识之，乃言曰："吏部沈公也。"俄又呼曰："尚书来！"又有识者，并帅王公也。逡巡，复连呼曰："某来！""某来！"皆郎官以上，六七个坐厅前。紫衣吏曰："可出矣。"群女旋进，金石丝竹铿鎬，震响中署。酒酣，并州见张氏而视之，尤属意。谓之曰："汝习何艺能？"对曰："未尝学声音。"使与之琴，辞不能。曰："第操之！"乃抚之而成曲。予之筝，亦然；琵琶，亦然。皆平生所不习也。王公曰："恐汝或遗。"乃令口受诗："鬓梳闲扫学宫妆，独立闲庭纳夜凉。手把玉簪敲砌竹，清歌一曲月如霜。"张曰："且归辞父母，异日复来。"忽惊啼，寤，手扪衣带，谓母曰："尚书诗遗矣！"索笔录之。问其故，泣对以所梦，且曰："殆将死乎？"母怒曰："汝作魇耳。何以为辞？乃出不祥言如是。"因卧病累日。外亲有持酒看者，又有将食味者。女曰："且须膏沐澡渝。"母听。良久，艳妆盛色而至。食毕，乃遍拜父母及坐客，曰："时不留，某今往矣。"自授衾而寝。父母环伺之，俄尔遂卒。会昌二年六月十五日也。

二十年前，读书人家之稍豁达者，偶亦教稚子诵白居易《长恨歌》。陈鸿所作传，因连类而显，忆《唐诗三百首》中似即有之。而鸿之事迹颇晦，惟《新唐书·艺文志》小说类有陈鸿《开元升平源》一卷，注云："字大亮，贞元主客郎中。"又《唐文粹》（九十五）有陈鸿《大统纪序》云："少学乎史氏，志在编年。贞元丁（案当作乙）酉岁，登太常第，始闲居遂志，乃修《大统纪》三十卷……七年，书始成，故绝笔于元和六年辛卯。"《文苑英华》（三九二）有元稹撰《授丘纾陈鸿员外郎制》，云："朝议郎行太常博士上柱国陈鸿，坚于讨论，可以事举，可虞部员外郎。"可略知其仕历。《长恨传》则有三本。一见于《文苑英华》七百九十四；明人又附刊一篇于后，云："出《丽情集》及《京本大曲》。"文句甚异，疑经张君房辈增改以便观览，不足据。一在《广记》四百八十六卷中，明人掇以实丛刊者皆此本，最为广传。而与《文苑》本亦颇有异同，尤甚者如"其年夏四月"至篇末一百七十二字，《广记》止作"至宪宗元和元年，盩厔尉白居易为歌以言其事。并前秀才陈鸿作传，冠于歌之前，目为《长恨歌传》"而已。自称前秀才陈鸿，为《文苑》本所无，后人亦决难臆造，岂当时固有详略两本欤，所未详也。今以《文苑英华》较不易见，故据以入录。然无诗，则以载于《白氏长庆集》者足之。

《五色线》（下）引陈鸿《长恨传》云："贵妃赐浴华清池，清澜三尺中洗明玉，既出水，力微不胜罗绮。"今三本中均无第二三语。惟《青琐高议》（七）中《赵飞燕别传》有云："兰汤滟滟，昭仪坐其中，若三尺寒泉浸明玉。"宋秦醇之所作也。盖引者偶误，非此传逸文。

本此传以作传奇者，有清洪昉思之《长生殿》，今尚广行。蜗寄居士有杂剧曰《长生殿补阙》，未见。

《东城老父传》出《广记》四百八十五。《宋史·艺文志》史部传记类著录陈鸿《东城老父传》一卷，则曾单行。传末贾昌述开元理乱，谓："当时取士，孝悌理人而已，不闻进士宏词拔萃之为其得人也。"亦大有叙"开元升平源"意。又记时人语云："生儿不用识文字，斗鸡走马胜读书。贾家小儿年十三，富贵荣华代不如。"同出于陈鸿所作传，而远不如《长恨传》中"生女勿悲酸，生男勿喜欢"之为世传诵，则以无白居易为作歌之为之也。

《资治通鉴考异》卷十二所引有《升平源》，云世以为吴兢所撰，记姚元崇借骑射邀恩，献纳十事，始奉诏作相事。司马光驳之曰："果如所言，则元崇进不以正。又当时天下之事，止此十条，须因事启沃，岂一旦可邀。似好事者为之，依托兢名，难以尽信。"案兢，汴州浚仪人，少励志，贯知经史。魏元忠荐其才堪论撰，诏直史馆，修国史。私撰《唐书》《唐春秋》，叙事简核，人以董狐目之。有传在《唐书》（旧一百二，新一三二）。《开元升平源》《唐志》本云陈鸿作，《宋史·艺文志》史部故事类始著吴兢《贞观政要》十卷，又《开元升平源》一卷。疑此书本不著撰人名氏，陈鸿、吴兢，并后来所题。二人于史皆有名，欲假以增重耳。今姑置之《东城老父传》之后，以从《通鉴考异》写出，故仍题兢名。

——右第三分

元稹，字微之，河南河内人，以校书郎累仕至中书舍人，承旨学士。由工部侍郎入相，旋出为同州刺史，改越州，兼浙东观察使。太和初，入为尚书左丞，检校户部尚书，兼鄂州刺史、武昌军节度使。五年七月，卒于镇，年五十三。两《唐书》（旧一六六，新一七四）皆有传。于文章亦负重名，自少与白居易唱和。当时言诗者称"元白"，号为"元和体"。有《元氏长庆集》一百卷，《小集》十卷，今惟《长庆集》六十卷存。《莺莺传》见《广记》四百八十八。其事之振撼文林，为力甚大。当时已有杨巨源、李绅辈作诗以张之；至宋，则赵令畤拈以制《商调蝶恋花》(在《侯鲭录》中)；金有董解元作《弦索西厢》；元有王实甫《西厢记》，关汉卿《续西厢记》；明有李日华《南西厢记》，陆采亦有《南西厢记》，周公鲁有《翻西厢记》；至清，查继佐尚有《续西厢》杂剧云。

因《莺莺传》而作之杂剧及传奇，曩惟王、关本易得。今则刘氏暖红室已刊《弦索西厢》，又聚赵令畤《商调蝶恋花》等较著之作十种为《西厢记十则》。市肆中往往而有，不难致矣。

《莺莺传》中已有红娘及欢郎等名，而张生独无名字。王楙《野客丛书》(二十九)云："唐有张君瑞，遇崔氏女于蒲，崔小名莺莺。元稹与李绅语其事，作《莺莺歌》。"客中无赵令畤《侯鲭录》，无从知《商调蝶恋花》中张生是否已具名字。否则宋时当尚有小说或曲子，字张为君瑞者。漫识于此，俟有书时考之。

《周秦行纪》余所见凡三本。一在《广记》卷四百八十九；一在《顾氏文房小说》中，末一行云"宋本校行"；一附于《李卫公外集》内，是明刊本。后二本较佳，即据以互校转写，并从《广记》补正数字。三本皆题牛僧孺撰。僧孺，字思黯，本陇西狄道人。居宛、叶间。元和初，以贤良方正对策第一，条指失政，鲠讦不避权贵，因不得意。后渐仕至御史中丞，以户部侍郎同中书门下平章事。又累贬为循州长史。宣宗立，乃召还，为太子少师。大中二年，年六十九卒，赠太尉，谥文简。两《唐书》(旧一七二，新一七四)皆有传。僧孺性坚僻，与李德裕交恶，各立门户，终生不解。又好作志怪，有《玄怪录》十卷，今已佚，惟辑本一卷存。而《周秦行纪》则非真出僧孺手。晁公武（《郡斋读志书》十三）云"贾黄中以为韦瓘所撰。瓘，李德裕门人，以此诬僧孺"者也。案是时有两韦瓘，皆尝为中书舍人。一年十九入关，应进士举，二十一进士状头，榜下除左拾遗，大中初任廉察桂林，寻除主客分司。见莫休符《桂林风土记》。一字茂宏，京兆万年人，韦夏卿弟正卿之子也。"及进士第，累仕中书舍人。与李德裕善。李宗闵恶之，德裕罢，贬为明州长史。"见《新唐书》（一六二）《夏卿传》，则为作《周秦行纪》者。胡应麟（《笔丛》三十二）云："中有'沈婆儿作天子'等语，所为根蒂者不浅。独怪思黯罹此巨谤，不亟自明，何也？牛、李二党曲直，大都鲁、卫间。牛撰《玄怪录》等，亡只词构李，李之徒顾作此以危之。于戏，二子者，用心睹矣！牛迄功名终，而子孙累叶贵盛。李挟高世之才，振代之绩，卒沦海岛，非忌刻忮害之报耶？辄因是书，播告夫世之工谮诉者。"乞灵于果报，殊未足以餍心。然观李德裕所作《周秦行纪论》，至欲持此一文，致僧孺于族灭，则其阴谲险狠，可畏实甚。弃之者众，固其宜矣。论犹在集（外集四）中，迻录于后：

言发于中，情见乎辞。则言辞者，志气之来也。故察其言而知其内，玩其辞而见其意矣。余尝闻太牢氏（凉国李公尝呼牛僧孺为太牢。凉公名不便，故不书）好奇怪其身，险易其行。以其姓应国家受命之谶，曰："首尾三麟六十年，两角犊子恣狂颠，龙蛇相斗血成川。"及见著《玄怪录》，多造隐语，人不可解。其或能晓一二者，必附会焉。纵司马取魏之渐，用田常有齐之由。故自卑秩，至于宰相。而朋党若山，不可动摇。欲有意摆撼者，皆遭诬坐，莫不侧目结舌，事具史官刘轲《日历》。余得太牢《周秦行纪》，反覆睹其太牢以身与帝王后妃冥遇，欲证其身非人臣相也，将有意于"狂颠"。及至戏德宗为"沈婆儿"，以代宗皇后为"沈婆"，令人骨战。可谓无礼于其君甚矣！怀异志于图谶明矣。余少服臧文仲之言曰："见无礼于其君者，如鹰鹯之逐鸟雀也。"故贮太牢已久。前知政事，欲正刑书，力未胜而罢。余读国史，见开元中，御史汝南子谅弹奏牛仙客，以其姓符图谶。虽似是，而未合"三麟六十"之数。自裴晋国与余凉国（名不便）、彭原（程）、赵郡（绅）诸从兄，嫉太牢如仇，颇类余志。非怀私忿，盖恶其应谶也。太牢作镇襄州日，判复州刺史乐坤《贺武宗监国状》曰："闲事不足为贺。"则恃姓敢如此耶！会余复知政事，将欲发觉，未有由。值平昭义，得与刘从谏交结书，因审逐之。嗟乎，为人臣阴怀逆节，不独人得诛之，鬼得诛矣。凡与太牢胶固，未尝不是薄流无赖辈，以相表里。意太牢有望，而就佐命焉，斯亦信符命之致。或以中外罪余于太牢爱憎，故明此论，庶乎知余志。所恨未暇族之，而余又罢。岂非王者不死乎？遗祸胎于国，亦余大罪也。倘同余志，继而为政，宜为君除患。历既有数，意非偶然，若不在当代，必在于子孙。须以太牢少长，咸置于法，则刑罚中而社稷安，无患于二百四十年后。嘻！余致君之道，分隔于明时。嫉恶之心，敢辜于早岁？因援毫而摅宿愤。亦书《行纪》之迹于后。

论中所举刘轲，亦李德裕党。《日历》具称《牛羊日历》，牛羊，谓牛僧孺、杨虞卿也，甚毁此二人。书久佚，今有辑本，缪荃荪刻之《藕香零拾》中。又有皇甫松，著《续牛羊日历》，亦久佚。《资治通鉴考异》（卷二十）引一则，于《周秦行纪》外，且痛诋其家世，今节录之：

太牢早孤。母周氏，冶荡无检。乡里云："兄弟羞赧，乃令改醮。"既与前夫义绝矣，及贵，请以出母追赠。礼云："庶氏之母死，何为哭于孔氏之庙乎？"又曰："不为伋也妻者，是不为白也母。"而李清心妻配牛幼简，是夏侯铭所谓"魂而有知，前夫不纳于幽壤；殁而可作，后夫必诉于玄穹。"使其母为失行无适从之鬼，上罔圣朝，下欺先父，得曰忠孝智识者乎？作《周秦行纪》，呼德宗为"沈婆儿"，谓睿真皇太后为"沈婆"。此乃无君甚矣！

盖李之攻牛，要领在姓应图谶，心非人臣，而《周秦行纪》之称德宗为"沈婆儿"，尤所以证成其罪。故李德裕既附之论后，皇甫松《续历》亦严斥之。今李氏《穷愁志》虽尚存（《李文饶外集》卷一至四，即此），读者盖寡；牛氏《玄怪录》亦早佚，仅得后人为之辑存。独此篇乃屡刻于丛书中，使世间由是更知僧孺名氏。时世既迁，怨亲俱泯，后之结果，盖往往非当时所及料也。

李贺《歌诗编》（一）有《送沈亚之歌》，序言元和七年送其下第归吴江，故诗谓"吴兴才人怨春风，桃花满陌千里红，紫丝竹断骢马小，家住钱塘东复东"。中复云"春卿拾才白日下，掷置黄金解龙马，携笈归家重入门，劳劳谁是怜君者"也。然《唐书》已不详亚之行事，仅于《文苑传序》一举其名。幸《沈下贤集》迄今尚存，并考宋计有功《唐诗纪事》、元辛文房《唐才子传》，犹能知其概略。亚之字下贤，吴兴人。元和十年，进士及第，历殿中侍御史内供奉。太和初，为德州行营使者柏耆判官。耆贬，亚之亦谪南康尉；终郢州掾。其集本九卷，今有十二卷，盖后人所加。中有传奇三篇。亦并见《太平广记》，皆注云："出《异闻集》。"字句往往与集不同。今者据本集录之。

《湘中怨辞》出《沈下贤集》卷二。《广记》在二百九十八，题曰《太学郑生》，无序及篇末"元和十三年"以下三十六字。文句亦大有异，殆陈翰编《异闻集》时之所删改欤。然大抵本集为胜。其"遂我"作"逐我"，则似《广记》佳。惟亚之好作涩体，今亦无以决之。故异同虽多，悉不复道。

《异梦录》见集卷四。唐谷神子已取以入《博异志》。《广记》则在二百八十二，题曰《邢凤》，较集本少二十余字，王炎作王生。炎为王播弟，亦能诗，不测《异闻集》何为没其名也。《沈下贤集》今有长沙叶氏观古堂刻本，及上海涵芬楼影印本。二十年前则甚希觏。余所见者为影钞小草斋本，既录其传奇三篇，又以丁氏八千卷楼钞本校改数字。同是十二卷本《沈集》，而字句复颇有异同，莫知孰是。如王炎诗"择水葬金钗"，惟小草斋本如此，他本皆作"择土"。顾亦难遽定"择水"为误。此类甚多，今亦不备举。印本已渐广行，易于入手，求详者自可就原书比勘耳。

梦中见舞弓弯，亦见于唐时他种小说。段成式《酉阳杂俎》（十四）云："元和初，有一士人，失姓字，因醉卧厅中。及醒，见古屏上妇人等悉于床前踏歌。歌曰：'长安女儿踏春阳，无处春阳不断肠。舞袖弓腰浑忘却，蛾眉空带九秋霜。'其中双鬟者问曰：'如何是弓腰？'歌者笑曰：'汝不见我作弓腰乎？'乃反首，髻及地，腰势如规焉。士人惊惧，因叱之。忽然上屏，亦无其他。"其歌与《异梦录》者略同，盖即由此曼衍。宋乐史撰《杨太真外传》，卷上注中记杨国忠卧睹屏上诸女下床自称名，且歌舞。其中有"楚宫弓腰"，则又由《酉阳杂俎》所记而传讹。凡小说流传，大率渐广渐变，而推究本始，其实一也。

《秦梦记》见集卷二，及《广记》二百八十二，题曰《沈亚之》，异同不多。"击体舞"当作"击髀舞"，"追酒"当作"置酒"，各本俱误。"如今日"之"今"字，疑衍，小草斋本有，他本俱无。

《无双传》出《广记》四百八十六，注云："薛调撰。"调，河中宝鼎人，美姿貌，人号为"生菩萨"。咸通十一年，以户部员外郎加驾部郎中，充翰林承旨学士。次年，加知制诰。郭妃悦其貌，谓懿宗曰："驸马盍若薛调乎？"顷之，暴卒，年四十三，时咸通十三年二月二十六日也。世以为中鸩云（见《新唐书·宰相世系表》《翰苑群书》及《唐语林》四）。胡应麟（《笔丛》四十一）云："王仙客……事大奇而不情，盖润饰之过。或乌有、无是类，不可知。"案范摅《云溪友议》（上）载："有崔郊秀才者，寓居于汉上，蕴精文艺，而物产罄悬。亡何，与姑婢通，每有阮咸之从。其婢端丽，饶彼音律之能，汉南之最也。姑鬻婢于连帅。帅爱之，以类无双，给钱四十万，宠眄弥深。郊思慕不已。即强亲府署，愿一见焉。其婢因寒食来从事冢，值郊立丁柳阴，马上连泣，誓若山河。崔生赠以诗曰：'公子王孙逐后尘，绿珠垂泪滴罗巾。侯门一入深如海，从此萧郎是路人。'"诗闻于帅，遂以归崔。"无双"下原有注云："即薛太保之爱妾，至今图画观之。"然则无双不但实有，且当时已极艳传。疑其事之前半，或与崔郊姑婢相类；调特改薛太尉家为禁中，以隐约其辞。后半则颇有增饰，稍乖事理矣。明陆采尝拈以作《明珠记》。

柳珵《上清传》见《资治通鉴考异》卷十九。司马光驳之云："信如此说，则参为人所劫，德宗岂得反云'蓄养侠刺'？况陆贽贤相，安肯为此。就使欲陷参，其术固多，岂肯为此儿戏？全不近人情。"亦见于《太平广记》卷二百七十五，题曰《上清》，注云："出《异闻集》。""相国窦公"作"丞相窦参"，后凡"窦公"皆只作一"窦"字；"隶名掖庭"下有"且久"二字；"怒陆贽"上有"至是大悟因"五字；"老"作"这"；"恣行媒孽"下有"乘间攻之"四字；"特敕"下有"削"字。余尚有小小异同，今不备举。此篇本与《刘幽求传》同附《常侍言旨》之后。《言旨》亦珵作，《郡斋读书志》（十三）云，记其世父柳芳所谈。芳，蒲州河东人；子登、冕；登，子璟，见《新唐书》（一三二）。珵盖璟之从兄弟行矣。

《杨娼传》出《广记》四百九十一，原题房千里撰。千里字鹄举，河

259

南人，见《新唐书·宰相世系表》。《艺文志》有房千里《南方异物志》一卷，《投荒杂录》一卷，注云："大和初进士第，高州刺史。"是其所终官也。此篇记叙简率，殊不似作意为传奇。《云溪友议》（上）又有《南海非》一篇，谓房千里博士初上第，游岭徼。有进士韦滂自南海致赵氏为千里妾。千里倦游归京，暂为南北之别。过襄州遇许浑，托以赵氏。浑至，拟给以薪粟，则赵已从韦秀才矣。因以诗报房，云："春风白马紫丝缰，正值蚕眠未采桑。五夜有心随暮雨，百年无节待秋霜。重寻绣带朱藤合，却认罗裙碧草长。为报西游减离恨，阮郎才去嫁刘郎。"房闻，哀恸几绝云云。此传或即作于得报之后，聊以寄慨者欤。然韦縠《才调集》（十）又以浑诗为无名氏作，题云："客有新丰馆题怨别之词，因诘传吏，尽得其实，偶作四韵嘲之。"

《飞烟传》出《说郛》卷三十三所录之《三水小牍》，皇甫枚撰。亦见于《广记》四百九十一，"飞烟"作"非烟"。《三水小牍》本三卷，见《宋史·艺文志》及《直斋书录解题》。今止存二卷，刻于卢氏《抱经堂丛书》及缪氏《云自在龛丛书》中。就书中可考见者，枚字遵美，安定人。三水，安定属邑也。咸通末，为汝州鲁山令；光启中，僖宗在梁州，赴调行在。明姚咨跋云："天佑庚午岁，旅食汾、晋，为此书。"今书中不言及此，殆出于枚之自序，而今失之。缪氏刻本有逸文一卷，收《非烟传》，然仅据《广记》所引，与《说郛》本小有异同，且无篇末一百十余字。《广记》不云出于何书，盖尝单行也，故仍录之。

《虬髯客传》据明《顾氏文房小说》录，校以《广记》百九十三所引《虬髯传》，互有详略异同，今补正二十余字。杜光庭字宾至，处州缙云人。先学道于天台山，仕唐为内供奉。避乱入蜀，事王建，为金紫光禄大夫，谏议大夫，赐号广成先生。后主立，以为传真天师，崇真馆大学士。

后解官，隐青城山，号东瀛子。年八十五卒。著书甚多，有《谏书》一百卷，《历代忠谏书》五卷，《道德经广圣义疏》三十卷，《录异记》十卷，《广成集》一百卷，《壶中集》三卷。此外言道教仪则、应验，及仙人、灵境者尚二十余种，八十余卷。今惟《录异记》流传。光庭尝作《王氏神仙传》一卷，以悦蜀主。而此篇则以窥视神器为大戒，殆尚是仕唐时所为。《宋史·艺文志》小说类著录作"《虬髯客传》一卷"。宋程大昌《考古编》（九）亦有题《虬须传》者一则，云："李靖在隋，常言高祖终不为人臣。故高祖入京师，收靖，欲杀之。太宗救解，得不死。高祖收靖，史不言所以，盖讳之也。《虬须传》言靖得虬须客资助，遂以家力佐太宗起事。此文士滑稽，而人不察耳。又杜诗言'虬须似太宗'。小说亦辨人言太宗虬须，须可挂角弓。是虬须乃太宗矣。而谓虬须授靖以资，使佐太宗，可见其为戏语也。""髯"皆作"须"。今为"虬髯"者，盖后来所改。惟高祖之所以收靖，则当时史实未尝讳言。《通鉴考异》（八）云："柳芳《唐历》及《唐书·靖传》云：'高祖击突厥于塞外。靖察高祖，知有四方之志。因自锁上变，将诣江都，至长安，道塞不通而止。'案太宗谋起兵，高祖尚未知；知之，犹不从。当击突厥之时，未有异志，靖何从察知之？又上变当乘驿取疾，何为自锁也？今依《靖行状》云：'昔在隋朝，曾经忤旨。及兹城陷，高祖追责旧言，公忼慨直论，特蒙宥释。'"柳芳，唐人，记上变之嫌，即知城陷见收之故矣。然史实常晦，小说辄传，《虬髯传》亦同此例，仍为人所乐道，至绘为图，称曰"三侠"。取以作曲者，则明张凤翼、张太和皆有《红拂记》，凌初成有《虬髯翁》。

——右第四分

《冥音录》出《广记》四百八十九。中称李德裕为"故相"，则大中或咸通后作也。《唐人说荟》题朱庆余撰，非。

《东阳夜怪录》出《广记》四百九十。叙王洙述其所闻于成自虚，夜中遇精魅，以隐语相酬答事。《唐人说荟》即题洙作，非也。郑振铎（《中国短篇小说集》）云："所叙情节，类似牛僧孺的《元无有》，也许这两篇是同出一源的。"案《元无有》本在《玄怪录》中，全书已佚。此条《广记》三百六十九引之：

宝应中，有元无有，常以仲春末独行维扬郊野。值日晚，风雨大至，时兵荒后，人户多逃。遂入路旁空庄。须臾霁止，斜月方出。无有坐北窗，忽闻西廊有行人声。未几，见月中有四人，衣冠皆异，相与谈谐吟咏甚畅。乃云："今夕如秋，风月若此，吾辈岂不为一言以展平生之事也？"其一人即曰云云。吟咏既朗，无有听之具悉。其一衣冠长人，即先吟曰："齐纨鲁缟如霜雪，寥亮高声予所发。"其二黑衣冠短陋人，诗曰："嘉宾良会清夜时，煌煌灯烛我能持。"其三故敝黄衣冠人，亦短陋，诗曰："清冷之泉候朝汲，桑绠相牵常出入。"其四故黑衣冠人，诗曰："爨薪贮泉相煎熬，充他口腹我为劳。"无有亦不以四人为异，四人亦不虞无有之在堂隍也，递相褒赏。观其自负，则虽阮嗣宗《咏怀》，亦若不能加矣。四人迟明方归旧所。无有就寻之，堂中惟有故杵、灯台、水桶、破铛。乃知四人即此物所为也。

《灵应传》出《广记》四百九十二，无撰人名氏。《唐人说荟》以为于逖作，亦非。传在记龙女之贞淑，郑承符之智勇，而亦取李朝威《柳毅传》中事，盖受其影响，又稍变易之。泾原节度使周宝字上珪，平州卢龙人。在镇务耕力，聚粮二十万石，号良将。黄巢据宣歙，乃徙宝镇海军节度使，兼南面招讨使。后为钱镠所杀。《新唐书》（一八六）有传。

——右第五分

《隋遗录》上下卷，据原本《说郛》七十八录出，以《百川学海》校之。前题唐颜师古撰。末有无名氏跋，谓会昌中，僧志彻得于瓦棺寺阁南双阁之荀笔中。题《南部烟花录》，为颜公遗稿。取《隋书》校之，多隐文，后乃重编为《大业拾遗记》。原本缺落凡十七八，悉从而补之矣云云。是此书本名《南部烟花录》，既重编，乃称《大业拾遗记》。今又作《隋遗录》，跋所未言，殆复由后来传刻者所改欤。书在宋元时颇已流行，《郡斋读书志》及《通考》并著《南部烟花录》；《通志》著《大业拾遗录》；《宋史·艺文志》史部传记类亦有颜师古《大业拾遗》一卷，子部小说类又有颜师古《隋遗录》一卷，盖同书而异名，所据凡两本也。本文与跋，词意荒率，似一手所为。而托之师古，其术与葛洪之《西京杂记》，谓钞自刘歆之《汉书》遗稿者正等。然才识远逊，故罅漏殊多，不待吹求，已知其伪。清《四库全书总目》（一四三）云："王得臣《麈史》称其'极恶可疑'。姚宽《西溪丛语》亦曰：'《南部烟花录》文极俚俗。又载陈后主诗云：夕阳如有意，偏傍小窗明。此乃唐人方域诗，六朝语不如此。《唐艺文志》所载《烟花录》，记幸广陵事，此本已亡，故流俗伪作此书云云。'然则此亦伪本矣。今观下卷记幸月观时与萧后夜话，有'侬家事一切已托杨素了'之语，是时素死久矣。师古岂疏谬至此乎？其中所载炀帝诸作，及虞世南赠袁宝儿作，明代辑六朝诗者，往往采掇，皆不考之过也。"

　　《炀帝海山记》上下卷，出《青琐高议》后集卷五，先据明张梦锡刻本录，而校以董氏所刻士礼居本。明钞原本《说郛》三十二卷中亦有节本一卷，并取参校。篇题下原有小注，上卷云"说炀帝宫中花木"，下卷云"记炀帝后苑鸟兽"，皆编者所加，今削。其书盖欲侈陈炀帝奢靡之迹，如郭氏《洞冥》，苏鹗《杜阳》之类，而力不逮。中有《望江南》调八阕，清《四库目》云，乃李德裕所创，段安节《乐府杂录》述其缘起甚详，亦不得先于大业中有之。

《炀帝迷楼记》录自原本《说郛》三十二。明焦竑作《国史经籍志》，并《海山记》皆著录，盖尝单行。清《四库目》（一四三）谓："亦见《青琐高议》。……竟以迷楼为在长安，乖谬殊甚。"然《青琐高议》中实无有，殆纪昀等之误也。周中孚（《郑堂读书记》）更推阐其评语，以为"后称'大业九年，帝幸江都，有迷楼'。而末又云：帝幸江都，唐帝提兵号令入京，见迷楼，大惊曰：'此皆民膏血所为也！'乃命焚之。经月，火不灭。则竟以迷楼为在长安，等诸项羽之焚阿房，乖谬殊极"云。

《炀帝开河记》从原本《说郛》卷四十四录出。《宋史·艺文志》史部地理类著录一卷，注云："不知作者。"清《四库目》以为："词尤鄙俚，皆近于委巷之传奇，同出依托，不足道。"按唐李匡乂《资暇集》（下）云："俗怖婴儿曰：'麻胡来！'不知其源者，以为多髯之神而验刺者，非也。隋将军麻祜，性酷虐。炀帝令开汴河，威棱既盛，至稚童望风而畏，互相恐吓曰：'麻祜来！'稚童语不正，转'祜'为'胡'。"末有自注云："麻祜庙在睢阳。郷方节度李丕即其后。丕为重建碑。"然则叔谋虐焰，且有其实，此篇所记，固亦得之口耳之传，非尽臆造矣。惜李丕所立碑文，今未能见，否则当亦有资参证者。至冢中诸异，乃颇似本《西京杂记》所叙广陵王刘去疾发冢事，附会曼衍作之。

右四篇皆为《古今逸史》所收。后三篇亦见于《古今说海》，不题撰人。至《唐人说荟》，乃并云韩偓撰。致尧生唐末，先则颠沛危朝，后乃流离南裔，虽赋艳诗，未为稗史。所作惟《金銮密记》一卷，诗二卷，《香奁集》一卷而已。且于史事，亦不至荒陋如是。此盖特里巷稍知文字者所为，真所谓街谈巷议，然得冯犹龙掇以入《隋炀艳史》，遂弥复纷传于世。至今世俗心目中之隋炀，殆犹是昼游西苑、夜止迷楼者也。

明钞原本《说郛》一百卷，虽多脱误，而《迷楼记》实佳。以其尚存俗字，如"你"之类，刻本则大率改为"尔"或"汝"矣。世之雅人，憎恶口语，每当纂录校刊，虽故书雅记，间亦施以改定，俾弥益雅正。宋修《唐书》，于当时恒言，亦力求简古，往往大减神情，甚或莫明本意。然此犹撰述也。重刊旧文，辄亦不赦，即就本集所收文字而言，宋本《资治通鉴考异》所引《上清传》中之"这獠奴"，明清刻本《太平广记》引则俱作"老獠奴"矣；顾氏校宋本《周秦行纪》中之"屈两个娘子"及"不宜负他"，《广记》引则作"屈二娘子"及"不宜负也"矣。无端自定为古人决不作俗书，拼命复古，而古意乃浸失也。

——右第六分

《绿珠传》一卷出《琳琅秘室丛书》。其所据为旧钞本，又以别本校之。末有胡珽跋，云："旧本无撰人名氏。案马氏《经籍考》题'宋史官乐史撰'。宋人《续谈助》亦载此传，而删节其半。后有西楼北斋跋云：'直史馆乐史，尤精地理学，故此传推考山水为详，又皆出于地志杂书者。'余谓绿珠一婢子耳，能感主恩而奋不顾身，是宜刊以风世云。咸丰三年八月，仁和胡珽识。"今再勘以《说郛》三十八所录，亦无甚异同。疑所谓旧钞本或别本者，即并从《说郛》出尔。旧校稍烦，其必改"越"为"粤"之类，尤近自扰，今悉不取。

《杨太真外传》二卷，取自《顾氏文房小说》，署史官乐史撰。《唐人说荟》收之，讹谬甚矣。然其误则始于陶宗仪《说郛》之题乐史为唐人。此两本外，又尝见京师图书馆所藏丁氏八千卷楼旧钞本，称为"善本"，然实凡本而已，殊无佳处也。《宋史·艺文志》史部传记类著录"曾致尧《广中台记》八十卷，又《绿珠传》一卷"，颇似传亦曾致尧作；又有"《杨妃外传》一卷"，注云"不知作者"；又有"乐史《滕王外传》一卷，又《李白外传》一卷，《洞仙集》一卷，《许迈传》一卷，《杨贵妃遗事》二卷"，注云"题岷山叟上"。书法函胡，殆不可以理析。然《续谈助》一跋而外，尚有《郡斋读书志》（九，传记类）云："《绿珠传》一卷，右皇朝乐史撰。"又："《杨贵妃外传》二卷，右皇朝乐史撰。叙唐杨妃事迹，讫孝明之崩。"而《直斋书录解题》（七，传记类）亦云："《杨妃外传》一卷，直史馆临川乐史子正撰。"则绿珠、杨妃二传，皆乐史之作甚明。《杨妃传》卷数，宋时已分合不同，今所传者盖晁氏所见二卷本也。但书名又小变耳。

乐史，抚州宜黄人，自南唐入宋，为著作佐郎，出知陵州。以献赋召为三馆编修，迁著作郎，直史馆。观绿珠、太真二传结衔，则皆此时作。后转太常博士，出知舒、黄、商三州，再入文馆，掌西京磨勘司，赐金紫。景德四年卒，年七十八。事详《宋史》（三百六）《乐黄目传》首。史多所著作，在三馆时，曾献书至四百二十余卷，皆叙科第、孝悌、神仙之事。又有《太平寰宇记》二百卷，征引群书至百余种，今尚存。盖史既博览，复长地理，故其辑述地志，即缘滥于采录，转成繁芜。而撰传奇如《绿珠》《太真》传，又不免专拾旧文，如《语林》《世说新语》《晋书》《明皇杂录》《开天传信记》《长恨传》《酉阳杂俎》《安禄山事迹》等，稍加排比，且常拳拳于山水也。

——右第七分

宋刘斧秀才作《翰府名谈》二十五卷，又《摭遗》二十卷，《青琐高议》十八卷，见《宋史·艺文志》子部小说类。今惟存《青琐高议》。有明张梦锡刊本，前后集各十卷，颇难得。近董康校刊士礼居写本，亦二十卷，又有别集七卷，《宋志》所无。然宋人即时有引《青琐》《摭遗》者，疑即今所谓别集。《宋志》以为《翰府名谈》之《摭遗》，盖亦误尔。其书杂集当代人志怪及传奇，漫无条贯，间有议，亦殊浅率。前有孙副枢序，不称名而称官，甚怪；今亦莫知为何人。此但选录其较整饬曲折者五篇。作者三人：曰魏陵张实子京，曰谯川秦醇子复（或作子履），曰淇上柳师尹。皆未考始末，一篇无撰人名。

《流红记》出前集卷五，题下原有注云"红叶题诗取韩氏"，今删。唐孟棨《本事诗》（情感第一）有顾况于洛乘门苑水中得大梧叶，上有题诗，况与酬答事。"帝城不禁东流水，叶上题诗欲寄谁"者，况和诗也。范摅《云溪友议》（下）又有《题红怨》，言卢渥应举之岁，于御沟得红叶，上有绝句，置于巾箱。及宣宗放宫人，渥获其一。"睹红叶而吁嗟久之，曰：'当时偶题随流，不谓郎君收藏巾箧。'验其书，无不讶焉。诗曰：'水流何太急，深宫尽日闲。殷勤谢红叶，好去到人间。'"宋人作传奇，始回避时事，拾旧闻附会牵合以成篇，而文意并瘁。如《流红记》，即其一也。

《赵飞燕别传》出前集卷七，亦见于原本《说郛》三十二，今参校录之。胡应麟（《笔丛》二十九）云："戊辰之岁，余偶过燕中书肆，得残刻十数纸，题《赵飞燕别集》。阅之，乃知即《说郛》中陶氏删本。其文颇类东京，而末载梁武答昭仪化鼋事。盖六朝人作，而宋秦醇子复补缀以传者也。第端临《通考》、渔仲《通志》并无此目。而文非宋所能。其间叙才数事，多俊语，出伶玄右，而淳质古健弗如。惜全帙不可见也。"又特赏其"兰汤滟滟"等三语，以为"百世之下读之，犹勃然兴"。然今所见本皆作别传，不作集；《说郛》本亦无删节，但较《高议》少五十余字，则或写生所遗耳。《高议》中录秦醇作特多，此篇及《谭意歌传》外，尚有《骊山记》及《温泉记》。其文芜杂，亦间有俊语。倘精心作之，如此篇者，尚亦能为。元瑞虽精鉴，能作《四部正讹》，而时伤嗜奇，爱其动魄，使勃然兴，则辄冀其为真古书以增声价。犹今人闻伶玄《飞燕外传》及《汉杂事秘辛》为伪书，亦尚有怫然不悦者。

《谭意歌传》出别集卷二，本无"传"字，今加，有注云"记英奴才华秀色"，今削。意歌，文中作"意哥"，未知孰是。唐有谭意哥，盖薛涛、李冶之流，辛文房《唐才子传》曾举其名，然无事迹。秦醇此传，亦不似别有所本，殆窃取《莺莺传》《霍小玉传》等为前半，而以团圆结之尔。

《王幼玉记》出前集卷十，题下有注云："幼玉思柳富而死。"今删。

《王榭》出别集卷四，有注云："风涛飘入乌衣国。"今删；而于题下加"传"字。刘禹锡《乌衣巷》诗，本云："朱雀桥边野草花，乌衣巷口夕阳斜。旧来王谢堂前燕，飞入寻常百姓家。"此篇改"谢"成"榭"，指为人名，且以乌衣为燕子国号，殊乏意趣。而宋张敦颐《六朝事迹编类》乃已引为典据，此真所谓"俗语不实，流为丹青"者矣。因录之，以资谈助。

《梅妃传》出《说郛》三十八，亦见于《顾氏文房小说》，取以相校，《说郛》为长。二本皆不云何人作，《唐人说荟》取之，题曹邺者，妄也。唐宋史志亦未见著录。后有无名氏跋，言："得于万卷朱遵度家，大中二年七月所书。"又云："惟叶少蕴与予得之。"案朱遵度好读书，人目为"朱万卷"。子昂，称"小万卷"，由周入宋，为衡州录事参军，累仕至水部郎中。景德四年卒，年八十三。《宋史》（四三九）、《文苑》有传。少蕴则叶梦得之字，梦得为绍圣四年进士，高宗时终于知福州，是南北宋间人。年代远不相及，何从同得朱遵度家书。盖并跋亦伪，非真识石林者之所作也。今即次之宋人著作中。

《李师师外传》出《琳琅秘室丛书》，云所据为旧钞本。后有黄延鉴跋云："《读书敏求记》云，吴郡钱功甫秘册藏有《李师师小传》，牧翁曾言悬百金购之而不获见者。偶闻邑中萧氏有此书，急假录一册。文殊雅洁，不类小说家言。师帅不第色艺冠当时，观其后慷慨捐生一节，饶有烈丈夫概。亦不幸陷身倡贱，不得与坠崖断臂之俦，争辉彤史也。张端义《贵耳集》载有师师佚事二则，传文例举其大，故不载，今并附录于后。又《宣和遗事》载有师师事，亦与此传不尽合，可并参观之。琴六居士书。"《贵耳集》二则，今仍移录于后，然此篇未必即端义所见本也。

道君北狩，在五国城或在韩州，凡有小小凶吉丧祭节序，北人必有赐赍。一赐必要一谢表。北人集成一帙，刊在榷场中。传写四五十年，士大夫皆有之，余曾见一本。更有《李师师小传》，同行于时。

道君幸李师师家，偶周邦彦先在焉。知道君至，遂匿于床下。道君自携新橙一颗，云："江南初进来。"遂与师师谑语。邦彦悉闻之，隐括成《少年游》云："并刀如水，吴盐胜雪，纤手破新橙。"后云："城上已三更，马滑霜浓，不如休去，直是少人行。"李师师因歌此词，道君问谁作。李师师奏云："周邦彦词。"道君大怒，坐朝宣谕蔡京云："开封府有监税周邦彦者，闻课额不登，如何京尹不案发来？"蔡京罔知所以，奏云："容臣退朝呼京尹叩问，续得复奏。"京尹至，蔡以御前圣旨谕之。京尹云："惟周邦彦课额增羡。"蔡云："上意如此，只得迁就。"将上，得旨："周邦彦职事废弛，可日下押出国门！"隔一二日，道君复幸李师师家，不见李师师。问其家，知送周监税。道君方以邦彦出国门为喜，既至，不遇。坐久至更初，李始归，愁眉泪睫，憔悴可掬。道君大怒云："尔往那里去？"李奏："臣妾万死，知周邦彦得罪，押出国门，略致一杯相别。不知官家来。"道君问："曾有词否？"李奏云："有《兰陵王》词。"今"柳阴直"者是也。道君云："唱一遍看。"李奏云："容臣妾奉一杯，歌此词为官家寿。"曲终，道君大喜，复召为大晟乐正。后官至大晟乐乐府待制。邦彦以词行，当时皆称美成词；殊不知美成文笔，大有可观，作《汴都赋》。如笺奏杂著，皆是杰作，可惜以词掩其他文也。当时李师师家有二邦彦，一周美成，一李士美，皆为道君狎客。士美因而为宰相。吁！君臣遇合于倡优下贱之家，国之安危治乱，可想而知矣。

——右第八分终

附 录

游仙窟

[唐]张文成[①]

　　若夫积石山者，在乎金城西南，河所经也。《书》[②]云："导河积石，至于龙门。"即此山是也。仆从汧陇，奉使河源。嗟命运之迍邅[③]，叹乡关之眇邈。张骞古迹，十万里之波涛；伯禹遗踪，二千年之坂磴。深谷带地，凿穿崖岸之形；高岭横天，刀削冈峦之势。烟霞子细，泉石分明，实天上之灵奇，乃人间之妙绝。目所不见，耳所不闻。日晚途遥，马疲人乏。行至一所，险峻非常，向上则有青壁万寻，直下则有碧潭千仞。古老相传云："此是神仙窟也；人踪罕及，鸟路才通，每有香果琼枝，天衣锡钵，自然浮出，不知从何而至。"

　　余乃端仰一心，洁斋三日。缘细葛，溯轻舟。身体若飞，精灵似梦。须臾之间，忽至松柏岩、桃华涧，香风触地，光彩遍天。见一女子向水侧浣衣。余乃问曰："承闻此处有神仙之窟宅，故来祇候。山川阻隔，疲顿异常，欲投娘子，片时停歇；赐惠交情，幸垂听许！"

　　女子答曰："儿家堂舍贱陋，供给单疏，只恐不堪，终无吝惜。"

----

① 张文成：即张鷟，字文成，深州陆泽（今河北省深州市）人，唐代小说家，代表作是《游仙窟》。《游仙窟》是迄今唯一绝迹千载而由域外（日本）重返故国的唐传奇小说。近代，章廷谦曾萌生辑录、校订和标点唐代传奇小说《游仙窟》的念头，于是鲁迅把自己抄录的《游仙窟》借给章廷谦，鼓励章廷谦把这本书标点整理出版，并且为他的标点校辑本作序，也因此鲁迅辑校的《唐宋传奇集》没有收录《游仙窟》。1927年7月7日，鲁迅完成《〈游仙窟〉序言》，鲁迅序见本篇末。
② 《书》：此处指《尚书·禹贡》。
③ 迍邅：指迟疑不进，音 zhūn zhān。

余答曰："下官是客，触事卑微，但避风尘，则为幸甚。"遂止余于门侧草亭中，良久乃出。余问曰："此谁家舍也？"

女子答曰："此是崔女郎之舍耳。"

余问曰："崔女郎何人也？"

女子答曰："博陵王之苗裔，清河公之旧族。容貌似舅，潘安仁之外甥；气调如兄，崔季珪之小妹。华容婀娜，天上无俦；玉体逶迤，人间少匹。辉辉面子，荏苒畏弹穿；细细腰支，参差疑勒断。韩娥宋玉，见则愁生；绛树青琴，对之羞死。千娇百媚，造次无可比方；弱体轻身，谈之不能备尽。"

须臾之间，忽闻内里调筝之声。仆因咏曰："自隐多姿则，欺他独自眠。故故将纤手，时时弄小弦。耳闻犹气绝，眼见若为怜。从渠痛不肯，人更别求天。"

片时，遣婢桂心传语，报余诗曰："面非他舍面，心是自家心；何处关天事，辛苦漫追寻！"

余读诗讫，举头门中，忽见十娘半面。余即咏曰："敛笑偷残靥，含羞露半唇，一眉犹叵耐[1]，双眼定伤人。"又遣婢桂心报余诗曰："好是他家好，人非着意人，何须漫相弄，几许费精神！"

于是夜久更深，沉吟不睡，彷徨徙倚，无便披陈。彼诚既有来意，此间何能不答！遂申怀抱，因以赠书曰：

"余以少娱声色，早慕佳期，历访风流，遍游天下。弹鹤琴于蜀郡，饱见文君；吹凤管于秦楼，熟看弄玉。虽复赠兰解佩，未甚关怀；合卺横陈，何曾惬意！昔日双眠，恒嫌夜短；今宵独卧，实怨更长。一种天公，两般时节。遥闻香气，独伤韩寿之心；近听琴声，似对文君之面。向来见

---

① 叵耐：意为无奈。叵，音 pǒ。

桂心谈说十娘，天上无双，人间有一。依依弱柳，束作腰支；焰焰横波，翻成眼尾。才舒两颊，熟疑地上无华；乍出双眉，渐觉天边失月。能使西施掩面，百遍烧妆；南国伤心，千回扑镜。洛川回雪，只堪使叠衣裳；巫峡仙云，未敢为擎靴履。忿秋胡之眼拙，枉费黄金；念交甫之心狂，虚当白玉。下官寓游胜境，旅泊闲亭，忽遇神仙，不胜迷乱。芙蓉生于涧底，莲子实深；木栖出于山头，相思日远。未曾饮炭，肠热如烧；不忆吞刀，腹穿似割。无情明月，故故临窗；多事春风，时时动帐。愁人对此，将何自堪！空悬欲断之肠，请救临终之命。元来不见，他自寻常；无故相逢，却交烦恼。敢陈心素，幸愿照知！若得见其光仪，岂敢论其万一！"

书达之后，十娘敛色谓桂心曰："向来剧戏相弄，真成欲逼人。"余更又赠诗一首，其词曰：

"今朝忽见渠姿首，不觉殷勤着心口。令人频作许叮咛，渠家太剧难求守。端坐剩心惊，愁来益不平。看时未必相看死，难时那许太难生。沉吟坐幽室，相思转成疾。自恨往还疏，谁肯交游密！夜夜空知心失眠，朝朝无便投胶漆。园里华开不避人，闺中面子翻羞出。如今寸步阻天津，伊处留心更觅新。莫言长有千金面，终归变作一抄尘。生前有日但为乐，死后无春更著人。只可倡伴一生意，何须负持百年身？"

少时，坐睡，则梦见十娘。惊觉，揽之，忽然空手。心中怅怏，复何可论！余因乃咏曰：

"梦中疑是实，觉后忽非真。诚知肠欲断，穷鬼故调人。"

十娘见诗，并不肯读，即欲烧却。余即咏曰：

"未必由诗得，将诗故表怜。闻渠掷入火，定是欲相燃。"

十娘读诗，悚息而起。匣中取镜，箱里拈衣。袨服靓妆，当阶正履。余又为诗曰：

"薰香四面合，光色两边披。锦障划然卷，罗帷垂半敧。红颜杂绿黛，无处不相宜。艳色浮妆粉，含香乱口脂。鬓欺蝉鬓非成鬓，眉笑蛾眉不是眉。见许实娉婷，何处不轻盈！可怜娇里面，可爱语中声。婀娜腰支细细许，瞵睒眼子长长馨。巧儿旧来镌未得，画匠迎生摸不成。相看未相识，倾城复倾国。迎风帔子郁金香，照日裙裾石榴色。口上珊瑚耐拾取，颊里芙蓉堪摘得。闻名腹肚已猖狂，见面精神更迷惑。心肝恰欲摧，踊跃不能裁。徐行步步香风散，欲语时时媚子开。靥疑织女留星去，眉似姮娥送月来。含娇窈窕迎前出，忍笑嘤嫇①返却回。"

余遂止之曰："既有好意，何须却入？"然后透迤回面，娅姹向前。十娘敛手而再拜向下官，下官亦低头尽礼而言曰："向见称扬，谓言虚假，谁知对面，恰是神仙。此是神仙窟也！"

十娘曰："向见诗篇，谓非凡俗，今逢玉貌，更胜文章。此是文章窟也！"

仆因问曰："主人姓望何处？夫主何在？"

十娘答曰："儿是清河崔公之末孙，适弘农杨府君之长子。即成大礼，随父住于河西。蜀生狡猾，屡侵边境。兄及夫主，弃笔从戎，身死寇场，茕魂莫返。儿年十七，死守一夫；嫂年十九，誓不再醮。兄即清河崔公之第五息，嫂即太原公之第三女。别宅于此，积有岁年。室宇荒凉，家途羁弊。不知上客从何而至？"

仆敛容而答曰："下官望属南阳，住居西鄂。得黄石之灵术，控白水之余波。在汉则七叶貂蝉，居韩则五重卿相。鸣钟食鼎，积代衣缨。长戟高门，因循礼乐。下官堂构不绍，家业沦胥。青州刺史博望侯之孙，广武将军钜鹿侯之子。不能免俗，沉迹下寮。非隐非遁，逍遥鹏鷃②之间；非吏非

---

① 嘤嫇：音 yīng míng，娇羞貌。

② 鹏鷃：比喻物有大小，志趣悬殊。音 péng yàn。

俗，出入是非之境。暂因驱使，至于此间。卒尔干烦，实为倾仰。"

十娘问曰："上客见任何官？"

下官答曰："幸属太平，耻居贫贱。前被宾贡，已入甲科；后属搜扬，又蒙高第。奉敕授关内道小县尉，见管河源道行军总管记室。频繁上命，徒想报恩。驰骤下寮，不遑宁处。"

十娘曰："少府不因行使，岂肯相顾？"

下官答曰："比不相知，阙为参展。今日之后，不敢差违。"

十娘遂回头唤桂心曰："料理中堂，将少府安置。"

下官逡巡而谢曰："远客卑微，此间幸甚。才非贾谊，岂敢升堂！"

十娘答曰："向者承闻，谓言凡客，拙为礼贶，深觉面惭。儿意相当，事须引接。此间疏陋，未免风尘。入室不合推辞，升堂何须进退！"遂引入中堂。

于时金台银阙，蔽日干云。或似铜雀之新开，乍如灵光之且敞。梅梁桂栋，疑饮涧之长虹；反宇雕甍，若排天之矫凤。水精浮柱，的𪩘含星；云母饰窗，玲珑映日。长廊四注，争施玟瑂之椽；高阁三重，悉用琉璃之瓦。白银为壁，照耀于鱼鳞；碧玉缘阶，参差于雁齿。入穹崇之室宇，步步心惊；见傥阆之门庭，看看眼磕。遂引少府升阶。

下官答曰："客主之间，岂无先后？"

十娘曰："男女之礼，自有尊卑。"

下官迁延而退曰："向来有罪过，忘不通五嫂。"

十娘曰："五嫂亦应自来，少府遣通，亦是周匝。"则遣桂心通，暂参屈五嫂。十娘共少府语话，须臾之间，五嫂则至。罗绮缤纷，丹青晔晔。裙前麝散，髻后龙盘。珠绳络彩衫，金薄涂丹履。余乃咏曰：

"奇异妍雅，貌特惊新。眉间月出疑争夜，颊上华开似斗春。细腰

276

偏爱转，笑脸特宜矍。真成物外奇稀物，实是人间断绝人。自然能举止，可念无比方。能令公子百重生，巧使王孙千回死。黑云裁两鬓，白雪分双齿。织成锦袖麒麟儿，刺绣裙腰鹦鹉子。触处尽开怀，何曾有不佳！机关太雅妙，行步绝娃婹。傍人一一丹罗袜，侍婢三三绿线鞋。黄龙透入黄金钏，白燕飞来白玉钗。"

相见既毕，五嫂曰："少府跋涉山川，深疲道路，行途届此，不及伤神。"

下官答曰："偶俛王事，岂敢辞劳！"

五嫂回头笑向十娘曰："朝闻鸟鹊语，真成好客来。"

下官曰："昨夜眼皮瞤，今朝见好人。"即相随上堂。珠玉惊心，金银曜眼。五彩龙须席，银绣缘边毡；八尺象牙床，绯绫帖荐褥。车渠等宝，俱映优昙之花；玛瑙珍珠，并贯颇梨之线。文柏楬子，俱写豹头；兰草灯心，并烧鱼脑。管弦寥亮，分张北户之间；杯盏交横，列坐南窗之下。各自相让，俱不肯先坐。仆曰："十娘主人，下官是客。请主人先坐。"

五嫂为人饶剧，掩口而笑曰："娘子既是主人母，少府须作主人公。"

下官曰："仆是何人，敢当此事！"

十娘曰："五嫂向来戏语，少府何须漫怕！"

下官答曰："必其不免，只须身当。"

五嫂笑曰："只恐张郎不能禁此事。"众人皆大笑。

一时俱坐，即换香儿取酒。俄尔中间，擎一大钵，可受三升已来。金钮铜环，金盏银杯，江螺海蚌，竹根细眼，树瘿蝎唇，九曲酒池，十盛饮器。觞则兕觥犀角，厄厄然置于座中；杓则鹅项鸭头，泛泛焉浮于酒上。遣小婢细辛酌酒，并不肯先提。五嫂曰："张郎门下贱客，必不肯先提。娘子径须把取。"

十娘则斜眼佯瞋曰："少府初到此间，五嫂会些频频相弄！"

五嫂曰："娘子把酒莫瞋，新妇更亦不敢。"

酒巡到下官，饮乃不尽。

五嫂曰："胡为不尽？"

下官答曰："性饮不多，恐为颠沛。"

五嫂骂曰："何由叵耐！女婿是妇家狗，打杀无文。终须倾使尽，莫漫造众诸！"

十娘谓五嫂曰："向来正首病发耶？"

五嫂起谢曰："新妇错大罪过。"因回头熟视下官曰："新妇细见人多矣，无如少府公者。少府公乃是仙才，本非凡俗。"

下官起谢曰："昔卓王之女，闻琴识相如之器量；山涛之妻，凿壁知阮籍之贤人。诚如所言，不敢望德。"

十娘曰："遣绿竹取琵琶弹，儿与少府公送酒。"琵琶入手，未弹中间，仆乃咏曰："心虚不可测，眼细强关情。回身已入抱，不见有娇声。"

十娘应声即咏曰："怜肠忽欲断，忆眼已先开。渠未相撩拨，娇从何处来？"

下官当见此诗，心胆俱碎。下床起谢曰："向来唯睹十娘面，如今始见十娘心，足使班婕好扶轮、曹大家阁笔，岂可同年而语，共代而论哉！"请索笔砚，抄写置于怀袖。抄诗讫，十娘弄曰："少府公非但词句妙绝，亦自能书。笔似青鸾，人同白鹤。"

下官曰："十娘非直才情，实能吟咏。谁知玉貌，恰有金声。"

十娘曰："儿近来患嗽，声音不彻。"下官答曰："仆近来患手，笔墨未调。"

五嫂笑曰："娘子不是故夸，张郎复能应答。"

十娘来语五嫂曰："向来纯当漫语，元来无次第，请五嫂为作酒章。"

五嫂答曰："奉命不敢，则从娘子，不是赋古诗云，断章取意，唯须得情，若不惬当，罪有科罚。"

十娘即遵命曰："关关雎鸠，在河之洲。窈窕淑女，君子好逑。"

次，下官曰："南有樛木，不可休息。汉有游女，不可求思。"

五嫂曰："折薪如之何？匪斧不克。娶妻如之何？匪媒不得。"

又次，五嫂曰："不见复关，泣涕涟涟。既见复关，载笑载言。"

次，十娘曰："女也不爽，士二其行。士也罔极，二三其德。"

次，下官曰："榖则异室，死则同穴。谓余不信，有如皦日。"

五嫂笑曰："张郎心专，赋诗大有道理。俗谚曰：'心欲专，凿石穿。'诚能思之，何远之有！"

其时，绿竹弹筝。五嫂咏筝曰："天生素面能留客，发意关情并在渠。莫怪向者频声战，良由得伴乍心虚。"

十娘曰："五嫂咏筝，儿咏尺八：'眼多本自令渠爱，口少由来每被侵；无事风声彻他耳，教人气满自填心。'"

下官又谢曰："尽善尽美，无处不佳。此是下愚，预闻高唱。"

少时，桂心将下酒物来：东海鲻条，西山凤脯，鹿尾鹿舌，干鱼炙鱼，雁醢荇菹，鹑臛桂糁，熊掌兔髀，雉膗豺唇。百味五辛，谈之不能尽，说之不能穷。

十娘曰："少府亦应太饥。"唤桂心盛饭。

下官曰："向来眼饱，不觉身饥。"

十娘笑曰："莫相弄！且取双六局来，共少府公赌酒。"

仆答曰："下官不能赌酒，共娘子赌宿。"

十娘问曰："若为赌宿？"

余答曰："十娘输筹，则共下官卧一宿；下官输筹，则共十娘卧一宿。"

十娘笑曰："汉骑驴则胡步行，胡步行则汉骑驴，总悉输他便点。儿递换作，少府公太能生。"

五嫂曰："新妇报娘子：不须赌来赌去，今夜定知娘子不免。"

十娘曰："五嫂时时漫语，浪与少府作消息。"

下官起谢曰："元来知剧，未敢承望。"

局至，十娘引手向前，眼子盱睐，手子腽腝。一双臂腕，切我肝肠；十个指头，刺人心髓。下官因咏局曰："眼似星初转，眉如月欲消，先须捺后脚，然后勒前腰。"

十娘则咏曰："勒腰须巧快，捺脚更风流，但令细眼合，人自分输筹。"

须臾之间，有一婢名琴心，亦有姿首，到下官处，时复偷眼看，十娘欲似不快。五嫂大语瞋曰："知足不辱，人生有限。娘子欲似皱眉，张郎不须斜眼。"

十娘佯收色瞋曰："少府关儿何事，五嫂频频相恼！"

五嫂曰："娘子向来频盼少府，若非情想有所交通，何因眼脉朝来顿引？"

十娘曰："五嫂自隐心偏，儿复何曾眼引！"

五嫂曰："娘子不能，新妇自取。"

十娘答曰："自问少府，儿亦不知。"

五嫂遂咏曰："新华发两树，分香遍一林。迎风转细影，向日动轻阴。戏蜂时隐见，飞蝶远追寻。承闻欲采摘，若个动君心？"

下官谓："为性贪多，欲两华俱采。"

五嫂答曰："暂游双树下，遥见两枝芳；向日俱翻影，迎风并散香。戏蝶扶丹萼，游蜂入紫房。人今总摘取，各著一边厢。"

五嫂曰："张郎太贪生，一箭射两垛。"

十娘则谓曰："遮三不得一，觅两都卢失。"

五嫂曰："娘子莫分疏，兔入狗突里，自来饮食，知复欲何如！"

下官即起谢曰："乞浆得酒，旧来神口，打兔得獐，非意所望。"

十娘曰："五嫂如许大人，专拟调合此事。少府谓言儿是九泉下人，明日在外处，谈道儿一钱不值。"

下官答曰："向来承颜色，神气顿尽；又见清谈，心胆俱碎。岂敢在外谈说，妄事加诸？忝预人流，宁容如此！伏愿欢乐尽情，死无所恨。"

少时，饮食俱到。薰香满室，赤白兼前，穷海陆之珍羞，备川原之果菜，肉则龙肝凤髓，酒则玉醴琼浆。城南雀噪之禾，江上蝉鸣之稻。鸡臘雉腥，鳖醢鹑羹，椹下肥肫，荷间细鲤。鹅子鸭卵，照曜于银盘；麟脯豹胎，纷纶于玉叠。熊腥纯白，蟹酱纯黄；鲜胘共红缕争辉，冷肝与青丝乱色。蒲桃甘蔗，椵枣石榴，河东紫盐，岭南丹橘。敦煌八子柰，青门五色瓜。太谷张公之梨，房陵朱仲之李。东王公之仙桂，西王母之神桃，南燕牛乳之椒，北赵鸡心之枣。千名万种，不可具论。

下官起谢曰："予与夫人娘子，本不相识，暂缘公使，邂逅相遇。玉馔珍奇，非常厚重，粉身灰骨，不能酬谢。"

五嫂曰："亲则不谢，谢则不亲。幸愿张郎莫为形迹。"

下官答曰："既奉恩命，不敢辞逊。"当此之时，气便欲绝，不觉转眼，时复偷看十娘。

十娘曰："少府莫看儿！"

五嫂曰："还相弄！"

下官咏曰："忽然心里爱，不觉眼中怜。未关双眼曲，直是寸心偏。"

十娘咏曰："眼心非一处，心眼旧分离。直令渠眼见，谁遣报心知！"

下官咏曰："旧来心使眼，心思眼即传。由心使眼见，眼亦共心怜。"

十娘咏曰："眼心俱忆念，心眼共追寻。谁家解事眼，副著可怜心？"

于时五嫂遂向果子上作机警曰："但问意如何，相知不在枣。"

十娘曰："儿今正意密，不忍即分梨。"

下官曰："忽遇深恩，一生有杏。"

五嫂曰："当此之时，谁能忍柰！"

十娘曰："暂借少府刀子割梨。"

下官咏刀子曰："自怜胶漆重，相思意不穷。可惜尖头物，终日在皮中。"

十娘咏鞘曰："数捻皮应缓，频磨快转多。渠今拔出后，空鞘欲如何！"

五嫂曰："向来渐渐入深也。"即索棋局，共少府赌酒。下官得胜。

五嫂曰："围棋出于智慧，张郎亦复太能。"

下官曰："智者千虑，必有一失；愚者千虑，亦有一得。且休却。"

五嫂曰："何为即休？"

下官咏曰："向来知道径，生平不忍欺。但令守行迹，何用数围棋。"

五嫂咏曰："娘子为性好围棋，逢人剧戏不寻思；气欲断绝先挑眼，既得速罢即须迟。"

十娘见五嫂频弄，佯瞋不笑。余咏曰："千金此处有，一笑待渠为。不望全露齿，请为暂翚眉。"

十娘咏曰："双眉碎客胆，两眼判君心。谁能用一笑，贱价买千金？"

当时有一破铜熨斗在于床侧，十娘忽咏曰："旧来心肚热，无端强熨他。即今形势冷，谁肯重相磨！"

下官咏曰："若冷头面在，生平不熨空，即今虽冷恶，人自觅残铜。"

众人皆笑。

十娘唤香儿为少府设乐，金石并奏，箫管间响。苏合弹琵琶，绿竹吹箪篥，仙人鼓瑟，玉女吹笙。玄鹤俯而听琴，白鱼跃而应节。清音叩哟，片时则梁上尘飞；雅韵铿锵，卒尔则天边雪落。一时忘味，孔丘留滞不虚；三日绕梁，韩娥余音是实。

十娘曰："少府稀来，岂不尽乐！五嫂大能作舞，且劝作一曲。"亦不辞惮。遂即逶迤而起，婀娜徐行。虫蛆面子，妒杀阳城；蚕贼容仪，迷伤下蔡。举手顿足，雅合宫商；顾后窥前，深知曲节。欲似蟠龙婉转，野鹄低昂。回面则日照莲花，翻身则风吹弱柳。斜眉盗盼，异种嫱姑，缓步急行，穷奇造凿。罗衣熠耀，似彩凤之翔云，锦袖纷披，若青鸾之映水。千娇眼子，天上失其流星；一搦腰支，洛浦愧其回雪。光前艳后，难遇难逢；进退去来，希闻希见。两人俱起舞，共劝下官。

下官遂作而谢曰："沧海之中难为水，霹雳之后难为雷。不敢推辞，定为丑拙。"遂起作舞。桂心咥咥然低头而笑。

十娘问曰："笑何事？"

桂心曰："笑儿等能作音声。"

十娘曰："何处有能？"

答曰："若其不能，何因百兽率舞？"

下官笑曰："不是百兽率舞，乃是凤凰来仪。"一时大笑。

五嫂谓桂心曰："莫令曲误！张郎频顾。"

桂心曰："不辞歌者苦，但伤知音稀。"

下官曰："路逢西施，何必须识！"遂舞，著词曰："从来巡绕四边，忽逢两个神仙。眉上冬天出柳，颊中旱地生莲。千看千处妖媚，万看万种婵妍。今宵若其不得，剩命过与黄泉。"又一时大笑。

283

舞毕，因谢曰："仆实庸才，得陪清赏，赐垂音乐，惭荷不胜。"

十娘咏曰："得意似鸳鸯，情乖若胡越。不向君边尽，更知何处歇！"

十娘曰："儿等并无可收采，少府公云'冬天出柳，旱地生莲'，总是相弄也。"

下官答曰："十娘面上非春，翻生柳叶。"

十娘应声答曰："少府头中有水，那不生莲华？"

下官笑曰："十娘机警，异同著便。"

十娘答曰："得便不能与，明年知有何处？"

于时砚在床头，下官因咏笔砚曰："摧毛任便点，爱色转须磨。所以研难竟，良由水太多。"

十娘忽见鸭头铛子，因咏曰："嘴长非为嗍，项曲不由攀。但令脚直上，他自眼双翻。"

五嫂曰："向来大大不逊，渐渐深入也。"

于时乃有双燕子，梁间相逐飞。仆因咏曰："双燕子，联翩几万回。强知人是客，方便恼他来。"

十娘咏曰："双燕子，可可事风流。即令人得伴，更亦不相求。"

酒巡到十娘，下官咏酒杓子曰："尾动惟须急，头低则不平。渠今合把爵，深浅任君情。"

十娘即咏盏曰："发初先向口，欲竟渐伸头；从君中道歇，到底即须休。"

下官翕然而起谢曰："十娘词句，事尽入神；乃是天生，不关人学。"

五嫂曰："张郎新到，无可散情，且游后园，暂释怀抱。"

其时园内：杂果万株，含春吐绿；丛花四照，散紫翻红。激石鸣泉，疏岩凿磴。无冬无夏，娇莺乱于锦枝；非古非今，花鲂跃于银池。婀娜蓊茸，

284

清冷飈颻；鹅鸭分飞，芙蓉间出。大竹小竹，夸渭南之千亩；花合花开，笑河阳之一县。青青岸柳，丝条拂于武昌；赫赫山杨，箭干稠于董泽。

余乃咏花曰："风吹遍树紫，日照满池丹。若为交暂折，擎就掌中看。"

十娘咏曰："映水俱知笑，成蹊竟不言，即今无自在，高下任渠攀。"

下官即起谢曰："君子不出游言，意言不胜再。娘子恩深，请五嫂等各制一篇。"

下官咏曰："昔时过小苑，今朝戏后园。两岁梅花匝，三春柳色繁。水明鱼影静，林翠鸟歌喧。何须杏树岭，即是桃花源。"

十娘咏曰："梅蹊命道士，桃涧伫神仙。旧鱼成大剑，新龟类小钱。水湄唯见柳，池曲且生莲。欲知赏心处，桃花落眼前。"

五嫂咏曰："极目游芳苑，相将对花林。露净山光出，池鲜树影沉。落花时泛酒，歌鸟或鸣琴。是时日将夕，携樽就树阴。"

当时，树上忽有一李子落下官怀中。下官咏曰："问李树：如何意不同，应来主手里，翻入客怀中？"五嫂即报诗曰："李树子，元来不是偏，巧知娘子意，掷果到渠边。"

于时忽有一蜂子飞上十娘面上，十娘咏曰："问蜂子：蜂子太无情，飞来蹑人面，欲似意相轻？"下官代蜂答曰："触处寻芳树，都虑少物华，试从香处觅，正值可怜花。"众人皆拊掌而笑。

其时，园中忽有一雉，下官命弓箭射之，应弦而倒。五嫂笑曰："张郎才器，乃是曹植天然。今见武功，又复子南夫也。今共娘子相配，天下惟有两人耳。"

十娘因见射雉，咏曰："大夫巡麦陇，处子习桑间。若非由一箭，谁能为解颜？"

仆答曰："心绪恰相当，谁能护短长，一床无两好，半丑亦何妨。"

五嫂曰："张郎射长垛如何？"

仆答曰："且得不阙事而已。"遂射之，三发皆绕遮齐，众人称好。

十娘咏弓曰："平生好须弩，得挽即低头。闻君把提快，更乞五三筹。"

下官答曰："缩干全不到，抬头则大过。若令脐下入，百放故筹多。"

于时，日落西渊，月临东渚。五嫂曰："向来调谑，无处不佳；时既曛黄，且还房室。庶张郎共娘子安置。"

十娘曰："人生相见，且论杯酒，房中小小，何暇匆匆！"遂引少府向十娘卧处：屏风十二扇，画障五三张，两头安彩幔，四角垂香囊；槟榔豆蔻子，苏合绿沉香，织文安枕席，乱彩叠衣箱。相随入房里，纵横照罗绮，莲花起镜台，翡翠生金履；帐口银觚装，床头玉狮子，十重蚝駈毡，八叠鸳鸯被；数个袍裤，异种妖娆；姿质天生有，风流本性饶；红衫窄裹小撷臂，绿袂贴乱细缠腰；时将帛子拂，还投和香烧；妍华天性足，由来能装束；敛笑正金钗，含娇累绣褥；梁家妄称梳发缓，京兆何曾画眉曲。

十娘因在后，沉吟久不来。余问五嫂曰："十娘何处去，应有别人邀？"

五嫂曰："女人羞自嫁，方便待渠招。"言语未毕，十娘则到。

仆问曰："且来披雾，香处寻花，忽遇狂风，莲中失藕。十娘何处漫行来？"

十娘回头笑曰："星留织女，遂处人间；月待姮娥，暂归天上。少府何须苦相怪！"

于时两人对坐，未敢相触，夜深情急，透死忘生。仆乃咏曰："千看千意密，一见一怜深。但当把手子，寸斩亦甘心。"

十娘敛色却行。五嫂咏曰："他家解事在，未肯辄相瞋。径须刚捉著，遮莫造精神。"

余时把著手子，忍心不得。又咏曰："千思千肠热，一念一心焦。若为求守得，暂借可怜腰。"

十娘又不肯，余捉手挽，两人争力。五嫂咏曰："巧将衣障口，能用被遮身。定知心肯在，方便强故人。"

十娘失声成笑，婉转入怀中。当时腹里癫狂，心中沸乱。又咏曰："腰支一遇勒，心中百处伤。但若得口子，余事不承望。"

十娘瞋咏曰："手子从君把，腰支亦任回。人家不中物，渐渐逼他来。"

十娘曰："虽作拒张，又不免输他口子。"

口子郁郁，鼻似薰穿，舌子芬芳，颊疑钻破。

五嫂咏曰："自隐风流到，人前法用多。计时应拒得，佯作不禁他。"

十娘曰："昔日曾经自弄他，今朝并悉从人弄。"

下官起，谘请曰："有一思事，亦拟申论，犹自不敢即道，请五嫂处分。"

五嫂曰："但道！不须避讳。"

余因咏曰："药草俱尝遍，并悉不相宜。惟须一个物，不道自应知。"

十娘答咏曰："素手曾经捉，纤腰又被将。即今输口子，余事可平章。"

下官敛手而答曰："向来惶惑，实畏参差。十娘怜悯客人，存其死命，可谓白骨再肉，枯树重花。伏地叩头，殷勤死罪。"

五嫂因起谢曰："新妇曾闻：线因针而达，不因针而隐；女因媒而嫁，不因媒而亲。新妇向来专心为勾当，已后之事不敢预知。娘子安稳，新妇向房卧去也。"

于时夜久更深，情急意密。鱼灯四面照，蜡烛两边明。十娘即唤桂心，并呼芍药，与少府脱靴履，叠袍衣，阁幞头，挂腰带。然后自与十娘施绫被，解罗裙，脱红衫，去绿袜。花容满目，香风裂鼻。心去无人制，情来不自禁。插手红裈，交脚翠被。两唇对口，一臂支头。拍搦奶房间，摩挲髀子上。一啮一快意，一勒一伤心，鼻里酸痹，心中结缭。少时眼花耳热，脉胀筋舒。始知难逢难见，可贵可重。俄顷中间，数回相接。谁知可憎病鹊，夜半惊人；薄媚狂鸡，三更唱晓。

遂则披衣对坐，泣泪相看。下官拭泪而言曰："所恨别易会难，去留乖隔，王事有限，不敢稽停。每一寻思，痛深骨髓。"

十娘曰："儿与少府，平生未展。邂逅新交，未尽欢娱，忽嗟别离。人生聚散，知复如何！"

因咏曰："元来不相识，判自断知闻，天公强多事，今遣若为分！"

仆乃咏曰："积愁肠已断，悬望眼应穿。今宵莫闭户，梦里向渠边。"

少时，天晓已后，两人俱泣，心中哽咽，不能自胜。侍婢数人，并皆歔欷，不能仰视。五嫂曰："有同必异，自昔攸然。乐尽哀生，古来常事。愿娘子稍自割舍。"下官乃将衣袖与娘子拭泪。十娘乃作别诗曰："别时终是别，春心不值春。羞见孤鸾影，悲看一骑尘。翠柳开眉色，红桃乱脸新。此时君不在，娇莺弄杀人。"

五嫂咏曰："此时经一去，谁知隔几年！双凫伤别绪，独鹤惨离弦。怨起移醒后，愁生落醉前。若使人心密，莫惜马蹄穿。"

下官咏曰："忽然闻道别，愁来不自禁。眼下千行泪，肠悬一寸心。两剑俄分匣，双凫忽异林。殷勤惜玉体，勿使外人侵。"

十娘小名"琼英"，下官因咏曰："卞和山未斫，羊雍地不耕。自怜无玉子，何日见琼英？"

十娘应声咏曰："凤锦行须赠，龙梭久绝声。自恨无机杼，何日见文成？"

下官瞿然，破愁成笑。遂唤奴曲琴，取"相思枕"，留与十娘以为记念。因咏曰："南国传椰子，东家赋石榴。聊将代左腕，长夜枕渠头。"

十娘报以双履，报诗曰："双凫乍失伴，两燕还相属。聊以当儿心，竟日承君足。"

　　下官又遣曲琴取"扬州青铜镜"，留与十娘，并赠诗曰："仙人好负局，隐士屡潜观。映水菱光散，临风竹影寒。月下时惊鹊，池边独舞鸾。若道人心变，从渠照胆看。"

　　十娘又赠手中扇，咏曰："合欢游璧水，同心侍华阙。飒飒似朝风，团团如夜月。鸾姿侵雾起，鹤影排空发。希君掌中握，勿使恩情歇！"

　　下官辞谢讫，因遣左右取"益州新样锦"一匹，直奉五嫂，因赠诗曰："今留片子信，可以赠佳期。裁为八幅被，时复一相思。"

　　五嫂遂抽金钗送张郎，即报咏曰："儿今赠君别，情知后会难。莫言钗意小，可以挂渠冠。"

　　更取"滑州小绫子"一匹，留与桂心、香儿数人共分。桂心已下，或脱银钗，落金钏，解帛子，施罗巾，皆自送张郎曰："好去。若因行李，时复相过。"

　　香儿因咏曰："大夫存行迹，殷勤为数来。莫作浮萍草，逐浪不知回！"

　　下官拭泪而言曰："犬马何识，尚解伤离；鸟兽无情，由知怨别。心非木石，岂忘深恩！"

　　十娘报咏曰："他道愁胜死，儿言死胜愁。愁来百处痛，死去一时休。"

　　又咏曰："他道愁胜死，儿言死胜愁。日夜悬心忆，知隔几年秋！"

　　下官咏曰："人去悠悠隔两天，未审迢迢度几年？纵使身游万里外，终归意在十娘边。"

　　十娘咏曰："天涯地角知何处，玉体红颜难再遇！但令翅羽为人生，会些高飞共君去。"

　　下官不忍相看，忽把十娘手子而别。可行至二三里，回头看数人，犹在旧处立。余时渐渐去远，声沉影灭，顾瞻不见，恻怆而去。

行至山口，浮舟而过。夜耿耿而不寐，心茕茕而靡托。既怅恨于啼猿，又凄伤于别鹄。饮气吞声，天道人情。有别必怨，有怨必盈。去日一何短，来宵一何长！比目绝对，双凫失伴，日日衣宽，朝朝带缓。口上唇裂，胸间气满，泪脸千行，愁肠寸断。端坐横琴，涕血流襟，千思竟起，百虑交侵。独攒眉而永结，空抱膝而长吟："望神仙兮不可见，普天地兮知余心；思神仙兮不可得，觅十娘兮断知闻；欲闻此兮肠亦乱，更见此兮恼余心。"

鲁迅序

《游仙窟》今惟日本有之，是旧钞本，藏于昌平学，题宁州襄乐县尉张文成作。文成者，张鷟之字；题署著字，古人亦常有，如晋常璩[1]撰《华阳国志》，其一卷亦云常道将集矣。张鷟，深州陆浑人[2]；两《唐书》皆附见《张荐传》，云以调露初登进士第，为岐王府参军，屡试皆甲科，大有文誉，调长安尉迁鸿胪丞。证圣中，天官刘奇[3]以为御史；性躁卞，傥荡无检，姚崇尤恶之；开元初，御史李全交劾鷟讪短时政，贬岭南，旋得内徙，终司门员外郎。《顺宗实录》亦谓鷟博学工文词，七登文学科。《大唐新语》则云，后转洛阳尉，故有《咏燕诗》，其末章云："变石身犹重，衔

---

① 常璩：约291—约361，字道将，蜀郡江原（今四川省崇州市）人，晋代史学家。《华阳国志》，十二卷，附录一卷，是一部记述我国西南地区地方历史、地理、人物事迹的地方志著作。

② 张鷟是深州陆泽（今河北省深州）人。文中作"陆浑"，疑误。

③ 刘奇：滑州胙（今河南省延津县）人。《新唐书·刘政会传》："次子奇，长寿中为天官侍郎，荐鷟、司马锽为监察御史。"天官，武则天时改吏部为天官。

泥力尚微，从来赴甲第，两起一双飞。"时人无不讽咏。《唐书》虽称其文下笔立成，大行一时，后进莫不传记，日本新罗使至，必出金宝购之，而又訾为浮艳少理致，论著亦率诋诮芜秽。骘书之传于今者，尚有《朝野佥载》及《龙筋凤髓判》，诚亦多诋诮浮艳之辞。《游仙窟》为传奇，又多俳调，故史志皆不载；清杨守敬①作《日本访书志》，始著于录，而贬之一如《唐书》之言。日本则初颇珍秘，以为异书；尝有注，似亦唐时人作。河世宁②曾取其中之诗十余首入《全唐诗逸》，鲍氏③刊之《知不足斋丛书》中；今矛尘④将具印之，而全文始复归华土。不特当时之习俗如酬对舞咏，时语如瞵眄婪媢，可资博识；即其始以骈俪之语作传奇，前于陈球⑤之《燕山外史》者千载，亦为治文学史者所不能废矣。

1927年7月7日，鲁迅识。

---

① 杨守敬：1839—1915，字惺吾，湖北省宜都市人，地理学家、版本学家。《日本访书志》，共十六卷，是他任清朝驻日本公使馆馆员时，调查国内已失传而日本尚有留存的古书的著作。其中录有《游仙窟》。

② 河世宁：字子静，日本人。曾任昌平学学员长。《全唐诗逸》共三卷，辑录流传于日本而《全唐诗》中遗漏的诗作百余首。内收《游仙窟》中的诗十九首。每首下分别署名张文成和《游仙窟》中的人物崔十娘、崔五娘、香儿等。

③ 鲍氏：即鲍廷博，1728—1814，字以文，清代安徽歙县人。《知不足斋丛书》，是鲍廷博父子刊刻的一部丛书，共三十集。其中根据《全唐诗逸》录有《游仙窟》中的诗十九首。

④ 矛尘：即前注所说的章廷谦。

⑤ 陈球：字蕴斋，清代浙江秀水（今嘉兴市）人。《燕山外史》共八卷，是他用骈体文写成的一部言情小说，约成书于嘉庆初年。

秀师^①言记

[唐]佚名

　　崔晤、李仁钧二人，中外弟兄，崔年长于李。在建中末，偕来京师调集。时荐福寺有僧神秀，晓阴阳术，得供奉禁中。

　　会一日，崔、李同诣秀师。师泛叙寒温而已，更不开一语。别揖李于门扇后曰："九郎能惠然独赐一宿否？小僧有情曲，欲陈露左右。"

　　李曰："唯唯。"

　　后李特赴宿约，馔且丰洁，礼甚谨敬。及夜半，师曰："九郎今合选得江南县令，甚称意。从此更六年，摄本府纠曹，斯乃小僧就刑之日。监刑官人即九郎耳。小僧是吴儿，酷好瓦棺寺后松林中一段地，最高敞处。上元佳境，尽在其间。死后，乞九郎作窣堵坡（梵语浮图）于此，为小师藏骸骨之所。"

　　李徐曰："斯言不谬，违之如皎日。"

　　秀泫然流涕者良久。又谓李曰："为余寄谢崔家郎君，且崔只有此一政官，家事零落，飘寓江徽。崔之孤，终得九郎殊力，九郎终为崔家女婿。秘之，秘之！"

　　李诘旦，归旅舍，见崔，唯说秀师云："某说终为兄之女婿。"崔曰："我女纵薄命死，且何能嫁与田舍老翁作妇！"

---

① 秀师：指唐代高僧神秀。他俗姓李，少年时奋志出家。饱览经史，博学多闻。在蕲州双峰山东山寺服劳六年，受到禅宗第五祖弘忍的器重，认为"东山之法，尽在秀矣"，称为"上座"，命为"教授师"。弘忍死后，他在荆州当阳山玉泉寺传法，为中国佛教禅宗北宗创始人。

李曰："比昭君出降单于，犹是生活。"

二人相顾大笑。

后李补南昌令，到官，有能称。罢，摄本府纠曹。有驿递流人至州，坐泄宫内密事者。迟明，宣诏书，宜付府笞死。流人解衣就刑，次熟视监刑官，果李纠也。流人，即神秀也，大呼曰："瓦棺松林之请，子勿食言！"

秀既死，乃掩泣请告，捐俸赁扁舟，择干事小吏，送尸柩于上元县，买瓦棺寺松林中地，垒浮图以葬之。

时崔令即弃世已数年矣。崔之异母弟晔，携孤幼来于高安。晔落拓者，好远游，惟小妻殷氏独在。殷氏号大乘，又号九天仙也。殷学秦筝于常守坚，尽传其妙。护食孤女，甚有恩意。会南昌军伶能筝者，求丐高安，亦守坚之弟子，故殷得见之。谓军伶曰："崔家小娘子，容德无比，年已及笄，供奉与把取家状到府日，求秦晋之匹，可乎？"

军伶依其请，至府以家状，历抵士人门，曾无影响。后因谒盐铁李侍御（即李仁钧也），出家状于怀袖中，铺张几案上。

李悯然曰："余有妻丧，已大期矣。侍余饥饱寒燠者，顽童老媪而已，徒增余孤生半死之恨，蚤夜往来于心。矧崔之孤女，实余之表侄女也。余视之，等于女弟矣，彼亦视余犹兄焉。征曩秀师之言，信如符契，纳为继室，余固崔兄之夙眷也。"

遂定婚崔氏。

郑德璘

[唐]佚名

贞元中，湘潭尉郑德璘，家居长沙，有亲表居江夏，每岁一往省焉。中间涉洞庭，历湘潭，多遇老叟，棹舟而鬻菱芡，虽白发而有少容。德璘与语，多及玄解。诘曰："舟无糇粮，何以为食？"

叟曰："菱芡耳。"

德璘好酒，长挈松醪春，过江夏，遇叟无不饮之。叟饮，亦不甚愧荷。

德璘抵江夏，将返长沙，驻舟于黄鹤楼下。傍有醝贾韦生者，乘巨舟，亦抵于湘潭，其夜与邻舟告别饮酒，韦生有女，居于舟之柁橹，邻女亦来访别，二女同处笑语。夜将半，闻江中有秀才吟诗曰：

> 物触轻舟心自知，风恬浪静月光微；
>
> 夜深江上解愁思，拾得红蕖香惹衣。

邻舟女善笔札，因睹韦氏妆奁中有红笺一幅，取而题所闻之句，亦吟哦良久，然莫晓谁人所制也。

及旦，东西而去。德璘舟与韦氏舟，同离鄂渚，信宿，及暮又同宿至洞庭之畔，与韦生舟楫，颇以相近。

韦氏美而艳，琼英腻云，莲蕊莹波，露濯蕣①姿，月鲜珠彩。于水窗中垂钓，德璘因窥见之，甚悦。遂以红绡一尺，上题诗曰：

> 纤手垂钓对水窗，红蕖秋色艳长江；
>
> 既能解佩投交甫，更有明珠乞一双。

---

① 蕣：音shùn，即木槿，一种灌木。

294

强以红绡惹其钩，女因收得，吟玩久之；然虽讽读，即不能晓其义。女不工刀札，又耻无所报，遂以钩丝而投夜来邻舟所题红笺者。德璘谓女所制，疑思颇悦，喜畅可知；然莫晓诗之意义，亦无计遂其款曲。由是女以所得红绡系臂，自爱惜之。

明月清风，韦舟遽张帆而去。风势将紧，波涛恐人，德璘小舟，不敢同越，然意殊恨恨。

将暮，有渔人语德璘曰："向者贾客巨舟，已全家殁于洞庭矣。"

德璘大骇，神思恍惚，悲惋久之，不能排抑。

将夜，为《吊江姝诗》二首，曰：

> 湖面狂风且莫吹，浪花初绽月光微；
>
> 沉潜暗想横波泪，得共鲛人相对垂。

又曰：

> 洞庭风软荻花秋，新没青蛾细浪愁；
>
> 泪滴白蘋君不见，月明江上有轻鸥。

诗成，酹而投之，精贯神祇，至诚感应，遂感水神，持诣水府。府君览之，召溺者数辈曰："谁是郑生所爱？"

而韦氏亦不能晓其来由。有主者搜臂，见红绡而语府君。曰："德璘异日是吾邑之明宰，况曩有义相及，不可不曲活尔命。"

因召主者携韦氏送郑生。韦氏视府君，乃一老叟也。逐主者疾趋，而无所碍。道将尽，睹一大池，碧水汪然，遂为主者推堕其中，或沉或浮，亦甚困苦。

时已三更，德璘未寝，但吟红笺之诗，悲而益苦。忽觉有物触舟，然舟人已寝，德璘遂秉炬照之。见衣服彩绣，似是人物，惊而拯之，乃韦氏也，系臂红绡尚在。德璘喜骤。良久，女苏息，及晓，方能言。乃说："府君感君而活我命。"

德璘曰:"府君何人也?"

终不省悟。遂纳为室,感其异也,将归长沙。

后三年,德璘常调选,欲谋醴陵令。韦氏曰:"不过作巴陵耳。"

德璘曰:"子何以知?"

韦氏曰:"向者水府君言是吾邑之明宰。洞庭乃属巴陵,此可验矣。"

德璘志之,选,果得巴陵令。及至巴陵县,使人迎韦氏,舟楫至洞庭侧,值逆风不进。德璘使佣篙工者五人而迎之,内,一老叟挽舟,若不为意。韦氏怒而唾之。叟回顾曰:"我昔水府活汝性命,不以为德,今反生怒。"

韦氏乃悟,恐悸,召叟登舟,拜而进酒果,叩头曰:"吾之父母,当在水府,可省觐否?"

曰:"可。"

须臾,舟楫似没于波,然无所苦。俄到往时之水府,大小倚舟号恸,访其父母。父母居止,俨然第舍,与人世无异。韦氏询其所须,父母曰:"所溺之物,皆能至此,但无火化,所食唯菱芡耳。"

持白金器数事而遗女,曰:"吾此无用处,可以赠尔,不得久停。"

促其相别,韦氏遂哀恸别其父母。叟以笔大书韦氏巾曰:"昔日江头菱芡人,蒙君数饮松醪春;活君家室以为报,珍重长沙郑德璘。"

书讫,叟遂为仆侍数百辈,自舟迎归舟舍。俄顷,舟却出于湖畔。一舟之人,咸有所睹,德璘详诗意,方悟水府老叟,乃昔日鬻菱芡者。

岁余,有秀才崔希周投诗卷于德璘,内有《江上夜拾得芙蓉》诗,即韦氏所投德璘红笺诗也。德璘疑诗,乃诘希周。对曰:"数年前,泊轻舟于鄂渚,江上月明,时当未寝,有微物触舟,芳馨袭鼻,取而视之,乃一束芙蓉也。因而制诗,既成,讽咏良久,敢以实对。"德璘叹曰:"命也。"然后更不敢越洞庭。德璘官至刺史。

传奇

[唐]裴铏①

  按《传奇》三卷，唐裴铏撰。《唐志》著录子部小说家类，而下注高骈从事。《宋志》亦著录，卷数与《唐志》同。铏事迹不见史传。计有功《唐诗纪事》六十七云："乾符五年，铏以御史大夫为成都节度副使。题《石室诗》曰：'文翁石室有仪形，庠序千秋播德声。古柏尚留今日翠，高岷犹蔼旧时青。人心未肯抛膻蚁，弟子依前学聚萤。更叹沱江无限水，争流只愿到沧溟。'时高骈为使，时乱矣，故铏诗有'愿到沧溟'之句，有微旨也。"《全唐文》八百五录裴铏文一篇，称"铏咸通中为静海军节度使高骈掌书记，加侍御史内供奉，后官成都节度使副使，加御史大夫。"此铏官职之可考者也。惟其书盛传于赵宋之世，故宋人辄目唐人小说之涉及神仙诡谲之事，概称之曰"传奇"。陈振孙《直斋书录解题》既取此书入小说类，并云："尹师鲁初见范文正《岳阳楼记》，曰：'传奇体耳。'文体随时，理胜为贵，文正岂可与传奇同日语哉？盖一时戏笑之谈耳。"观于振孙辨驳之语，则宋时鄙薄之辞，又可概见。晁公武称"铏为高骈客，故其书多记神仙恢谲之事；骈之惑于吕用之，未始非裴铏辈导谀所致"云云。是又以高骈之惑溺神仙，归罪裴氏，虽为宋世著录家一时推测之语，然其时士夫崇道之心理，与其抨击诞妄猥琐之小说，不能两立；即就晁、陈二氏之言，从可识矣。惟铏于唐末之时，文采典赡，拟诸皇甫枚、苏鹗之伦，未能轩轾。今其书既不可见，即就《太平广记》所录诸条观之，文

---

① 裴铏：生卒年不详，号谷神子，唐末文学家。唐代小说之所以称为传奇，便是从其名著《传奇》一书而来。铏，音xíng。

奇事奇，藻丽之中，出以绵渺，则固一时钜手也。今从《广记》中录出数篇，以备唐人小说一种。惟《聂隐娘》一篇，袁郊《甘泽谣》亦收入，或系杨仪撰集之误。今仍从《广记》，录入《传奇》，并为附记于此云。

昆仑奴

大历①中有崔生者，其父为显僚，与盖代之勋臣一品者熟。生是时为千牛，其父使往省一品疾。生少年容貌如玉，性禀孤介，举止安详，发言清雅。一品命妓轴帘，召生入室，生拜传父命，一品忻然爱慕，命坐与语。时三妓入，艳皆绝代，居前以金瓯贮含桃而擘之，沃以甘酪而进。一品遂命衣红绡妓者，擎一瓯与生食。生少年，赧妓辈，终不食。一品命红绡妓以匙而进之，生不得已而食。妓哂之。遂告辞而去。一品曰："郎君闲暇，必须一相访，无间老夫也。"命红绡送出院，时生回顾，妓立三指，又反三掌者，然后指胸前小镜子，云："记取。"余更无言。

生归达一品意，返学院，神迷意夺，语减容沮，恍然凝思，日不暇食。但吟诗曰："误到蓬山顶上游，明珰玉女动星眸。朱扉半掩深宫月，应照璚芝雪艳愁。"

左右莫能究其意。时家中有昆仑奴磨勒，顾瞻郎君曰："心中有何事，如此抱恨不已？何不报老奴？"

生曰："汝辈何知，而问我襟怀间事？"

磨勒曰："但言，当为郎君解释。远近必能成之。"

生骇其言异，遂具告知。磨勒曰："此小事耳，何不早言之，而自苦耶？"

---

① 大历：唐代宗李豫的年号，766—779。

生又白其隐语。勒曰："有何难会。立三指者，一品宅中有十院歌姬，此乃第三院耳。返掌三者，数十五指，以应十五日之数。胸前小镜子，十五夜月圆如镜，令郎来耶？"

生大喜，不自胜，谓磨勒曰："何计而能导达我郁结？"

磨勒笑曰："后夜乃十五夜，请深青绢两匹，为郎君制束身之衣。一品宅有猛犬守歌妓院门，非常人不得辄入，入必噬杀之。其警如神，其猛如虎。即曹州孟海之犬也。世间非老奴不能毙此犬耳。今夕当为郎君挝杀之。"遂宴犒以酒肉，至三更，携链椎而往，食顷而回曰："犬已毙讫，固无障塞耳。"

是夜三更，与生衣青衣，遂负而逾十重垣，乃入歌妓院内，止第三门。绣户不扃，金缸微明，惟闻妓长叹而坐，若有所俟。翠环初坠，红脸才舒，玉恨无妍，珠愁转莹。但吟诗曰："深洞莺啼恨阮郎，偷来花下解珠珰。碧云飘断音书绝，空倚玉箫愁凤凰。"侍卫皆寝，邻近阒然。生遂缓搴帘而入。良久，验是生。姬跃下榻执生手曰："知郎君颖悟，必能默识，所以手语耳。又不知郎君有何神术，而能至此？"生具告磨勒之谋，负荷而至。姬曰："磨勒何在？"曰："帘外耳。"遂召入，以金瓯酌酒而饮之。姬白生曰："某家本富，居在朔方。主人拥旄，逼为姬仆。不能自死，尚且偷生，脸虽铅华，心颇郁结。纵玉箸举馔，金炉泛香，云屏而每进绮罗，绣被而常眠珠翠，皆非所愿，如在桎梏。贤爪牙既有神术，何妨为脱狴牢。所愿既申，虽死不悔。请为仆隶，愿侍光容。又不知郎君高意如何？"生愀然不语。磨勒曰："娘子既坚确如是，此亦小事耳。"姬甚喜。

磨勒请先为姬负其囊橐妆奁，如此三复焉。然后曰："恐迟明。"遂负生与姬而飞出峻垣十余重。一品家之守御，无有警者。遂归学院而匿之。及旦，一品家方觉。又见犬已毙。一品大骇曰："我家门垣，从来邃密，扃锁甚严，势似飞腾，寂无形迹，此必侠士而挈之。无更声闻，徒为患祸耳。"

姬隐崔生家二载，因花时驾小车而游曲江，为一品家人潜志认。遂白一品。一品异之。召崔生而诘之事。惧而不敢隐。遂细言端由，皆因奴磨勒负荷而去。一品曰："是姬大罪过。但郎君驱使逾年，即不能问是非。某须为天下人除害。"

命甲士五十人，严持兵仗，围崔生院，使擒磨勒。磨勒遂持匕首飞出高垣，瞥若翅翎，疾同鹰隼，攒矢如雨，莫能中之。顷刻之间，不知所向。然崔家大惊愕。后一品悔惧，每夕多以家童持剑戟自卫。如此周岁方止。后十余年，崔家有人见磨勒卖药于洛阳市，容颜如旧耳。

聂隐娘

聂隐娘者，贞元中魏博[①]大将聂锋之女也。年方十岁，有尼乞食于锋舍，见隐娘，悦之，云："问押衙乞取此女教。"锋大怒，叱尼。尼曰："任押衙铁柜中盛，亦须偷去矣。"及夜，果失隐娘所向。锋大惊骇，令人搜寻，曾无影响。父母每思之，相对涕泣而已。

后五年，尼送隐娘归，告锋曰："教已成矣，子却领取。"尼欻亦不见。一家悲喜，问其所学。曰："初但读经念咒，余无他也。"锋不信，恳诘。隐娘曰："真说又恐不信，如何？"锋曰："但真说之。"

曰："隐娘初被尼挈，不知行几里。及明，至大石穴之嵌空，数十步寂无居人。猿狖极多，松萝益邃。已有二女，亦各十岁。皆聪明婉丽，不食，能于峭壁上飞走，若捷猱登木，无有蹶失。尼与我药一粒，兼令长执宝剑一口，长二尺许，锋利吹毛。令专逐二女攀缘，渐觉身轻如风。一年后，刺

---

① 魏博：唐代魏州、博州节度使军府的简称，治所在魏州，即今河北省大名县北。

猿狖百无一失。后刺虎豹，皆决其首而归。三年后，能使刺鹰隼，无不中。剑之刃渐减五寸，飞禽遇之，不知其来也。至四年，留二女守穴。挈我于都市，不知何处也。指其人者，一一数其过，曰：'为我刺其首来，无使知觉。定其胆，若飞鸟之容易也。'受以羊角匕，刀广三寸，遂白日刺其人于都市，人莫能见。以首入囊，返主人舍，以药化之为水。五年，又曰：'某大僚有罪，无故害人若干，夜可入其室，决其首来。'又携匕首入室，度其门隙无有障碍，伏之梁上。至暝，持得其首而归。尼大怒：'何太晚如是？'某云：'见前人戏弄一儿，可爱，未忍便下手。'尼叱曰：'已后遇此辈，先断其所爱，然后决之。'某拜谢。尼曰：'吾为汝开脑后，藏匕首而无所伤。用即抽之。'曰：'汝术已成，可归家。'遂送还，云：'后二十年，方可一见。'"

锋闻语甚惧。后遇夜即失踪，及明而返。锋已不敢诘之，因兹亦不甚怜爱。

忽值磨镜少年及门，女曰："此人可与我为夫。"白父，父不敢不从，遂嫁之。其夫但能淬镜，余无他能。父乃给衣食甚丰。外室而居。数年后，父卒。魏帅稍知其异，遂以金帛署为左右吏。

如此又数年。至元和间，魏帅与陈许节度使刘昌裔不协，使隐娘贼其首。隐娘辞帅之许。

刘能神算，已知其来。召衙将，令来日早至城北，候一丈夫一女子各跨白黑卫①至门。遇有鹊前噪，丈夫以弓弹之不中。妻夺夫弹，一丸而毙鹊者，揖之云："吾欲相见，故远相祗迎也。"衙将受约束，遇之。隐娘夫妻曰："刘仆射果神人。不然者，何以洞吾也。愿见刘公。"

刘劳之，隐娘夫妻拜曰："合负仆射万死。"刘曰："不然，各亲其

---

① 白黑卫：白色和黑色的驴。古代卫地好蓄驴，故称"驴"为"卫"。

主，人之常事。魏今与许何异。愿请留此，勿相疑也。"隐娘谢曰："仆射左右无人，愿舍彼而就此，服公神明也。"知魏帅之不及刘。刘问其所须。曰："每日只要钱二百文足矣。"乃依所请。忽不见二卫所之。刘使人寻之，不知所向。后潜收布囊中，见二纸卫，一黑一白。

后月余，白刘曰："彼未知住，必使人继至。今宵请剪发，系之以红绡，送于魏帅枕前，以表不回。"刘听之，至四更，却返，曰："送其信矣。后夜必使精精儿来杀某及贼仆射之首。此时亦万计杀之。乞不忧耳。"

刘豁达大度，亦无畏色。是夜明烛，半宵之后，果有二幡子，一红一白，飘飘然如相击于床四隅。良久，见一人望空而踣，身首异处。隐娘亦出曰："精精儿已毙。"拽出于堂之下，以药化为水，毛发不存矣。

隐娘曰："后夜当使妙手空空儿继至。空空儿之神术，人莫能窥其用，鬼莫得蹑其踪。能从空虚而入冥，善无形而灭影，隐娘之艺，故不能造其境。此即系仆射之福耳。但于阗玉周其颈，拥以衾，隐娘当化为蠛蠓，潜入仆射肠中听伺，其余无逃避处。"刘如言。至三更，瞑目未熟。果闻项上铿然，声甚厉。隐娘自刘口中跃出，贺曰："仆射无患矣。此人如俊鹘，一搏不中，即翩然远逝，耻其不中，才未逾一更，已千里矣。"后视其玉，果有匕首划处，痕逾数分。自此刘厚礼之。

自元和八年，刘自许入觐，隐娘不愿从焉。云："自此寻山水，访至人。"但乞一虚给①与其夫。刘如约，后渐不知所之。及刘薨于统军，隐娘亦鞭驴而一至京师枢前，恸哭而去。

开成年，昌裔子纵除陵州刺史，至蜀栈道，遇隐娘，貌若当时。甚喜相见，依前跨白卫如故。语纵曰："郎君大灾，不合适此。"出药一粒，令

---

① 虚给：只拿薪水的挂名差使。

纵吞之。云："来年火急抛官归洛，方脱此祸。吾药力只保一年患耳。"纵亦不甚信。遗其缯彩，隐娘一无所受，但沉醉而去。后一年，纵不休官，果卒于陵州。自此无复有人见隐娘矣。

裴航

长庆^①中，有裴航秀才，因下第游于鄂渚，谒故旧友人崔相国^②。值相国赠钱二十万，远挈归于京。因佣巨舟载于湘、汉。同载有樊夫人^③，乃国色也。言词问接，帷帐昵洽。航虽亲切，无计道达而会面焉。因赂侍妾袅烟而求达诗一章，曰："同为胡越犹怀想，况遇天仙隔锦屏。倘若玉京朝会去，愿随鸾鹤入青云。"诗往，久而无答。航数诘袅烟。烟曰："娘子见诗若不闻，如何？"航无计，因在道求名醖珍果而献之。夫人乃使袅烟召航相识。及褰帷，而玉莹光寒，花明丽景，云低鬓鬓，月淡修眉，举止烟霞外人，肯与尘俗为偶！航再拜揖，愕眙良久之。夫人曰："妾有夫在汉南，将欲弃官而幽栖岩谷，召某一诀耳。深哀草扰，虑不及期，岂更有情留盼他人，的不然耶？但喜与郎君同舟共济，无以谐谑为意耳。"航曰："不敢。"饮讫而归。操比冰霜，不可干冒。夫人后使袅烟持诗一章，曰："一饮琼浆百感生，玄霜捣尽见云英。蓝桥便是神仙窟，何必崎岖上玉清。"航览之，空愧佩而已，然亦不能洞达诗之旨趣。后更不复见，但使袅烟达寒暄而已。

遂抵襄汉，与使婢挈妆奁，不告辞而去。人不能知其所造。航遍求访之，灭迹匿形，竟无踪兆。遂饰装归辇下。经蓝桥驿侧近，因渴甚，遂下

---

① 长庆：唐穆宗李恒的年号，821—824。
② 崔相国：即崔群，字敦诗，曾在唐宪宗朝拜相，故称崔相国。
③ 樊夫人：即樊云翘，刘纲之妻，相传是一位成仙得道、救助受苦人的女仙人。

道求浆而饮。见茅屋三四间，低而复隘。有老妪绩麻苎。航揖之，求浆。妪咄曰："云英，擎一瓯浆来，郎君要饮。"航讶之，忆樊夫人诗有云英之句，深不自会。俄于苇箔之下，出双玉手，捧瓷。航接饮之，真玉液也。但觉异香氛郁，透于户外。因还瓯，遽揭箔，睹一女子，露裛琼英，春融雪彩，脸欺腻玉，鬓若浓云，娇而掩面蔽身。虽红兰之隐幽谷，不足比其芳丽也。航惊怛植足，而不能去。因白妪曰："某仆马甚饥，愿憩于此，当厚答谢，幸无见阻。"妪曰："任郎君自便。"且遂饭仆秣马。良久，谓妪曰："向睹小娘子，艳丽惊人，姿容擢世，所以踌躇而不能适。愿纳厚礼而娶之，可乎？"妪曰："渠已许嫁一人，但时未就耳。我今老病，只有此女孙。昨有神仙遗灵丹一刀圭^①，但须玉杵臼，捣之百日，方可就吞，当得后天而老。君约取此女者，得玉杵臼，吾当与之也。其余金帛，吾无用处耳。"航拜谢曰："愿以百日为期，必携杵臼而至，更无他许人。"妪曰："然。"

　　航恨恨而去。及至京国，殊不以举事为意。但于坊曲闹市喧衢而高声访其玉杵臼，曾无影响。或遇朋友，若不相识，众言为狂人。数月余日，或遇一货玉老翁曰："近得虢州药铺卞老书云：'有玉杵臼货之。'郎君恳求如此，此君吾当为书导达。"航愧荷珍重，果获杵臼。卞老曰："非二百缗不可得。"航乃泻囊，兼货仆货马，方及其数。遂步骤独挈而抵蓝桥。昔日妪大笑曰："有如是信士乎？吾岂爱惜女子而不酬其劳哉。"女亦微笑曰："虽然，更为吾捣药百日，方议姻好。"妪于襟带间解药，航即捣之。昼为而夜息，夜则妪收药臼于内室。航又闻捣药声，因窥之，有玉兔持杵臼，而雪光辉室，可鉴毫芒。于是航之意愈坚。如此日足，妪持而吞之曰："吾当入洞而告姻戚，为裴郎具帐帏。"遂挈女入山，谓航曰："但少留此。"

　　逡巡，车马仆隶，迎航而往。别见一大第连云，珠扉晃日，内有帐

---

① 一刀圭：古时量取药物的用具，这里指少量的药。

幄屏帏，珠翠珍玩，莫不臻至，愈如贵戚家焉。仙童侍女，引航入帐就礼讫。航拜姬悲泣感荷。姬曰："裴郎自是清冷裴真人子孙，业当出世，不足深愧老姬也。"及引见诸宾，多神仙中人也。后有仙女，鬟髻霓衣，云是妻之姊耳。航拜讫。女曰："裴郎不相识耶？"航曰："昔非姻好，不醒拜侍。"女曰："不忆鄂渚同舟回而抵襄汉乎？"航深惊怛，悬悃陈谢。后问左右，曰："是小娘子之姊，云翘夫人，刘纲仙君之妻也。已是高真①，为玉皇之女吏。"姬遂遣航将妻入玉峰洞中，琼楼珠室而居之，饵以绛雪琼英之丹，体性清虚，毛发绀绿，神化自在，超为上仙。

至太和中，友人卢颢遇之于蓝桥驿之西。因说得道之事。遂赠蓝田美玉十斤、紫府云丹一粒，叙话永日，使达书于亲爱②。卢颢稽颡③曰："兄既得道，如何乞一言而教授？"航曰："老子曰：'虚其心，实其腹。'今之人，心愈实，何由得道之理。"卢子憮然。而语之曰："心多妄想，腹漏精溢，即虚实可知矣。凡人自有不死之术，还丹之方，但子未便可教，异日言之。"卢子知不可请，但终宴而去。后世人莫有遇者。

崔炜

贞元中，有崔炜者，故监察向之子也。向有诗名于人间，终于南海从事。炜居南海，意豁然也。不事家产，多尚豪侠；不数年，财业殚尽，多栖止佛舍。时中元日，番禺人多陈设珍异于佛庙，集百戏于开元寺。炜因窥之，见乞食老姬，因蹶而覆人之酒瓮，当垆者殴之。计其直，仅一缗

① 高真：指得道的仙人。
② 亲爱：指亲朋好友。
③ 稽颡：磕头时以额触地的敬礼。颡，脑门儿，音sǎng。

耳，炜怜之，脱衣为偿其所直。妪不谢而去。异日又来，告炜曰："谢子为脱吾难。吾善炙赘疣。今有越井冈①艾少许奉子，每遇赘疣，只一炷耳。不独愈苦，兼获美艳。"

炜笑而受之，妪倏亦不见。

后数日，因游海光寺，遇老僧赘于耳。炜因出艾试炙之，而如其说。僧感之甚，谓炜曰："贫道无以奉酬，但转经以资郎君之福祐耳。此山下有一任翁者，藏锵②巨万，亦有斯疾。君子能疗之，当有厚报。请为书导之。"

炜曰："然。"

任翁一闻，喜跃，礼请甚谨。炜因出艾，一爇而愈。任翁告炜曰："谢君子瘥我所苦，无以厚酬，有钱十万奉子，幸从容，无草草而去。"

炜因留彼。炜善丝竹之妙，闻主人堂前弹琴声。诘家童，对曰："主人之爱女也。"

因请其琴而弹之。女潜听而有意焉。

时任翁家事鬼曰独脚神，每三岁必杀一人飨之。时已逼矣，求人不获。任翁俄负心，召其子计之曰："门下客既不来，无血属③可以为飨。吾闻大恩尚不报，况愈小疾耳。"

遂令具神馔，夜将半，拟杀炜。已潜扃炜所处之室，而炜莫觉。女密知之，潜持刀，于窗隙间告炜曰："吾家事鬼，今夜当杀汝而祭之，汝可持此破窗遁去。不然者，少顷死矣。此刀亦望持去，无相累也。"

炜恐悸汗流，挥刀携艾，断窗棂跃出，拔键而走。任翁俄觉，率家

<hr>

① 越井冈：越秀山，在今广州市北面。《南海古迹记》载："越井冈在南海南，一曰赵佗井，一曰鲍姑井。"

② 锵：音qiǎng，古代称成串的钱。

③ 血属：此处指人。

306

僮十余辈，持刃秉炬，追之六七里，几及之。炜因迷道，失足坠于大枯井中；追者失踪而返。炜虽坠井，为槁叶所藉而无伤。及晓视之，乃一巨穴，深百余丈，无计可出。四旁嵌空宛转，可容千人。中有一白蛇，盘屈可长数丈，前有石臼岩，上有物滴下，如饴蜜，注臼中，蛇就饮之。炜察蛇有异，乃叩首祝之曰："龙王，某不幸坠于此，愿王悯之！"

幸不相害。因饮其余，亦不饥渴。细视蛇之唇吻，亦有疣焉。炜感蛇之见悯，欲为炙之，奈无从得火。既久，有遥火飘入于穴。炜乃燃艾，启蛇而炙之，是赘应手坠地。蛇之饮食久妨碍，及去，颇以为便，遂吐径寸珠酬炜。炜不受而启蛇曰："龙王能施云雨，阴阳莫测，神变由心，行藏在己，必能有道拯援沉沦。倘赐招挈维，得还人世，则死生感激，铭在肌肤。但得一归，不愿怀宝。"

蛇遂咽珠，蜿蜒将有所适。

炜遂再拜跨蛇而去。不由穴口，只于洞中行。可数十里，其中幽暗若漆，但蛇之光烛两壁，时见绘画古丈夫，咸有冠带。最后触一石门，门有金兽啮环，洞然明朗。蛇低首不进，而卸下炜，炜将谓已达人世矣。入户，但见一室，空阔可百余步。穴之四壁，皆镌为房室。当中有锦绣帏帐数间，垂金泥紫，更饰以珠翠，炫晃如明星之连缀。帐前有金炉，炉上有蚊龙、鸾凤、龟蛇、鸾雀，皆张口喷出香烟，芬芳蓊郁。傍有小池，砌以金壁，贮以水银，凫鹥之类，皆琢以琼瑶而泛之。四壁有床，咸饰以犀象，上有琴瑟、笙簧、鼗鼓、枳敔，不可胜记。炜细视，手泽尚新。炜乃恍然，莫测是何洞府也。良久，取琴试弹之，四壁户牖咸启。有小青衣出而笑曰："玉京子已送崔家郎君至矣。"

遂却走入。须臾，有四女，皆古鬟髻，曳霓裳之衣，谓炜曰："何崔子擅入皇帝玄宫耶？"

炜乃舍琴再拜，女亦酬拜，炜曰："既是皇帝玄宫，皇帝何在？"

曰："暂赴祝融宴尔。"遂命炜就榻鼓琴，炜乃弹胡笳。女曰："何曲也？"曰："胡笳也。"曰："何为胡笳？吾不晓也。"炜曰："汉蔡文姬，即中郎邕之女也，没于胡中，及归，感胡中故事，因抚琴而成斯弄，像胡中吹笳哀咽之韵。"女皆怡然曰："大是新曲。"遂命酌醴传觞。炜乃叩首，求归之意颇切。女曰："崔子既来，皆是宿分，何必匆遽，幸且淹驻。羊城使者少顷当来，可以随往。"谓崔子曰："皇帝已许田夫人奉箕帚，便可相见。"崔子莫测端倪，不敢应答。遂命侍女召田夫人。夫人不肯至，曰："未奉皇帝诏，不敢见崔家郎也。"再命不至。谓炜曰："田夫人淑德美丽，世无俦匹，愿君子善奉之，亦宿业耳。夫人，即齐王女也。"崔子曰："齐王何人也？"女曰："王讳横①，昔汉初亡齐而居海岛者。"

逡巡有日影入照座中。炜因举首，上见一穴，隐隐然睹人间天汉耳。四女曰："羊城使者至矣。"遂有一白羊自空冉冉而下，须臾至座。背有一丈夫，衣冠俨然，执大笔，兼封一青竹简，上有篆字，进于香几上。四女命侍女读之曰："广州刺史徐绅②死，安南都护赵昌充替。"女酌醴饮使者曰："崔子欲归番禺，愿为挈往。"使者唱喏。回谓炜曰："他日须与使者易服缉宇，以相酬劳。"炜但唯唯。四女曰："皇帝有敕，令与郎君国宝阳燧珠，将往至彼，当有胡人具十万缗而易之。"遂命侍女开玉函，取珠授炜。炜再拜捧受，谓四女曰："炜不曾朝谒皇帝，又非亲族，何遽贶遗如是？"女曰："郎君先人有诗于越台，感悟徐绅，遂见修葺，皇帝愧之，亦有诗继和。赍珠之意，已露诗中，不假仆说，郎君岂不晓耶？"炜曰："不识皇帝何诗？"女命侍女书

---

① 横：即田横，汉灭项羽后，他和五百人亡入海岛。汉高祖刘邦召他到长安，他不愿仕汉，自杀；他的徒党也全体自杀，无一人降汉。

② 徐绅：应作徐申，字维降，唐京兆万年人，曾任韶州刺史、岭南节度使。

题于羊城使者笔管上云："千载荒台隳路隅，一烦太守重椒涂。感君拂拭意何极，报尔美妇与明珠。"炜曰："皇帝原何姓字？"女曰："已后当自知耳。"女谓炜曰："中元日须具美酒丰馔于广州蒲涧寺静室，吾辈当送田夫人往。"

炜遂再拜告去，欲蹑使者之羊背。女曰："知有鲍姑艾，可留少许。"

炜但留艾，即不知鲍姑是何人也。遂留之。瞬息而出穴，履于平地，遂失使者与羊所在。望星汉，时已五更矣。俄闻蒲涧寺钟声，遂抵寺。僧人以早糜见饷，遂归广州。崔子先有舍税居，至日往舍询之，曰："已三年矣。"

主人谓崔炜曰："子何所适，而三秋不返？"

炜不实告。开其户，尘榻俨然，颇怀凄怆。问刺史，则徐绅果死，而赵昌替矣。乃抵波斯邸，潜鬻是珠。有老胡人一见，遂匍匐礼手曰："郎君的入南越王赵佗墓中来。不然者，不合得斯宝。"

盖赵佗以珠为殉故也。崔子乃具实告，方知皇帝是赵佗。佗亦曾称南越武帝，故耳。遂具十万缗易之。崔子诘胡人曰："何以辨之？"

曰："我大食国宝阳燧珠也。昔汉初赵佗使异人梯山航海，盗归番禺，今仅千载矣。我国有能玄象者，言来岁国宝当归，故我王召我具大舶重资抵番禺而搜索。今日果有所获矣。"遂出玉液而洗之，光鉴一室。胡人遽泛舶归大食去。

炜得金，遂具家产。然访羊城使者，竟无影响。后有事于城隍庙，忽见神像有类使者，又睹神笔上有细字，乃侍女所题也。方具酒脯而奠之，兼重粉绘及广其宇。是知羊城即广州城，庙有五羊焉。又征任翁之室，则村老云："南越尉任嚣之墓耳。"

又登越王殿台，睹先人诗云："越井冈头松柏老，越王台上生秋草。古墓多年无子孙，野人践踏成官道。"

兼越王继和诗，踪迹颇异。乃询主者。主者曰："徐大夫绅，因登此台，感崔侍御诗，故重粉饰台殿，所以焕赫耳。"

后将及中元日，遂丰洁香馔甘醴，留蒲涧寺僧室。夜将半，果四女伴田夫人至。容仪艳逸，言旨雅淡。四女与崔生进觞谐谑，将晓告去。崔子遂再拜讫，致书达于越王，卑辞厚礼，敬荷而已。遂与夫人归室。炜诘夫人曰："既是齐王女，何以配南越人？"

夫人曰："某国破家亡，遭越王所虏，为嫔御。王崩，因以为殉，乃不知今是几时也。看烹郦生，如昨日耳。每忆故事，辄一潸然。"

炜问曰："四女何人？"

曰："其二瓯越王摇所献，其二闽越王无诸所进，俱为殉者。"

又问曰："昔四女云鲍姑，何人也？"

曰："鲍靓①女，葛洪妻也。多行炙于南海。"

炜方叹骇昔日之妪耳。又曰："呼蛇为玉京子，何也？"

曰："昔安期生②长跨斯龙而朝玉京，故号之玉京子。"

炜因在穴饮龙余沫，肌肤少嫩，筋力轻健。后居南海十余载，遂散金破产，栖心道门，乃挈室往罗浮③连访鲍姑，后竟不知所适。

孙恪

广德④中，有孙恪秀才者，因下第，游于洛中。至魏王池畔，忽有一大

---

① 鲍靓：字太玄，晋东海人，曾做过南海太守，后弃官学道，据说活到一百多岁。
② 安期生：传说中的神仙，一说秦朝琅玡阜乡人，卖药海上，受学于河上丈人。秦始皇东游，据说曾和他谈了三昼夜，送他金璧数千万，他都放在阜乡亭外，飘然而去。秦始皇后来派人渡海找他，已不知去向。
③ 罗浮：山名，在广东省。
④ 广德：唐代宗年号，763—764。

第，土木皆新。路人指云："斯袁氏之第也。"

恪径往扣扉，无有应声。户侧有小房，帘帷颇洁，谓伺客之所。恪遂褰帘而入。良久，忽闻启关者，一女子光容鉴物，艳丽惊人：珠初涤其月华，柳乍含其烟媚，兰芬灵濯，玉莹尘清。恪疑主人之处子，但潜窥而已。女摘庭中之萱草，凝思久立，遂吟诗曰："彼见是忘忧，此看同腐草。青山与白云，方展我怀抱。"

吟讽既毕，容色惨然，因来褰帘，忽睹恪，遂惊惭入户，使青衣诘之曰："子何人，而夕向于此？"

恪乃语以税居之事，曰："不幸冲突，颇益惭骇，幸望陈达于小娘子。"

青衣具以告。女曰："某之丑拙，况不修容，郎君久盼帘帷，当尽所睹，岂敢更回避耶？愿郎君少伫内厅，当暂饰装而出。"

恪慕其容美，喜不自胜，诘青衣曰："谁氏之子？"

曰："故袁长官之女，少孤，更无姻戚，唯与妾辈三五人据此第耳。小娘子见求适人，但未售也。"

良久，乃出见恪，美艳愈于向者所睹，命侍婢进茶果，曰："郎君既无第舍，便可迁囊橐于此厅院中。"

指青衣谓恪曰："少有所须，但告此辈。"

恪愧荷而已。恪未室，又睹女子之妍丽如是，乃进媒而请之。女亦欣然相受，遂纳为室。袁氏赡足，巨有金缯，而恪久贫，忽车马焕若，服玩华丽，颇为亲友之疑讶，多来诘恪。恪竟不实对。恪因骄倨，不求名第，日洽豪贵，纵酒狂歌。如此三四岁，不离洛中。忽遇表兄张闲云处士。恪谓曰："既久睽间，颇思从容，愿携衾绸，一来宵话。"

张生如其所约。及夜半将寝，张生握恪手，密谓之曰："愚兄于道门曾有所授，适观弟词色，妖气颇浓，未审别有何所遇。事之巨细，必愿见陈。不然者，当受祸耳。"

恪曰："未尝有所遇也。"

张生又曰："夫人禀阳精，妖受阴气。魂掩魄尽，人则长生；魄掩魂消，人则立死。故鬼怪无形而全阴也，仙人无影而全阳也。阴阳之盛衰，魂魄之交战，在体而微有失位，莫不表白于气色。向观弟神采，阴夺阳位，邪于正腑，真精已耗，识用渐窒，津液倾输，根蒂浮动，骨将化土，颜非渥丹，必为怪异所铄，何坚隐而不剖其由也？"

恪方惊悟，遂陈娶纳之因。张生大骇曰："只此是也，其奈之何？"

恪曰："弟忖度之，有何异焉？"

张曰："岂有袁氏海内无瓜葛之亲哉？又辨慧多能，足为可异矣。"

遂告张曰："某一生遭迍，久处冻馁，因兹婚娶，颇似苏息，不能负义，何以为计？"

张生怒曰："大丈夫未能事人，焉能事鬼？《传》云：'妖由人兴。人无衅焉，妖不自作。'且义与身孰亲？身受其灾，而顾其鬼怪之恩义，三尺童子，尚以为不可，何况大丈夫乎！"

张又曰："吾有宝剑，亦干将之俦亚也，凡有魍魉，见者灭没，前后神验，不可备数。诘朝奉借，倘携密室，必睹其狼狈，不下昔日王君携宝镜而照鹦鹉[①]也。不然者，则不断恩爱耳。"

明日，恪遂受剑。张生告去，执手曰："善伺其便。"

恪遂携剑，隐于室内，而终有难色。袁氏俄觉，大怒而责恪曰："子之穷愁，我使畅泰，不顾恩义，遂兴非为，如此用心，则犬彘不食其余，岂能立节行于人世也！"

---

① 王君携宝镜而照鹦鹉：王度携带侯生赠送的宝镜，宿于程雄家，程家有婢名鹦鹉，乃千岁老狸所化，见宝镜复化为狸。详见《古镜记》。

恪既被责，惭颜惕虑，叩头曰："受教于表兄，非宿心也，愿以饮血为盟，更不敢有他意矣。"

汗落伏地，袁氏遂搜得其剑，寸折之，若断轻藕耳。恪愈惧，似欲奔迸。袁氏乃笑曰："张生一小子，不能以道义诲其表弟，使行其凶险，来当辱之。然观子之心，的应不如是，然吾匹君已数岁也，子何虑哉？"

恪方稍安。后数日，因出遇张生，曰："奈何使我撩虎须，几不脱虎口耳。"

张生问剑之所在，具以实对。张生大骇曰："非吾所知也。"深惧而不敢来谒。

后十余年，袁氏已鞠育二子，治家甚严，不喜参杂。后恪之长安，谒旧友人王相国缙，遂荐于南康张万顷大夫，为经略判官，挈家而往。袁氏每遇青松高山，凝睇久之，若有不快意。

到端州，袁氏曰："去此半程，江埌有峡山寺，我家旧有门徒僧惠幽居于此寺，别来数十年。僧行夏腊①极高，能别形骸，善出尘垢。倘经彼设食，颇益南行之福。"

恪曰："然。"

遂具斋蔬之类。及抵寺，袁氏欣然，易服理妆，携二子诣老僧院，若熟其径者。恪颇异之。遂将碧玉环子以献僧曰："此是院中旧物。"

僧亦不晓。及斋罢，有野猿数十，连臂下于高松，而食于台上。后悲啸，扪萝而跃。袁氏恻然，俄命笔题僧壁曰："刚被恩情役此心，无端变化几湮沉。不如逐伴归山去，长啸一声烟雾深！"

乃掷笔于地，抚二子咽泣数声，语恪曰："好住好住，吾当永诀矣！"

---

① 夏腊：僧人出家的年数。

遂裂衣化为老猿，追啸者跃树而去，将抵深山而复返视。恪乃惊惧，若魂飞神丧。

良久，抚二子一恸，乃询于老僧。僧方悟："此猿是贫道为沙弥时所养。开元中，有天使高力士经过此，怜其慧黠，以束帛而易之。闻抵洛京，献于天子。时有天使来往，多说其慧黠过人，长驯扰于上阳宫内，及安史之乱，即不知所之。于戏！不期今日更睹其怪异耳！碧玉环者，本诃陵①胡人所施，当时亦随猿颈而往，今方悟矣。"

恪遂惆怅，舣舟六七日，携二子而回棹，不复能之任也。

韦自东

贞元中，有韦自东者，义烈之士也。尝游太白山，栖止段将军庄。段亦素知其壮勇者。一日，与自东眺望山谷，见一径甚微，若旧有行迹。自东问主人曰："此何诣也？"

段将军曰："昔有二僧，居此山顶，殿宇宏壮，林泉甚佳，盖开元中万回师弟子之所建也；似驱役鬼工，非人力所能及。"或问樵者，说："其僧为怪物所食，今绝踪二三年矣。"

又闻人说："有二夜叉于此山。亦无人敢窥焉。"

自东怒曰："予操心在平侵暴，夜叉何类，而敢噬人？今夕必挈夜叉首，至于门下。"

将军止曰："暴虎冯河，死而无悔。"

自东不顾，仗剑奋衣而往，势不可遏。将军悄然曰："韦生当其咎耳！"

---

① 诃陵：隋唐时南海中的岛国。

自东扪萝蹑石，至精舍，悄寂无人。睹二僧房，大敞其户，履锡俱全，衾枕俨然，而尘埃凝积其上。又见佛堂内细草茸茸，似有巨物偃寝之处。四壁多挂野麂、玄熊之类，或庖炙之余，亦有锅镬、薪。自东乃知是樵者之言不谬耳。度其夜叉未至，遂拔柏树，径大如碗，去枝叶为大杖，扃其户，以石佛拒之。是夜，月白如昼。夜未分，夜叉挈鹿而至，怒其扃镝，大叫，以首触户，折其石佛而踣于地。自东以柏树挝其脑，再举而死之，拽之入室，又阖其扉。顷之，复有夜叉继至，似怒前归者不接已，亦哮吼，触其扉，复踣于户阈，又挝之，亦死。自东知雌雄已殒，应无侪类，遂掩关烹鹿而食。

及明，断二夜叉首，挈余鹿而示段。段大骇曰："真周处之俦矣！"乃烹鹿，饮酒尽欢，远近观者如堵。有道士出于稠人中，揖自东曰："某有衷恳，欲披告于长者，可乎？"

自东曰："某一生济人之急，何为不可？"

道士曰："某栖心道门，恳志灵药，非一朝一夕耳。三二年前，神仙为吾配合龙虎丹一炉，据其洞而修之，有日矣。今灵药将成，而数有妖魔入洞，就炉击触，药几废散。思得刚烈之士，仗剑卫之。灵药倘成，当有分惠。未知能一行否？"

自东踊跃曰："乃生平所愿也。"

遂仗剑从道士而去。济险蹑峻，当太白之高峰，将半，有一石洞，可百余步，即道士烧丹之室，唯弟子一人。道士约曰："明晨五更初，请君仗剑当洞门而立，见有怪物，但以剑击之。"

自东曰："谨奉教。"

久立烛于洞门外以伺之。俄顷，果有巨虺[1]，长数丈，金目雪牙，毒

---

① 虺：毒蛇，音huǐ。

气氲郁，将欲入洞。自东以剑击之，似中其首。俄顷，若轻雾而化去。食顷，有一女子，颜色绝丽，执芰荷之花，缓步而至，自东又以剑拂之，若云气而灭。食顷，将欲曙，有道士乘云驾鹤，导从甚严，劳自东曰："妖魔已尽，吾弟子丹将成矣，吾当来为证也。"

盘旋候明而入，语自东曰："喜汝道士丹成，今有诗一首，汝可继和。"

诗曰：

> 三秋稽颡叩真灵，龙虎交时金液成，
>
> 绛雪既凝身可度，蓬壶顶上彩云生。

自东详诗意，曰："此道士之师。"遂释剑而礼之。俄而突入，药鼎爆裂，更无遗在。道士恸哭。自东悔恨自咎而已。二人因以泉涤其鼎器而饮之。自东后更有少容，而适南岳，莫知所止。今段将军庄尚有夜叉骷髅见在。道士亦莫知所之。

陶尹二君

大中初，有陶太白、尹子虚二老人，相契为友，多游嵩、华二峰，采松脂、茯苓为业。二人因携酝酿，涉芙蓉峰，寻异境，憩于大松林下，因倾壶饮，闻松梢有二人抚掌笑声。二公起而问曰："莫非神仙乎？岂不能下降而饮斯一爵？"

笑者曰："吾二人非山精木魅，仆是秦之役夫，彼即秦宫女子，闻君酒馨，颇思一醉，但形体改易，毛发怪异，恐子悸栗，未能便降。子但安心徐待，吾当返穴易衣而至，幸无遽舍我去。"

二公曰："敬闻命矣。"遂久伺之。忽松下见一丈夫，古服俨雅；一女子，鬟髻彩衣，俱至。二公拜谒，忻然还坐。顷之，陶君启："神仙何代人？何以至此？既获拜侍，愿祛未悟。"

古丈夫曰："余，秦之役夫也。家本秦人。及稍成童，值始皇帝好神仙术，求不死药，因为徐福所惑，搜童男童女千人，将之海岛；余为童子，乃在其选。但见鲸涛蹙雪，屡阁排空，石桥之柱敧危，蓬岫之烟杳渺。恐葬鱼腹，犹贪雀生，于难厄之中，遂出奇计，因脱斯祸。归而易姓业儒，不数年中，又遭始皇煨烬典坟，坑杀儒士，缙绅泣血，簪绂悲号。余当此时，复在其数，时于危惧之中，又出奇计，乃脱斯苦。又改姓氏为板筑夫，又遭秦皇欻信妖妄。遂筑长城，西起临洮，东之海曲，陇雁悲昼，寒云咽空，乡关之思魂飘，砂碛之劳力竭，堕趾伤骨，陷雪触冰。余为役夫，复在其数。遂于辛勤之中，又出奇计，得脱斯难。又改姓氏而业工。乃属秦皇帝崩，穿凿骊山，大修茔域，玉墀①金砌，珠树琼枝，绮殿锦宫，云楼霞阁，工人匠石，尽闭幽隧。余为工匠，复在数中，又出奇谋，得脱斯苦。凡四设权奇之计，俱脱大祸。知不遇世，遂逃此山，食松脂木实，乃得延龄耳。此毛女者，乃秦之宫人，同为殉者；余乃同与脱骊山之祸，共匿于此，不知于今经几甲子耶？"

二子曰："秦于今世，继正统者九代，千余年，兴亡之事，不可历数。"

二公遂俱稽颡曰："余二小子，幸遇大仙，多劫因依，使今谐遇，金丹大药，可得闻乎？朽骨腐肌，实翼麻荫。"

古丈夫曰："余本凡人，但能绝其世虑，因食木实，乃得凌虚。岁久日深，毛发绀绿，不觉生之与死，俗之与仙，鸟兽为邻，猿狄同乐，飞腾自

---

① 玉墀：官殿前的石阶。墀，音chí。

在，云气相随，亡形得形，无性无情，不知金丹大药为何物也。"

二公曰："大仙食木实之法，可得闻乎？"

曰："余初饵柏子，后食松脂，遍体疮疡，肠中痛楚。不及旬朔，肌肤莹滑，毛发泽润。未经数年，凌虚若有梯，步险如履地，飘飘然顺风而翔，皓皓然随云而升。渐混合虚无，潜孚造化；彼之与我，视无二物，凝神而神爽，养气而气清，保守胎根，含藏命蒂。天地尚能覆载，云气尚能郁蒸，日月尚能晦明，川岳尚能融结，即余之体莫能败坏矣。"

二公拜曰："敬闻命矣！"

饮将尽，古丈夫折松枝叩玉壶而吟曰："饵柏身轻叠嶂间，是非无意到尘寰，冠裳暂备论浮世，一饷云游碧落间。"

毛女继和曰："谁知古是与今非，闲蹑青霞远翠微，箫管秦楼应寂寂，彩云空惹薜萝衣。"

古丈夫曰："吾与子邂逅相遇，那无恋恋耶？吾有万岁松脂、千秋柏子少许，汝可各分饵之，亦应出世。"

二公捧受拜荷，以酒吞之。二仙曰："吾当去矣，善自道养，无令漏泄伐性，使神气暴露于窟舍耳。"

二公拜别，但觉超然莫知其踪，去矣。旋见所衣之衣，因风化为花片蝶翅而扬空中。陶尹二公今巢居莲花峰上，颜脸微红，毛发尽绿，言语而芳馨满口，履步而尘埃去身。云台观道士往往遇之，亦时细话得道之来由尔。